KB271039

명문당

머리말

　일상생활 속에서 상식(常識)의 백주(白晝)에 살고 있는 우리로서는 어둠 속에서 어둠으로 시종(始終)하고 있는 세계를 볼 수가 없다. 마음속의 어둠으로 유추(類推)하여, 어둠에서 본 백주(白晝)를 다소나마 상상하는 것 외에는 아무것도 할 수가 없는 것이다. 이와 마찬가지로 인간 이상의 초월적 존재, 또는 영속적 대상의 일상에 대한 관여(關與) 또는 침투도 예감하고 상상할 수밖에 없다.

　'무엇인가, 인간 이상의 무한하고, 상위(上位)인 존재에 있어서는 전우주(全宇宙)도 하나의 평면(平面)일는지도 모르고, 혹성(惑星)과 혹성 사이의 거리도 한 알갱이 모래의 기공(氣孔)과 같은 것에 지나지 않는 것인지도 모르며, 우주계(宇宙系)와 우주계 사이의 공간도 한 알의 모래와 그 이웃에 있는 모래 사이의 간격보다 크지 않을지도 모른다. — 이것은 분명 있을 수 없는 일이 아니다.'

　계몽주의(啓蒙主義)의 합리주의적 한낮이 지난 다음, 낭만주의에서서 상상력의 신장을 꾀했던 콜리지(S. T. Cleridge. 1772~1834)의 《옴니아나》에 쓰여 있는 말이다. 거의 같은 시대에 블레이크는 '한 알의 모래' 속에서 세계를 관망하라고 했다. '한 줄기 꽃' 속에서 천국을 보라고도 했다.

차원(次元)을 초월한 것의 일상에 대한 관여라든가 침투에 상상력을 펴보는 것은 일상의 단조로움을 견디어 내고, 그것에 둔마(鈍磨)되지 않으면서 현실을 풍요롭게 살아가는 데 필요 불가결한, 피조물(被造物)로서의 인간에게만 허용된 불가사의한 능력이라고 할 수 있다.

인간은 환상(幻想)이라든가 초자연적 주술(呪術)과 함께 미스테리를 좋아한다. 미스테리는 풀기 어려운 까닭에, 불안한 사건과 범죄를 감춰진 단어로써 찾아내는 추리(推理)에 의해 합리화되고 해결되어 어둠을 백주로 되돌려 놓는다.

환상이나 초자연적 주술은 그 반대로 백주를 어둠으로 바꿔놓고 초자연적인 것의 일상에 대한 관여와 침투를 예감케 한다. 전자(前者)는 합리와 일상의 승리이며, 후자는 견고한 합리와 일상의 붕괴인데, 그 과정에 있어 불안과 공포를, 벡터는 정반대이지만 함께 공유(共有)한다는 점은 주목해야겠다.

이 책에서는 영국의 괴담 가운데 진수만을 가리어 수록했다. 졸편역(拙編譯)을 상재해 주신 명문당(明文堂) 김동구(金東求) 사장님과 관계직원 여러분께 심심한 사의를 표한다.

2000년　월

編譯者 識

차 례

판사(判事)의 집

　대학의 시험기간도 가까워졌다. 매컴 매컴슨은 어딘가 혼자서 독서할 수 있는 곳으로 갈 생각이었다. 해변의 매력은 두려웠다. 두메 산골 시골의 독거(獨居)도 두려웠다. 예로부터 시골의 매혹적인 갖가지 독거는 잘 알고 있었다. 그래서 신경을 집중시킬 수 있는 작은 마을이라도 찾아갈 생각이었다.

　친구에게 의견을 구하는 일은 안하기로 했다. 친구든 누구든, 이미 알고 있든가 가본 일이 있는 고장을 권할 것은 뻔한 일이다. 친구를 일체 피하기로 생각했었으므로 친구의 친구를 번잡스럽게 할 생각도 없으니, 스스로 행선지를 정하기로 마음을 굳혔다. 여행 가방에 의류 약간과 필요한 책을 담은 그는, 전혀 모르는 지방선 중 최초로 눈에 들어온 역(驛)의 차표를 샀다.

　3시간 여행 끝에 벤처치 역에서 내렸다. 그는, 이제야 혼자서 조용히 공부할 수 있는 기회를 가지기 위해, 자신의 족적을 감추게 되었다며 만족을 느꼈다. 잠자듯 조용하고 작은 마을 안에 숙소가 하나 있었다.

　그는 곧바로 그곳에 갔고 그곳에서 그날 밤은 묵기로 했다. 벤처치는 시장이 서는 마을이다. 그러므로 3주일 만에 하루는 마을이 온통 시끌벅적해지는데 나머지 20일은 사막처럼 한적한 매력이 있었다.

　도착한 날, 매컴슨은 마을을 두루 돌아보고 이 '호려헌(好旅軒)'의 정적보다 훨씬 고독해질 곳은 없나 물색했다. 유별난 것을 좋아하는 그의 마음에 드는 곳은 한 곳밖에 없었다. 그곳은 한적하다는 관념의 폭을 최대한으로 만족시켜 주었다. 한적이란 것은 이 경우, 꼭 들어맞는 말이 아니다 ― 그곳의 관념과 딱 들어맞는 말이라면 황량(荒涼)이라고나 할까 ― .

　그저 넓기만 하고 묵직해 보이는 후기(後期) 영국 고딕 스타일의 건축으로서 묵직한 박공(博栱)과 창문이 붙어있다. 창문은 이상할 정도로 작은데, 이런 집에 보통 붙어있는 곳보다 훨씬 높은 곳에 붙어있으며 큼직하고 높은 벽돌담으로 에워싸여 있다. 실제로 자세하게 살펴보니 이집은 흔히 있는 가옥이라고 하기보다는 요새(要塞)를 둘러친 집이라는 인상이었다.

　그런 점이 매컴슨은 마음에 들었다.

　'야, 이집이야말로 내가 찾던 집이야. 이곳에 묵을 수 있다면 진짜 행운일텐데.'

　매컴슨은 생각했다. 지금 아무도 사는 사람이 없는 것은 의심할 여지가 없다는 것을 알았을 때 그의 기쁨은 배가(倍加)되었다.

　중개인의 이름은 우체국에서 가르쳐 주었다. 예(例)의 고옥(古屋)을 빌리고 싶다는 말을 하자 중개인은 놀라움을 숨기지 않았다. 크로포드라고 하는 이 지방의 변호사 겸 중개인은 온화한 노인이었다. 그는 그집에 자진해서 살겠다는 사람이 있다면 실로 다행스런 일이라고 솔직하게 말하는 것이었다.

　"숨김없이 다 털어놓겠습니다만……."

　크로포드는 입을 열었다.

　"그 고옥의 관리자 이야기로는 몇년 기한이라면 그냥 살게 해주

겠다고 하더군요. 그저 이 근처 사람들에게, 그집이 비어있는 집
이 아니란 것을 인식시켜 주는 것만도 아주 고마운 일이라고요.
어쨌든 줄곧 비어있던 집이었으므로 그집에는 여러 가지 터무니
없는 편견이 나돌고 있거든요. 그런 소문을 없애주는 것은(여기서
그는 매컴슨을 슬쩍 바라보았다), 잠시라도 그런 소문을 진정시켜
줄 수 있는, 젊은이와 같은 학생이 찾아오는 것이 제일이지요."

그 '터무니없는 편견'이란 무엇인가? 매컴슨은 더이상 들을 필요
가 없다고 생각했다. 필요하다면 다른 곳에서도 들을 수 있을 것으
로 생각했기 때문이다. 3개월분의 집세를 지불하고 영수증을 받은
그는, 자신을 위해 식사를 해줄 노파의 이름을 확인하고는 열쇠를
주머니에 넣고 돌아왔다.

그리고 '호려헌'의 여주인에게로 와서 — 친절한데다가 쾌활한 이
여주인에게 — 당장 가지고 가야 하는 물건은 무엇무엇을 준비해야
겠느냐고 물어보았다. 여주인은 어디에 가서 묵을 것이냐고 물었고,
매컴슨은 영수증에 적혀 있는 고옥의 소재지를 밝혔다. 그러자 그녀
는 놀란 나머지 두 손을 들어올리면서 말하는 것이었다.

"설마 '판사(判事)의 집'은 아니겠지요?"

이렇게 묻는 여주인의 얼굴은 점점 파랗게 질렸다. 매컴슨은 '판
사의 집'인지는 모르겠다며 그집의 위치와 구조에 대해서 설명했다.
설명이 끝나자 여주인이 말했다.

"어머, 어머, 틀림없어요…… 바로 그집입니다! 그건 '판사의 집'
이에요."

매컴슨은 여주인에게 그집에 대하여 상세한 설명을 해달라고 부
탁했다. 왜 그런 이름으로 불리는지, 뭔가 이상한 소문이라도 있는
지 등등을…….

그집은 여러 해 전부터 그렇게 불려오던 집인 듯했다. 그녀의 이

야기에 의하면 자기는 다른 지방에서 왔기 때문에 잘 알지는 못하지만 아무래도 백 년, 또는 그 이상의 옛날이야기인 것 같은데, 그 집은 어떤 판사의 저택이었다고 한다. 순회재판소(巡回裁判所)에서 내리는 판결이 가혹한 점과 죄수에 대한 적의(敵意)가 너무 심하다는 점에서, 사람에게 심한 공포감을 주었던 판사였다. 그 저택 자체에 대해서는 어떤 불상사가 있었는지 그것은 여주인으로서도 잘 모른다고 했다.

남들에게 여러 번 물어보았지만 그 누구에게서도 시원한 대답을 듣지 못했다. '무엇인가'가 있다는 것은 막연하게나마 알고 있었지만 —. 여주인 자신은 드링크워터 은행에 있는 돈 모두를 준다 해도 그런 집에 혼자서 단 한 시간도 있고 싶지가 않다고 하는 것이었다. 그리고 여주인은 매컴슨에게 이런 얘기를 해서 미안하다고 말했다.

"이런 얘기는 하고 싶지 않습니다만 손님, 당신 — 그것도 젊은 나이의 당신을 — 혼자만 그런 곳에 보내고 싶지 않습니다. 당신이 내 아들이었다면 — 이런 말 하는 것을 용서하세요 — 내가 따라가서 천장에 매달려 있는 대경종(大警鐘)을 쳐줄 수 있다면 모르겠지만 — 단 하룻밤이라도 그곳에서 자게 하고 싶지는 않다구요."

마음씨 착한 여주인이 진지하게 말하고 있음은 얼굴에 나타나 있었다. 또 성심성의껏 얘기하고 있다는 것은 매컴슨도 내심으로 재미있게 들었을 뿐 아니라 가슴에 와닿는 것이 있었다. 매컴슨은 여주인에게 그토록 마음을 써주어서 대단히 고맙게 생각한다고 정중히 말한 다음 이렇게 덧붙였다.

"하지만 위잠 부인, 제 걱정은 조금도 하지 마십시오. 시험공부를 하는 학생이니까요. 희한한 '무엇인가' 따위로 번민할 틈도 없고,

제가 하는 공부는 아주 정밀한데다가 산문적(散文的)인 것이어
서, 어떤 것이라도 머리속에 들어가 있지 못합니다. 저에게는 희
한한 것 따위는 문제도 안됩니다.”
　여러 가지 준비는 위잠 부인이 친절하게도 해주었으므로 식사해
줄 노파는 매컴슨 자신이 만나러 가기로 했다. 2시간이나 걸려서 노
파를 데리고 판사의 집에 와보니 위잠 부인은 이미 짐을 지고 온 젊
은이들과 와서 기다리고 있었다. 거기에다가 침대까지 싣고 온 가구
점 주인도 와있었다. 위잠 부인이 말했다.
　“테이블이나 의자는 이 저택에 있는 것을 써도 상관없겠지만 50년
이나 지난 침대는 젊은 분의 몸무게를 견디지 못할 것 같아서요.”
　그리고 이 저택 안을 보고 싶어서 견딜 수 없다는 눈치였다. 그러
면서도 ‘무엇인가’를 심히 두려워하는 기색이 역력했다. 부스스하는
소리에도 매컴슨에게 바싹 기댈 정도였으니 말이다. 매컴슨 옆을 잠
시도 떠나려고 하지 않았는데 그러면서도 저택 안을 한바퀴 돌아보
았다.
　저택 안을 다 돌아본 다음 매컴슨은 대식당(大食堂)을 거실로 쓰
기로 했다. 넉넉한 공간이었기 때문이다. 뎀프스터라고 하는 파출부
노파의 도움을 받으며 위잠 부인은 가재도구를 정리했다. 식료품이
들어 있는 대형 바구니가 운반되었고 그것을 열었다.
　위잠 부인은 대단히 세심한 사람이어서 며칠동안은 충분히 먹을
수 있는 식료품들을 자기집 부엌에서 가지고 왔음을 매컴슨은 알
수 있었다. 돌아가기 전에 위잠 부인은 갖가지 당부를 한 다음 문앞
에서 뒤를 돌아보며 이렇게 말했다.
　“그리고 학생, 이 방은 넓은데다가 틈새 바람도 들어오니 밤에는
침대 주변에 커다란 칸막이를 치는 편이 좋겠어요. — 사실 나는
그 여러 ‘놈들’에게 그런 식으로 갇히게 되면 죽고 말 것입니다.

판사(判事)의 집　11

옆에서, 위에서 머리를 늘어뜨린다든가 이쪽을 노려보는 '놈들' 때문에 말입니다."

그녀는 자신이 꾸며낸 광경에 견딜 수가 없다는 듯 종종걸음으로 나가고 말았다. 뎀프스터 노파는 위잠 부인이 돌아가자 바보스럽다는 듯 코웃음을 치고 자기는 온나라 안의 도깨비들일지라도 무섭지 않노라고 했다.

"알겠습니까, 학생?"

노파는 말을 이었다.

"도깨비라고들 하는데, 어떤 것이든 모두 다 도깨비로 보인다구요 ─ 진짜 도깨비 이외에는 말입니다 ─. 쥐가 있지요, 새앙쥐가 있지요, 갑충류(甲蟲類)가 있지요, 끼익 소리를 내면서 열리는 문이 있지요, 느슨해진 지붕 기와가 있지요, 깨진 유리창이 있지요, 빡빡해진 서랍의 손잡이가 있지요 ─ 잡아당겨도 열리지 않다가 한밤중에 떨어지는 놈도 있습니다.

이 방의 이음판을 보세요. 많이 낡았지요? 몇백 년이나 된 것 같습니다. 쥐라든가 갑충류가 없을 리 만무합니다. 학생, 한 마리도 없다는 것을 상상이라도 할 수 있습니까? 쥐도 역시 도깨비랍니다. 도깨비란 쥐예요. 달리 생각할 수 있습니까?"

"뎀프스터씨!"

매컴슨은 정중하게 인사를 하며 진지하게 말했다.

"할머니는 케임브리지 대학의 제1급 시험 수석 합격자보다 아는 게 더 많으십니다. 이것으로 할머니의 머리도 마음도 의심할 여지 없이 건전하다는, 경의(敬意)스러운 증거를 보여주었습니다. 내가 이집에서 나갈 때는 내가 세낸 기간의 나머지 2개월동안 할머니께서 이집에서 사시도록 해드리겠습니다. 내 목적에 필요한 기간은 4주일이면 족하거던요."

“아이구 친절도 하시지, 학생.”

노파는 다음과 같이 덧붙였다.

“그런 친절을 베풀어 주시겠다는데 실은 나는 하룻밤도 외박을 할 수가 없습니다. 나는 그린하우 양로원에서 신세를 지고 있답니다. 이 그린하우에서 외박을 했다가는 먹고 살아가기가 어렵게 됩니다. 규율이 아주 까다롭지요. 규율을 깨기에는, 내 빈자리를 노리는 눈들이 너무 많다니까요. 다른 이유는 없습니다. 학생이 이곳에 체재하는 기간은 기꺼이 와서 시중을 들어주겠습니다.”

“네, 알겠습니다. 할머니, 나는 이곳에서 혼자 지내고 싶습니다. 고(故) 그린하우씨가 훌륭한 자선심을 거기까지 철저하게 조직화한 점에 대하여 감탄하는 바입니다. — 이런 정도의 유혹에 넘어갈 틈조차 주지를 않았으니 말입니다. 성(聖)안토니우스도 그처럼 규율을 엄격하게 만들지는 않았을 것으로 생각합니다.”

노파는 깔깔대며 웃더니,

“젊은 학생, 걱정하지 마세요. 이곳이라면 혼자서 지낼 수 있다니까요.”

라며 청소를 하기 시작했다. 저녁때, 매컴슨이 산책을 나갔다가 들어와 보니, 방은 깨끗하게 청소되어 있었고 주방도 정돈이 되어 있었으며 헌 난로에는 불이 피워져 있었다. 램프에 불이 켜져 있고 위잠 부인이 정성들여 가지고 온 음식이 테이블에 차려져 있었다.

“아이구, 맛있겠는걸.”

그는 이렇게 말하면서 식사를 하기 시작했다.

저녁식사를 끝내고 떡갈나무 테이블 건너편 끝에 쟁반을 갖다 놓았다. 책을 꺼내고, 난로에 장작을 새로 넣고, 램프 심지를 조절하고 일단 본격적인 공부를 시작했다.

11시경까지 휴식시간없이 공부를 한 다음 잠시 휴식하는 동안에 장작을 다시 넣고, 램프 심지를 조절하고 스스로 차를 끓였다. 매컴슨은 차를 굉장히 좋아한다.

대학생활을 하는 동안에도 늦게까지 공부를 한 다음 늦은 시간에 차를 마시곤 하였다. 차 한잔 마시는 것은 매컴슨에게 있어 굉장한 낭만이다. 관능적인 평안함을 맛보면서 언제나 즐긴다.

불꽃이 힘차게 튀면서 번쩍였고, 그것이 낡고 널찍한 방의 일면(一面)에 기묘한 그림자를 만들어 주고 있었다. 차를 마시면서 그는 자기 성격에 맞는 독거(獨居)의 기분을 한껏 즐기고 있었다. 그때 처음으로 쥐들이 큰 소리를 내며 돌아다니는 것을 알아차렸다.

'아무리 생각해도 내가 책을 읽고 있는 동안에는 이런 소리가 나지 않았을 것인데……. 저런 소리가 났더라면 내가 못들었을 리 만무해…….'

매컴슨은 이렇게 생각했다. 잠시 후 쥐들의 소리는 아까보다 더 커졌다. 틀림없이 방금 전에 시작된 소리일 것으로 생각한 매컴슨은 만족했다. 낯모르는 사람이 나타났고, 난로에 불이 피워졌으며, 램프 불이 환하게 켜진 것이다. 쥐들은 처음에는 깜짝 놀랐었겠지만 시간이 흐름에 따라 대담해졌을 것이며, 그래서 신바람이 나서 소란을 떠는 게 분명했다.

저렇게 바쁠 게 뭐람? 기묘한 소리, 낡은 문지방 위, 아래, 뒤, 천장 위, 마루 밑을 뛰어다니는 쥐떼, 갉아대고 할퀴고 있다! 매컴슨은 뎀프스터 노파가 한 말을 떠올리며 빙긋이 웃었다.

"도깨비란 것은 쥐입니다. 쥐는 도깨비라구요!"

뎀프스터 노파는 이렇게 말했잖았는가.

차가 그의 지성과 신경에 효과를 주어서, 오늘 밤 안에 해치워야 하는 공부를 끝낸 데에 만족하면서 사방을 둘러보았다. 둘러보고 있는 사이에 마음이 안정되었으며 방안을 천천히 돌아볼 마음의 여유를 가지게 되었다. 한쪽 손에 램프를 들고 방안을 두루 둘러보기로 했다.

이처럼 멋지고 아름다운 고저택이 이렇게 오랫동안 방치되어 있는 이유가 무엇일까? 문지방 위에 새겨진 떡갈나무 재목은 아름답기 그지없고 문과 창문 위, 그리고 그 틀도 아주 멋져서 값어치가 있는 것들이었다. 벽에는 고화(古畫)가 몇장 걸려 있는데 먼지와 때가 두껍게 덮고 있었다. 램프를 한껏 높이 들고 쳐다보았지만 그림의 세부는 거의 식별할 수가 없었다.

널빤지의 어긋난 부분과 구멍에서 램프빛을 받고 빛나는 쥐의 눈동자가 한순간 그를 노려보았다. 그러나 다음 순간 그 눈동자는 어디로 갔는지 안보였다. 그리고 '찌익, 찍' 대는 소리, 달리는 소리가 이어졌다.

제일 강한 인상을 받은 것은 천장의 대경종(大警鐘)을 치는 줄이었다. 그것은 난로 오른쪽, 방 한쪽 구석에 늘어져 있었다. 매컴슨은 조각된 높은 등받이가 달린 큰 의자를 난로 가까이로 끌어다놓고 마지막 차 한잔을 마시기 위해 앉았다. 차를 마신 다음 장작을 넣고 테이블 모퉁이에 앉아 다시 공부를 시작했다. 왼쪽에 있는 난롯불은 따뜻했다.

한때 쥐들은 소음을 내어 그의 공부를 방해했지만 이윽고 그것에도 익숙해졌다. 시계 소리라든가 흐르는 물소리에 자기도 모르는 사이에 익숙해지듯이 말이다. 그는 공부에 열중하는 나머지, 지금 풀려고 하는 문제 외에는, 이 세상 그 무엇도 머리속에 남아있지 않았다.

돌연 눈을 떴다. 문제는 아직 풀리지 않았다. 대기(大氣) 속에는 새벽 시각 특유의 기운이 감돌고 있었다. 이것은 회의(懷疑)하는 삶에 있어서는 지극히 무서운 시각이었다. 쥐떼의 소음은 진정되어 있었다. 그 소음은 방금 전에 멎은 것 같은데 갑자기 멎은 것이 도리어 그를 방해한 것 같았다. 난롯불은 약해졌는데 그래도 빨간빛을 내고 있다.

난로 오른쪽, 높직한 등받이에 조각을 한 떡갈나무 의자 위에 굉장히 큰 쥐가 한 마리 앉아 있었다. 기분 나쁜 눈초리로 매컴슨을 노려보고 있었다.

"저리 가!"

매컴슨은 손짓을 하여 쫓으려고 했지만 움직일 기세가 아니다. 오히려 무언가를 던지는 시늉을 하며 꼼짝도 하지 않았다. 화가 났다는 듯 커다란 이빨을 드러내면서 ─. 그 눈은 램프 불빛을 받아서 잔인하게, 그리고 아까보다도 더한 집념으로 불타고 있었다.

매컴슨은 기겁을 하며 난로에서 부젓가락을 집어들자 죽이겠다는 듯 쥐를 향하여 달려갔다. 그러나 부젓가락이 쥐의 몸에 닿기 전에 그 쥐는 증오의 결집과 같은 외마디 소리를 지르며 의자에서 높이 뛰어올랐다. 그리고 대경종을 치는 줄을 타고 올라갔고 녹색 갓이 씌워져 있는 램프 저쪽 어둠 속으로 모습을 감추고 말았다. 그순간 이상하게도 문지방 쪽의 쥐떼들이 시끄러운 소음을 내기 시작했다.

이쯤 되자 수학문제 따위는 매컴슨의 머리속에서 깨끗이 사라지고 말았다. 새벽 닭 우는 소리가 밖에서 들려왔을 때 그는 잠자리에 들었다.

폭 자고 있었으므로 뎀프스터 노파가 방을 치우러 들어왔건만 그는 아직 눈을 뜨지 않았었다. 방을 치우고 아침식사를 준비한 노파가 침대 옆에 둘러친 칸막이를 톡톡 두드렸을 때, 그는 겨우 눈을 떴다. 밤새도록 공부를 열심히 했던 그였던지라 피로가 다소 남아있었다. 진한 차를 마시고 나니 기분도 상쾌해져서 그는 책을 들고 오전 산책에 나섰다. 저녁때까지 안들어와도 되도록 샌드위치를 조금

싸가지고 나갔다.

마을에서 조금 떨어진 곳에 키가 큰 느릅나무 숲 사이로 산책로가 있었다. 그는 그곳에서 공부를 했는데 하루의 태반을 그렇게 보냈다. 돌아오는 길에 그는 위잠 부인 집에 들러 그녀의 친절에 대해 인사를 하려 했다.

다이아유리를 낀 사실(私室)의 창너머로 매컴슨이 오는 것을 본 부인은 밖에까지 나와 그를 맞아들였다. 그리고 그의 모습을 이리저리 뜯어보다가 머리를 절레절레 흔들면서 그녀는 말하는 것이었다.

"학생, 공부를 너무 많이 한 것 같군요. 안색이 좋지 않습니다. 너무 늦게까지 공부하면서 머리를 쓰는 것은 좋지 않습니다. 그것은 누구나 다 마찬가지일 것입니다. 그런데 학생, 어젯밤은 괜찮았었나요? 정말로 아무 일도 없었나요?

오늘 아침 덴프스터씨를 만났는데 학생이 무사했다는 말을 하더군요. 나는 그 말을 듣고 아주 기뻤습니다. 덴프스터씨가 방에 들어가 보니 학생은 건강한 모습으로 푹 자고 있었다고 하더군요. 얼마나 다행스럽던지……"

"예, 나는 지극히 좋은 컨디션입니다."

그는 빙그레 웃으면서 대답했다.

"그놈들은 전혀 나오지 않았습니다. 나온 것은 쥐들뿐이었다구요. 온 방안을 누비고 다니면서 난동을 부렸는데 마치 서커스를 하는 것 같더군요. 참, 그런데 꺼림칙하게도 그중 한 마리가 난로 옆 의자에 앉아 있었는데 나를 노려보는 눈초리가 소름이 끼칠 정도였습니다.

부젓가락을 내가 집어들려고 했는데 처음에는 꿈쩍도 안하는 겁니다. 그것을 집어들고 쫓아가자 그제서야 깜짝 놀라며 대경종을 치는 줄을 타고 기어올라갔습니다. 벽 위로 도망을 쳤는데 아

니면 천장 속으로 도망을 쳤는지 어쨌든 안보이더라구요. 어둠 속
에서 어디론가 도망을 친 것입니다."
"오오! 하느님, 자비를……."
위잠 부인은 손을 모으며 말했다. 그리고 이렇게 덧붙이는 것이
었다.
"늙은 쥐 악마가 나왔다구요? 그것이 난롯가 의자에 앉아 있었단
말입니까? 정신차리라구요. 농담 함부로 하는 게 아닙니다. 농담
이 진담된다는 말도 있지 않습니까?"
"무슨 말을 하는 것인지 얼른 감이 안잡힙니다."
매컴슨은 고개를 갸우뚱했다.
"그게 늙은 쥐 악마입니다! 늙은 쥐 악마요. 아니, 학생! 웃을 일
이 아닙니다."
매컴슨은 무의식중에 배꼽을 잡으며 웃어대고 말았던 것이다.
"학생은 젊었다고 해서, 나이 든 사람이 무서워 떠는 것을 가볍게
웃어넘기는 것 같은데, 그렇게 웃기만 할 일이 아니라니까요."
그렇게 말은 하면서도 마음씨 좋은 부인은 재미있어 하는 매컴슨
과 맞장구를 치듯 얼굴에 웃음을 띠었다. 한순간이긴 했지만, 조금
전과 같은 그녀의 공포도 사라졌다.
"예, 미안합니다."
매컴슨은 정신을 차리면서 말했다.
"무례한 젊은이라고 생각하실 겁니다. 그러나 곰곰이 생각해 보
니 웃음이 절로 나오네요. 어젯밤, 진짜 늙은 쥐 악마가 의자에
앉아 있었다니…… 그 생각만 하면……."
그렇다. 그 생각만 하면 웃음이 나와서 참을 수가 없었고 그래서
마구 웃었던 것이다. 그런 다음 그는 저녁을 먹으러 저택으로 돌아
갔다.

오늘 밤은 어젯밤보다 다소 이른 시간부터 소란이 시작되었다. 사실은 그가 돌아오기 전부터 소동을 부리고 있었던 것인데 매컴슨이 다시 모습을 나타냈기 때문에 쥐들은 잠시 조용했었던 것이다. 저녁 식사 후 그는 잠시 난롯가에 앉아서 담배를 한 대 피웠다. 그리고 테이블 위를 정리한 다음 어제처럼 공부를 하기 시작했다.

오늘 밤은 어젯밤보다 쥐떼들의 방해가 더 심했다. 위에서 아래로, 아래에서 위로 난동을 부리고 있었다. 금속성 소리를 내기도 하고, 물고 갉아내기도 하며 점점 더 소란을 떨면서 구멍 속으로 들어갔다가는 틈새로 나와서 날뛰고 다녔다. 난로 불빛이 명멸할 때마다, 그리고 작은 램프 불빛을 받으면서 눈망울을 반짝이는 것이었다.

하지만 매컴슨은 이제 그런 것들에는 익숙해져 있었으므로 쥐들의 번득이는 눈동자도 그다지 기분나쁘지는 않았다. 그 난동에 화가 날 뿐이었다. 이따금 그중 제일 대담한 놈이 문지방의 조각상 위까지 달려왔다. 너무나 시끄러워지면 매컴슨은 소리를 내어 위협하거나 손으로 테이블을 탁 쳐서 쫓으려고 했다. 또 입으로,

'쉬잇! 쉬잇!'

소리를 내어 혼내주기도 했다. 그러면 쥐들은 구멍 속으로 날쌔게 도망치는 것이었다.

이렇게 하는 가운데 한밤중이 다가오고 있었다. 소음은 아주 심했지만 매컴슨은 자기 공부에 몰두하고 있었고 ─ .

그러다가 그는 하던 공부를 멈췄다. 어젯밤과 마찬가지였다. 돌연 정적(靜寂)의 기운에 압도당했던 것이다. 갉아대는 소리, 뭔가 끄집어 내는 소리, 끼익끼익 대며 우는 소리가 딱 멈췄다. 공동묘지와 같은 정적이 흘렀다. 어젯밤의 기묘한 사건을 그는 기억하고 있었다. 그는 본능적으로 난로 가장자리에 있는 의자를 돌아보았다. 그러자 아주 묘한 느낌이 오싹 끼치는 소름과 함께 온몸에 퍼져나

갔다.

난롯가의 높은 등받이 떡갈나무 의자 위에 예의 무지무지하게 큰 쥐가 기분나쁜 눈초리로 그를 노려보고 있었다. 그 눈에서는 광채가 나오고 있었다.

그는 순식간에 제일 가까이에 있는 것을 집어들었다. 그것은 몇권의 책이었다. 이것을 집어던지리라. 책은 목표를 벗어났고 쥐는 끄덕도 하지 않았다. 그래서 어젯밤에 했었던 부젓가락 작전을 시도해 보았다.

쥐는 어젯밤과 마찬가지로 부젓가락의 공격을 잽싸게 피하더니 대경종을 치는 줄을 타고 올라가서 도망치고 말았다. 이상하게도 그 덩치 큰 쥐가 도망치자마자 쥐떼들이 일제히 소음을 내기 시작했다. 어젯밤과 마찬가지로 오늘 밤도 매컴슨으로서는 그 덩치 큰 쥐가 이 방 어느 곳으로 도망을 쳤는지 짐작조차 할 수가 없었다. 램프의 녹색 갓으로 인하여 천장 쪽은 어두웠으며 난로의 불도 희미했다.

시계를 보니 이미 한밤중이 가까워지고 있었다. 잠시동안의 소동에 시간을 뺏겼지만 그런 생각은 접어두고 매컴슨은 난롯불을 세게 한 다음 스스로 찻물을 끓였다. 상당한 시간 동안 공부를 했으니 담배를 한 대 피워도 괜찮을 것으로 생각했다. 그는 난롯가의 떡갈나무로 된 큰 의자에 앉아서 담배를 즐겼다.

담배를 피우고 있다가 그는 아까 그 덩치 큰 쥐가 어디로 모습을 감추었는지 알고 싶어졌다. 아침이 되면 쥐잡이를 위해 쥐덫이라도 놓아야겠다는 생각이 들기도 했다.

그는 또 한 개의 램프에 불을 켠 다음 난로 가장자리 벽의 오른쪽에도 불빛이 비치도록 했다. 그런 다음 가지고 온 책들을 모두 모아다가 그 덩치 큰 쥐에게 집어던질 심산으로 손이 닿는 곳에 쌓아두었다. 마지막으로 대경종의 줄을 들어올리어 그 줄의 끝을 테이블 위에 놓고 줄 끝 위에 램프를 놓아 고정시켰다.

그는 줄을 손으로 다루면서 그 줄이 아주 튼튼하고 부드러운 느낌을 준다는 것을 알아차렸다. 오랜 기간 사용하지 않고 방치했던 줄치고는 실로 튼튼했던 것이다. 그는,

'이 정도의 줄이라면 사람도 매달릴 수 있겠다.'
고 생각했다. 준비가 끝나자 그는 주변을 돌아보면서 만족스럽다는 듯 중얼거렸다.

"자아, 또 나와 봐라, 이번에는 네 놈에 대해서 뭔가 알아낼 차례다."

그는 다시 공부하기 시작했다. 공부를 시작했을 때는 쥐떼들의 소동에 골치가 아팠지만 그것은 잠시일 뿐, 수학의 정리(定理)라든가 설문(設問) 등에 자아를 잊어가고 있었다.

그러다가 다시 신변 주위에 마음이 쏠렸다. 이번에 그의 주의를 끈 것은 갑작스런 정적이 아니었다. 줄이 약간 움직이더니 램프도 흔들렸던 것이다. 매컴슨은 자기 몸을 움직이지 않도록 주의하면서 책더미가 자기 손이 닿는 곳에 있는지를 확인했다. 그리고 줄을 따라 위쪽으로 눈길을 주었다.

살펴보니 예의 그 덩치 큰 쥐가 떡갈나무 팔걸이 의자 위에 감쪽같이 내려와 앉아 있으면서 그를 노려보고 있는 것이었다. 오른손으로 책 한 권을 든 매컴슨은 신중하게 겨냥하고 쥐를 향해서 던졌다. 쥐는 재빠르게 움직이어 옆쪽으로 뛰어오르더니 숨으려고 했다. 또 한 권, 또 한 권, 차례로 쥐를 겨냥해서 책을 집어던졌지만 그 어느 것도 명중하지 않았다.

드디어 어떤 한 권의 책을 집어들고 던지려고 했을 때, 쥐는 미친 듯한 절규를 하며 공포에 떠는 듯했다. 어느 때보다도 자신감이 넘치던 매컴슨은 그 책을 번쩍 들어 쥐를 향해서 일격을 가했다. 째지

는 소리를 지르던 쥐는, 무서울 만큼 악의(惡意)가 담겨진 눈빛으로 노려보았다. 그러다가 의자 뒤를 기어올라갔고 높이 점프를 하여 대경종 줄에 달라붙더니 번개처럼 줄을 타고 올라갔다.

갑작스럽게 무게가 실린 줄이 밑으로 처지면서 램프가 흔들렸는데 워낙 무거운 램프였기 때문에 쓰러지지는 않았다. 쥐를 쏘아보고 있노라니 그 쥐는 제2의 램프 불빛을 받으며 문지방 조각상으로 뛰어내렸다가 다시 벽을 기어올라갔고 벽에 걸려 있는 큰 그림의 구멍 속으로 몸을 감추었다. 먼지와 때가 두껍게 덮여 있는 그 구멍은 희미해서 잘 보이지 않았다.

"아침이 되면 저놈이 사는 곳을 찾아내리라."

매컴슨은 자기 책들을 주섬주섬 주워 가면서 말했다.

"난로가 있는 곳에서 세 번째로 걸린 그림이렷다! 그래, 꼭 기억해두어야지."

한권 한권 주워 올린 책들의 표지를 살펴보면서 그는 그게 무슨 책인지 제목을 주워섬겼다.

"응, 〈원추곡선(圓錐曲線)〉이로군. 이 책은 한번 들여다보지도 않았네. 〈사이클로이드 진폭(振幅)〉이잖아. 이 책도 들여다보지 않았고 ─. 〈원리(原理)〉〈변수(変數)〉〈열역학(熱力學)〉, 이것 모두 보지 않았으니, 원 ─ 그래, 명중된 것은 바로 이 책이야."

매컴슨은 그 책을 집어들고 살펴보았다. 그 책을 들여다보던 그의 얼굴이 돌연 창백해졌다. 그리고 불안한 표정으로 사방을 두리번거리면서 가볍게 몸을 떨던 그는 이렇게 혼잣말을 하였다.

"어머니가 준 《성경(聖經)》이야. 이 무슨 기묘한 일치인가?"

그는 다시 앉아서 공부를 시작했다. 문지방 근처에 있는 쥐들이 또 큰 소동을 떨기 시작했다. 하지만 그의 공부를 방해하지는 못했다. 쥐떼들의 존재에는 오히려 어떤 동료의식까지 느끼게 하는 것이 있었다. 그러나 공부에 마음을 집중시킬 수는 없었다.

당면하고 있는 수학문제를 어떻게 해서든 이해해 보고자 했지만 결국에는 포기하고 말았다. 동쪽 창문이 희끄무레하게 밝아올 무렵 그는 잠자리에 들 수 있었다.

잠을 꽤 잤지만 그것은 불안한 수면이었다. 숱한 꿈을 꾸었다. 늦은 아침에 뎀프스터 노파가 그를 깨웠는데 그는 심히 불안한 표정이었다. 사실 그는 불과 몇분 간이긴 했지만 자기가 어디에 있는지 모르는 상태였었다. 처음으로 노파에게 부탁한 것은 다소 당돌한 것이었다.

"뎀프스터씨, 오늘 내가 외출을 하거던 사닥다리를 놓고, 방에 걸려있는 그림의 먼지를 털어 주십시오. 특히 난로가 있는 데서 세 번째 그림을요 — 무엇이 그려져 있는지 보려고 그럽니다."

오후 늦게 예의 그늘이 지는 산책길에서 몇권의 책을 읽었다. 하루해가 다 감에 따라 어제의 쾌활함을 다시 되찾게 되어 독서 속도가 빨라짐을 느낄 수 있었다. 지금까지 머리를 짜내며 고민했던 수학문제도 모두 만족한 해답에 이르렀다. 그래서 '호려헌'으로 위잠 부인을 방문했을 때는 싱글벙글하며 한껏 기분이 고조되어 있었다.

가보니 분위기 편안한 거실에는 부인 외에 낯모를 손님이 한 사람 와있었다. 손힐 의사(醫師)라고 소개했다. 부인이 뭔가 걱정스런 표정을 짓고 있다는 점, 이 의사가 즉시로 갖가지 질문을 쏟아놓는다는 점 등으로 미루어 보아, 매컴슨은 의사가 이집에 온 것은 우연한 일이 아니라는 생각이 들었다. 그래서 그는 거두절미하고 이렇게 물었다.

"손힐 선생, 무엇이든지 물어보시면 기꺼이 대답하겠습니다. 단, 그러기 전에 한 가지만 대답해 주시지 않겠습니까?"

의사는 깜짝 놀라는 것 같았는데 곧 미소를 머금으며 응해왔다.

"아아, 좋지요. 어서 물어보시오. 묻고 싶다는 게 대체 뭐요?"

"위잠 부인이 선생을 이곳으로 불러서 내 상태를 살펴보고, 나에게 의견을 제시해 주라고 했지요?"

손힐 선생은 한순간 망설였고 위잠 부인은 빨개진 얼굴을 옆으로 돌렸다. 의사는 솔직한 성격의 소유자였으므로 숨기지 않고 대답해 주었다.

"그렇소. 부인이 부탁을 한 것이오. 하지만 학생에게는 말하지 말라고 하기에……. 내가 너무 성급하게 질문을 하는 바람에 학생이 눈치를 채고 말았어. 부인은 자네가 그 저택에 혼자 있고 싶어하는 것이 아무래도 마음에 걸린다는 게야. 그리고 자네가 진한 차를 마시는 것도.

내가 충고해 주겠는데 가급적이면 그 진한 차는 끊도록 하고 또 밤을 새는 일이 없도록 하게나. 나도 젊었을 때는 공부깨나 하던 학생이었네. 한때는 대학생으로서 열심히 공부를 했었지. 그러기에 거리낌없이 육친(肉親)의 처지에서 자네에게 충고해 주고 싶네."

매컴슨은 빙그레 웃으면서 손을 내밀었다.

"악수합시다, 미국식으로요."

그는 이렇게 말한 다음,

"선생님과 위잠 부인의 친절에는 실로 감사를 드립니다. 그리고 선생님의 충고에 대해서는 나도 대답을 해야겠군요. 앞으로 진한 차는 마시지 않겠습니다. 약속합니다. 다시 마셔도 괜찮다고 허락이 있을 때까지는요. 또 오늘 밤에는 늦어도 1시까지는 잠자리에 들겠습니다. 그러면 되겠습니까?"

라고 다짐했다.

"좋네!"

의사는 웃었다. 그리고 이런 주문을 했다.

"그 고저택에서 있었던 일을 남김없이 얘기해 주겠나?"

그래서 매컴슨은 이틀 밤 사이에 일어났던 일들을 사소한 것까지 하나 남김없이 털어놓았다. 위잠 부인의 놀라는 소리가 그의 이야기를 자주 중단케 만들었다. 마침내, 《성경》 건에 이야기가 이르렀을 때 위잠 부인의 억제하고 있던 흥분은 째지는 듯한 소리와 함께 분출되었다.

강한 브랜디에 물을 섞어 마신 다음에야 그녀는 겨우 안정을 되찾았다. 손힐 선생의 표정은 점점 더 심각해졌다. 매컴슨의 이야기가 끝나고 위잠 부인의 기분도 가라앉자 손힐 선생은 입을 열었다.

"그 덩치가 큰 쥐는 언제나 대경종을 치는 줄을 타고 올라갔단 말이지?"

"예, 언제나요."

"자네도 알고 있을 것으로 생각하네만 그 줄의 정체 말인데……."

의사 선생은 여기서 잠시 말을 끊었다.

"잘 모르는데요."

"그것은 말일세."

의사는 잠시 뜸을 들이다가 천천히 입을 열었다.

"예(例)의 판사의 법적(法的) 악의(惡意)로 희생된 모든 사람들이 목매달렸던 줄일세!"

위잠 부인의 째지는 것 같은 금속성이 다시 한번 일었고, 그 소리에 의사의 이야기는 중단되고 말았으며, 그녀의 정신을 되돌리기 위한 응급처치가 행해졌다. 시계를 본 매컴슨은 벌써 저녁식사 시간이 가까워졌음을 알아차리고, 부인이 정신을 완전히 회복하기 전에 그 집을 나왔다.

제정신을 차린 위잠 부인은 화를 내면서, 무슨 생각으로 그 젊은

이는 그렇게 무서운 집에서 혼자 자느냐고 질문했다.

"그 사람은 이제 곧 나올 것입니다. 혼이 날 것이니까요."

손힐 선생은 고개를 끄덕이며 말을 이었다.

"부인, 내가 얘기한 것에는 확실한 목적이 있었습니다. 그 젊은이의 주의를 그 줄에게 돌리도록 해야겠다고 생각했었던 것입니다. 물론 그 젊은이는 현재 공부를 지나치게 했고, 그래서 과로상태에 있습니다. 그러나 정신력이 강한 젊은이로서 심신이 아주 건전했습니다. 그런데 이 이야기도 해야겠습니다. 그 쥐라든가 악마에 대한 이야기 말입니다."

의사는 머리를 가로저으며 다시 이렇게 덧붙였다.

"처음 자던 날 밤, 그 젊은이와 함께 하룻밤을 새는 편이 좋았을는지도 모릅니다. 하지만 그렇게 했으면 그가 정신쇠약에 걸렸을는지도 모를 일이지요. 밤중에 무언가 이상한 공포증에 사로잡힌다거나 환각(幻覺)을 느꼈을지도 모를 일입니다.

그야 어쨌든 혼자 있는 그는 그 줄을 잡아당기어 우리에게 경고를 보낼지도 모릅니다. 즉 그와 다시 만나기 전에 우리가 그에게 달려가게 된다는 뜻입니다. 그러니 오늘 밤에는 밤이 늦기까지 자지 맙시다. 귀를 곤두세우고 말입니다. 새벽녘에 이 벤처치 마을 사람들이 모두 일어나게 된다 해도 놀라면 안됩니다."

"어머 선생님, 무슨 일이 일어나게 된다는 뜻인가요?"

"즉 이런 일이 일어날 것입니다. 아마 오늘 밤에 판사의 집에서 대경종이 울릴 것입니다."

그렇게 말한 의사는 자기 말에 자신감이 있다는 듯, 당당하게 방에서 걸어나갔다.

한편 매컴슨이 방에 돌아와 보니 다른 때보다 시간이 다소 늦었음을 알았다. 덴프스터 노파는 이미 가고 없었다. 그린하우 양로원의 규율을 깰 수는 없었던 것이다. 방에는 따뜻한 난롯불이 피워져 있었고 적당한 밝기로 켜놓은 램프로 기분이 썩 좋았다.

4월이건만 싸늘한 밤이었다. 갑작스럽게 강풍이 불어왔는데 아무리 살펴보아도 오늘 밤 안으로 태풍이 불어올 것 같았다. 그가 들어가자 몇분 동안은 쥐들의 소란도 진정되어 있었는데 그의 존재에 익숙해지자 또 소란을 피기 시작했다. 소란 떠는 소리를 듣는 것도 이제는 반가웠다. 그들의 소란에서 동료의식을 느끼기 때문이다.

이어서 매컴슨은 그 묘한 사실에 마음이 쏠렸다. 예의 적의(敵意)에 찬 눈길의 덩치 큰 쥐가 등장할 때만은 모습을 감추는 그 묘한 사실에 — . 독서용 램프만이 방안을 밝히는데 그 녹색 갓이 천장과 방의 상반부를 어둡게 하고 있었다. 난로의 따뜻한 빛만이 바닥으로 퍼지면서 테이블 끝 상단을 덮고 있는 하얀 테이블클로스 위에 비추어 호젓한 기분을 느끼게 해주었다.

매컴슨은 식욕이 동하여 쾌활한 기분으로 자리에 앉아서 저녁식사를 했다. 식사를 끝마치고 담배를 한 대 피운 그는 곧 공부에 착수했다. 무슨 일이 있더라도 방해받는 일이 없도록 하자며 굳게 결심을 하고 — . 의사와 한 약속을 그는 분명히 기억하고 있었고 자신의 자유시간을 충분히 활용하겠다는 결심을 굳게 하고 있었다.

한 시간 정도는 만사가 호조였는데 그때부터 생각이 책에서 떠나 탈선하기 시작했다. 주변의 현실적 환경, 육체에 호소해 오는 주의(注意), 신경질적으로 느껴지는 것들을 그는 부정할 수가 없었다. 그리고 이때부터 바람은 질풍(疾風)으로 바뀌었고, 질풍은 폭풍으로 바뀌었다.

이 고저택은 튼튼했는데 그래도 기초까지 마구 흔들리는 느낌이었다. 또 저택의 여러 굴뚝이라든가 추녀 밑 등을, 폭풍은 굉음을 내며 마구 불어대고 있었다. 그런가 하면 여러 빈 방과 복도에서는 이 폭풍으로 말미암아 괴상한 소리가 들려왔다.

지붕에 붙어있는 대경종(大警鐘)까지도 바람의 힘에 흔들리는 게 틀림없었다. 그러기에 대경종을 치는 줄이 약간이긴 하지만 오르내리고 있었다. 이것은 대경종이 조금씩 움직이고 있다는 증거라고 할 수 있다. 이어서 그 탄력성이 있는 줄이 떡갈나무 테이블 위를 가벼운 소리를 내며 두드린다.

귀를 곤두세우면서 매컴슨은 의사가 한 말을 다시 상기했다. '그 줄은 판사의 법적 악의로 희생된 사람들이 목을 맨 줄이오.' — 그는 난로 곁에 서서 그 줄을 손으로 잡고 살펴보았다. 이 줄에는 아무래도 맹렬한 흥미가 인다.

그렇게 서있으면서 어떤 사람들이 희생되었던 것일까 등등 여러 가지를 생각하다 보니, 이런 무시무시한 유물을 언제나 눈앞에 두고자 한 판사의 잔혹한 의지에 그는 자아를 잃고 말았다.

이렇게 서있는 동안에도 지붕 위에 있는 대경종이 흔들리어 그때마다 이 줄이 위로 올라가곤 했다. 이윽고 새롭고 묘한 느낌이 전해 왔다 —. 줄이 세게 흔들렸던 것이다. 마치 무엇인가가 줄을 잡고 흔들어대는 것 같은 느낌이 —.

매컴슨이 무심결에 올려다보니 예의 덩치 큰 쥐가 천천히 그가 있는 쪽을 향하여 내려오고 있었다. 그를 노려보면서 —. 잡았던 줄을 놓치게 되자 그는 자기도 모르는 사이에,

"이런, 빌어먹을 놈!"

이라고 외치며 뒷걸음질을 쳤다. 쥐는 몸을 잽싸게 한바퀴 돌리더니 줄을 타고 올라가 모습을 감추었다. 그순간 매컴슨의 귀에는 쥐떼들이 소란 피우는 소리가 들려왔다. 잠시동안 멎었던 그 소동 소리가 또 시작된 것이다.

그는 이것저것 곰곰이 생각하기 시작했다. 지금까지 자기가 하려

고 했던 것, 즉 그 쥐가 사는 곳을 확인하는 것과 그림을 자세히 보겠다는 것을, 여지껏 하지 않았다는 생각이 문득 들었다. 갓을 씌우지 않은, 또 한 개의 램프에 불을 켜서 높이 쳐들고 간 그는 난로 오른편에서 세 번째로 걸려 있는 그림 앞에서 멈춰섰다. 어젯밤에 그 쥐가 모습을 감춘 바로 그곳이다.

매컴슨은 그것을 언뜻 보는 순간 자기도 모르게 긴 한숨을 내쉬며 뒷걸음질을 쳤다. 자칫했더라면 램프를 떨어뜨릴 뻔했다. 무릎이 벌벌 떨리고 얼굴에서는 커다란 식은땀 방울이 떨어졌다.

그러나 그는 젊은 몸이었고 용기도 있었으므로 애써 정신을 바싹 차렸다. 숨을 돌린 그는 다시 앞으로 걸어나갔다. 램프를 들고 그림을 자세히 살펴보았다. 그림은 먼지도 깨끗이 털려져 있었고 걸레질까지 쳐져 있었으므로 뚜렷하게 보였다.

감색이 섞인 하얀 모피 외투를 입은 판사의 초상이었다. 그 얼굴은 강인했고 무자비하며, 사악하고 교활하며 집념이 강한 인상이었다. 육감적인 입술에 붉은 기운이 감도는 매부리코 ─ . 코의 생김새는 맹금류(猛禽類)의 부리와 똑같았다. 얼굴의 다른 부분은 죽은 사람처럼 새파랗다. 눈은 기묘하게 빛이 나고 있었는데 무서운 악의(惡意)를 품고 있는 표정, 바로 그것이었다.

그 눈을 쳐다보던 매컴슨은 소름이 끼쳤다. 그 덩치 큰 쥐의 눈과 똑같았던 것이다. 램프가 거의 손에서 떨어질 것 같았다. 그 그림 한쪽 구석에 나있는 구멍에서 이쪽을 노려보고 있는, 적의에 찬 그 쥐가 있었던 것이다. 그러나 그는 생각을 바꾸어 계속 그 초상화를 더욱 상세하게 조사했다.

판사의 초상화는 등받이가 높직하고 조각이 되어 있는 떡갈나무 의자에 앉아 있었다. 대형 돌난로 오른쪽, 방 구석에 줄이 한 개 천장에서 내려와 있는데 그 끝은 테이블 위에 서리서리 똬리를 틀고 있다.

무엇인가 공포감과 같은 것에 사로잡힌 매컴슨은 그림 속에 그려진 방의 광경을 확인한 다음 잔뜩 겁을 집어먹고 주변을 돌아보았다. 마치 자기 등 뒤에 무엇인가가 있는 것을 보게 된다는 예감이 드는 사람처럼 — . 그러다가 난로 귀퉁이에 눈길을 준 그는 외마디 소리를 지르면서 들고 있던 램프를 떨어뜨리고 말았다.

그곳, 판사의 의자 위, 늘어진 줄을 뒤로 하고 예의 덩치 큰 쥐가 앉아 있는 게 아닌가. 판사의 그 악의에 찬 눈초리를 하고 말이다. 이제 그 눈초리는 악마와 같은 곁눈질을 더 심하게 하고 있었다. 문밖은 아우성치듯하는 바람소리 외에는 정적 바로 그 자체뿐이었다.

램프를 떨어뜨릴 때 매컴슨은 제정신이 들었다. 다행하게도 금속제 램프였으므로 기름이 흘러나오지는 않았다. 램프불을 다시 켜야 하는 현실적 필요 때문에 신경질적인 불안도 사라졌다. 램프에 불을 켜고 이마에 흐르는 땀을 닦아낸 그는 한순간 생각에 잠겼다.

"이거, 안되겠는걸."

그는 혼잣말로 중얼거렸다.

"이렇게 나가다간 내가 미쳐 버리고 말겠어. 그만둬야겠다. 의사 선생과는 차를 마시지 않겠노라고 약속했어. 그 선생의 말은 분명 옳아. 내 신경이 이상해져 있었던 거야. 그것을 알아차리지 못했었다니 이상한 일이로군. 그래, 나는 언제나 좀 이상했었지. 그러나 이제는 괜찮아. 앞으로 두번 다시 바보같은 짓은 안할 거라구."

그리고 그는 강한 브랜디에 물을 듬뿍 부어서 섞은 다음, 의자에 앉아서 그것을 마셨다. 그리고 결심을 새로이 한 그는 공부에 착수했다.

한 시간쯤 지났을까. 그는 책에서 눈을 떼고 위를 올려다보았다. 돌연한 방안의 정적이 오히려 공부를 방해했던 것이다. 문밖에서는 아까보다 바람이 더 세차게 불고 있었다. 빗방울이 창문을 두드리고 있었다. 싸래기눈이라도 쏟아지는지 창문을 때리는 소리도 났다.

그러나 방안에서는 정적만이 감돌았고 큰 굴뚝 속에서 바람소리만이 이따금 새나올 정도였다. 난롯불은 불기운이 다소 식어갔지만 불을 더 피우지는 않았다. 그래도 난로 안에서는 빨간 불빛이 새어나오고 있었다.

매컴슨은 귀를 곤두세웠다. 이윽고 아주 희미하게 무엇인가가 마찰하는 소리가 들려왔다. 아주 희미하게 ─. 줄이 늘어져 있는 방 한쪽 구석에서 들려온다. 대경종이 흔들리면서 줄이 오르락내리락하여 바닥을 문지르는 소리일 것으로 생각했다.

그런데 올려다보니 그곳에는 예의 덩치 큰 쥐가 줄을 붙잡고 그것을 갉고 있는 것이 아닌가. 희미한 불빛 속에서 그 쥐의 모습이 확인되었다. 그 줄은 이미 거의 다 끊겨져 있었다. 꼰 실이 벗겨졌고 그 속에서 하얀 실이 드러나 있었다. 그리고 매컴슨이 쳐다보고 있는 동안에 줄은 완전히 끊어지고 말았다.

끊어진 줄의 끝은 떡갈나무 널빤지 바닥으로 소리를 내며 떨어졌다. 순간적이긴 했지만 예의 덩치 큰 쥐가 그 줄의 끝부분에서 마치 목매달린 것처럼 보였으며 그바람에 줄은 좌우로 마구 흔들리고 있었다. 그순간 매컴슨은 또 하나의 공포감에 사로잡혔다. 바깥세상에 도움을 요청하려 해도 그 가능성이 없어졌기 때문이다.

그러나 그 공포는 격한 분노로 바뀌었다. 그는 읽고 있던 책을 집어들자 그 쥐를 향하여 힘껏 던졌다. 정조준을 한 일격이었다. 그러나 던진 책이 명중하기 직전 쥐는 줄에서 뛰어내렸고 바닥에 아주 유연한 자세로 떨어졌다. 그 쥐를 향해서 돌진했지만 쥐는 살짝 피하여 어둠 속으로 사라졌다. 매컴슨은 생각했다. 오늘 밤에는 공부를 다했다고 ─.

공부에서 쥐잡기 작업에 나선 매컴슨은 램프의 녹색 갓을 떼어냈
다. 램프 불빛은 멀리 문에까지 비춰지게 되었다. 방 위쪽의 어둠은
완전히 가시게 되었으므로 벽 상단 쪽에 걸려 있는 그림들이 모두
환하게 보였다.

그가 서있는 정면, 난로의 오른쪽 벽 위에 세 번째로 걸려 있는
그림도 환하게 보였다. 그 그림을 보는 순간 그때까지 느껴보지 못
한 공포심이 그를 압도했다.

그림 한복판 갈색 캔버스의 크게 일그러진 바닥이 그대로 드러나
있는 게 아닌가 ─. 마치 액자 속에 새로 바른 것 같은 바닥 천이
말이다. 배경은 지금까지 보았던 것과 똑같았다. 의자가 있고 난로
가 있고 줄이 늘어져 있다. 그런데 판사의 모습은 사라져서 보이지
아니했다.

매컴슨은 공포로 몸이 얼어붙다시피 했다. 다시 한번 천천히 쳐다
보던 그는 중풍에 걸린 사람처럼 몸을 떨었다. 몸속에서 힘이 빠져
나갔다. 움직일 수가 없으니 어디든 오갈 수가 없다. 생각도 거의
할 수 없게 되었다. 단지 눈이 보이고 귀가 들릴 뿐이었다.

그런데 그 등받이가 높고 조각이 된 떡갈나무로 만든 큰 의자에
판사가 앉아 있었다. 감색과 하얀 모피 외투를 걸치고, 적의에 가득
찬 두 눈을 집념에 불태우며 결연하고 잔인한 입술에 미소를 띠고
있었다. 검은색 '사형선고 모자'를 두 손으로 받쳐 들고 말이다 ─.

매컴슨은 심장이 터지고 그곳에서 피가 마구 뿜어나올 것만 같았
다. 질질 끄는 서스펜스에 사람들이 언제나 느끼게 되는 그런 감정
이었다. 귀가 윙 소리를 내며 울렸다. 문밖에서는 태풍 부는 소리가
요란했고 시장(市場)의 종(鐘)이 한밤중을 고하는 소리를 연거푸
울리고 있었다.

거의 끝이 없을 것만 같이 생각되는 순간순간을, 마치 조각품처럼

굳은 자세로 두 눈을 크게 부릅뜨고 공포에 질린 눈초리로 숨을 죽이면서 그는 서있었다. 시장의 종이 울림에 따라 판사의 얼굴에는 승리의 미소가 떠올랐다. 한밤중을 알리는 최후의 종소리와 함께 판사는 검은색 모자를 머리 위에 썼다.

그리고 서서히 아주 서서히 판사는 의자에서 일어났다. 그런 다음 바닥에 떨어져 있는 대경종의 줄 끝을 잡고는 그 감촉을 즐기기라도 하려는 듯, 손으로 어루만지다가 한쪽 끝을 묶어서 올가미 모양을 만들었다. 그것을 굳게 옹쳐매자 발로 꽉 눌러서 시험을 한 다음 만족스럽다는 듯 빙그레 웃더니 올가미 쪽을 손에 잡았다.

이어서 판사는 테이블을 따라 매컴슨 반대쪽에서 움직이기 시작했고 두 눈으로는 매컴슨을 노려보고 있었다. 매컴슨도 테이블을 사이에 두고 피하기 시작했다.

매컴슨의 동작을 예의주시하던 판사는 재빨리 몸을 날리어 문앞에서 그를 막고 섰다. 자신이 덫에 걸렸다는 것을 깨달은 매컴슨은 어떻게 해야 좋을지를 생각했다. 판사의 두 눈에는 어떤 홀리는 것 같은 것이 있는데 매컴슨을 다짜고짜로 잡으려 하지는 않고 계속 그런 눈으로 응시하고 있었다.

그러다가 판사가 다가오는 것이 보였다 — 매컴슨과 문 사이에 의연히 서있다가 말이다. 마침내 올가미를 들어 매컴슨을 포박하듯 이쪽을 향해서 던졌다. 매컴슨은 필사적인 노력으로 민첩하게 피했다. 올가미가 옆으로 떨어지는 것이 보였고 그것이 떡갈나무 널빤지 바닥에 닿는 소리도 들렸다.

그러나 판사는 다시 올가미를 집어들었고 적의에 찬 눈을 부릅뜨며 계속해서 그를 포박하기 위해 던졌지만 그때마다 매컴슨은 위험 속에서 몸을 피하곤 했다. 이런 식으로 몇차례나 공방전이 계속되었다. 판사는 실패를 해도 실망하지 않았다. 마치 쥐를 잡아놓고 놀리는 고양이와 같았다.

드디어 절망상황이 정점에 달했을 때 매컴슨은 잽싸게 주위를 둘러보았다. 램프 심지가 올려져 있는 듯 방안은 상당히 밝았다. 숱한 쥐구멍에서 쥐들의 눈이 반짝이고 있었다. 그 광경은 틀림없는 물질적(物質的)인 것이었는데 순간적이나마 안도감을 가져다 주기도 했다. 둘러보니 대경종의 줄에 쥐들이 서로 뒤엉키어 올라타고 있었다.

조그만 틈도 없이 줄에 달라붙어 있는데 천장의 작은 둥근 구멍에서 자꾸만 기어나오는 쥐들이 모두 줄에 달라붙자 그 무게로 대경종이 흔들리기 시작했다. 그리고 들려왔다. 대경종의 종소리가! 대경종이 흔들림에 따라 그 속에 있는 '종방울'이 마침내 종의 몸체를 두드렸던 것이다. 종소리는 짧은 시간동안 아주 희미하게 났었다. 그러나 조금 후에는 점점 크게 울렸다.

그 종소리에 매컴슨에게만 쏠려 있던 판사의 눈길이 대경종 쪽, 즉 천장 쪽으로 옮겨갔다. 그러더니 악마와 같은 험상궂기 그지없는 분노의 표정으로 판사의 얼굴이 바뀌어 갔다.

두 눈은 불이 붙은 석탄처럼 이글이글 타오르고 저택 전체가 흔들릴 정도로 펄펄 뛰었다. 다시 한번 올가미를 집어들려고 했을 때 무시무시한 천둥번개가 머리 위에서 번쩍이며 울렸다. 쥐들은 미친 듯이 종치는 줄을 오르내리고 있었다.

이번에는 판사가 줄을 던지려고 하지는 않고 매컴슨에게 다가왔는데 그는 다가오면서 올가미를 넓혔다. 그가 가까이 다가옴에 따라 판사의 존재에는 무언가 마비시키는 것 같은 힘이 있어서 매컴슨은 시체처럼 경직되고 말았다. 판사가 줄을 조절했을 때 그는 판사의 얼음처럼 차가운 손가락이 자기 목줄기에 닿는 것을 느꼈다. 그리고 올가미가 목을 꽉 죄어왔다.

이어서 판사는 매컴슨의 경직된 몸을 두 손으로 껴안더니 떡갈나무 의자 쪽으로 갔고 그 의자 위에 세워 놓았다. 그리고 옆으로 와서 손을 들어, 흔들리고 있는 대경종 줄의 끝을 붙잡았다.

판사가 손을 들자 쥐들은 '찌익, 찍' 울면서 도망쳤고, 천장의 구멍 속으로 모습을 감추었다. 판사는 매컴슨의 목에 감긴 올가미 끝을 잡더니 그것을 교수형 종에 붙들어 맨 다음, 그 줄이 중량에 따라 내려오도록 하고 의자를 빼냈다.

판사의 집 대경종이 울려대자 군중들이 모여들었다. 갖가지 횃불과 램프불을 든 군중들은 현장으로 급행했다. 그들은 저택 문을 세차게 두드렸지만 안에서는 아무 대답이 없었다. 그래서 문을 걷어차 부수고 대식당(大食堂)으로 몰려갔다. 의사가 선두에 섰다.

그곳 대경종을 치는 줄 끝에 대학생의 시체가 매달려 있었다. 그리고 그림 속의 판사 얼굴에는 그 사악한 미소가 머금어 있었다.

해리와 크리스

이러한, 아무것도 아닌, 날마다 일어나는 일들이 무섭다. 햇빛과 풀 위에 깔리는 그늘, 하얀 장미들, 빨간머리의 아이들 ― . 그리고 '해리'라고 하는 이름 ― . 이러한, 아무것도 아닌, 날마다 일어나는 일들이 ― .

하지만 크리스틴이 처음으로 이 이름을 입밖에 냈을 때, 나는 뭔가 이상한 조짐을 느꼈다.

크리스틴은 5세 ― . 앞으로 3개월 뒤에는 학교에 갈 것이다. 맑고 따뜻한 날이었다. 크리스틴은 정원에서 혼자 놀이를 하고 있었다. 흔히 그러했듯이 풀밭 위에 배를 깔고 엎드리어 개양귀비를 꺾어서 그것으로 반지를 만들며 기뻐하고 있었던 것이다.

연한 붉은 머리에 태양이 비치자 크리스틴의 뽀얀 피부는 더욱 하얗게 보였다. 둥근 눈은 열을 받아서인지 더욱 크게 뜨고 있었다.

그때 돌연 크리스틴은 흰장미 덩굴이 우거져 있는 쪽으로 고개를 돌렸다. 풀밭 위에 그늘을 드리우고 있는 장미 덩굴 쪽으로 ― . 그리고 생긋 웃었던 것이다.

"응, 맞아. 나 크리스틴이야."

아이는 말했다.

그리고 일어서자 장미 덩굴 쪽으로 서서히 걸어갔다. 키에 걸맞

지 않게 짧은 무명 스커트 밑으로 맨살을 드러낸 두 다리를 보이면
서 — 이 나이의 어린 여자 아이들은 이제 곧 무럭무럭 자라날 것
이다.
　"엄마와 아빠, 모두 같이 있어."
　아이는 분명히 말했다. 그리고 잠시 간격을 두었다가,
　"어머, 그렇지만 두 분은 내 엄마이고 아빠인걸."
하고 말했다. 아이는 이미 장미 덩굴의 그늘 속에 들어가 있었다.
마치 빛의 나라에서 어둠의 나라로 들어가 버린 것 같았다. 왜 그런
지는 잘 알 수 없지만 불안하게 된 나는 소리를 질렀다.
　"크리스! 뭐하니?"
　"뭐, 별로……."
목소리는 아주 먼 곳에서 들려오는 것 같았다.
　"집으로 들어와. 밖은 너에게는 너무 덥단 말야."
　"너무 덥지 않아요."
　"집에 들어와, 크리스!"
　"이제 가봐야겠어. 그럼 안녕."
크리스의 목소리가 들리더니 그녀는 집 쪽으로 돌아왔다.
　"크리스, 누구와 얘기했니?"
　"해리야."
아이는 말했다.
　"해리라니? 그게 누군데?"
　"해리가 해리지 뭐."
　이 이상 아무것도 묻지 않았다. 나는 크리스틴에게 케이크와 우유
를 주고 잠잘 시간까지 책을 읽어 주었다.
　듣고 있는 동안에도 크리스는 내내 정원 쪽을 응시하고 있었다.
그러다가 한번 손을 흔들며 생긋 웃는 것이었다. 크리스를 침대에

눕히고 잠을 재웠을 때 나는 '후유' 한숨을 쉬며 비로소 안심을 했다.

남편 짐이 돌아왔을 때 나는 이 불가사의한 '해리'에 대한 이야기를 해보았다. 짐은 웃으면서 대꾸했다.

"그 애, 또 장난기가 도졌구려."

"장난기라니요?"

"그게 말야, 공상적 친구를 만든다는 것은 그 정도 나이의 아이들에게는 흔히 있는 일이오. 인형에게 말을 거는 아이도 있지. 우리 크리스는 인형에게는 그다지 열중하지 않는 아이이니까. 오빠나 언니도 없고, 거기에다가 또래의 친구도 없으니까. 누군가를 공상하고 있는 것이오."

"하지만 어떻게 '해리'라는 이름까지 또렷하게 대는 거지요?"

짐은 그것까지는 모르겠다는 듯 어깨를 한번 으쓱해 보였다.

"아이들의 상상을 어찌 알 수 있겠소. 왜 그런 일에까지 신경을 쓰는 게요? 나는 상관치 않는 게 좋을 것으로 생각하오."

"그야 나도 그렇게 생각해요. 단, 나는 그 아이에게는 특별한 책임이 있어요. 진짜 엄마라면 더욱 책임감을 가져야 할 것으로 생각해요."

"알겠소. 하지만 그 아이는 잘하고 있어요. 귀엽고, 건강하고, 머리가 좋은 아이요. 당신도 자랑스러울 거요."

"당신의 자랑이기도 하고요."

"그렇소. 우리는 완벽한 부모요!"

"보조자이고요."

우리는 함께 웃었고, 짐은 나에게 키스를 했다. 나는 마음속에 위로를 받았다. 다음날 아침까지는 ──.

그날도 태양은 온화한 빛을 잔디밭과 흰장미 등에게 찬연히 비쳐주고 있었다. 크리스틴은 풀밭 위에 책상다리를 하고 앉아서 장미 덩굴 우거진 쪽을 바라보며 생글생글 웃고 있었다.

"안녕!"

크리스는 말했다.

"나는 꼭 올 줄 알았어…… 나는 해리가 참 좋아…… 해리는 몇 살이야?…… 나는 다섯 살의 여자 아이야…… 이제 아기가 아니라구! 곧 학교에 가는 걸. 새옷을 입고. 녹색 옷이야. 해리도 학교에 가?…… 학교에서는 뭘 하는데?"

크리스틴은 잠시 잠자코 있었다. 그러나 열심히 고개를 끄덕이기도 하고 귀를 기울이기도 했다.

부엌에 서있던 나는 몸에서 한기(寒氣)가 느껴졌다.

'아니, 저게 무슨 짓이람? 이상한 아이네. 공상의 친구를 사귀다니……'

나는 필사적으로 나 자신에게 들려주었다.

'그래, 아무 일도 없는 척해야 돼. 물어보면 안되지. 그럼 나도 바보가 될 거라구.'

하지만 나는 평소보다 이르게 크리스를 집으로 불러들이려고 했다. 10시의 간식을 주기 위해서였다.

"우유야, 크리스. 어서 먹어라."

"지금 갈게."

이것은 이상한 대답이다. 평소에는 우유와 특제 크림의 비스킷 샌드를 주면 음식맛을 기가 막히게 잘 아는 이 아이는 쏜살같이 달려와서 먹곤 했었다.

"자아, 어서 먹어라."

내가 재촉했다.

"해리와 같이 가도 돼?"

"그건 안돼!"

내가 한 말이지만 너무나 거친 목소리에 나 자신도 놀라고 말 정
도였다.

"그럼, 안녕 해리. 집에 들어오지 못하게 해서 미안해. 나 우유 마
시지 않으면 안되거던."

그렇게 말하자 크리스는 집을 향해 달려왔다.

"왜, 해리와 함께 우유를 마시면…… 안돼?"

크리스는 도전하듯 물었다.

"크리스, 크리스는 착한 아이지? 그런데 해리라니, 그 애는 대체
누구니?"

"오빠야."

"크리스, 하지만 너에게는 오빠가 없잖니? 엄마와 아빠에게 아기
는 하나뿐이야. 어린 여자 아이밖에 없어요. 그게 바로 너야. 해리
라는 오빠는 없다구."

"해리는 오빠야. 그렇게 말했는걸."

크리스는 우유를 담은 컵에 얼굴을 숙이고 마시다가 윗입술에 우
유가 묻은 얼굴을 들었다. 그런 다음 낚아채듯 비스킷을 집었다. 어
쨌든 '해리의 소동' 중에도 식욕만큼은 있는 것 같다.

간식을 다 먹은 다음 내가 말했다.

"자아, 쇼핑을 하러 가자. 크리스, 같이 갈 거지?"

"해리와 같이 집에 있을 거야."

"안돼요. 같이 가는 거야."

"해리와 같이 가도 돼?"

"안돼."

모자를 쓰고 장갑을 끼면서 내 양손은 벌벌 떨리고 있었다. 요즈
음 집안에는 냉기가 돈다. 바깥은 그토록 햇빛이 쏟아지고 있는데
집안은 마치 차가운 그림자가 가득한 것 같다. 크리스는 얌전하게

따라왔는데, 길을 걷는 도중에 뒤를 돌아보고 손을 흔들기도 했다.

그날 밤, 짐에게는 이런 얘기를 하지 않았다. 전날처럼 코방귀나 뀔 것이 틀림없겠기 때문이다.

하지만 크리스틴의 '해리 환상'이 날로 더해감에 따라 나는 점점 더 초조해지고 불안해졌다. 긴 여름날들이 밉도록 두려워졌던 것이다. 회색의 하늘과 비가 그리워졌다. 말라서 죽어가는 흰장미가 가여워졌다.

정원에서 크리스틴이 정신나간 말을 지껄이고 있는 것을 들으면 몸이 떨리는 것이었다. 이제 크리스틴은 해리를 상대로 하는 이야기를 억제할 수 없는 것 같았다.

어느 일요일, 짐은 크리스틴이 지껄이는 것을 듣고 이렇게 말했다.

"그 공상의 친구편을 드는 것은 아니지만 그놈들 이제 아동언어의 실력을 많이 길렀소. 크리스는 회화실력이 대단한데. 못하는 말 없이 자유자재로 구사한단 말야."

그 말에 나는 무심코 쏘아주고 말았다.

"사투리는 있지만요!"

"사투리라니?"

"시시한 시골 사투리 말이에요."

"여보, 어렸을 때는 누구나 사투리를 조금 쓰는 법이오. 학교에 가서 여러 아이들과 어울리면 그 사투리가 더 심해지지."

"나는 지금 시골 사투리를 말하는 게 아니예요. 어디서 그런 사투리를 배웠느냐는 거예요. 누구에게서 배웠는지 모르겠어요. 설마 해……"

차마 '해리'란 말은 하지 못했다.

"빵집, 우유집, 버터집, 석탄집, 커튼집…… 더 주워섬겨 볼까?"

"됐네요."

원망스럽다는 어조로 나는 말했다. 짐 덕택에 내가 바보처럼 되고
말았다.

“어떻든 크리스에게 사투리 따위는 없을 거요.”

“우리와 얘기할 때는 사투리가 없지요. 그때만 그런다니까요. 그
아이…… 하고 말할 때만요.”

“해리지? 그 해리란 아이 자꾸 귀여워진단 말야. 언제든 한번 만
났으면 좋겠어. 재미있을 텐데.”

“닥쳐요!”

나는 그만 고함을 지르고 말았다.

“그런 말 하지 마세요. 내 악몽이었어요. 낮잠을 자다가 꾼 악몽
이에요. 저어 짐, 나도 이제는 더 참지 못할 것 같아요.”

짐은 깜짝 놀라는 눈치였다.

“해리 사건으로 완전히 신경이 약해졌나 보오.”

“그래요. 낮이고 밤이고 ‘이것 해리 주면 안돼?’ ‘저것 해리 주면
안돼?’ ‘해리가 말했다구요’ ‘해리가 생각한다구요’ ‘해리도 가지고
있는지 모르겠네’ ‘해리도 같이 가게 해 줘요’ ……계속이라니까
요. 온종일 직장에 가있는 당신이야 무사태평이겠지만 나는 늘 함
께 있잖아요. 나……; 나……, 이젠 무서워요. 짐, 아무래도 이상
해질 것만 같다니까요.”

“그곳에 가면 틀림없이 마음이 안정될 것으로 생각되는데 가보지
않으려오?”

“어디에?”

“내일, 크리스를 데리고 노인 의사 웹스터 선생에게 가보구려. 선
생에게 진찰을 받도록 해봐요.”

“그럼, 그 아이가…… 병이라고 하는 겁니까? 그 머리의……?”

“아냐, 아니라니까. 그래도 우리 두 사람이 머리를 짜내봐도 모르

는 일은 전문가에게 부탁하는 게 좋을 것 같아서 그러는 거요.”

다음날 나는 크리스를 데리고 함께 웹스터 선생에게로 가서 진찰을 받기로 했다. 크리스는 대기실에서 기다리게 해놓고 나는 먼저 의사 선생을 만나 해리에 대한 이야기를 간단히 이야기했다.

“응, 그래요? 잘 알겠습니다.”

라며 계속 고개를 끄덕이던 선생은 이렇게 말했다.

“어느 정도는 진귀한 증례(症例)인데 제임스 부인, 그렇다고 해서 전혀 없는 증례는 아닙니다. 아이의 공상상(空想上)의 친구가 너무나도 현실적이 되어서…… 부모가 당황하는 경우가 있는데요…… 나도 몇번 그런 경우를 보았습니다. 아마도 그 아이는 고독한 아이일 것 같은데 어떻습니까?”

“예, 다른 아이들을 사귀지 못했습니다. 이사간 지 얼마 안되었고 이웃집과도 그다지 친하게 지내지 않고 있습니다. 학교에 가면 틀림없이 좋아질 것으로 생각하고 있습니다만…….”

“그렇지요. 학교에 들어가서 다른 아이들과 사귀게 되면 이런 공상도 사라져서 없어질 것입니다. 아시겠습니까? 아이들은 또래의 친구를 필요로 하는 법입니다. 또래의 친구가 없으면 자기 자신이 무엇이든지 꾸며내곤 하지요.

고독한 어른들도 혼잣말을 중얼거리는 법입니다. 혼잣말을 한다고 해서 이상하게 머리가 어떻게 된 것은 아닙니다. 이야기 상대가 필요한 것뿐입니다. 아이들은 어른보다 훨씬 더 임기응변적입니다. 혼잣말을 하기 위해서 이야기 상대를 꾸며내는 것이지요. 걱정할 것 없습니다. 그것은 내가 보증하겠습니다.”

“남편도 그렇게 말했습니다.”

“그것 보세요. 그렇다니까요. 일부러 여기까지 오셨으니 잠깐동안 크리스틴과 얘기를 나누어 볼까요. 우리 두 사람만 있게 해주십시오."

나는 대기실로 크리스를 데리러 갔다. 크리스는 창가에 서있으면서 이렇게 말하였다.

"해리가 기다리고 있어."

"어디 있는데? 해리가?"

나는 조용히 말하면서 크리스틴이 보고 있는 곳을 얼른 보려고 했다.

"저기야, 저 장미꽃 숲 옆에……."

의원(醫院) 정원에는 흰장미 숲이 우거져 있었다.

"아무도 없는데."

나는 이렇게 말했는데 크리스는 마치 어린이답지 않은 모멸의 눈길을 나에게 던지고 있었다.

"웹스터 선생님이 지금 너를 만나보고 싶으시단다."

나는 떨리는 목소리로 말했다.

"웹스터 선생님 너도 알지? 수두(水痘)를 앓을 때 너에게 과자를 주셨던 분 말야?"

"응."

하고 말한 크리스는 아주 얌전하게 선생의 외과 수술실로 들어갔다. 나는 안절부절못하며 기다리고 있었다. 벽 너머로 두 사람의 애깃소리가 희미하게 들려왔다. 선생의 재채기 소리가 들려왔고 크리스틴의 째지는 듯한 웃음소리가 났다. 크리스틴은 나하고 얘기했을 때와는 아주 다른 대화법으로 선생에게 이야기하고 있는 것이었다.

두 사람이 나왔고 선생은 나에게 말했다.

"아무 데도 나쁜 곳은 없습니다. 상상력이 다소 예민한 아이로군요. 그런데 제임스 부인, 해리에 대한 얘기는 무엇이든지 하도록 시키십시오. 무엇이든지 모두 털어놓는 습관을 붙여 줘야 합니다.

어떻습니까? 크리스틴이 한 말 가운데 예(例)의 '오빠'란 말 때문에 부인께서는 크리스틴 앞에서 너무 엄숙한 표정을 지으셨더군요. 그 때문에 크리스틴은 해리에 대한 얘기를 부인 앞에서 꺼리게 되었습니다. 크리스틴, 해리는 나무 장난감도 만들 수 있지?"

"예, 선생님. 해리는 나무 장난감을 잘 만들어요."

"응 그래, 그리고 받아쓰기와 읽기도 할 수 있지?"

"그럼요. 또 수영도 할 수 있고 그림도 잘 그려요. 나무에도 잘 올라가구요. 무엇이고 다 할 수 있다구요. 아주 멋진 오빠인 걸요."

크리스틴의 조그마한 얼굴은 찬미로 볼그스름해졌다.

의사는 내 어깨를 가볍게 두드리며 말했다.

"크리스틴에게는 해리가 아주 멋진 오빠 같습니다. 크리스틴! 머리털도 해리는 너와 똑같은 빨간머리이지?"

"맞아요. 해리는 빨간머리예요."

크리스는 자랑스럽다는 듯 말했다.

"나처럼 빨간머리예요. 키도 아빠와 거의 같을 만큼 크고요. 그런데 아주 날씬해요. 키가 엄마만할 걸요. 나이에 비해서 크다고 했어요. 그런데 나이에 비해서 크다는 게 무어예요?"

"엄마가 집에 가면서 가르쳐 주실 거다."

웹스터 선생이 말했다.

"그럼 안녕. 제임스 부인, 신경쓰지 마십시오. 그리고 무엇이든지 말하게 하세요. 안녕, 크리스. 해리에게 잘해 줘라."

"해리는 저기 있는 걸요."

크리스는 의원 정원 쪽을 가리키며 그렇게 말하는 것이었다.

"저기서 나를 기다리고 있는 걸요."

선생은 웃었다.

"아이들을 당해낼 수 없다니까요. 어떤 아이가 말입니다, 공상상의 부족(部族)을 꾸며낸 거예요. 그 집안에서는 그 부족의 제사까지도 지낸 적이 있다니까요. 그런 집에 비하면 부인은 아무것도 아닙니다.”

그 이야기를 듣고 나니 다소는 마음이 가라앉기도 했는데 그것도 잠시뿐이었다. 나는 진심으로 크리스가 학교에 들어가면 그 ‘지긋지긋한 해리 소동’은 끝이 날 것으로 생각했었다. 그런데 의사가 하는 말로는 그렇게 쉬 끝날 것 같지가 않았던 것이다.

크리스는 내 앞을 달려가고 있었다. 이따금 옆에 있는 누군가를 올려다보기도 했다. 그런데 아주 짧은 순간이었지만 나는 그 아이 옆 길 위에 — 흐릿하고 긴 그 아이의 그림자 옆으로 — 소년의 것 같은 사람 그림자가 달려가는 것을 보았던 것이다. 그것은 금방 사라지고 말았다.

나는 종종걸음으로 크리스를 따라갔고 아이의 손을 잡자, 집에까지 가는 동안 줄곧 꽉 잡은 채로 갔었다. 바깥보다는 안전한 집안에서도 — 이 더운 계절에 비하여 묘하게도 냉랭한 집안이었지만 — 나는 결코 크리스에게 눈을 떼는 일이 없었다.

겉으로는 나에 대하여 변함없이 행동하는 크리스였지만 실은 아이의 마음은 나에게서 서서히 떠나가고 있었던 것이다. 우리집에 있으면서 그 아이는 생판 모르는 아이가 되어가려고 했던 것이다.

짐과 내가 크리스를 양녀로 받아들인 이후로 처음, 나는 진심으로 의심하기 시작했다 — 이 아이는 대체 어떤 아이일까 — 어떤 출신(出身)일까? 진짜 부모는? 딸로 입적시킨 이 사랑하는 아이, 작은 아이이면서도 모를 이 아이는 누구란 말인가? 크리스틴은 대체 어떤 아이란 말인가?

그로부터 1주일이나 지났다. 이제는 온종일 해리, 해리만 찾을 뿐이다. 드디어 학교에 들어가기 전날, 크리스는 말했다.

"학교에 안갈 거야."

"내일은 학교에 가야 해, 크리스. 즐거워지기 위해 학교에 가는 거란다. 학교에는 남자 친구, 여자 친구들이 많이 있어요."

"해리가 말했어요. 가지 않겠다고요."

"해리는 가기 싫어하겠지. 해리는……."

나는 의사의 충고를 지키어 해리의 존재를 믿고자 했던 것이다 ─ .

"해리는 너무 크거던. 너처럼 작은 남자 아이와 여자 아이들 틈에 끼면 우스워진단다."

"해리하고 같이 가지 않으면 학교에 안갈래요. 해리와 살고 싶어요."

크리스틴은 큰 소리로 울었다.

"크리스, 바보같은 짓 그만 해! 이게 무슨 짓이야?"

나는 크리스의 팔을 때리고 말았다. 크리스는 금방 울음을 그쳤지만 그녀는 나를 뚫어지라고 쏘아보았다. 파란 눈동자를 크게 벌리면서 소름이 끼치는 차가운 눈으로 ─ . 나를 떨리도록 만드는 어른의 눈으로 쏘아보았다. 그리고 이렇게 말하는 것이었다.

"엄마는 나를 사랑하지 않아! 해리는 나를 사랑하고 있어. 해리는 내가 필요하다고 했어. 나하고는 어디든지 같이 가주겠다고 했어!"

"그만, 듣기 싫다!"

나는 고함을 치고 말았다. 내 목소리에 섞인 분노를 나는 부끄럽게 생각했다. 이처럼 어린아이에게 화를 낸 나 자신이 미웠다 ─ . 이 어린아이, 내 이 어린아이에게……

나는 한쪽 무릎을 꿇고 두 손을 벌리며 말했다.

"크리스, 착하지. 이리 오너라."

아이는 천천히 왔다.

“너를 사랑하고 있단다.”

나는 말했다.

“너를 사랑하고 있어요, 크리스. 우리는 현실이고 학교도 현실이다. 그러니 학교에 가서, 나를 기쁘게 해다오.”

“내가 학교에 가면 해리는 떠나 버릴 거야.”

“또 친구가 생기게 돼요.”

“해리가 좋은걸.”

이번에는 눈물이 내 어깨를 적시는 것이었다. 나는 크리스를 으스러지라고 껴안았다.

“크리스, 너는 지금 몹시 피로해. 자아, 어서 자거라.”

크리스는 잤다. 눈물 자국을 얼굴에 남긴 채로 ― .

아직 한낮이었다. 나는 창가로 가서 커튼을 쳤다. 정원에는 황금빛 그늘과, 햇빛의 기다란 띠가 몇개 띠모양으로 드리워져 있었다. 그런데 마치 꿈속처럼 한 소년의 기다란 그림자가 새하얀 장미 덩굴 옆에 나타나 있었다. 나는 미친 사람처럼 창문을 열었고 고함을 질렀다.

“해리! 해리!”

장미들 사이에 반짝반짝이며 무엇인가 빨간 것이 눈에 띄는 것 같았다. 소년의 머리, 곱슬거리는 빨간머리……. 그런데 자세히 보니 아무것도 없었다.

크리스틴의 격정적 폭발을 짐에게 이야기했을 때 짐은 말했다.

“가엾어라, 아직 어린 것이……. 처음으로 학교에 간다는 것은 누구나 중압감을 느끼게 되지. 학교에 일단 들어가면 좋아질 거야. 시간이 흐르면 해리에 대한 애기도 안하게 될 것이고 ― .”

“해리는 크리스를 학교에 보내고 싶지 않은 거라구요.”

"아니, 여보. 당신은 해리의 존재를 믿고 있는 것 같구려."

"이따금 그런 생각이 들어요."

"그 나이에 악령의 존재를 믿다니?"

그는 나를 비웃었는데 눈에는 걱정스럽다는 빛이 역력했다. 내 정신이 다소 어떻게 되었다 하더라도 그에게는 별로 책임이 없다는, 그런 표정이었다.

"해리가 악령이라고 생각하지는 않아요. 해리는 소년에 지나지 않는다구요. 크리스틴에게만 존재하는 소년이에요. 그러나저러나 크리스틴은 대체 누구일까요?"

나는 독백하듯 말했다.

"그만!"

짐이 거친 목소리로 외쳤다.

"크리스를 양녀로 맞아들일 때 우리 두 사람이 결정을 했잖소! 친자식처럼 기르겠다고 ─ . 과거를 파헤치려는 짓은 하지 마오. 의심도 하지 말고 걱정도 하지 말아요. 숨길 일도 없고 ─ . 우리 두 사람의 몸에서 태어난, 우리의 자식이오. 물을 필요조차 없어요. 그 아이는 우리의 딸이오. 알겠소? 그것만은 단단히 알고 있소"

"예, 짐. 당신 말이 옳아요. 물론 당신 말 그대로예요."

짐이 워낙 격분했기 때문에 나는 그 다음날, 크리스가 학교에 가 있는 동안, 내가 하고자 했던 일을 할 수가 없었다.

그리고 다시 그 이튿날 아침, 크리스는 뾰로통한 채 입을 다물고 있었다. 짐은 크리스에게 농담을 하며 기운을 차리라고 말했지만 크리스는 창밖을 내다보며,

"해리가 가버렸어."

라는 말만 할 뿐이었다.

"이제 해리는 너에게 필요치 않아요. 너는 학교에 가야 해."

짐은 말했다.

크리스는 이따금 나를 쏘아보던 그 어른스러운 모멸의 눈으로 짐을 쏘아볼 뿐이었다.

학교에 가는 동안 나와 아이는 한마디 말도 하지 않았다. 나는 거의 눈물로 세월을 보내고 있었다. 아이가 학교에 가기 시작한 것을 기쁘게 생각하는 한편 아이와 헤어져야 한다는 일종의 상실감(喪失感)과 같은 것이 있었다.

모든 엄마들이 애지중지 아기양처럼 기른 자녀들을 처음 학교에 데려올 때 느끼는 것을 나도 느끼고 있었던 것이리라. 아이들에게는 유년기의 끝이자 현실생활의 시작, 즉 잔혹하고 야만적인 현실생활의 시작이다. 나는 교문 앞에서 작별의 키스를 하며 말했다.

"다른 아이들과 함께 점심식사는 학교에서 하는 거다, 크리스. 3시에 학교 수업이 끝나면 데리러 올게."

"예, 엄마."

아이는 내 손을 꼭 잡았다. 같은 또래의 신경질이 된 아이들이, 같은 정도의 신경질이 된 엄마들에게 이끌리어 오고 있었다. 금발에 새하얀 리넨옷을 입은 쾌활한 선생님이 문앞에 나와서 신입생들을 모아가지고 데려간다. 이 여선생님은 지나가면서 '그 마음 알고 있습니다'란 미소를 보이고 말하는 것이었다.

"잘 보살피겠습니다."

교문을 떠나면서 나는 이제 마음이 가벼워졌고, 크리스도 잘할 것이니 걱정할 필요 없다고 생각했다.

그런 다음 나는 비밀의 행동을 시작했던 것이다. 버스에 타고 도시로 들어가 5년 만에 거대하고 을씨년스러운 빌딩으로 들어갔다. 5년 전에 짐과 같이 왔던 곳이다. 빌딩의 위쪽에는 '그레이손양자결연협회'가 있다. 4층에 올라가 낯이 익은 문, 페인트칠이 벗겨진 문을 두드렸다. 낯모를 비서가 안으로 들어오라고 했다.
"저어, 제임스의 아내인데 크리버씨를 만나고 싶은데요."
"약속은 하셨습니까?"
"아뇨, 하지만 아주 중요한 이야기가 있는데요."
"여쭤보고 오겠습니다."
여비서는 안으로 들어갔다가 곧 돌아왔다.
"제임스 부인, 크리버씨가 만나주시겠답니다."
크리버 — 키가 큰 노처녀가 매력적인 미소를 지었다. 날씬하고 회색머리인 크리버는 언제 보아도 친절이 넘치는 얼굴이지만 이마에는 주름이 많이 잡혀 있었다.
"제임스 부인, 안녕하십니까? 크리스틴은 잘 있나요?"
"예, 아주 건강합니다. 크리버씨, 간단하게 요점만 말하겠습니다. 보통은…… 양부모에게 아이의 출신에 관한 것을 가르쳐 주지 않으며, 그 반대의 것도 안 가르쳐 준다는 것을 잘 알고 있습니다. 하지만 크리스의 출신에 관한 건만은 꼭 좀 가르쳐 주십시오."
"제 말을 좀 들어 보세요, 제임스 부인. 이것은 규칙이기 때문에……."
크리버는 난색을 표명했다.
"그러시다면 다 털어놓겠습니다. 나는 지금 세속적인 호기심에서 이런 부탁을 하고 있는 것이 아닙니다. 이해해 주시기 바랍니다."
나는 해리에 관한 이야기를 했다.
그 이야기가 끝나자 크리버는 이렇게 말하는 것이었다.
"어머, 실로 불가사의한 일입니다, 제임스 부인. 이번에 한하여 우리 협회의 규칙을 깨기로 하겠습니다. 이 비밀을 절대로 지켜주시겠다는 약속을 하시면 크리스틴의 출신 관계를 말씀드리지요. 그 아이는요, 런던의 극빈가에서 태어났습니다. 식구는 4명이었지요.

아버지, 어머니, 아들, 그리고 크리스틴이었습니다.”

“아들이라니요?”

“예, 사건이 일어났을 때는 14세였습니다.”

“사건요? 사건이란 대체 무엇입니까?”

“처음부터 얘기하겠습니다. 부모는, 실은 크리스틴을 낳으려고 하지 않았던 것입니다. 그 가족들은 낡아빠진 집 다락방 한 칸에서 살고 있었는데 그곳은 위생검사관이 사용하면 안된다는 판단을 내린 집으로서 세 식구가 살기에도 무리였던 방이었습니다. 그런 곳에서 아이가 또 하나 생겼던 날은 실로 인생이 악몽이었답니다. 그 엄마는 신경증적(神經症的)인 사람이었는데 자포자기 상태인 데다가 불행할 만큼 뚱뚱했다더군요.

크리스틴을 낳은 후에도 엄마는 아기를 전연 돌보려고 하질 않았답니다. 그런데 그집의 아들 아이는 처음부터 이 갓난쟁이를 좋아했으며 학교를 가지 않으면서까지 여동생을 돌보기에 열중했었습니다.

아버지는 창고지기로 일하여 일정한 수입이 있기는 했지만 그 돈은 겨우 한가족의 끼니를 이어나가는 게 고작이었고 돈을 모을 수 없었답니다. 그런데다가 몇주일씩 병으로 누워 있게 되었고 실직을 당했지요. 환자가 그 어수선한 방에 누워 있자니 화는 치밀고, 아내는 잔소리를 해대고 ── 말이 나온 김에 말씀드리겠습니다만 이런 자질구레한 이야기는 나중에서야 그 동네 사람들에게서 들었습니다.

이것도 들어서 안 얘기인데 특히 전쟁 때는 더 무서운 고생을 했던가 봐요. 몇달 동안 정신병원에 입원을 했다가 겨우 제대해서 돌아와 보니 이건 가정이 더욱 말이 아닐 수밖에요.

어느 날 아침, 아직 3시밖에 안되었을 때 아래층에서 살던 여인

52

이 창문 밖에서 무엇인가가 떨어지는 것 같아서…… 내다보니 땅바닥에서 쾅 하고 떨어지는 소리가 나더랍니다. 그래서 달려나가 보았더라는 거예요. 땅바닥에는 그집 아들이 쓰러져 있었고 크리스틴은 그의 팔 속에 안겨 있더란 거예요. 소년의 목뼈는 부러졌는데 그만 죽고 말았습니다. 크리스틴은 얼굴이 흙빛으로 변해 있었지만 숨을 할딱이고 있더란 것입니다.

그 여인은 건물에 사는 사람들을 깨워 일으키고 경찰관과 의사를 불러왔으며 곧바로 다락방에 가보았더랍니다. 문은 굳게 닫혀 있어서 때려부술 수밖에 없었다는군요. 들어가 보니 창문은 깨져 있고 방안 가득 가스 냄새가 나더란 것입니다.

그집 주인과 아내는 침대에서 죽어 있었고 주인이 속필로 갈겨 쓴 유서가 있었습니다.

'이제는 더이상 꾸려나갈 수가 없다. 모두 죽인다. 이렇게 할 수밖에 다른 길이 없다.'

경찰의 결론은 다음과 같았습니다. 즉, 주인은 식구가 모두 잠들어 있는 것을 확인한 다음 가스밸브를 돌렸고, 아내 옆에 가서 누웠다가 의식을 잃고 죽었다는 것이었습니다.

그런데 아들이 눈을 뜨고는 벌떡 일어나 문과 격투를 벌였지만 힘만 빠질 뿐 효과가 없었으며 소리를 지를 힘도 없게 되었지요. 그는 사력을 다하여 창문 잠금쇠를 돌리고 창문을 연 다음, 그토록 사랑했던 여동생을 두 팔로 감싸안은 채 창문에서 몸을 던진 것이겠지요.

크리스틴이 어떻게 해서 가스중독이 안되었는지는 알 수가 없습니다. 아마도 머리를 이불 속에 묻고는 오빠의 가슴에 얼굴을 대고 잤던 게 아니겠느냐고들 생각했답니다 ― 그 남매는 언제나 같이 자고 있었다니까요 ― . 어쨌든 그 아이는 병원에 이송되었

다가 어떤 집으로 — 즉 부인과 남편에게 처음으로 눈에 띄게 되
어 입양하게 된 것입니다……. 그 아이에게 있어서는 행복을 찾게
된 것이지요.”
“그랬군요……. 그렇게 해서 그 아이의 오빠는 그 아이를 구해냈
던 것이로군요.”
나는 감탄하며 말했다.
“그렇습니다. 나이는 어렸지만 여간 용감한 아이가 아니었습니다.”
“꼭 구해내겠다기보다, 그저 제 여동생과 함께 있고 싶어했었겠
지만 — . 어머, 그런 말은 하는 게 아닌데…… 가엾어라. 그런데
크리버씨, 그 사내 아이의 이름은 뭐라고 했습니까?”
“그렇군요. 조사해 봅시다.”
여러 개의 서류함을 뒤적이던 크리버가 드디어 이런 말을 했다.
“성은 존스이고 14세, 이름은 해롤드입니다.”
“머리털이 빨갛지 않았나요?”
내가 중얼거리듯 물었다.
“그것은 잘 모르겠습니다, 제임스 부인.”
“그러면 보통 불리던 이름은 해리? 해리란 소년이었나요?”
“글쎄요, 그건 어렵네요. 아마도 크리스틴은 무의식의 마음속 깊
은 곳에서, 갓난아이 시절의 친구였던 해리를 기억하고 있는 게
아닐까요? 어렸을 때의 기억 따위는 대단치 않은 것으로 생각들
하는데 어렸을 때 머리속 깊은 곳 어딘가에 간직한 과거의 이미
지가 있는 것임에 틀림없습니다. 크리스틴은 이 해리란 아이를 창
작하지는 않았을 것입니다. 그녀는 기억하고 있는 것입니다. 그를
다시 한번 소생시킬 수 있을 만큼 생생하게요. 억지 같은 얘기로
들으셨습니까? 하지만 이 얘기는 시종일관 하도 불가사의해서 달
리는 설명을 할 수가 없네요.”

54

“그 가족들이 살던 집 주소를 가르쳐 주실 수 있으십니까?”

그녀는 망설였지만 끝까지 설득을 하자 주소를 알려주었다. 캐나바 소로(小路) 13번지를 ―. 존스라는 사나이가 지난날 한가족과 자살을 기도했던 집 말이다.

건물은 인기가 없었다. 불결하고 폐옥에 가까운 집이었다. 단 한가지 나로서는 무의식중에 응시하지 않을 수 없는 것이 있었다.

고양이 낮짝만한 화단이다. 대지 위에 마구 흩어진 모양으로 나있는 풀들 ―. 그러나 이 작은 화단에는 그 빈민촌의 다른 집에서는 찾아볼 수 없는 실로 불가사의한 광채가 있었다 ― 흰장미 덩굴이 우거져 있었던 것이다. 반짝이며 한껏 피어난 장미꽃들에서는 향기가 흘러넘치고 있었다.

그 장미 덩굴 우거진 숲 옆에 서서 나는 다락방 창문을 올려다보았다. 그때 웬 사람의 목소리가 나를 놀라게 했다.

“거기서 뭘 하고 있소?”

그것은 노파의 목소리였고 그 노파는 1층 창문으로 나를 노려보고 있었다.

“빈 집 같아서요……”

나는 말끝을 흐렸다.

“그렇소. 다들 살지 않겠다며 떠났다오. 하지만 아무도 나를 쫓아낼 수는 없을 것이외다. 나는 갈 곳이 없으니까…… 갈 수가 없다오. 그 사건 이래로 모두들 떠나 버렸소. 그리고 아무도 안오는 게요. 도깨비집이라느니, 귀신집이라고들 해요. 맞아요. 하지만 왜 그런 말을 하는지 나는 모르겠소. 살아있는 것은 모두 죽소. 삶과 죽음은 친척 사이요. 당신도 차츰 나이가 들면 알 수 있으리다. 사는 것과 죽는 것 ― 그것은 아무 차이도 없다오.”

핏발이 선 노란눈으로 나를 노려보면서 이렇게 말하는 노파였다.

"나는 이 창문에서 그 아이가 떨어지는 것을 보았다오. 이곳으로 떨어졌소. 장미꽃밭 한복판으로 ─. 그 아이는 지금도 돌아와요. 나는 보인다구요. 그 사내 아이는 그 여자 아이를 찾아낼 때까지 딴 곳에 가지 않을 것이오."

"그 사내 아이라니 누, 누구입니까?"

"해리 존스요. 사람을 살리는 소년이었소. 빨간머리에 몹시 야위었던 아이였소. 하지만 실로 의지가 굳은 아이였다오. 자기 길을 착실하게 가는 아이였지요. 크리스틴을 너무너무 사랑했었소. 그래요. 틀림없소이다. 장미꽃밭 사이에서 죽어갔소. 사람은 죽는 것일까? 언제나 장미 옆에서 크리스틴과 몇시간씩이나 앉아 있었다오. 그리고 장미로 인하여 죽어갔소.

사람이란 죽는 것일까? 교회에서는 그 해답을 해주어야 한다고 생각하오만은 대답을 안해 주는구려. 교회도 믿을 바가 못되오. 가려오? 당신은? 하기야 이곳은 당신이 올 곳이 아니오. 이곳은 죽지 않는 죽은 자, 살아 있지 않은 산 자가 살 장소외다. 당신은 지금 살아 있소? 아니면 죽어 있소? 가르쳐 주구려. 나는 알 수가 없소이다."

흐트러진 백발의 앞머리 밑에 있는, 나를 노려보고 있는 광인(狂人)의 눈이 나를 겁먹게 하고 있었다. 미친 사람은 무섭다. 불쌍하긴 하지만 그래도 미친 사람은 두렵다. 나는 중얼거렸다.

"가겠습니다. 그럼 안녕히."

그리고 뜨겁고 딱딱한 포도를 서둘러 가로질러 가고자 했다. 그런데 발은 무겁고 반쯤은 마비되어 있는 것 같아서 마치 악몽을 꾸고 있는 것만 같았다.

태양이 머리 위에서 사정없이 내리쪼이고 있었는데 거의 자각(自覺)이 없었다. 넘어질 듯한 걸음걸이로 걸으면서 나는 시간감각과 장소감각을 완전히 잃고 있었다.

그때 무엇인가 내 피를 얼어붙이는 소리가 들려왔다. 시계가 3시를 친 것이다.

3시라면 내가 교문에서 크리스틴을 기다리고 있어야 할 시각이 아닌가.

이곳은 대체 어디일까? 학교와의 거리는 얼마나 될까? 어떤 노선의 버스를 타고 가야 하나?

나는 광란기가 있는 목소리로 지나가는 사람들에게 물어보았지만 그들은 모두 무서워 했다. 마치 내가 그 노파를 무서워 했던 것처럼 말이다. 나를 미친 여자로 보았던 것 같았다.

가까스로 학교 방향으로 가는 버스를 발견하고 버스에 올랐다. 그리고 먼지와 석유 냄새와 공포로 인하여 구역질을 하면서 학교에 도착했다.

나는 아이들이라곤 하나도 없는, 뜨겁기만한 운동장을 가로질러 갔다. 교실로 달려가 보니 하얀 옷을 입은 선생님이 교과서를 모으고 있었다.

"크리스틴 제임스를 데리러 왔습니다. 나는 그 애 엄마입니다. 늦어서 죄송합니다. 그 애는 지금 어디 있습니까?"

빌듯이 나는 말했다.

"크리스틴 제임스라니요?"

젊은 선생님은 무뚝뚝하게 물었다. 그러나 얼른 쾌활해지면서,

"아아, 네. 생각났습니다. 귀엽고 자그마한 빨간머리 소녀지요? 그렇다면 걱정마십시오, 제임스 부인. 오빠가 데리러 왔었습니다. 빼다 박은 것처럼 닮았더군요. 그리고 동생을 무척 사랑하고 있는 것 같았습니다. 그 나이의 소년이 아기 같은 여동생을 익애(溺愛)하다니, 보기에도 아주 좋았습니다. 바깥양반도 빨간머리이신가

보죠? 두 아이의 머리처럼 말입니다."

라고 설명해 주었다.

"아, 아니, 그 오빠라고 하셨습니까?"

나는 기어들어가는 목소리로 물었다.

"예, 그런데 아무 말도 하지 않더라구요. 내가 얘기를 걸어도 그 저 빙그레 웃고만 있었습니다. 지금쯤에는 벌써 집에 가있을 것 같습니다만…… 아니 부인, 어디가 안좋으십니까?"

"예, 예, 고맙습니다. 어서 집에 가봐야겠습니다."

나는 뜨거운 포도를 달리듯 하여 집으로 돌아왔다.

"크리스! 크리스틴! 어디 있니? 크리스! 크리스!"

지금까지도 아직 내 귀에는 지난날 그때의 내 목소리가 냉랭한 집안을 맴돌고 있는 것처럼 느껴지곤 한다. '크리스틴! 크리스! 어디 있니? 어서 대답해! 크리―이―스!'. 그리고 '해리! 해리! 그 애를 데 려가지 마! 돌려다오! 해리! 해리! 해리!'

미친 사람처럼 된 나는 정원으로 달려갔다. 햇빛이 따갑게 나를 내리쪼이고 있었다. 장미꽃들이 새하얗게 반짝이고 있었고 ―.

대기(大氣)는 너무나 조용하여, 나는 시간도 장소도 없는 곳에 서 있는 것 같았다. 그순간 나는 크리스틴 바로 옆에 서있는 것 같았다. 그녀의 모습은 보이지 않았지만 ―. 그러자 장미꽃들이 눈앞에서 춤을 추면서 빨갛게 변했다. 온 세상이 빨갛게 되도록 ―. 피처럼 빨갛게 ―. 나는 쓰러지고 말았다. 새빨간 곳으로부터 새까만 곳으 로 ―. 그리고 무(無)로 ― 거의 죽어서 ―.

몇주일 동안 나는 일사병으로 침대에 누워 있었다. 일사병은 뇌병 (腦病)으로 진행되었던 것이다. 그동안 짐과 경찰은 크리스틴을 찾 아헤맸지만 모두가 헛수고였다. 이런 헛수고뿐인 탐색이 몇달 동안 이나 계속되었고, 신문은 빨간머리의 아이가 불가사의하게 실종되었다는 사건을 1면에 게재했다.

선생님은 그녀를 데리러 왔던 '오빠'에 대하여 자세히 이야기하고 있었다.

유괴, 소녀 습격, 소녀 살해 등등의 기사가 여러 신문에 실렸다. 그러다가 이 소동은 점차 조용해졌다. 경찰의 여타 미궁사건처럼 — .

두 사람만이 이 사건에 대해서 어느 정도 알고 있었다. 폐가(廢家)에 살고 있던 미친 노파와 그리고 나.

그후 몇년의 세월이 흘렀다. 나는 걷는 것이 무서워졌다.

흔히 있을 수 있는, 아무것도 아닌, 날마다 일어나는 일들이 무섭다. 햇빛과 풀 위에 깔리는 그늘, 하얀 장미들, 빨간머리의 아이들 — . 그리고 '해리'라고 하는 이름 — . 이러한, 아무것도 아닌, 날마다 일어나는 일들이 — .

누구의 도움일까?

이 사건이 전도사 미클존에게 관계된 것은 그가 쥐라산 속을 여행하고 있던 때였다. 지금에 이르러서는 사건의 진위(眞僞)를 뒷받침할 만한 것은 본인의 말 이외에는 없다. 예의 여관도, 그곳의 주인도 이미 이 세상의 것이 아니며 사건의 기록도, 먼 옛날 이야기로 듣기에는 재미가 있지만 믿을 만한 가치는 떨어지는 전설로 바뀌었기 때문이다. 그렇기는 하지만 이 이야기가 실화(實話)로서 인상이 깊은 것은, 거기에 치밀한 의도가 숨겨져 있는 것으로 생각되는 점이다.

그것은 한 인간의 생명을 — 세계가 필요로 하는 사나이의 생명을 구해냈던 일이다. 인류 중에서도 최고 부류에 속하는 자가 아주 이상한 형태로 잃을 뻔했던 생명을 구했던 것인데, 그점을 생각하면 이 사건 속에는 어떤 의지, 아니, 어떤 논리까지도 존재했던 것으로 생각된다.

어디 그뿐인가. 미클존 본인이 단언하는 바에 의하면 그것은 그가 경험한 단 한 번의 심령적(心靈的) 사건이었다고 한다. 그에게는 이런 종류의 사건이 습관화되어 있었던 것이 아니었다.

그러므로 그가 구사일생을 얻은 것은 심령주의자를 마음 든든하게 해주는 한편 일반 시민들의 머리를 어지럽게 만드는, 일련의 불가해(不可解)한 영계(靈界)로부터의 개입이라고는 할 수 없다. 그것은 어떤 의도를 비장하고 있는, 단호한 사건이었던 것이다.

그해 8월 무더운 날 밤, 미클존은 스위스 변경과 프랑스의 변경을 이루는 송림(松林)의 한복판, 울창하고 한적한 골짜기에 있었다. 그날 아침 일찍이 샌트 크로바를 지났으며 4시경에는 레 라스도 지나왔다. 목적지는 뷰트와 런던의 여러 가로(街路)의 시멘트 생산지인 바르 드 트라베르이다.

그러나 목적지에 도착하기 훨씬 전에 해는 저물었다. 먼지투성이 길의 모퉁이를 돌아서자 뜻밖에도 눈앞에 모습을 나타낸 여관 앞에서 그는 발길을 멈추었다.

그것은 협곡의 한쪽 벽면(壁面)을 이루는 높직한 단애(斷崖)를 뒤에 지고 서있었다. 다리는 아프고 배낭은 무겁고 어깨는 쑤셨다. 그는 생각할 여지없이 여관 문을 두드렸다.

르 기욤 테르, 즉 '윌리엄 테르정(亭)'이란 것이 여관의 이름이었다. 더러워진 흰벽에 깜찍스럽다기보다 오히려 불결한 느낌을 주는 담쟁이덩굴이 문 옆을 뻗어 올라가 있었다. 햇빛과 비에 바래어, 녹색과 하얀 무늬가 점점이 있는 덧문이 닫혀 있는 창 아래로는 하천이 굉음을 내며 흐르고 있다.

방값은 7펜스로서 수프에 오믈렛, 과일과 치즈, 그리고 커피도 나오는 저녁식사가 1프랑 — . 호주머니 사정에 알맞는 값이었으며, 편안한 분위기였으므로 기분좋게 지낼 수 있을 것 같았다. 도로 저편의 제재소를 제외하면, 이 여관이 눈에 들어오는 유일한 건물이다.

바로 뒤쪽에는 샤스롱산(山)의 일익(一翼)을 이루는 절벽이 솟아 있는데, 그것은 라 사뉴를 지나, 회색의 에규이유 드 보롬에까지 이르고 있다. 그는 지금 나그네들의 발걸음이 드문 쥐라산맥 깊은 곳에 와있는 것이다.

여관의 낮은 입구를 지나면서 그는 깊은 심사숙고의 분위기에 싸여 있었다. 하루 온종일 생각했던 것이지만, 자기 인생을 어떻게 살아갈 것이냐는 꿈, 즉 희생과 노력을 위한 계획을 되풀이하며 생각했었다. 약관 25세이면서 큰 사업을 이루어 내겠다는 소망은 열정이 되어 그의 가슴속에 있었고, 인류 전체를 위해 자신을 바치겠다는 욕구가 자기 몸을 태워 불사르고 있었기 때문이다.

마음이 이런 대망(大望)을 향하는 감정으로 꽉 차있었기 때문에, 문을 지나갈 때 담쟁이잎이 모자 위에 떨어지면서, 어떤 이상한 경고(警告)의 감각이 마음속 깊은 곳에서 희미하게나마 느껴지는 것을 거의 깨닫지 못했었다.

그것을 생각해낸 것은 시간이 다소 경과된 다음이었다. 위험을 고(告)하는 감각은 훨씬 이전부터 경고를 보내고 있었다. 그런데 그순간은 다만 불쾌한 암시에 지나지 않았으며 분명하게 인식하기에는 너무나도 희미한 것이었다.

그러나 문안에 들어서는 순간, 그것은 엄연한 사실이었다. 나중에는 경고의 감각이 돌연 헤아리기 어려울 만큼 출현했었던 것을 상기하게 되었다.

방은 오랫동안 폐쇄되어 있었기 때문에 공기 소통이 안되었었지만 청결하기는 했다. 물론 융단도 깔려 있지 않았고 허름했지만 벽과 바닥은 소나무 판자로 되어 있었다. 모포가 완전히 덮여져 있는 침대는 삐걱거렸다. 그리고 너무 작았다. 미클존은 6피트가 넘는 신장(身長)이었으니 말이다.

'하는 수 없지. 언제나 그렇게 했듯이 몸을 꼬부리고 자야겠군.'

그가 침대의 길이를 목측(目測)했을 때 이런 생각이 떠올랐다.

'오늘은 20마일이나 걸어왔지 않은가. 그러니 돌바닥에서 자기에는 너무 피로해……'

그는 침대를 정리하면서 혼잣말로 중얼거렸다. 그런데 어쩐지 아까 여관에 들어설 때 느꼈던 것과 똑같은 경고의 감각이 엄습해 왔다. 이상할 정도로 당돌하게, 그리고 막연하게, 이 침대에 대한 반발이 엄습해 왔다. ─ 그리고는 왜 이러는 것인지 그 이유를 생각해 보기도 전에 사라져 버렸다.

실은 너무나도 희미한 감각이었기 때문에 착각이겠지라며 떨쳐 버릴 정도였다. 그와 동시에 이 방안에 다른 침대가 있다면 그곳에서 자고 싶다는 생각도 있음을 자각했으며 ─ 따라서 이 침대에서는 잠을 잘 수 없다는, 아주 기묘한 예감도 들었다.

이런 생각이 왜 떠올랐는지는 확실치 않지만 그는 이것을 사건의 일부로 기억하고 있다.

8시가 지난 무렵, 농부와 제재소 노동자가 2, 3명, 계단 아래 술집에 와서 반 리터짜리 적(赤)와인을 마셨다. 그들은 이 뜻밖의 투숙객을 번갈아 쳐다보며 값싼 담배를 피웠다. 뜯어볼 만한 구석도 없으려니와 아무 재미도 없을 것 같은 무리들인데 ─ 단지 더러워 보이는데다가 다소 역한 냄새를 풍기고 있었다.

9시가 되자 미클존은 파이프 재를 창문가에 있는 석회석에 떨어 버리고 2층으로 올라갔다. 그는 이미 졸음이 쏟아지고 있었다. 그 경고의 감각은 흔적조차 없이 사라져 버렸다. 그 대신 뇌리에는 미래의 큰 꿈 ─ 주지하는 바와 같이 이 꿈은 그 유명한 미클존연구소가 설립되어 실현되는데 ─ 을 생각하기에 바빴다.

여관 주인인 베르토우는 칼라가 없고 빛깔이 바랜 재킷을 걸치고 있었는데 땅딸막한 키에, 와인을 마시어 얼근히 취해 있었다. 그는 낯설은 투숙객을 다소 서먹하게 대했는데 손수 2층에까지 안내해 주었다. 원래 이 여관에는 하녀(下女) 등 서비스맨이 없었기 때문이다.

"용건이 있을 때는 복도에까지 나오셔서 부르십시오."

땅딸보는 이렇게 말하면서 용건이 있으면 무도장(舞蹈場)에서 소리를 지르면 된다고(왜냐하면 방에는 초인종이 없었기 때문이다) 가르쳐 주었다. 그리고 분명 호기심 어린 눈으로, 미클존의 부츠와 배낭, 물병 등을 바라본 다음,

 "그럼 편히 쉬십시오."
라고 인사하고 가버렸다. 방의 잠금쇠를 잠글 때 땅딸보 주인이 말[馬]과 같은 소리를 내며 내려갔다. 미클존의 귀에는 그렇게 들렸던 것이다.

 두 시간 정도 창문을 열어놓았었기 때문에 방은 향기로운 냄새로 가득 차있었다. 그것은 갓 자른 목재와 톱밥 냄새, 주위의 소나무 숲에서 나는 수액(樹液)의 향기, 그리고 아직 문명의 때에 물들지 않은 산중협곡이 내뿜는 향기로운 감각이었다. 코를 찌르는, 그러나 그다지 불쾌하지는 않은, 싸구려 담배 냄새가 눈에 보이지 아니하는 틈을 통해 아래층에서 올라온다.

 모든 것이 소박하고 또한 단순해서, 어딘가 모르게 거칠은 처녀림과 같은 취향을 자아낸다. 그러나 주인의 발짝 소리가 아래층 복도에서 사라진 다음, 방을 다시 한번 둘러보았을 때, 그의 내부에서는 또다시 어떤 감각이 고개를 들면서 신경을 흔들어 놓았다. 이렇다 할 이유도 없이 말이다.

 주위의 상황은 의심할 여지도 없이 단순한 것들뿐이었으며, 아무런 외면적(外面的) 조짐도 없건만, 기묘한 감정이 엄습해 와서는 고(告)하는 것이었다 ― 위험하다고.

 원래 이 전도사 미클존은 천성적으로 분석력에 재능이 있는 사람은 아니었으며, 평소에는 단순하고 의심할 줄을 모르는 타입이었다. 그러나 오늘 밤에는 그의 천성적 성격에 반하여 그의 사고(思考)는 해답을 구하면서 심하게 요동하고 있었다.

왜냐하면 이 방에서, 혹은 이 방안의 가구(家具)에서 — 저 침대에서는 아직도 기묘한 반발이 있음을 느꼈다 — 스머나오는 것으로 생각되는, 불안감을 내포하고 있는 기괴한 메시지에는, 어떤 이유가 존재하지 않으면 안된다는 것을 본능적으로 이해하고 있었기 때문이다.

그리고 그 이유를 상상력이 모자라는 머리로 생각해 보았다. 유일하게 추측할 수 있는 것은 주변의 자연력(自然力)이 너무나도 압도적이기 때문이란 결론이었다. 빈민굴이라든가 숲을 이루고 있는 공장 굴뚝들 틈에서 12개월이란 세월을 산 그였다.

그런데 이 지방의 치솟은 단애(斷崖)들과 숨막힐 것 같은 방향(芳香)을 내뿜는 송림(松林)들이 외포(畏怖)를 내포한 숭고하기 그지없는 말로 그의 영혼에게 속삭이기 때문이 아닐까.

설명치고는 너무나 비약을 했고, 억지를 쓰는 것이란 느낌이 안드는 바 아니지만 머리에 떠오른 유일한 해답은 그것뿐이었다. 그의 주목할 만한 모험에 있어, 당사자가 여기서 이 위험한 감각을, 일부는 침대에, 일부는 산들에 관련시키어 생각한 점이야말로 이 직감(直感)이 가지는 의의이다.

"한두 번 느낀 것이지만……."

그는 그후 이렇게 술회하고 있다.

"무엇인가 강력한 힘을 가진 영적(靈的)인 사자(使者)가 있어서, 그것이 나의 둔중(鈍重)한 뇌(腦)에 경고의 메시지를 심어주려고 하는 것 같은 기분이 들었다."

이 표현에는 그 어떤 합리적 가설(假說)보다도 뛰어난 진실과 생생한 묘사가 있다.

미클존은 열려진 창문에 옷을 걸어놓고 손을 씻었다. 그런 다음 성경(聖經)을 읽다가 이유도 없이 몇번이나 뒤를 돌아보았고, 기도를 하기 위해 무릎을 꿇었다. 의심할 줄을 모르는 경건한 인간이었기 때문에, 젊고 진지한 그의 영혼은 자아를 잊은 채, 인류를 위해 살아갈 것만을 기도했다.

평소보다 더 강한 열의를 기울이어 자신의 생애가 전세계에 대한 봉사에 쓰여질 것을 하느님에게 기도하지 않을 수 없었다. 그런데 그렇게 기도를 열심히 드리는 도중, 갑자기 노크하는 소리가 들려왔다.

서둘러 일어나서 문을 열었다. 여울의 물소리가 복도에 넘치고 있었다. 계단 아래 술집에서 제재소 노동자들이 지껄이는 소리가 들려왔다.

그러나 복도를 가로막고 있는 것은 암흑뿐이었으며, 그것이 건물 구석구석에까지 꽉 차있었다. 사람은 그림자도 없었다. 그는 중단했던 기도를 다시 시작해야겠다고 생각했다.

"신경과민 탓일 게야."

그는 자신에게 들려주었다. 그러는 한편 그는 평소보다 길게 기도를 했다. 머리 한구석에는 불쾌한 감각이 막연하게 자리잡고 있으면서 위험을 고하고 있었다. 그는 오로지 열심으로 기도를 드렸다. 하느님에게 도움을 청하는 어린아이처럼……

침대를 살펴보기 위해 산처럼 수북하게 올라가 있는 모포를 펼치려고 악전고투하고 있는 바로 그때, 또다시 문을 노크했다. 조용했다. 불가사의할 만큼 조용했는데 그의 내부에 있는 무엇인가가 그것에 반응하여 몸이 움직여졌다.

문을 열려고 방바닥을 가로질러 가다가 그는 주저했다. 그때 돌연 문의 노크가 마음속에서 느끼는 위험의 감각과 관계되고 있는 것을 이해했던 것이다. 미묘한 직감의 영역으로 이 두 가지가 연결되었다.

이런 인식과 동시에(당사자의 말에 의하면) 불가사의한 감정이 용솟음쳐서, 마치 계시를 받은 것과 같았다 ― 자연은 어떤 수단으로든, 인간에게 직접적으로 또한 결정적으로 말해 주는 힘을 가지고 있다고 ― .

이런 생각은 한밤중에 발산되어 그를 엄습한 것이라고도 할 수 있으리라. 그것은 몸을 움직일 힘까지 뺏어가 버렸다. 문을 열 것인가 열지 말 것인가 망설이면서 그는 방바닥에 그냥 서있었다.

그 시간은 불과 몇초에 지나지 않았지만 그 몇초 동안 이런 생각들이 주마등처럼 머리속을 스쳐 지나가는 것이었다. 이 잊혀져 버린 신비스런 골짜기의 아름다움이 분명 혈관 속을 흐르는 피에 작용하고 있었다.

그는 주위를 둘러싸고 있는 숲의 조용함, 그러나 그 화려한 존재를 느꼈다. 나무의 무수한 가지들은 밤중의 대기(大氣)에 탄식을 토해내고 있었다. 소용돌이치는 물의 절규가 살갗에 느껴진다.

그런 것들이 가지고 있는 평안과 힘을 고난으로 번민하는 수천, 수만의 사람들에게 나누어 주었으면 하는 바람을 빌지 않을 수 없었다. 창백한 흉벽(胸壁)이란 문자 그대로 이 여관의 지붕 위로 장식하고 있는 절벽들은, 그의 생각하는 바를 바람에 실어 높은 곳으로 운반하고 있었다.

산들이 가지는 불굴의 힘을 복음으로 삼아 그가 일하고 있는, 빈민가에서 살아가는 위축될 대로 위축된 사람들에게 전해주고 싶은 마음이 간절했다. 자연의 힘 ― 쉽게 파괴되더라도 곧 다시 살아나는 그 씩씩한 힘의 존재를 그는 의식하고 있었다.

서있다가 그 신비스럽고 조용한 노크에 응하여 문을 여는 순간을 기다리고 있는 그의 영혼 속에서, 이런 생각들이 돌풍처럼 빠져나갔다.

　마침내 문을 열자 그곳에는 웬 사나이가 혼자 미소를 띠면서 이쪽을 바라보고 있었다.

　그순간 그를 사로잡은 것은 실망이었다. 무엇인가 일상적이 아닌 것이 기다리고 있을 것을 기대하고 있었다, 아니 기다리고 있었다기보다 거의 믿고 있었다. 그런데 실제로 그곳에 있었던 것은 방을 잘못 찾은 투숙객으로서,

　"실례했습니다."

란 말을 연거푸 하며 사과하는 것이었다. 그러더니 놀랍게도 그 사나이는 손짓을 하는 게 아닌가. 누군지도 모르겠는데 그를 데려가려고 하는 것이다. 마치 '어서 따라오라'고 말하는 것처럼 말이다.

　그러나 미클존은 이때 그것을 몰랐었다. 본인의 말에 의하면 그것을 알아차렸을 때는 이미 한순간이 늦어서, 이 낯모를 사나이의 면전에서 문을 닫은 다음이었다.

　사나이의 모습은 어둠 속으로 사라졌고, 그것을 미클존은 방을 잘못 찾은 것이라며 제멋대로 해석했다. (그가 나중에서야 깨달은 것처럼) 뒤따라가야 하는 신호임을 전혀 알아차리지 못했던 것이다.

　"문을 닫는 순간."

그는 이렇게 말했다.

　"복도로 나가서 그 사나이가 무엇을 원하고 있는 것인지 확인하는 편이 좋았을 것이란 생각이 들었다. 그 사나이는 무엇인가 중요한 것을 전하고자 했던 게 아닌가 하는 생각이 머리에 떠올랐다. 나는 그것을 놓치고 만 것이다."

　몇초 사이(라고 생각되는데) 그는 그 사나이 뒤를 따라가 보고 싶다는 마음의 동요로 갈등을 일으키고 있었다. 스스로 자신을 나무라며 침대 쪽으로 돌아와서 시트와 묵직한 모포를 끌어올리자 또다시 이전과 같은 강력한 반발 ─ 반발이라기보다 이제는 공포심에

가까운 — 의 생각에 휩싸여졌다. 엄습해 온 감정은 모포를 벗김으로써 무엇인가 얼음과 같은 바람이 일어 얼굴을 찢고 몸서리가 쳐지게 하는 것과 흡사했다.

그순간 그림자가 어깻죽지에 드리우면서 베개와 침대 상반부를 덮었다. 그것은 천장의 빈약한 전깃불 주변을 날고 있던 나방이든가 아니면 무엇인가의 확대된 그림자임에 틀림없었지만 그는 굳이 확인해 보려고도 하지 않았다. 그런데 그림자가 돌연 사라져 버렸다. 미클존은 이제까지 느껴보지 못했을 정도로 마음이 약해졌다.

그는 뛰다시피 하여 방을 가로질러 갔고 문을 열고, 이 방을 두 번씩이나 노크했던 그 사나이의 뒤를 따라가려고 했다. 문을 닫았다가 다시 열기까지의 실제 시간은 30초도 지나지 않았을 것이다.

그러나 복도에는 사람의 그림자도 없었다. 소나무 널빤지의 바닥 위로 상당한 거리에까지 가보았다. 아래쪽의 홀에서 새어나오는 불빛이 보였고 농부와 제재소 노동자들이 술집에서 술을 마시며 지껄이는 소리가 들려왔다. 여울져 가는 물소리는 전과 다름없이 사방에 넘쳐흐르고 있다.

사방이 어둠에 싸여 있었다. 그런데 그의 문을 두 번씩이나 노크했던 그 인물 — 메신저 — 의 모습은 어디에도 없었다. 아래층에서는 문 여는 소리가 들려왔다. 농부와 노동자들이 우르르 몰려 나갔다. 그는 발뒤꿈치를 들고 침대로 돌아왔다.

아래층에서 전깃불의 전원(電源)을 끊었다. 숨소리도 나지 않는 적막이 감돌았다. 미클존은 불가해한 불쾌감을 가까스로 억누르는 한편 기도를 하면서 침대에 들어갔다. 그리고 10분 후에는 이미 깊은 잠에 빠져들었다.

"곰곰이 생각해 보면……."

라며, 이 이야기를 진행하다가 당사자는 말했다.

"그 다음에 일어난 일들은 아찔할 정도로 혼란스러워서 ─. 그
러나 거기에는 진실이라고 확신시켜 주는, 압도적인 힘이 있었는
데 ─ 기억 속에서 사건의 순서가 다소 애매했던 점이 있었는지
도 몰라. 그러나 그 일이 있은 지 오랜 세월이 지난 지금에도 마
치 어제 있었던 일처럼 확실하게 떠오른단 말이야."
그의 이야기는 계속된다.

처음에는 잠을 자는 속에서 또다시 그 조용하고 불가사의한 노크
소리가 들려왔다. 그렇다고 해서 꿈을 꾸는 가운데 들은 것은 아니
다. 캄캄한 망각(忘却)의 늪에서 돌연 그 소리만이 울려퍼졌던 것이
다. 나는 눈을 뜨려고 했다.
그러나 처음에는 무엇인가에 완전히 묶여 있어서 몸부림을 치며
의식의 세계로 돌아와야 하는 형편이었다. 눈을 뜨는 데도 굉장한
노력이 필요했다.
그 짧은 시간 동안에 점차 알아낸 것은 조금 전, 노크한 놈이 내
가 눈을 뜨려고 애쓰는 사이에 문을 열고 방안에 들어와 있었다는
사실이다. 그놈은 어둠 속에 서있었다 ─ 아니, 완전히 캄캄한 어둠
은 아니었다.
밤하늘에 떠오른 초승달이 담담한 은빛 고리를 방바닥 위에 던져
주고 있었다. 내가 침대에서 뛰어내린 순간, 어떤 생물이 방바닥을
미끄러지며 이쪽으로 다가오는 것을 식별할 수 있었다.
달빛 고리의 끝쪽, 은빛과 그림자가 섞여 있는 녹색 근처에 그놈
은 멎어 있었다. 그곳으로부터 3피트밖에 떨어지지 않은 곳에 나는
꼼짝 못한 채로 몸을 떨고 있었다. 그것은 내 발밑에까지 오더니 나
를 노려보았다. 인간인지, 짐승인지조차 짐작할 수가 없다.
처음 보았을 때는 기어오는 인간임에 틀림없다고 생각했는데 다

음 순간, 숨조차 쉴 수 없는 공포감에 사로잡히면서, 이놈은 생물이 아니야 — 절대로 인간이 아니라는 생각이 머리에 떠올랐다. 애매한 말이지만 달리는 표현할 수가 없다. 분명 아까는 문을 노크했고 나에게 따라오라는 손짓까지 했었던, 인간의 형태를 갖춘 그놈과 똑같은 놈인데, 이번에는 다른 모습으로 나타난 것이다.

그놈이 가지고 있는 것은 나에게 줄 무서운 메시지였다 — 무섭다고 한 것은 거기에 대단한 중요성이 비장되어 있다는 말이다. 처음에 나는 불평을 하며 항쟁했고 그 말 듣기를 거부했다. 그러므로 이번에는 복종하지 않을 수 없는 형태를 가지고 다시 나타난 것이다. 무엇인가 무서운 힘이 그것에서 스며나오고 있었다.

그리고 직감적으로 알아낸 것은 이 힘이 산들과 숲, 즉 인간들 손에 아직 길들여지지 않는 자연의 근원적인 힘에 속해 있다는 점이다. 납득하지 않을는지 모르지만 내가 말할 수 있는 것은 다만 — 우뚝 치솟은 절벽이 나에게 직접 경고를 보내온 '네 생명이 위험에 처해 있다'라고 말한 것처럼 느껴졌다는 점이다.

몇분이 지난 것으로 생각했지만 실제로는 2, 3초도 경과되지 않았을 것이다. 나는 방바닥 위에서 벌벌 떨며 서있었고 내 눈길은 건너편 방바닥을 완전한 어둠으로 뒤덮고 있는 가운데, 버티고 있는 그 기괴한 모습에 못박혀 있었다.

사지(四肢)라든가 몸통에 해당되는 부분이 전혀 없고, 내가 알고 있는 생물과 무생물과 전혀 흡사하지도 않은 그런 것을 바라보고 있었다. 그러나 그것은 시종 움직이면서 활동을 하고 있었다. 그 내부에서 회전을 하고 있었다고 하면 제일 진실에 가까운 표현일는지 모르겠다.

그때 내 머리에 떠오른 그림은 거대하고 시커먼 고리가 무서운 속도로 빙글빙글 회전하고 있는 것이었다. 너무나 빠른 속도로 언뜻 보기에는 정지해 있는 것처럼 보이는데 그것이 공장의 거대한 기계실 속에서 기분 나쁜 소리로 울려퍼지는 광경이었다. 그 다음으로 생각나는 것이 에스겔(《구약성경》 속에 나오는 4대 선지자 중 한 사람)이 환상 속에서 보았던 그 '생명이 있는 고리'였다.

마침 이런 생각을 하고 있을 때, 들린 것으로 기억나는데 거기서 나오던 깊고 속삭이는 듯한 소리가 내 내부에서 말의 형태로 변했다. 그 이유야 어떻게 되었든 간에 나는 의심할 여지가 없을 만큼 지성(知性)을 가진 목소리가 이렇게 말하는 것을 들었다.

"나가!"

그것은 말했다.

"나가! 지금 바로!"

그 목소리에는 너무나도 위대한 힘이 있었으므로 공포의 감정은 흔적도 없이 사라졌고 곰곰이 생각할 틈도 없었다. 그 즉시로 나는 그 말에 따랐다. 나는 그것이 인도하는 대로 뒤를 따랐다.

그것은 모습을 바꾸었다. 문은 열려 있었다. 그것은 소리가 없었는데, 깊고 시커먼 물의 흐름 — 아무리 생각해 봐도 이런 표현이 제일 비슷할 것 같다 — 의 모습으로 달렸다. 방에서 나와 계단을 내려갔고 거실을 가로질렀으며 도로에 연결되는 문앞의 어둠 속을 기어올라갔다. 그곳에서 나는 그 모습을 놓치고 말았다.

이때 미클존의 마음에는 (당사자의 말에 의하면) 그것의 뒤를 따라가고 싶다 — 이곳에서 피하고 싶다는 욕구밖에 없었다. 그래서 그렇게 했다. 그 도망치는 방법이 어떤 것이었는지는 문을 빠져나오고 밖에 나온 후에야 알았다.

10초쯤 후에, 아니, 그런 시간도 안걸렸었는지도 모르겠는데 그도 여관 밖에 나와 있었다. 이때는 이미 기계적으로 행동하고 있었고,

이성(理性)이라든가 내성(內省)이라든가 논리 따위는 이미 머리속에 없었다. 그러나 달빛 속에서 아무리 찾아도, 여관에서, 방안에서, 특히 그 침대에서 자기를 끌어낸, 그 불가사의한 유령적 모습은 없었다.

그는 멍청히 서서 주변을 돌아보았다. 그때서야 겨우 이성을 되찾았고 도대체 그것은 무엇이었을까 의아하게 생각했다. 의심할 여지도 없이 분명하게 느꼈던 것은 그 거대한 고리 같은 놈이 어딘가 가까이에 숨어 있으면서 최후의 순간을 지켜보고 있으리라는 점이었다. 그것이 피하도록 권유할 수밖에 없었던 위험이 눈앞에 닥쳐오고 있었다. — 그로서도 그것을 알 수 있었다.

눈길을 서서히 오른쪽으로 돌리자 밤하늘에 치솟아 있는 절벽의 근본을, 시커먼 나무들이 두텁게 둘러싸고 있는 것을 은빛의 달빛이 비추고 있는 것이 보였다. 시선은 깎아지른 듯한 낭떠러지를 위쪽으로 더듬어 올라가 하늘을 찌를 것처럼 솟아있는 정상(頂上)에까지 달했다.

하늘에 박혀 있는 별들을 쳐다보는 사이에 그는 몸을 가누지 못하다가 가까스로 길가의 벽에 기대어 중심을 잡으며 숨을 돌렸다. 저것은 환상일까? 절벽의 정상이 움직이고 있다. 그순간 별이 안보인다. 대지가 — 적어도 골짜기의 풍경이 — 빙글빙글 돌고 있었다.

무엇인가 엄청난 일이 튼튼한 대지의 조성(組成)에서 일어나고 있다! 절벽이 그 어마어마한 덩치를 기울이어 협곡 위로 덮치려는 태세였다. 저 높은 하늘에 돌출한 단애(斷崖)의 최상부가 이쪽으로 기울고 있었다.

지금까지 눈으로 본 것들 가운데 절벽이 움직이고, 한순간이긴 하지만 한 무리의 별들을 가려 버린 이때만큼 기겁을 한 — 그리고 당연한 일이지만 등골이 오싹할 정도로 소름이 끼친 — 일은 없었다고, 미클존은 단언하고 있다.

그런 다음에 큰 굉음과 우르르 토사(土砂)가 무너지는 소리와 함께 절벽 정상의 바위 덩어리가 흔들거리며 미끄러지더니 마침내는 무서운 기세로 떨어지는 것이었다. 도대체 얼마나 긴 세월동안 비바람과 눈서리가 이 거대한 암반(岩盤)을 뚫어놓은 것일까, 또 그것에게 약간의 힘이 가해져서 바위 덩어리 전체가 절벽에서 떨어져 나오는 데는 몇시간이나 걸린 것일까?

그것은 아무도 모를 일이지만 단 한 가지, 이 낙석(落石)이 단지 우연에 의한 것이 아니라 미묘한 밸런스를 보유하고 있던 인과관계(因果關係)에서 생긴, 그리고 극히 미세하게 계산된 결과란 것만은 분명했다.

그것은 이미 이 세상이 시작될 때부터 알려져 있던 — 아니, 최초로부터 정확하게 계획되어 있었던 것이라고 해야 하는 것일까?

이 몇천 톤이나 되는 특정(特定)한 바위가 단애의 정상에서 무너져 떨어져서, 여러 개의 태풍을 합친 것에 필적하는 굉음과 함께 사람 사는 마을에서 떨어져 있는, 신비스런 골짜기 한복판으로 낙하한다는 것도, 그리고 이 골짜기에 이러저러한 미클존이 이러저러한 이유로 휴가를 얻어, 이러저러한 날 밤에 와있었던 것도, 실은 이 세상 처음부터 정해져 있었던 일이다. 그것은 헬리혜성이 되돌아오는 것과 마찬가지로 확실한 것이다.

"나는 멍청하게 바라보고 있었다."
라고 그는 말했다.

"왜냐하면 달리는 방법이 없었기 때문이다. 사실은 달려서 도망치고 싶었다 — 진짜로 위험할 만큼 가까이에 있었으니까. 그러나 꼼짝도 할 수 없었다. 그 일은 불과 몇초 사이에 끝났다. 무시무시한 풍압(風壓)으로 나는 뒤쪽 돌담에 밀쳐졌다. 옆구리 쪽에서 작은 돌들이 마구 쏟아졌다. 굉음이 메아리치며 골짜기 안에서 울려퍼졌고 ─ . 그런 다음 모든 것이 이전과 마찬가지로 정적으로 돌아갔던 것이다.

그런데 실로 불가사의한 일은 ─ 조금 지나서야 안 일이지만 ─ 여관은 그 단애에 아주 접근하여 세워져 있었지만 거의 피해를 입지 않았던 것이다. 큰 바위와 큰 수목들로 이루어진 거대한 덩어리들이 여관 건물을 뛰어넘듯하여 풀밭에 떨어졌고 도로를 막아 버리더니 성냥갑 같은 제재소를 파괴하고 여울물을 막아 버렸다. 그러나 여관은 거의 피해를 입지 아니했다."

미클존의 이야기는 계속되었다.

"거의라고 말한 데는 이유가 있다. 그랜드피아노 크기의 석회석 덩어리가 여관 지붕 한쪽에 똑바로 떨어지더니 내 방을 박살내고 방안을 흔적도 없이 부순 다음 지하실 깊이에까지 뚫어 버린 것이다. 낙하하는 힘은 그 정도로 거셌다. 나중에 찾아보았건만 가구의 파편 한개도 발견되지 않을 정도였으니 말이다. 그 침대는 낙하해 온 바위 덩어리의 중심을 얻어맞고 박살난 것 같았다."

어쨌든 미클존은 넋을 잃고 말았다. 여러 가지 감정이 뒤섞이어 아연실색한 상태였다. 4, 5분도 지나기 전에 여관집 주인 베르토우와 농부들이 웅성대며 모여들었다. 그들은 소리치는 한편 하느님을 찾기도 했다.

여울은 쌓인 바위더미로 막혀 버렸다. 반 시간쯤 지나자 물이 넘쳐 무너진 지붕과 벽채의 파편들을 완전히 휩쓸어 버렸다. 그러나 그 방과 전도사 미클존의 비어있는 침대를 박살낸 예의 큰 바위는 골짜기에 낙하한 그 장소에 남아있었다.

"한 가지 기억에 남아있는 것이 있다."

미클존은 다음과 같이 덧붙였다.

"나는 그곳에, 공포와 흥분에 싸인 채 서있었다. 베르토우와 농부들이 한사람 한사람 머리수를 세어 보니 누구 한사람 없어진 자는 없었다. 사람들은 무사했던 것이다. 나는 여전히 길가 돌담에 기대어 서있었는데 그때 무엇인가가 내 발끝, 하얀 먼지 속에서 불쑥 올라오는 것이 있었다.

그것은 포탄이 발사될 때와 같은 굉음을 내며 눈 깜짝할 사이에 공중으로 사라져, 보이지 않게 되었다. 내 눈에는 그것이 산들을 향하여 날아가는 것 같았다 ─. 별들이 박혀있는 하늘 아래, 달빛을 받으며 부동의 자세로 우뚝 서있는 그 봉우리를 향하여 ─."

오솔길 따라서 간 여인

아치 마린이라고 하는, 항해(航海)에서 갓 돌아온 젊은 선원이, 여름날 초저녁에 보따리를 옆구리에 끼고 어느 여관에 들어갔다. 손님들은 시끄럽게 떠드는데 바닥에는 톱밥이 깔려져 있다. 하룻밤 묵어가게 해달라고 했지만 이 여관에서는 거절했다.

그래서 이 선원은 바닷가 끝쪽에서 여러 가지 선구(船具)를 팔고 있는 실버터프라는 미망인 집에 갔다(그녀와는 또 만나게 될 기회가 있겠지만 흑백 혼혈로서 불온한 눈매를 가지고 있다).

"하룻밤 묵고 갈 수 있을까요? 내일 새벽 첫 기차로 출발하겠습니다. 실은 오늘 막차로 갈 생각이었는데 그만 놓치고 말았습니다."

"잠만 자면 되겠습니까?"

"예."

그녀는 좋다고 대답했다.

선원은 짐을 풀어놓은 다음, 버터볼을 한 자루 사자 아까 그 여관 즉 '벚나무집'으로 들고 갔다. 바깥에 붙여놓은 간판에는 토마토와 같은 버찌(체리)가 40개나 그려져 있었다. 그것들은 두어 개의 가지에 잎사귀는 한 개씩밖에 붙어있지 않았다. 안으로 들어가니 쾌활한 노랫소리가 들려오는데 바닥에는 톱밥이 깔려 있다.

"건배!"

선원은 말했고 그들과 어울려 마시기 시작했다.

그런데 이 금발의 젊은 나그네가 원래부터 선원이 아니었다는 것을 알아두기 바란다. 팔에 완장이 달린 제복을 입고 보기에 멋스러운 사나이였다. 그자리에 있는 누구와도 세상 이야기를 나눌 수 있고 유쾌한 시골 사투리로 노래도 불렀다. 하지만 그 안색은 슬픔으로 흐려 있었고, 눈동자는 근심을 호소하는 듯했다. 알래스카의 시트카에 갔다가 온다고 그는 말했다.

그러나 시트카가 어디냐라든가 이번에도 그곳에 가느냐고 묻자, 별로 흥미가 없다는 태도였다. 그래서 사람들은, 틀림없이 가족 중에 불행이라든가 비운(悲運)에 처한 자라도 있는 것으로 생각했다. 그랬기에 누구 한사람, 그를 당황케 만드는, 개인적 문제를 들추어내려고 하는 자가 없었던 것이다.

그러다가 누군가가 마침내, 최근 이 근처에서 죽는 자가 많아졌다는 얘기를 화제로 삼자, 선원은 다소 시비조로 나왔다.

"흥! 죽는 놈들은 산더미처럼 많이 있어. 각일각(刻一刻) 죽어간다니까. 다만 그들과 안면이 없을 뿐이지. 몇천 명이고 매일 죽어가는데…… 그러나 그저 그런 것일 뿐, 누구 한사람, 당신네들이건 나건 그게 무슨 상관이야. 알게 뭐냐구. 나도 모르고 당신네들도 몰라. 모르는 이상 죽든 살든 마찬가지라니까.

그야 물론 죽어가는 자가 큰인물이라면 — 예컨대 루즈벨트 대통령이든 또는 크롭터즈의 포목상 찰리 노인이든 간에 — 뉴스를 들을 수 있지. 하지만 그렇지 않은 경우에는 알 수도 없고 알 바도 아니지. 그렇다면 무슨 관계가 있다는 거요? — 서로 아는 사이가 아니라면? 알겠소?

아주 묘한 얘기인데, 적어도 지인(知人) 가운데 죽을 것 같은 사람은 없소. 하지만 그것이 현실이라 하더라도 — 죽고 싶은 생

각은 눈꼽만큼도 없소. 물론 나는 우리 아버지가 죽을 때 보았을
뿐 아니라, 죽은 친구들 가운데 한두 명은 아주 친한 사이였소.
　그러나 다른 시체에 대해서는 알 바가 아니지. 그것이 어찌되었
든 간에 관계가 없다니까. 길바닥의 먼지와 같을 뿐 — . 이것이
바로 세상이치란 것이오."
"젊은이!"
늙수그레한 사나이가 럼주를 마시면서 말했다.
"자네는 아직 젊어. 내 나이가 되면 경험할 것이야. 친구들이, 지
붕 위에서 기왓장이 굴러 떨어지듯 쓰러져 간다구."
"쓰러져서 어떻게 된다는 겁니까?"
"진짜로 잠들어 버린다니까."
"그것뿐인가요?"
"아니야. 도처에 따뜻한 정(情)을 남겨놓지. 살아 생전의 행위에
따라서 말일세. 이 세상에서 무엇을 하든 저 세상에 가면 반드시
그 보응을 받게 된다네."
"옛!"
선원은 사람들을 두루 돌아보면서,
"저 세상 천국에서도 돈이 좌지우지한다는 겁니까?"
라며 엉뚱한 질문을 했다.
"곤란한 사람이군! 그런 생각을 하다니……."
노인은 소리쳤고 이렇게 덧붙였다.
"돈은 물론 삶을 좌지우지할 수 있지. 분명히 그래. 그러나 돈이
만족감을 가져다 주는 경우는 두 가지가 있을 뿐이네. 즉 돈을 벌
어서 모으는 기쁨과 그것을 쓰는 기쁨이 그것이지."
"하지만 자기가 벌어서 모으지도 않은 거금을 쓰는 경우도 많지
않습니까?"

“아니야, 그것은 그런 무리들이나 알 일이고……”
노인은 럼주 글라스를 손에 들고 말을 이었다.
“이것만큼은 맹세하고 말할 수 있네. 특별하게 신성한 진실이니
까. 낙타로 하여금 바늘구멍을 지나가게 할 수는 없다는 것. 그리
고 먼지는 먼지로 돌아가고, 흙은 흙으로 돌아가고, 재는 재로 돌
아가네.”
“저어!”
술집 주인이 불만스럽다는 듯이 끼어들었다.
“누구든 한곡조 부르십시오. 아무래도 귀신에게 홀린 듯한 기분
입니다.”
그래서 그들은 이 젊은 선원을 부추기어 그의 노래를 듣기로 했다.

‘옛날, 선원에게 미소를 지어 보내던
아가씨는 모두 어떻게 했나요?
힘차고 건강하게 닻을 감아라!

미·라·솔·라·시의 제인과 케이트의 소문 듣지 못했나?
나는 몰라, 아치 마린, 모르겠도다

이번에 이곳에 오면 결혼하겠다고 맹세한 아가씨는 지금 어
디에?
힘차고 건강하게 닻을 감아라!

그것은 횡설수설, 그래도 겉치레 인사?
나에 대한 보답에 지나지 않나?
나는 몰라, 아치 마린, 모르겠도다

아아, 젊은이는 쾌락뿐이라. 그러나 아가씨는 성색(聲色)뿐.
　힘차고 건강하게 닻을 감아라!

　빼어나고 순박하고 예쁜 아가씨는 없나요?
　나는 몰라, 아치 마린, 모르겠도다.'

　그다지 두드러진 노래는 아니었지만 노래를 불러준 것에 대하여
모두가 진심으로 박수갈채를 보냈다.
　"방금 부른 발라드는 처음 들었네."
　럼주를 좋아하는 노인이 말했다.
　"그럴 겁니다."
　"그러나 나는 노래라면 거의 모두 알고 있다고 생각했는데……."
　"방금 들은 노래는 모를 것입니다. 그것은 내가 자작자연(自作自
演)한 것이니까요."
　선원은 해명했다.
　"호오! 그럴 것 같았어. 어딘지 잔재주가 섞인 것 같은 느낌이었
다구."
　다른 사나이가 외쳤다.
　"그럴 것이오. 길바닥에 떨어진 먼지와 같은 것이니까."
　노래를 부른 선원이 대꾸했다. 그리고 그는 일어나서 테이블 위에
글라스를 밀어놓자 나가 버렸다.
　이따금 비틀거리면서 선원은 울적한 표정으로 이 조그마한 항구
의 방파제 위를 활보해 나갔다. 점포들은 거의 모두 문을 닫았고 평
온한 한여름의 초저녁 어둠이 길거리에도, 그리고 바다 위에도 깔리
고 있었다. 바다를 향하여 돌출해 있는 바위 끝에서 그는 홀로 암벽
에 몸을 기댔다.

달이 졸린 듯 만(灣) 위에 서서히 떠오르고, 조용하기만 한 해면(海面)은 해변에서만 출렁이고 있다. 파도가 석영(石英) 무늬를 자랑하고 있는 회색 바위 옆에서 비꼬듯 주름을 잡고 있다. 배가 한 척, 희미한 불빛을 비추며 슬프다는 듯 해가 지는 바다를 가로질러 가고 있다.

바닷가에 있는 두어 채의 집에서도 불빛이 새나오고 있다. 주위의 산(山) 물결은 이미 검은색을 띠고 있다. 그 배후의 하늘은 아직 진주색이건만 — . 어디선가 종이 울리고 있다.

그는 이 지루한 작은 마을에서 빨리 떠나고 싶었지만, 그러나 아침까지는 어쩔 수가 없었다. 그래서 반 시간 아니, 그 이상의 시간을 이곳에서 한숨을 내쉬며 보낸 다음 10시에는 발길을 돌리어 터벅터벅 잠자리를 부탁한 집으로 걸음을 옮겼다.

그런데 마을 어귀에 도착하여 방향을 바꾸어 언덕 중턱에 있는 자그마한 성벽 같은 것이 보였다. 그는 그곳으로 가는 구부러진 오솔길의 언덕으로 올라갔다. 최근 관목(灌木)들과 어린 너도밤나무를 심었고 벤치를 만들어 놓아, 도시풍으로 꾸민 곳이었다.

그곳으로 올라온 그는 길쭉한 자작나무 벤치에 털썩 주저앉았다. 나뭇가지 사이로, 어두워진 만(灣) 위에 이제는 꽤 높이 떠오른 달이 보였고, 항구에는 빨간색·녹색 등을 켠 배들의 마스트와 굴뚝 등이 보였다. 또 그 모습은 보이지 않았지만 아래쪽에서 움직이고 있는 엔진 소리, 트럭이 왕래하는 소리도 들려왔다.

우울한 기분에 마신 맥주 탓인지 그는 꾸벅꾸벅 졸기 시작했다. 그때 그의 바로 옆을 누군가가 지나갔다. 밤의 장막이 드리워져 있었기에 그는 그저 호화로운 옷을 입은 여인이 얌전하게 지나간다는 인상을 받았을 뿐이다. 기묘한 향수 냄새가 풍겨왔다.

그런데 이 늠름한 선원은 원래 로맨틱한 성격이어서 남성의 기질을 발휘해야겠다는 생각이 들었다. 그녀는 이쪽이 몽롱한 의식을 되돌리기 전에 그 모습을 감추고 말았다. 얼굴은 보지 못했는데 그녀는 벨벳 검은색 망토를 걸치고 있는 것 같은 느낌이었다. 그는 눈을 크게 떠보았지만 이미 여인의 모습은 그곳에 없었다.

"마치 여배우 같은 냄새가 풍겼어."

그는 이렇게 상상을 했다. 그리고 나오는 하품을 억지로 참았다. 다시 벤치에 와서 앉았고 곧 설잠에 빠져들고 말았다. 그런데 누군가가 또 바로 옆을 지나가는 느낌이 들어 그는 눈을 떴다. 오솔길에는 위쪽에도 아래쪽에도 인기척이라곤 없었고 들려오는 소리도 없었다. 다만 그 기묘한 향수 냄새가 사방에 퍼져 있었다.

다음 순간 그는 벤치 위, 바로 자기 옆에 있는 작은 것에 눈길을 멈추었다. 달빛 속에서 그것은 하얗게 보였는데 그 색깔은 새하얗지 않았다. 이 나그네 선원은 누구 것인지도 모르는 손수건을 줍는다는 것은 안좋다는 것을 잘 알고 있었지만 줍지 않을 수 없었다. 그것은 그가 여배우일 것으로 생각한 그 여인의 우아한 향기를 내뿜고 있었다.

그의 단추 위에 달빛이 반짝이고 그 위에는 가느다란 나뭇가지와 잎사귀의 줄무늬가 보였다.

'나는 몰라, 아치 마린, 모르겠도다.'

그는 입속으로 중얼거리면서 향기로운 손수건을 가슴 쪽 주머니에 꽂았다. 그리고 앉아있는 채, 그 불가사의한 여인이 가는 것을 본, 그 방향을 향하여 눈을 깜박였다. 여인은 그 언덕을 넘어서 사라졌을 것이다. 그러나 또 곧 내려올 것이다.

"정말로 좋은 냄새야. 하느님께 맹세해서."

그는 중얼거렸고 다시 손수건을 주머니에서 꺼냈다.

"맹세코 이것은 그 여인의 것이야."

깊은 추억에 잠기듯 그것을 손가락으로 만지작거리면서도 눈길은 그 언덕의 오솔길에서 떼지 못했다.

"내가 처음 앉을 때는 이곳에 손수건 따위가 있지 아니했어. 있었다면 그때 알아차렸을 게 아닌가."

손수건을 주머니 속에 꽂으면서 그는 이렇게 결론을 내렸다.

"1크라운을 걸고 내기를 해도 좋아. 일부러 떨어뜨린 거야. 응, 그래. 너였어, 제인. 네 짓이라구."

한쪽 팔을 벤치 뒤에 걸치면서 그는 여인이 또다시 언덕을 내려갈 때 정면에서 만날 수 있는 자세로 고쳐 앉았다. 그리고 그는 기다렸다.

뒤를 따라갔어야 했다는 생각이 문득 떠올랐다. — 지금 어딘가 위쪽에서 나를 기다리고 있을는지도 모르지. 하지만 틀림없이 돌아올 거야 — 그녀들은 언제나 그랬었지 않은가! — 그렇게 생각하니 이제 그는 몸을 움직이는 것도 귀찮은 느낌이 들었다. 시간은 아주 더디게 흐르고 있다.

윤기가 흐르는 달빛을 받아, 그의 놋쇠 단추가 작은 별처럼 빛나고 있다. 잎사귀와 나뭇가지의 줄무늬가 여전히 그의 몸을 감싸듯 하고 있으며 무릎에 달라붙지 않나 생각될 정도이다. 돌아오는 그녀의 발짝 소리를 놓치지 않기 위해 그는 숨을 죽이며 귀를 곤두세웠다.

그때 어떤 충격으로 그는 현기증을 느꼈다. 그의 바로 등 뒤에서 무엇인가 악의(惡意)에 찬 것이 호시탐탐, 덤벼들어 그를 찢어죽일 기회를 엿보고 있다는 느낌에 사로잡혔던 것이다.

그는 반사적으로 몸을 움츠리며 무서운 — 아니면 마음을 안정시켜 주는 것일지도 모를 — 것임에 틀림없는 무엇인가에 대항하기 위해 즉시 자세를 잡았다. 그리고 눈길을 살짝 돌리어 무엇인가가 있는 벤치 위를 보았다. 그는 등 뒤에 앉아 있는 것을 보았을 때 마른침을 삼키면서 몸을 떨었다.

그러나 안심을 해도 좋았다. 그것은 그녀였던 것이다! 그는 부드럽게 말했다.

"아아! 어떻게 이곳에 온 거야?"(전능하신 하느님이시여, 그의 뇌는 당장에라도 터질 것만 같습니다!)

그녀는 대답하지 않았다. 검은색 벨벳 망토를 입고, 두 무릎을 가지런히 모으고 우아하게, 그러나 입을 굳게 다문 채 앉아 있다. 모자를 썼는지 안썼는지도 분간되지 않았다. 머리와 얼굴을 시커먼 베일로 싸고 있었기 때문이다.

그러나 그렇게 하고 있어도 그녀가 아름다운 여인임은 충분히 알 수 있었다. 망토 속으로 팔짱을 끼고 있는 것은 손가락 끝으로 망토를 잡아서 완벽하게 가리기 위함이리라.

"네가 지나가는 것을 보기는 했었어."

젊은 선원은 입을 열어 말했다.

"하지만 돌아오는 발짝 소리는 들리지 않았다구."

그런데 이때도 그녀는 대답을 하지 않았다. 한마디도 하지 않았지만, 그러나 틀림없이 그의 말에 많은 관심을 기울이고 있었고, 그 눈동자는 베일의 그림자 속에서 유난히 반짝이고 있었다.

그래서 아치 마린은 그녀를 계속 조롱하고 있었다. 왜냐하면 한밤중 이런 시간에 이처럼 적막한 곳에 있는 그의 옆에 이유도 없이 그녀가 쫓아왔을 까닭이 없다고 확신했기 때문이다.

그리고 물론 기분은 무척 좋았다. 그녀는 그가 말하는 한마디 한마디에 줄곧 고개를 끄덕이고 있었는데 그에게 향하여 입을 열기까지는 상당한 시간이 걸렸다. 그녀가 입을 열었을 때는 다소 놀랐다. 왜냐하면 그녀는 가슴이며 허리며 모두가 잘빠진 몸매의 미녀였지만 그를 놀라게 한 것은 바로 가라앉은 듯한, 그런 목소리였기 때문이다.

"지금까지 이곳에 온 일이 없다구요."

그녀는 이렇게 말했는데 마치 천식(喘息)이라도 걸린 사람처럼 아주 가느다란 목소리였다. 마치 리드 악기와 같은 소리를 내고 있었던 것이다.

"때마침 당신을 발견하고 ― 그래서 온 거예요."

"그것 참 잘했어!"

아치 마린은 이렇게 말하자마자 그녀와 마주 앉으며 금방이라도 그녀의 몸에 팔을 얹으려고 했다.

"안돼요……! 그건 안돼요!"

그리고 뒷걸음질을 친 것도 아니고 엉덩방아를 찧은 것도 아니건만 그녀는 실로 슬픈 어조를 띠는 것이었다. 웬지 어색한 분위기가 되자 선원은 기세가 꺾이고 말았다.

'맞아, 이 여인은 완벽한 숙녀야.'

그는 앉은 자세를 바로잡으며 행동을 삼갔다.

그녀는 나무와 나무 틈으로 아래쪽 항구의 불빛을 바라보고 있었다. 아래쪽에서는, 아니 온 세계의 다른 곳에서도 속삭이는 소리 하나 들려오지 않았다.

그녀는 말했다.

"나, 무척 쓸쓸했었어요."

"그야 그랬겠지."

그는 덤벙대면서 대답을 하고 팔짱을 끼었다. 이런 뜻밖의 이상한 사람과 우연히 만난 적이 없었던 그였기 때문에 어떻게 태도를 취하고 무슨 말을 해야 좋을지 몰랐던 것이다.

"부탁입니다. 화내지 마세요."

그를 바라보며 그녀가 말했다.

"화내지 않았어. 정말이야."

그는 진심을 기울이여 말했다.

"다만, 네 이름을 알고 싶어. 나는 아치 마린이라고 해. 선원이지."

"내 이름요?"

그녀는 한숨을 내쉬었다.

"프리더 리스토웰이었어요."

"그래? 그럼 지금은 다른가?"

그는 끈덕지게 물었다. 그녀는 고개를 가로저었다.

"결혼했나?"

선원은 끈질기게 물고늘어졌다.

"아아뇨."

이번 질문을 그녀는 상당히 재미있어 하는 눈치였다.

"그럼 어디선가 이름을 잃었단 말인가?"

"……예."

그녀의 대답은 무거웠다.

젊은 선원은 이런 대화를 즐기기 시작했다. 이런 유(類)의 가벼운 대화는 제인이라든가 케이트와 같은 아가씨들과 나누었던 즐거움의 일부였던 것이다. 그러나 이 사람은 숙녀이다 — 그것은 의심할 여지가 없다 — 그러므로 그는 다소 놀랐다. 하지만 그래도 그것은 마음에 들었다.

"프리더 리스토웰이라구! 좋은 이름이야! 아주 좋아. 잃고 싶지 않은 이름이라구."

그녀는 몸을 떨었다. 달빛은 차가웠다.

"네가 찾고 있는 것을 도와줘야겠어."

그는 말했다.

“무리예요.”

“나로서는 무리라는 게야? 왜? 너는 이 마을에 오래 체재하고 있는 거니?”

“나는 어디에서도 묵지 않는답니다. 곧 돌아가야 해요.”

“오늘 밤은 벌써 늦었어. 멀리 가지 못한다구 — 늦었다니까. 지금은 어느 곳에 묵고 있니?”

“말해도 믿지 않을 겁니다.”

“네 말을? 천만의 말씀! 비록 네가 나는 천국에서 온 천사라고 말해도 나는 믿어 줄 거야. 차(車)라도 가지고 있지 않는 한은…… 알겠어?”

그녀는 천천히 고개를 가로저었다.

그는 그녀하고는, 여하튼 기분을 맞출 수 없다는 느낌이 들기 시작했다. 어찌된 일인지 두 사람 모두 쓸데없는 연극만 하고 있는 셈이다. 하지만 그녀가 배우인 것은 틀림없다고 생각했다. 그녀가 구사하는 언어가 아니라 그녀가 지껄이는 태도로 보아 그런 것이다. 담배를 담뱃갑에서 꺼내고 그것에 불을 붙였다.

‘나는 이곳저곳 방랑해 왔었지만 이런 여인을 만나본 일이 없었지!’

그는 이렇게 생각하며 담뱃갑을 그녀 쪽으로 내밀면서,

“어때? 한대 피우겠어?”

라고 권했는데 그녀는 거절했다. 그래서 그는 두 무릎에 좌우 팔꿈치를 걸치고 장화 사이의 땅바닥을 향하여 담배 연기를 뿜었다. 그녀의 구두는 실로 우아했고 날씬한 다리는 비단구두에 싸여 있었다 — 그는 그것으로부터 눈길을 뗄 수가 없었다.

그야 어쨌든 그녀는 무슨 말을 하려고 하는 것일까? 그리고 어디에 살고 있는 것일까? 그는 방향을 바꾸지 않은 채 두 다리 사이의 땅바닥을 바라보며 말했다.

"너, 괜찮니? 내가 도울 일이 있으면 말하라니까."

"아아뇨."

그녀는 대답했다. 그 목소리에는 절망의 빛이 있었다. 그순간 그
것이 그의 마음속에 동정을 불러일으켰다. 그는 일어나서 마주 앉
았다.

"왜 그러지, 미스 프리더? 요컨대 나 같은 것은 참견을 하지 말라
는 거니?"

그녀는 지금까지의 심각한 표정을 처음으로 누그러뜨리는 표정을
지어 보이며 말했다.

"당신이…… 참견할…… 일이 아니예요."

그것을 — 즉 자기가 당하고 있는 일을 마치 즐기고 있다고 해도
좋을 정도였다.

"그게 아닙니다. 고마워요. 하지만 그런 게 아닙니다."

거부하는 의사임이 분명했고, 굳이 그것을 설명하려는 것은 아니
었다. 그러므로 그로서는 반(半) 변명삼아 적당히 얼버무리는 것이
고작이었다.

"아냐, 만약 도울 일이 있다면 나는 최선을 다해서 도울 거라구.
그러니…… 명령만 내려."

"아아, 그렇게 말할 것으로 생각했었습니다!"

그녀는 마치 상냥하게 구스르듯 대답해 나갔다.

"친절한 분이네요…… 하지만 당신은……."

그녀는 갑자기 격앙된 표정으로 몸을 일으켰다. 꼭 잡고 있던 두
손이 망토에서 미끄러져 나온다. 처음 보는 그 손에는 장갑이 끼워
져 있었다. 다음 순간 그녀는 그 두 손을 떼자 거의 치찰음(齒擦音)
으로,

"내가 무엇일 것으로 생각하세요?"

라고 물었다.

그런 물음에는 멈칫하지 않을 수 없었다. 그녀에게 있어 가장 심각한 문제는 틀림없이 이것이었다.

"집까지 데려다 주도록 해줘. 진짜야, 미스 프리더!"

"하지만 갈 곳이 없는 걸요."

그녀는 외쳤다.

"그럼 어떻게 하자는 거야?"

"아무것도 할 필요 없어요."

"그래도 어떻게든 해야 할 게 아니냐구."

그녀는 베일 쓴 얼굴을 쳐들고 한 손으로 달을 향하여 어떤 동작을 취하더니 말했다.

"나, 사라지겠어요."

"아아, 아아!"

선원은 순간적으로, 지금 자기가 상대하고 있는 것이, 전연 여배우 따위가 아니란 것을 깨달았다. 상대는 정신이 이상해진 것이다! 그리고 자살을 하려 하고 있는 것이다. 아까 자기가 잠시나마 기세가 꺾였던 것은 그 때문이었다. ── 미친 여자다, 그녀는 미친 여자다! 하필이면 그런 광녀(狂女)와 만나게 된 것이다.

"저어, 나…… 사람들이 말하는 유령이랍니다!"

그녀는 엄숙하게 말했다.

그렇다. 이것으로 이제 결정이 났다. 가련한 일은 일반적으로 달밤에 한층 더 심해진다. 그는 그녀에게 경계의 눈길을 보내고 있었다. 여자를 좋아했던 그다. 특히 달밤에 만나는 멋진 여성을 좋아하던 그였다. 하지만 정신이 이상한 여인은 싫다.

"믿어지지 않지요?"

그녀는 물었다.

그는 그녀를 달래려고 노력했다.

"이상한 일이군. 오늘 밤에는 아까도 어떤 사나이와 유령에 대해서 논쟁을 벌였다구. 그런데 이번에는 미스 프리더야. 나를 설득하려 드는 두 번째 사람의 등장이로군. 사실을 말한다면…… 받아들일 것인지 아닌지는 자기 마음이겠지만 '나는 유령이다'라니 ─. 비록 내 눈으로 보더라도 믿어지지 않는걸!"

아주 조용하게 그녀가 물었다.

"나, 이곳에서 무얼 하고 있다고 생각하세요?"

아치 마린은 그순간 우물쭈물하고 있었지만 이렇게 대답했다.

"그럼 정직하게 말할까? 나는 프리더가 유령이라고는 생각하지 않았었어. 처음에 프리더는 ─ 즉 ─ 멋진 아가씨가 놀아나려고 나타난 것으로 생각했었다구."

그녀의 응답을 기다리며 입을 다물었다. 자기로서는 아주 냉담한 응수를 했다고 생각하며 ─ .

"그래서요?"

"그래, 그 다음에는 여배우일 것으로 생각했지."

"그렇지 않아요."

그녀는 기분이 언짢다는 표정이었다.

"그런데 그 다음에는 무언가 고민스런 일이 있는 게 분명하다는 생각이 들었지."

망설이던 그녀가 대답했다.

"예, 그래요."

"요컨대…… 돈을 잃어버렸다든가……."

"아닙니다."

그녀는 단호하게 그의 말을 끊으며 말하는 것이었다.

"내가 잃어버린 것은 목숨이에요."

"아아, 그랬었군."

그는 비위를 맞추려는 듯,

"프리더가 온 것은…… 그런데…… 저 아래 저곳에서?"

라며 마을 쪽을 향하여 턱을 내밀어 보였다.

그녀는 온화한 말투로 대답했다.

"나, 천국에서 왔다구요."

가엾게도 사나이는 이처럼 우회하며 하는 말에 신물이 날 정도였다. 그래서 어쩔 바를 모르다가 농담으로 받아넘기려는 듯, 이렇게 대꾸했다.

"아아, 그래 맞아. 프리더는 천사…… 천사라고 생각했었어."

"천국에는 천사 따위는 없어요."

그녀가 소리쳤다.

"없다구?"

그는 의아한 표정으로 물었다.

"없습니다. 나는 그곳에서 천사를 본 적이 없다구요."

아치 마린은,

'그럼 나는 이후에 심히 놀라게 되겠구나.'

라며 입속으로 중얼거렸다.

"천국이란 곳, 어떤 곳이라고 생각하세요?"

그녀가 물었다. 그는 그런 점에 대해서는 지금까지 깊이 생각해 본 적이 없다고 시인하지 않을 수 없었다.

"나는 압니다."

그녀는 조심스럽게 말했다.

"말해 봐."

그녀가 너무나 끈질겼으므로 그는 상대가 미친 여자란 것은 까맣게 잊고 있었다. ― 그리고 그로서는 광녀(狂女)를 어떻게 다루어야 하는지 따위는 전혀 모르는 터였다.

"내가 3년 전에 죽었을 때……."

그녀는 말하기 시작했다.

"저어……."

선원은 웃으면서 그녀 쪽을 돌아보았다. 그리고 이렇게 말했다.

"프리더는 아주 멋진 여배우가 될 것이라구."

성가시다는 듯 그녀는 몸을 움직였다.

"들어 보세요!"

"죽기 전에…… 프리더는 어떤 사람이었는데?"

선원은 프리더를 조롱했다. 그는 어처구니없게 그런 최면술 따위에 걸려들고 싶지는 않았던 것이다.

"당시는 젊고 부자였고 어리석었습니다. 이 세상에 있을 때 관심을 쏟되 열정적으로 쏟았던 것은 단 한 가지 — 나는 의상(衣裳)의 도락가로서, 예쁜 옷에는 눈이 멀었었지요. 정신이 나갔던 것임에 틀림없다고 생각합니다. 겉보기에는 그렇지 않았었지만 — .

그것 외에는 마음속으로 흥미를 느끼는 것이라곤 아무것도 없었습니다. 그저 예쁜 의상을 많이, 아주 많이 골고루 몸에 걸치는 것만을 위해서 살았던 것입니다. 그리고 또 나는 예뻤다고 생각합니다. — 어쩌면 당신도 아까 그렇게 생각했을지 모르겠습니다만……."

"자, 이것 좀!"

아치 마린은 그녀의 베일을 잽싸게 벗기려고 했다.

"안돼!"

그녀의 거부에는, 약탈자의 팔을 움츠러들게 하고 끌어들이게 하는 강력한 힘이 있었다. 그리고 그 절규의 메아리가 어쩐지 그 한순간, 저 하늘 위에 박혀 있는 희미한 별들 사이에서 펄럭이는 것처럼 생각되었다.

"주의하세요!"

그녀의 진지한 언행에 그의 감정은 수그러지고 말았다.

"그것이 내 목숨이었습니다. 그것 외에는 아무것도 없었습니다. 매일매일 일각(一刻)일각, 손에 들어오는 한, 호화로운 드레스로 정장을 하는 것, 단지 그것뿐이었습니다. 이 무슨 허영이란 말입니까. 그리고 나는 믿었었습니다. 그것이 오체(五體)를 존귀하게 하고 영혼을 즐겁게 해주는 것이라고 ─ . 광기(狂氣)의 절정이었지요.

무엇을 하든 머리속은 앞으로 입을 옷, 그리고 그것에 의해 이채(異彩)를 발산시킬 기회를 얻는 것, 그것으로 꽉 차있었습니다. 그것이 기쁨의 모든 것이었습니다. 이 세상에서 수고하는 것, 이 세상을 살아가는 의미와 목적은 모두 그것뿐이었습니다. 그것 외에는 아무 원망(願望)도 행복도 없을 것으로 생각했습니다. 그 비단과 새틴과 문직(紋織)에 재산을 쏟아부었습니다. 그렇게 함으로써 모든 사람들에게 은혜를 베푸는 것이라고 상상했던 것입니다."

"그래? 하지만 이건 너무 심한 이야기인걸!"

라며 아치 마린이 갑자기 말참견을 했다. 그녀는 몸짓으로 그를 제압한 다음 벨벳 망토로 몸을 완전히 싸고, 벤치 끝에 털썩 주저앉았다.

선원은 벤치 등에 한쪽 손을 넘겨 잡았다. 그는 너무 싫증이 났으므로 만약 그녀가 곧 떠나지 않으면 자기 쪽에서 고민스러워하는 그녀를 팽개쳐 둔 채 이곳을 떠나게 될지도 모른다는 생각을 하며, 그녀를 찬찬히 바라보았다.

하품이 나올 것 같았지만 어쩐지 그대로 하품을 해대는 용기는

나지 않았다. 판단되는 한, 그녀는 비참, 바로 그것이었다. 그리고
그는 다시 한번 그녀는 광녀(狂女)라는 확신에 되돌아가려고 했다.
결코 악의(惡意)는 아니지만 정신이상된 여자를 상대로, 그가 무슨
짓을 할 수 있겠는가?
　“이윽고 나는 죽었습니다.”
라며 그녀는 이야기를 이어나갔다.
　“그리고 나는 금방 알아차리게 된 것이지만, 싸구려 무명으로 —
내 몸에 헐렁할 만큼 크게 만든, 보기에도 흉한 가운을 걸치고 매
장되고 있다는 것을 알았을 때의 그 허탈감을 상상해 보세요!”
　그녀는 몸서리를 쳤다.
　“나는 오랫동안 공중에 매달려 있는 느낌이었습니다. 화학용액
(化學溶液) 속에서 움직이지 아니하는 구름 모양의 것처럼 홀로
있는 나. — 그 누구에게도 다가갈 수 없는 나. — 시력은 좋은
것 같은데 아무것도 보이지 않는 것입니다. 마치 한밤중에 서산으
로 넘어가는 달이 하늘에 한줄기 빛을 보낼 때처럼 모든 것이 뿌
옇고 단조롭고…….”
　그녀는 잠시 말을 끊었다가 다시 이었다.
　“그때 생각이 빙글빙글 돌면서 나에게로 돌아오기 시작했습니다.
지상(地上)에서의 생각이 말입니다. 그래서 자신은 죽었고 무한
계(無限界)의 부유물(浮游物)이 되었다는 것을 알게 되었지요.
그때 생각나는 것은 살아 있을 그때에 내가 보물처럼 생각했던
것, 즉 멋진 의상뿐이었습니다.
　그런데 그런 생각을 하고 있자니, 그런 것들이 내 주위를 맴돌
며 떠다니기 시작했습니다. 드레스와 페티코트, 스타킹, 구두 등
등 그 모든 것들, 마음을 위로해 주는 망령(亡靈)들이…….”
　선원은 한숨을 길게 내쉬면서 궐련에 불을 붙였다. 그녀는 그의

마음이 진정되기까지 기다렸다.

"그러나 그런 것들은 나 자신과 같을 정도로 나에게 있어서는 리얼했습니다. 아아, 얼마나 기쁘고 즐거웠던가! 나는 얼른 그 보기도 싫은 무명 수의를 벗어 버리고 그 멋진 드레스 중 한 개를 골라서 입었습니다. 하지만 그것도 곧 싫증이 났습니다. 그래서 벗었는데 그것은 금방 어디론가 사라지고 두번 다시 돌아오지 않는 것이었습니다.

나는 살아 생전에 좋아했던, 다른 옷가지를 떠올려 보았지만 그것들은 끝내 나타나지 않았습니다 — 나타나는 것은 입고 있는 것뿐이었습니다. 즉 지난날 이상(理想)이었던 그것들이 나의 천국이 되었습니다. 의상들 속에서 나는 옛날의 환상을 되돌렸던 것입니다."

"빌어먹을!"

조용히 중얼거린 선원은 다시 이렇게 입속으로 웅얼거렸다.

"이런 식이라면! 나는 이 아가씨를 두들겨 팰 것 같아!"

"뭐라고 하셨습니까?"

그녀가 큰 소리로 물었다.

"시간 말야! 많이 늦었다고 했어!"

그는 대답했다.

이어지는 침묵 속에서 그녀가 놀라는 모습이 피부에 와닿을 정도로 느껴지는 것 같아서 그는 장난치듯 그녀 쪽을 돌아보았다.

"하지만 이런 식이어서는 틀림없이 나에게 하는 설교야, 미스 프리더. 내가 알고 싶은 것은 어떻게 이처럼 나를 발견하게 되었느냐란 거야."

"한번 입고 나면 그 옷은 모두 사라져 버리는 거예요. 한 가지, 또 한 가지 — 모두 어디론가 사라져 버리더라니까요. 나는 오랫동안 그것을 깨닫지 못한 채 되돌려 받은 기쁨 속에서 그것들을 입었고, 또 다른 것으로 갈아입었습니다. 살아 있을 때 했듯이 —.

그러나 마침내 지금 입고 있는 옷, 당신도 보고 있는 이 옷 이외에는 모두 사라져 버린 것입니다. 다 없어진 지금, 내 신상에 뭔가 이상한 일이 일어나고 있는 것 같은 기분입니다."

"흥!"

아치 마린은 코방귀를 뀌었다.

"……하지만, 잘 알 수 없어요."

그녀가 하던 말을 끊자, 선원은 궐련을 입술로 우물거렸다. 연기가 역류했으므로 그는 킁킁 콧소리를 냈다.

"뭔가 다른 것이 있을 것이란 생각 안드세요?"

그녀가 슬픈 표정을 지으며 물었다.

그녀의 구두 버클에는 달빛이 깔려 있고 나뭇잎의 줄무늬가 그녀의 예쁜 다리, 우아한 몸 위에 퍼지고 있었다.

"그래!"

그는 위로하듯이 말했다.

"아침이 되면 괜찮을 거라구. 하룻밤 푹 자고 나면 내일은 새끼 고양이처럼 생생해질 건데 뭐."

그녀는 몇분 동안 입도 안열고 몸도 움직이지 않았다. 침묵이 화가 날 정도로 이어지자 선원은 하는 수 없이 물었다.

"앞으로 어떡할 거야?"

"나는요……."

탄식을 하면서 그녀는 대답했다.

"할 수만 있다면 바다 속, 아니 그보다 더 깊은 곳에 묻히고 싶습니다."

"응, 그래. 그런 것쯤은 걱정도 안되겠네 뭐. 프리더, 너라면 말야."

그는 맞장구를 쳐주었다. 그러자 그녀는 단지 상대방을 애태우려고 그러는지, 아니면 그의 인품을 떠보려고 그러는지 이런 말을 했다.

"하지만 나는 죽은 몸이라구요. 옛날 의상의 망령을 입고 있는 생령(生靈)에 지나지 않는답니다."

그녀의 집요함에는 두손들고 말았다. 그녀가 광인(狂人)이란 것은 믿어지지 않았으므로 이제 그로서는 호의적으로 받아들일 수 없는 유(類)의 농담이었다.

"이것 봐, 프리더. 이제 그만해. 여기가 어디란 것쯤은 잘 알고 있을 텐데 ─. 마음대로 해봐. 너는 나에게 아까부터 줄곧 외로운 인간이란 것을 강조하려고 했지만 나는 그렇게 쉽사리 넘어갈 놈이 아니라구. 나는 선원이야. 버젓한 선원이라니까 ─. 그러니 마음씨 착한 아가씨답게 키스를 하고 안녕이라며 작별인사를 한 다음 타박타박 걸어서 집으로 가는 게 어때?"

그런데도 불구하고 ─ 그런 마음씨 착한 아가씨이기를 그는 기대했다. 그러나 반응은 없었다.

"내 말이 믿어지지 않으세요?"

그녀가 물었다.

"그런 게 아니야. 나는 최선을 다하고 있어. 너는 아주 훌륭한 여배우라고. 하지만 나에게는 오를 수 없는 나무지 ─. 아주 불가능한 것은 아니지만……"

그는 마침내 분연히 일어섰다. 그녀는 그자리에 그대로 앉아 있었는데 선원도 우물쭈물하고 있었다. 아니, 실은 아직도 그녀를 남겨둔 채 떠나고 싶지 않았던 것이다. 요컨대 그녀는 기분이 바뀔는지도 모른다. 그는 당혹스러워하고 있었다. 막상 이자리에서 떠나면 따라올는지도 모른다.

그가 한 발짝 걸어 나갔다. 그순간 그녀의 기침 소리가 들려왔다.

눈썹을 치켜올리면서 그는 귀를 곤두세웠다 ― .

"증명을 하라면 아주 간단히 할 수 있어요."

"어떻게?"

그는 발길을 멈춘 채 고개를 살짝 돌렸다.

"이 옷을 벗어 보이면……."

그녀가 낮은 음성으로 말했다.

'야! 이것은 명안(名案)이 아닌가!'

이렇게 생각한 그는 마른침을 꼴깍 삼키면서 입을 열었다.

"네가 옷을 벗는다구? 여기서?"

침묵이 다시 흘렀고 그것이 그의 앞질러가던 마음, 변덕스런 그의 마음에 불을 질렀다.

"야, 그것 참 멋진 얘기로군 프리더."

그는 다시 벤치에 돌아와 그녀 옆에 앉았다.

"정말이니? 그럼 어서!"

그녀가 응할 것임을 느낀 그는 가슴을 두근거리며 기다렸다.

"어서!"

그는 또 재촉을 하면서 오솔길 아래위로 눈길을 보냈다.

"괜찮아, 어서. 딴 사람은 아무도 보는 사람이 없다구."

그녀는 마침내 일어섰다. 그도 따라 일어서려고 몸을 움직이자 그녀는 제지하면서 말했다.

"앉아 있어, 앉아 있으라고! 이 바보스런 양반아!"

잠시 후 그녀는 관목들과 작은 나무들이 가려서 잘 안보이는 오솔길 한복판에 섰다. 그녀는 그곳에서 망토 속 옷을 더듬었다. 그녀는 실로 교묘했다. 왜냐하면 언제 어떻게 벗었는지 알아차리지 못하는 사이에 옷을 모두 벗었기 때문이다. 그녀가 벗어놓은 옷가지들이 수북하게 쌓여 있었다.

그리고 그것으로 끝이었다.

날씬한 몸매의 그녀, 이제 나체가 된 그녀가 그의 포옹을 기다리고 있을 까닭이 없었다. 프리더 리스토웰은 어디론가 떠나 버렸다. 어디론가 사라지고 만 것이다. 그의 손조차도 보이지 아니했다. 그림자 같은 그녀의 의상만이 오솔길에서 달빛을 받고 있다.

망토에 구두, 베일, 스타킹, 허리띠와 그 장식, 프릴, 녹색 가터, 그리고 하얀 빗이 들어 있는 휴대용 화장도구 백 ─. 삽시간에, 그러나 실로 감쪽같은 증명이었으므로 기절할 정도였다.

"그녀는 그곳에 있었다. 움직이지도 않았었는데 ─ ."

그는 중얼거렸다.

"그것은 내 영혼을 걸고 맹세할 수 있어."

그리고 얼마동안 자기 눈이 믿어지지 않은 이 선원은 벤치에서 일어날 용기도 없었다. 겁에 질린 눈을 좌우로, 그 뒤쪽으로 돌리면서 ─ 그는 마치 난파선(難破船)을 탄 사람이 돛대에 매달리듯, 두 손으로 벤치를 잡고 매달렸다.

"믿어지지 않는 일이야!"

그는 용기를 내어 중얼거리다가 벤치에서 일어났고 오솔길로 걸어나갔다.

"어이!"

그는 목소리를 낮추어 불러 보았다.

"어디에 있는 거야?"

그는 긴장된 얼굴로 허리를 쭉 펴고 가슴을 내밀며 가까이에 있는 숲속을 헤매고 다녔다. 그곳에는 없었다. 어디에도 없다. 다시 한 바퀴를 돌고 와보니 옷도 감쪽같이 사라졌다.

"어이! 오라구!"

또 고함쳐 봤지만 그녀는 대답이 없었다. 그녀가 어디에 숨어 있지 않다는 것은 그도 잘 알고 있었다. ─ 그녀에게는 숨을 만한 장소가 있을 리 없는 것이다. 도리깨질 하듯, 그리고 두 방망이질 하듯, 가슴이 두근거렸다. 등골이 써늘하면서 소름이 끼쳐온다.

그녀는 도대체 무엇이었단 말인가? 그는 이제 그곳에 더 있고 싶지 않았다. 걸음아 나 살려라며 두 눈 딱 감고 도망치고 싶었지만 그렇게 되지도 않았다. 쇼크받은 뇌수(腦髓)를 진정시키고자 그는 두 손으로 머리를 감싸고 힘을 주었다. 손톱이 두피(頭皮)를 꾹 눌러 손톱자국이 생길 지경이었다.

"휴우!"

그는 가만히 있을 수가 없어서 몸을 비틀어대며 길게 한숨을 내쉬었다.

"휴우!"

흐르는 땀 때문에 눈을 뜰 수가 없게 된 그는 주머니에 한쪽 손을 넣어 손수건을 끄집어 냈다. 그것은 한 시간 전에 벤치 위에서 발견했던, 향수 냄새 그윽한 바로 그 손수건이었다. 다시 그 냄새를 맡을 때에서야 그는 생각해냈다. 그것을 달빛 속에 쳐들고 응시하면서 그는 중얼거렸다.

"생각할 수 없는 일이야. 생각할 수 없는 일이라고 나로서는……."

그때 공중에서, 보이지 않는 무엇인가가 그의 손끝에서 그것까지 빼앗아가는 것이었다.

지상(地上)에서 못이룬 사랑

이스테의 하워드경(卿) 부인 르위나는 하워드경과 결혼한 지 10 개월 — 그리고 다시 — 댄리경(卿)과의 불장난에 빠지는 결과가 되었다.

장소는 팔르리 가극장(歌劇場). 오페라글라스(operaglass : 觀劇用雙眼鏡)로 건너편 귀빈석을 살피던 중, 문득 눈에 들어온 거무스름한 얼굴에 네모진 이마는, 틀림없는 그 댄리경 — . 더구나 상대편 안경도 줄곧 이쪽을 보고 있다. 두 개의 안경은 잠시동안 서로 시점(視點)을 마주하며 응시하고 있었는데 이윽고 여자 쪽에서 황급히 안색을 바꾸며 살짝 돌렸다.

극장에서 나오려고 하는데 백곰의 가장을 한 사나이(댄리의 비서)가 르위나의 파라솔 속으로 슬쩍 카드를 밀어넣는다. 그 카드에는,

'만나주겠습니까? 메타 스다나에서.'

라고 씌어 있었다. 시각은 8시 가까웠다. 조금 있으면 시보(時報)를 알릴 것이다. '수난절(受難節)의 종'을 신호로 아침 10시부터 열어놓은 극장은 어느 곳이나 모두 문을 닫는다.

왜냐하면 이날은 화요일, 사육제(謝肉祭) 최후인 — 최고조인 — 1일, 야만인과 납촉제(蠟燭祭) 날이었기 때문이다. 이날은 시민들의 환호성이 하늘에까지 치솟아 오르고, 시가지 전체가 온통 현훈(眩

暈)의 소용돌이로 화하며 날아오르는 폭죽의 구름이 안개가 낀듯했다. 뒷길에서 모여드는 마차가 눈부시게 달리는 거리에는 도미노 가면(假面), 피에로, 후작(侯爵), 농부들의 가장행렬이 이어지는데 그 가운데서 휘두르는 팔짓, 절규하는 소리, 경합(競合) 등이 뒤엉키면서 혼돈을 이루는 것이었다.

르위나는 이런 소요를 곁눈질로 보면서 마차 좌석에 등을 기댄 채 흔들리고 있었다. — 풍만한 몸매에 권태로움을 달래는 귀부인, 창백한 얼굴에 진홍색 입술이 두드러졌다. 큰 공처럼 붙잡아맨 칠흑 같은 머리하며 목의 곡선하며, 로세티가 그린 몽환(夢幻)의 미녀를 상상케 한다. 댄리와 나란히 서면 그녀가 1인치 정도 키가 컸다.

그녀를 태운 마차가 울바나 거리를 지나 콜로세움에 도착하자 댄리경은 약속장소의 그늘에 나타나 뚜벅뚜벅 걸어오고 있었다.

"또 만났군요, 역시……."

르위나는 중얼거렸다.

"이상하군요."

넓은 출입구 앞에까지 걸어가자 어스름한 폐허가 두 사람 눈앞에 떠올랐다. 여자는 미소를 띠며 말했다.

"여전히 신출귀몰이네요."

사나이는 대답했다.

"여행이지요. 나는 다른 곳에서 죄를 범한 영혼이며, 이 지상(地上)은 그 구류장(拘留場)인데 다행스러운 것은 구류장 안을 돌아다니는 것만은 자유로우니까요."

"어머, 또 농담을 하시는군요. 결혼한다고 약속하셨잖아요, 헨리?"

"귀부인께서는?"

"나는 했습니다. 나이 많은 사람과……. 공채(公債)와 주식(株式)이다, 그런 얘기밖에 모르는 사람이지만 그래도 이모저모로 위안이 되긴 합니다."

"어떤 위안?"

"재산과 태양(太陽)과 사육제와……."

"사육제 다음에는 수난절(受難節)이 오는데……."

"하지만 수난절 전에는 사육제가 있잖아요."

그녀는 윤기 없는 목소리로 웃었다.

"귀부인답지 않은 속기(俗氣)네요. 그것은 부군(夫君)의 영향입니까?"

"틀림없이 그럴 겁니다."

"아이구, 실례. 용서하십시오 ─ 귀부인은 귀부인 이외는 아무것도 아닐 것입니다. 잘 알고 있습니다."

"나같은 것이 정말로…… 귀하의 눈에 비치는 그대로였으면 좋겠습니다만 사람 속은 보기와는 다를 수도 있답니다. 내가 지금까지 만난 사람 중 최고의 미인은 세빌랴에서 궐련을 말고 있던 아가씨뿐이었다구요."

"나는 얼굴로 귀부인의 값어치를 재거나 하는 일은 하지 않습니다."

댄리는 그렇게 말하면서 눈을 가늘게 뜨고 상대방의 얼굴을 뚫어지라고 바라보면서 이렇게 덧붙였다.

"나 자신이 잣대입니다. 귀부인께서는 나의 분신이지요 ─ 이전에는 그러했잖습니까."

르위나는 듣기 거북한 듯 눈을 내리깔았다.

"귀하께서 그렇게 말씀하신다면 ─ 그렇겠지요 ─. 하지만 귀하는 남자분이라고 하기보다 올림포스 신(神)과 같다는 느낌이 드는군요. 그에 비해서 나는 ─ 인간 냄새가 너무 나지 않습니까?"

"올림포스 신들은 피부병 따위를 앓지는 않을 것입니다."

사나이는 미소를 띠면서 대답했다. 지금으로부터 5년 전, 댄리경은 르위나와 화촉을 밝히려고 했었다. 그 직전 그는 나병(癩病)이 창궐하던 땅 아일랜드에서 사흘 밤을 지냈었다. 이윽고 그는 나병에 걸렸고 이 병 특유의 소결절(小結節)이 3개, 오른쪽 팔에 나타났다. 그 이후 댄리는 세상에서 버림받는 자가 되었었다.

"아직도 치유되지 않았나요?"

여인이 물었다.

"내 병은 불치병입니다."

"아아, 내 병도 그렇습니다, 헨리."

지니고 있던 우수(憂愁)의 마음 이상을 곁들여서 그녀는 말했다.

"실은 우리들의 병을 고칠 생각으로 왔습니다."

여인은 수상쩍다는 표정으로 밝은 달빛을 받고 있는 상대방의 얼굴을 바라보았다. 콜로세움 위에 방금 떠오른 달은, 폐허를 유난히 밝게 비춰주었다. 달빛은 로맨스와 마매(魔魅)의 손짓을 하며 르위나의 마음을 흔들어 놓았다.

"그래요? 고치겠다는 것은 — 예(例)의 그 방법인가요?"

미소를 머금으며 르위나가 물었다.

"어디서 랑데부를 하자는 겁니까?"

그녀의 물음에 댄리는 아리송한 대답을 했다.

"혼과 혼이 진심으로 만나는 곳에서요."

르위나는 입을 다문 채 무엇인가 생각에 잠기는 표정이었다. 멀리서 사육제의 소요가 희미하게 들려온다.

"지금도 믿고 있군요? 혼이라든가 내세란 것을요."

"혼도 내세도 존재합니다. 믿어지지 않습니까?"

"믿습니다. 귀하가 그렇게 말한다면."

"그럼 믿어 주세요. 7년 전부터 나는 알고 있었습니다. 그곳에 가면 낫게 됩니다.”

“유혹을 하시는 거군요.”

사나이는 몸에 늘 지니고 다니는 유리 약병 두 개를, 주머니 속에서 계속 만지작거리고 있었는데,

“승낙해 주는 거지요?”

라며 불쑥 말했다.

“헨리 ─ 나…… 여러 가지 속박이 있어서…….”

“나를 사랑하고 있지 않는 거지요?”

“그럴 리가!”

“그럼 승낙하는 겁니다. 오늘 밤중에 ─ 어떻습니까?”

“안돼요. 나…… 좀더 시간을 주세요.”

“어느 정도?”

“한 달만.”

“장소는?”

“나폴리에서.”

사나이는 고개를 끄떡했다.

“그럼 한 달 후에 ─ 나폴리에서.”

“어쨌든 그때까지는 마음을 결정하겠습니다.”

사나이는 인사를 했다. 두 사람은 넓은 출입구를 가로질러 메타스다나에서 헤어졌다.

납촉제(蠟燭祭)는 지금이 절정이었다. 전진(戰陣)을 짜가지고 공중제비를 하고 맹진(猛進)하는가 하면 나부끼는 수만 개의 가느다란 밀초 ─ . 4층의 발코니에서 내려다보는 홍조띤 얼굴과 얼굴들 ─ . 누구나 모두 자기 밀초를 지키면서 남의 밀초를 풍구라든가 큰 부채로, 끄고자 열중하고 있다.

그때 갑자기 ‘수난절의 종’이 울려퍼졌다. 뒤이어 김빠진 샴페인

과 같은 사람들 무리만 남았다. 그런 무리들과 뒤범벅이 된 거마(車馬)들이 대혼잡을 이루는 속을 르위나의 마부는 교묘하게 빠져나갔고, 한참 후에야 겨우 그녀의 저택 앞에 마차를 세웠다.

저택 안으로 들어가자 남편의 편지가 놓여 있었다. 사교계의 사육제를 감독하는 연회(宴會) 자리 — 론돌라 공작(公爵) 저택의 가면무도회에 간다는 내용의, 짤막하고 무정한 편지였다.

론돌라 공작(박물학자로서 자택의 정원을 그 유명한 '론돌라 동물원'으로 꾸민 인물이다)은 그해에 로마 사교계에서 사육제를 주관하게 된 주역이었다. 그러므로 연회가 벌어지는 그날 저녁때, 공작 저택의 거실은 수많은 손님으로 북적거리고 있었다.

한밤중이 되어 12시를 칠 무렵 르위나도 그 거실에서 춤을 추고 있었다. 조금 지나니 사람들의 훈김이 싫어져서 그녀는 정원으로 내려왔다. 어디든 혼자서 조용히 있고 싶었는데 그런 곳이 좀처럼 눈에 띄지 아니했다. 화단 근처에도 정자에도 사람들이 삼삼오오 떼를 지어 있는가 하면 사이좋게 나란히 자리를 차지하고 앉아 있다.

그래서 점점 안쪽으로 깊숙이 들어가자 울창하고 어두운 장소가 있었다. 그런데 누군가가 이쪽으로 다가오고 있었다. 중키에 가면을 쓴 사나이, 진홍색 가죽 두건을 쓰고 캐시미어 띠를 두르고 있다. 어디서 본 듯한 시커먼 턱수염, 그리고 반짝이는 치아들 —. 르위나는 깜짝 놀랐다.

"아니, 이곳에 와계시다니……."

그녀는 일종의 공포를 느끼면서 마주 선 상대방을 응시했다. 마치 사나이의 인격과 의지가 절대적인 힘을 발휘하여, 주사위점(占)이라도 쳐가지고 이 두 번째 해후(邂逅)를 이루어낸 듯한, 그런 인상을 받았기 때문이다.

"여기서 또 만나다니 실로 묘한 일입니다. 나는 꿈을 따라 왔습니다만……."

"방해가 되었나요?"

"아닙니다. 그런 말이 아니라…… 사울(《구약성경》에 나오는 이스라엘의 초대 王)도 아버지의 나귀를 찾으러 나왔다가…… 헨리, 왕국을 발견했지 않습니까."

"왕국과 비극을…… 그렇지요."

"또 농담만 하시는군요. 하지만 농부로 살아가는 것보다는 죽는 편이 낫지 않습니까 — ."

르위나는 고개를 숙이며 앵돌아진 듯한 미소를 띠었다. 그러자 사나이가 말했다.

"바꾸어 말하면 '여자'로 사는 것보다 '여신(女神)'으로 죽는 편이 낫다는 말이군요?"

"유혹을 하는 겁니까?"

"그저 질문을 한 것뿐입니다."

"대답은 했잖습니까! '한 달 후에 나폴리에서'라구요."

그렇게 말하긴 했지만 자기 마음을 살펴본다면 한 달 후라고 해도 어젯밤과 별로 다름이 없는 대답이란 것쯤은 알고 있는 터다. 그러나 요정이 피리소리에 맞춰 춤을 추는 깊은밤의 한순간, 어둠 속에 스며드는 달빛은 꿈꾸는 기분을 자아내게 했다.

르위나는 은밀히 불안을 느끼다가 끝내는 그 화제를 들고나왔다. 반쯤은 유치하게 보이는, 여성 고유의 수수께끼와 우수를 띤 예리한 칼을 가지고 노는 것처럼 — .

"하지만 우리는 시종(始終) 만나게 되네요. 어찌하여 언제나 함께 되는 것인지 모르겠습니다."

"물리학(物理學) 세계에서는……."

사나이는 잠시 말을 끊었다가 이렇게 덧붙였다.

“상호간에 상대방을 찾아서 만나는 원자(原子)가 있는데…… 결코 헤어질 수가 없다는 겁니다. 혼의 영역에서도 마찬가지이지요.”

“그렇다면 우리는 완전히 법칙의 노예이네요.”

“원자는 화학적인 법칙에 따라 움직여집니다. 혼은 숙명(宿命)에 의해 조종될 뿐이고요.”

“예를 들면 지금 여기서 만난 것도 그렇다는 건가요?”

“저걸 보세요.”

사나이는 건너편을 손가락으로 가리키며 말을 이었다.

“우리가 만난 이유는 저곳에 있는 놈인지도 모릅니다…….”

두 사람이 서있는 장소는 가시나무 생울타리에 둘러싸인 참피나무 숲속의 길이었다. 길은 비스듬하게 언덕이 져있는데 조금 올라가면 막다른 담장이 있고 그 아래에 정자가 있다.

댄리가 ‘저곳’이라고 말하면서 가리킨 것은 언덕 아래 ─ 언덕을 거의 다 내려간 쪽에 두 개의 무어(Moor)식으로 만들어 놓은 등불 빛을 받아서 모습을 보여주고 있는 물체 ─. 그것은 어쩐지 무늬가 있는 동물 같았는데 껑충껑충 뛰면서 길을 점점 올라온다 ─ 두 사람 쪽으로.

르위나는 두 눈을 동그랗게 뜨고 그 수상한 물체의 모습을 응시하면서 작은 목소리로 말했다.

“저게 뭐예요?”

“표범이오.”

“도망쳐 나왔나요?”

“아마 그럴 것입니다. 이 숲속에는 아는 바와 같이 숱한 동물들이 있으니까요.”

“하지만 이곳으로 오는데요!”

“경보(警報)를 듣지 못했습니까?”

"헨리!"

"저것이 우리를 치유시켜 줄 것입니다."

"거짓말이에요. 저런 것은 싫어요!"

그러나 그 불길한 미수(美獸)는 껑충껑충 뛰면서 재빨리 다가오고 있었다. 그녀는 그것을 보며 도망칠 자세를 취했다.

"하지만…… 뒤쪽은 담과 정자가 있고 생울타리를 넘어서 도망칠 길도 없는 것 같습니다. 우리는 덫에 걸려들고 말았군요. 도망을 쳐봤자 뒤쫓아오는 놈에게 죽음을 당할 게 뻔한데요."

"하지만 도와줘요 — 부탁입니다. 나를 좀 도와주세요."

"꼭 도와줘야겠습니까?"

"물론입니다."

"그러나 어떻게?"

"무기는 없나요?"

"없습니다…… 이것뿐이라구요."

그는 조각을 한 작은 칼, 자루가 마뇌(瑪瑙)로 되어 있는 장식용 칼을 허리띠에서 빼들었다.

"하지만 이것으로는 상처를 입힐 수밖에 없습니다. 상처를 입히게 되면 더 난폭해질 뿐이구요."

"헨리, 벌써 그 옆에까지 왔어요. 가만히 있으면서 이쪽을 노려보네요."

"내버려 두십시오. 남이 보면 이성을 잃었다고 생각하겠네요."

"아니예요! 이성을 잃다니요! 그러나 좀 도와주세요."

"자아, 조금만 참아 봅시다."

"그런 말이 어디 있어요! 무서워요……. 도와주세요, 제발!"

"꼭 도와줘야겠습니까?"

"예, 꼭요."

도와주다니, 이런 상황에서 어떻게 도와줄 수 있단 말인가? 그것은 가능성조차 없을 것 같은데, 그녀는 기적까지도 행하는 그의 의지력에 깊은 신뢰감을 가지고 있었다. 댄리는 이 말을 듣자 짐승을 바라보고 있던 눈길을 여인 쪽으로 돌리면서 말했다.

"귀부인을 도와주는 것은 가능합니다. 그런데 그 방법은 단 하나 — 내 일부를 잃지 않으면 안됩니다. 도와준 다음에는 어느 정도나 기다려야 합니까?"

"일부를 잃어야 한다구요? 그게 도대체 무엇인가요? — 언제라도 좋아요. 언제든 좋으니 도와주세요."

"내일이라도요?"

"어머, 또 움직입니다! 좋아요. 언제라도 좋다니까요."

"오늘 밤이 지나고 새벽이라도요?"

짐승은 이제 3백 피트밖에 떨어져 있지 않았다.

"예!"

"승낙한 거죠?"

"예, 승낙했습니다 — 앗! 저것 봐요!"

"약속했습니다?"

"예!"

댄리는 주저하지 않고 칼을 뽑아들었다. 재빠르게 칼을 세 번 휘두르자 그의 튜닉코트 왼쪽 소매가 어깨로부터 찢어졌는데,

"에잇!"

하며 잡아당기자 소매는 땅바닥에 떨어졌고 팔이 드러났다. 짐승류의 습성에 통하는 세계적 수렵가(狩獵家)임과 동시에 해부학에도 조예가 깊은 댄리 백작이었다. 그는 상완골(上腕骨) 뿌리와 견갑골(肩甲骨)이 접해 있는 부분의 어깨살에 칼을 대고 푹 찔렀다.

그리고 이어서 그 부분에 있는 혈관, 근육, 골막(骨膜)을 절단한

다음 관절의 연골(軟骨)과 연골 사이에 절묘한 솜씨로 칼을 집어넣고 돌려댔다.

전광석화와 같이, 더구나 정확한 수술이었으므로 르위나는 미처 비명을 지를 사이도 없었다. 그러는 사이에 이 무시무시한 작업은 대충 끝이 났다. 창백해진 팔에서는 용솟음치듯 피가 내뿜었고 그의 턱은 화강암처럼 잔뜩 긴장되어 있었다.

그것을 보는 순간 그녀는 겨우 어떤 일이 일어났는지를 깨달았고 비명을 질렀다. 그러자 이제는 60피트도 떨어지지 않은 곳에서 잔뜩 웅크리고 앉아 있던 표범이 킁킁거리며 피냄새를 맡고 있었다.

댄리는 칼을 집어던지고 남아있는 한쪽 손으로 잘라진 왼쪽 손의 손목을 잡자 어깨에서 잡아뺐다. 시간은 얼마 안남아 있다. 짐승의 눈은 이미 탐식(貪食)의 녹색 불꽃으로 활활 타오르고 있었다. 그러나 배를 땅바닥에 대고 기어오다가 틈만 보이면 덤벼들 자세였다.

댄리는 표범을 곁눈질로 보면서, 태연한 얼굴로 잘려나온 팔을 마치 골프채를 휘두르며 끌듯이 들어올렸다가 힘껏 던졌다. 팔은 빙그르 선회하면서 표범의 코앞에 떨어졌다. 그순간 표범은 그 하늘이 내린 먹이감으로 펄쩍 뛰어 달려들었다.

이윽고 표범은 얼굴을 비스듬히 하고 눈을 가늘게 뜨면서 아작아작 소리를 내며 먹기 시작했다. 표범이 먹는 데 열중하고 있을 때 댄리는 발을 끌며 짐승에게로 다가가서 위엄을 보여주었다. 그러자 표범은 소중한 먹이감을 턱석 물고 으르렁거리며 나무들이 즐비하게 서있는 길로 물러갔다. 댄리는 또 따라갔다. 표범은 먹이를 다시 물고 후퇴했다. 마침내 나무가 즐비한 길 끝까지 가자 표범은 어디론지 자취를 감추고 말았다.

르위나는 그저 아연실색하고 서있었는데 댄리 백작이 되돌아오는 것을 보고 언덕 아래로 달려갔다. 피투성이가 된 어깨에 허리에 둘

렀던 천을 감고 있는 댄리 백작의 안면은 마치 암말의 젖처럼 흙빛으로 변해 있었다. 르위나도 얼굴이 파랗게 질려 있었다. 사나이가 피로써 자기를 구해 주었다는 것을 알고 있었던 것이다.

"보다시피 이렇게 되었습니다…… 나는…… 가봐야…… 해요."

띄엄띄엄 말을 할 수밖에 없는 댄리 백작이었다. 그는 검푸른 입술로 숨을 헐떡였지만 여전히 미소를 띠고 있었다.

"가봐야…… 해……."

그는 이렇게 말하면서 터진 옷자락이라도 보는 것처럼 자기 왼쪽 어깨를 물끄러미 내려다보았다.

"헨리, 부탁합니다. 어서 의사에게 가보세요."

"그럴 수 없습니다."

투덜대는 어조로 그는 중얼거렸다. 그리고 죽어가는 사람의 무감정(無感情)의 표정으로 이렇게 띄엄띄엄 말하는 것이었다.

"호텔 데스파뉴입니다…… 가깝습니다…… 귀부인에게…… 작별 인사를…… 하겠습니다."

"아아, 헨리!"

르위나가 사나이의 오른쪽 어깨에 손을 얹자 그는 부드러운 눈길을 돌리면서 중얼거렸다.

"그럼, 이제 마침내 내 것이 되어 주는 겁니까?"

숨넘어갈 것 같은 목소리로,

"예."

라며 한숨소리와 함께 대답할 때, 그녀의 입술은 그의 입술에 포개질 것 같았는데 댄리의 의지는 굳기만 했다. 그녀는 다른 남자의 것이다 — 죽을 때까지. 죽은 다음에는 내 것이다. 지금의 자기는 명예를 존중하는 염결지사(廉潔之士)이지 않으면 안된다.

"그럼 새벽녘에."

그가 말했다. 그러자 자신의 모습과 행동에 놀란 여자는 당황하며 몸을 멀리 뗐다.

"새벽녘…… 언제?"

"6시 반 정각입니다."

"내일?"

"예."

"생명을 소중히 하세요…… 좋아요. 하지만 7시로 해요. 아니 8시."

"그럼 8시입니다. 이것을 가지세요."

어깨에 대고 있던 천이 떨어지자 그 속에서 빨간 상처가 드러났고 피가 내뿜었다. 천을 누르고 있던 손으로 댄리 백작은 두 개의 약병을 꺼내던 것이다. 그 중 하나를 르위나에게 건네주며 말했다.

"세 방울입니다."

"8시……?"

"8시입니다."

"헨리…… 기다려 줘요……제발……."

그녀는 등을 돌린 상대방에게 째지는 듯한 소리를 질렀다.

그러나 그는 가버렸다. 절뚝거리며 언덕을 내려가는 뒷모습을 르위나는 망연히 바라보고 있었다. 댄리는 이미 죽음의 길을 걸어가면서 포도주에 만취한 사람처럼 비틀거리고 있었다. 이에 반하여 철퇴를 맞는 것처럼 간격을 두고 마구 뛰어대는 르위나의 가슴속은 두 개로 찢어져 갈라지고 있었다. 자기는 죽지 않으면 안된다 ― 그러나 살고 싶은 욕망이 있다…….

르위나는 3시부터 새벽 5시까지 푹 잤다. 눈을 뜨는 순간 가슴에 밀려드는 공포감으로 자신도 모르는 사이에 몸을 떨었다. 평소와 마찬가지로 벨을 울려 하녀를 부르자 연분홍 비단 화장복으로 몸을 감쌌다. 그녀는 긴의자에 누워서 중얼거리듯 말했다.

"초콜릿."

수프처럼 진한 스페인식 초콜릿을 한입 먹은 다음 경대를 마주하고 앉았다. 하녀가 머리손질을 하는 동안, 정성껏 빗겨 주는 빗의 움직임에 이따금 눈길을 주었다. 이윽고 하녀를 내려보냈다. 이때는 이미, 8시라고 하는 운명의 시간까지 20분밖에 남아있지 않았다. 햇빛은 찬란하고 따뜻한 아침이었다.

그녀는 팔을 뻗어, 백작이 준 병을 집었다. 그것을 손가락으로 여러 번이나 돌리면서 보고 있는 동안에 입을 뾰족하게 내밀며 기분 상한 얼굴로 변한 것은 다름이 아니었다 — 아침이 사려분별(思慮分別)을 가져다 주는 것이라면, 밤은 이국이세계(異國異世界)로 이끌어간다. 달그림자와 어둠의 헛소동을, 찬연한 햇살 속에서 떠올릴 때, 인간은 일종의 놀라움과 함께 정상으로 돌아가기 때문이다.

르위나는 일어서자 발돋움으로 걸어가서 열려진 창문으로 병을 정원에 내던졌다. 그녀는 귀를 곤두세웠다. 유리가 쨍그렁 소리를 내며 떨어져서 깨지는 소리가 들렸다. 그러자 그녀는 죽은 것처럼 새파래졌다.

그러나 만약 그가 경멸한다면 — 두 사람 모두 살아남았다면서! 하지만 그것도 일종의 죽음이다. 왜냐하면 그녀는 댄리에 대한 생각에 의해 살아왔었다. 그가 꿈꾸는 환상 속이야말로 그녀의 참된 존재가 있었고 혼이 자리잡을 근거가 있었던 것이다.

뒤가 켕기어 종을 마구 쳐대듯, 두근거리는 가슴을 손으로 감싸안고 안절부절못하는 사이에, 귀중한 시간은 흘러가고 있었다.

8시에 그는 죽는다 — 남은 시간은 단 7분 —. 말리지 않으면 안된다. 하지만 말리려고 했다면 좀더 일찍 손을 썼어야 했다. 귀중한 시간을 허비하지 말고…… '호텔 데스파뉴에 있겠다'고 말했지만 호텔의 위치를 모른다. 그러는 사이에도 시간은 흐르고 있다.

왜 우물쭈물하고 있었던가 — 심장이 견딜 수 없을 정도로 뛴다. 그러나 그에게 경멸당할 것이다 — 두 사람이 함께 더 살아 있다면 — 이란 생각만 해도 견딜 수가 없다. 르위나는 벨을 눌렀다. 그리고 거친 목소리로,

"호텔 데스파뉴는 어디에 있나?"
라고 묻자 하녀는 대답했다.

"이곳에서 4마일 반쯤 떨어진 곳에 있습니다, 아씨."

"이것을 가지고 서둘러 가 — 말을 타고 가도록!"

르위나는 '제발 서두르지 마세요'란, 진부한 문구를 종이에 쓰자마자 하녀에게 건네 주었다. 그녀는 혼자 남게 되자 곧 방문의 잠금쇠를 걸어잠갔다. 온몸이 학질에 걸린 것처럼 떨리는 것을 아무에게도 보여주고 싶지 않았던 것이다. 문을 잠근 그녀는 긴의자에 몸을 던지고 눈을 억지로 꼭 감았다.

다시 3분이 지났다. 시계가 정각을 알리기 직전에 '째깍' 소리를 냈을 때 그녀의 오체(五體)에는 전율이 흘렀다. 하나, 둘, 셋, — 르위나에게는 처형대(處刑臺)의 북소리로 들리는 소리가 — 넷, 다섯…… 운명의 여덟 번째가 다 울렸을 때 그녀의 가슴에서 뿜어나온 한숨은, 그러나 그것은 안도의 한숨이었다.

그리고 그녀는 댄리가 죽었다는 것을 확실히 느꼈다. 그순간 그가 미워졌다. 기분나쁜 자 — 없어져서 다행이다라고 생각했다.

그렇다면 눈이 먼 것은 인간이란 말인가! 평상시의 물상(物象)을 무수한 것들이 둘러싸고 있다는 것을 모르다니! 가시(可視)의 꽃피는 그 근원(根元)에는 보다 위대한 '무저(無底)'가 존재한다는 것을 모르다니!

8시가 지나고 다시 10분이 지났을 때 르위나의 하인은 겨우 호텔

데스파뉴에 도착했는데 호텔은 위아래 할 것 없이 대소동이었다. 댄리경(卿)의 시체가 방금 발견되었다는 것이며 모두가 허둥대고 있었다.

그런데 집에 돌아온 하녀는 다시 한번 놀랐다. 저택 안이 그 호텔 데스파뉴와 마찬가지로 온통 혼란에 빠져있는 게 아닌가! 벌벌 떨고 있는 동료들의 이야기에 의하면 8시 3분에 르위나 부인이 있는 방 근처에서 무시무시한 절규 소리가 났다는 것이다.

온 집안 사람들의 골수를 얼게 만든 그 무시무시한 비명은, 째지는 듯한 소프라노이기도 했고, 또 굵은 남성의 목소리이기도 했다고 한다. 그러나 르위나의 방에 달려간 하인들 앞에는 잠겨져 있는 문이 가로막고 있었다는 것이다.

이렇게 해서 그날 오후가 되자 로마 시내에는 두 명의 귀족이 죽었다는 소문이 파다하게 났다. 이 비보(悲報) — 애매하게 만드는 괴이한 수수께끼로 인하여, 시민들의 마음은 한층 더 암울해졌다. 댄리경의 사인(死因)은 맹독물(猛毒物)에 의한 것으로 금방 추단(推斷)되었는데, 르위나 부인에 관해서는 누구나 그저 기이하게만 생각할 뿐이었다.

의사의 소견에 의하면 부인의 인후(咽喉) 점막은 액살(扼殺)당한 것으로 보인다는 것이다. 그리고 그 소견에 다시 다음과 같은 말을 덧붙이고 있다. 즉 (가령 액살당했다면) 살해자의 손가락은, 눈처럼 새하얀 귀부인의 목에 흔적 하나 남기지 않을 정도로 뛰어난 점이 있다고 — .

떠나 버린 에드워드

드로시는 바닷가에 조용히 앉아 있었다. 검은 해초(海草) 덩어리를 손으로 휘젓고 있는데 소녀의 새하얀 맨발이 햇빛을 받아 반짝이고 있었다. 언뜻 보아 지난해 여름보다 안색이 다소 안좋다는 생각이 들었는데 그것만 보아가지고는 어찌 자세한 사정을 알 수 있겠는가.

"에드워드는 어디 갔니?"

나는 그렇게 말하면서 주변의 모래밭을 둘러보면서, 세일러복과 기운차게 뛰어다니는, 예쁘고 쭉 뻗은 두 다리를 찾아보았다.

드로시의 두 눈은 그러는 내 눈을 응시하고 있었다. 무엇을 그렇게 두리번거리며 찾고 있느냐는 듯이 —.

"에드워드는 죽었어요. 작년에 선생님이 돌아가신 후에 죽었어요."

드로시는 쌀쌀하게 말했다.

그순간 나는 두 눈을 동그랗게 뜨면서 입을 다문 소녀의 얼굴을 바라보았다.

왜? 왜 죽어야 했을까? — 이제 에드워드와 함께 놀 수 없게 되었다는 것을 안 내가 그녀의 얼굴을 다시 한번 바라보니, 나이에 어울리지 않게 그늘이 져있고 소녀다운 탄력성도 적어진 것 같았다. 그러나 목소리는 아주 냉정했고, 그 둥근 눈에 한순간 스쳐가는 고

통의 빛을 보지 못했더라면 동생의 죽음을 잊은 것이 아니겠느냐고
생각했었으리라.

"안되었구나. 정말 가엾게 되었어. 실은 너희들과 드라이브를 함
께하려고 자동차를 가지고 왔는데……. 지난번에 한 약속을 지키
려고 왔는데……."

나는 겨우 입을 열었다.

"에드워드가 있었으면 틀림없이 아주 기뻐했을 것입니다."

드로시는 생각에 잠기며 대답했다.

"에드워드는 자동차를 무척 좋아했거든요."

이렇게 덧붙인 다음 몸을 홱 돌리어 뒤쪽 모래밭을 응시했다.

"방금, 무슨 소리 들으셨어요?"

드로시의 말에 나는 고개를 끄덕이었다. 나도 그순간 어떤 소리를
들은 것 같았다. 그 소리는 바람소리도 아니려니와 멀리서 들려오는
아이들 소리도 아니었고 또 밀려오는 파도 소리도 아니었다.

지난 해, 죽은 아이와 사귀었던 그 멋진 여름동안, 에드워드는 기
분이 좋을 때면 모래 연기를 일으키며, 시끄러운 자동차 흉내를 예
술적으로 연기해 주곤 했었다. 그러나 죽은 사람과는 함께 놀 수가
없다. 그곳에는 모래와, 뜨거운 하늘과 그리고 드로시가 있을 뿐이
었다.

"드로시, 드라이브를 하러 가자. 운전사가 운전을 할 것이니까 우
리는 서로 얘기를 하면서 달릴 수 있어."

소녀는 조용히 고개를 끄덕이면서 모래가 묻은 양말을 털어서 신
었다.

"에드워드는 심히 괴로워 했어요."

드로시가 불쑥 말했다. 감정을 억제하려는 소녀의 목소리가 나로
서는 견딜 수 없는 고통이었다.

"그만 해. 이제 그만 하라구. 잊어버릴 수밖에 없어."

나도 감정을 억누르며 말했다.

"잊어버렸습니다. 완전히요. 열 달 전의 일인 걸요."

드로시는 침착하게 손가락을 움직이며 신발 끈을 맸다.

우리는 차가 기다리고 있는 현관 쪽으로 걸어갔다. 드로시는 차 속, 쿠션 사이에 가서 앉자 만족스럽다는 듯 안도의 한숨을 내쉬었다. 그 소리를 듣고 다소 안심을 했다.

'아아, 이 아이가 차라리 울든가 웃어 줬으면 좋으련만……'

이렇게 생각하며, 나도 드로시 옆에 앉았는데 운전사는 문을 열어 둔 채 닫으려고 하질 않았다.

"어떻게 된 거요?"

내가 물었다.

"미안합니다."

운전사는 주위를 자꾸만 살피면서 이렇게 말을 이었다.

"어린 소년도 함께 타는 것 같아서 기다렸습니다."

그런 다음, 운전사는 문을 쾅 닫고 출발했다. 자동차는 이윽고 시가지에 접어들었다. 드로시는 고통을 삭이고 있는 눈길로 나를 응시했는데 나는 그 시선을 피하여 바깥쪽을 내다보았다. 그러는 동안에 회색길 양쪽으로 녹색 들이 펼쳐지기 시작했다.

"에드워드와 만났던 것도 아주 짧은 기간 동안이었어. 그런 것은 아무것도 아니지."

나는 그런 말을 할 수밖에 없었다.

"벌써 잊어버렸습니다. 이 자동차, 아주 멋진 차예요."

드로시는 잊었다는 말을 반복하고 있었다. 나는 그때까지 내 차에 대해서 불만을 토로했던 적이 없었다. 그러나 이때는 이 자동차가 죽은 에드워드의 흉내를, 그만 내기를 바라고 있었다.

'제발, 그만 해! 이제는 함께 놀 수 없게 된, 그 아이의 흉내는 그만 내란 말야.'

나는 속으로 이런 생각을 간절하게 하고 있었다. 그 소리가 드로시에게도 들렸다는 것은 그녀의 옷소매가 내 옷소매와 닿아 있었으므로 그것을 통해 짐작할 수 있었다. 녹색과 밤색, 노란색 등의 경치가 몇마일이나 이어져 있다. 그 사이를 우리 자동차는 신나게 달리고 있었다.

나는 이 어린 소녀에게, 가슴 아픈 일을 잊게 해주지도 못하는 자기자신에게, 살아야 할 가치가 있느냐고 묻고 싶어졌다. 그러나 좀 더 기다려라. 다른 방법이 있을는지도 모르니까 ─.

"어쩌다가 그렇게 되었는지 가르쳐 주지 않을래."

드로시는 무슨 생각을 하고 있는지 모를 눈으로, 나를 바라보다가 감정이 없는 목소리로 말했다.

"에드워드는 감기가 들었었어요. 그러다가 중병이 되었고 누워 있었지요. 내가 보러 갔을 때는 새파란 얼굴이었습니다. '에드워드, 좀 어때?'라고 묻자, '내일 아침, 일찍 일어나서 투구벌레를 잡으러 갈 거야'라고 했습니다. 그후로는 만날 수 없었구요."

"가엾어라."

나는 중얼거렸다.

"장례식에 갔었습니다."

드로시는 담담하게 이야기를 이어나갔다.

"비가 주룩주룩 쏟아졌습니다. 나는 조그마한 꽃다발을 무덤 속에 집어던졌어요. 그곳에는 많은 꽃이 있었지만 에드워드에게는 꽃보다 사과가 좋았을 텐데……."

"울었니?"

내가 냉혹하게 물었다.

"몰라요. 울었는지도 모릅니다. 벌써 오래된 일이기 때문에 잊은 것 같습니다."

드로시가 이렇게 말하고 있는 동안에도 에드워드가 모래를 퍼올려서 뿌리는 소리가 들려왔다. 사과를 좋아했던 에드워드가 ─.

"더 참을 수가 없구나."

나는 마침내 이렇게 말하고 말았다.

"자, 내리지. 기분전환을 하러 숲으로 들어가서 좀 걷자꾸나."

드로시는 승낙했다. 나는 내 마음을 들킨 것 같아서 오싹했다. 자동차가 멎은 곳은 숲과 길 가장자리 초원의 경계였는데 푯말 한 개가 겨우 서있는 장소였다. 다소 어두운, 들토끼가 다닐 것 같은 오솔길을 택하여 풀을 헤쳐가며 조용한 숲속으로 걸어갔다.

"금년에는 그다지 타지 않았구나."

나는 걸으면서 말했다.

"왜 안타는지 모르겠어요. 날마다 바닷가에 가있는데요. 이따금 놀이도 한답니다."

나는 무엇을 하면서 노느냐고 묻지 않았고 누구와 함께 노느냐고도 묻지 않았다. 그러나 이 조용한 숲속에서도 에드워드가 그녀를 나에게서 떼어놓으려는 것을 느낄 수 있었다. 분명 그는 어린 소년 나름의 방법으로 나를 좋아하고 있었지만, 살아있는 그의 입술이 바닷가를 노래로 가득 채우고, 여우털 색깔의 몸이 물가에서 춤을 추던 작년과 같은 날에, 드로시만을 데리고 나오지 말아야 했던 것이다. 나는 에드워드를 배반하고 말았다는 생각이 들었다.

잠시 후 우리는 숲속의 공터로 나왔다. 잊혀진 세월의 나뭇잎들이 발밑에서 밤색으로 썩어가고 있었다. 공기는 죽은 것처럼 말라 있었고 ─.

"그만 돌아가자. 드로시, 뭘 생각하고 있니?"

"나……."

소녀는 천천히 대답했다.

"생각해 보았습니다. 이곳은 투구벌레를 잡으러 오는 데 아주 좋은 곳이라고요."

숲은 알듯 모를 듯한 소리로 가득 차있었다. 그때 살랑살랑 흔들리는 고사리 숲속에서 민첩하게 달리는 다리가 승리의 춤을 추며 나지막하게 들려온 것은 바로 그 때문이었으리라. 우리는 잠시 귀를 곤두세우고 있었는데 드로시는 이윽고 내 옆에서 발딱 일어서더니 고함을 지르며 달려갔다.

"아아, 에드워드! 에드워드! 에드워드!"

그러나 죽은 사람과는 이제 놀 수가 없다. 잠시 후 그녀는 어린시절의 보물인 눈물을 뺨에 뚝뚝 흘리면서 돌아왔다.

"그 아이가 왔어요, 그 아이가 왔다구요."

소녀는 마구 울었다.

"하지만 안보여요. 이제 두번 다시 볼 수 없습니다."

나는 그녀를 데리고 차로 돌아왔다. 지금까지는 없었던 편안함이 약속되어 있는 것 같은 생각이 들었다.

생각컨대 에드워드는 결코 멋지고 좋은 아이라고는 할 수 없었다. 질투심이 많은 욕심꾸러기라고 해도 좋을는지 모르겠다. 그러나 그때 그는 드로시가 바친 꽃다발과 함께 작은 묘지에서 잠을 자며 그녀를 위해 좋은 일을 해주었던 것으로 생각된다. 그랬을 것임에 틀림없다. 비록 우리가 들은 소리가 지저귀는 새소리이든 아니면 향기로운 고사리숲을 흔들어댄 바람소리에 지나지 않았다 하더라도 말이다.

에드워드는 지난 해 여름과 함께 떠나고 말았으며, 죽은 사람도, 죽은 사람의 사랑도 묘지에서 다시 나올 수 없다고 하더라도 ─.

상단(上段) 침대

1

누군가가 시거를 달라고 했다. 우리들은 장시간 얘기를 계속했고 회화(會話)는 싫증나기 시작했다. 담배 연기는 무거운 커튼 속으로 빨려들고 있고, 포도주는 무거워지기 쉬운 뇌수(腦髓) 속에 스며들어 버렸다. 그러므로 누군가가 우리들의 무겁고 가라앉은 기분을 풀어 주지 않는 한 이 모임은 곧 자연해산될 것이다. 그리고 우리 손님들도 서둘러 집에 돌아가서 침대에 들어가 그대로 잠잘 것은 뻔한 일이었다.

진기하고 두드러진 얘기를 한 사람은 한 명도 없었는데 그것은 아마 그 누구도 진기하고 두드러진 애깃거리를 가지고 있지 않았기 때문일 것이다. 존스는 요크셔(영국 잉글랜드 북부에 있는 州)에서 있었던 그의 가장 새로운 수렵 모험담을 상세하게 막 끝내고 있었다.

보스턴에서 온 톰프킨스는 애치슨-토피카-산타페 철도(미국 뉴멕시코주와 캔자스주를 연결하는 철도. 1859년에 인가되었다)의 작업원칙을 성의껏 아주 길게 설명해 주었다. 즉 그 건(件)의 회사가 그 원칙을 정당하게 그리고 세심하게 지속시킨 결과, 그 세력권을 확장하고 정부 부처에 대한 영향력을 증대했다고 했다.

또 가축을 매수인에게 실제로 인도하는 날까지 굶어죽게 하는 일 없이 수송한데다가 티켓을 산 승객들의 인명(人命)을 손상하는 일 없이 수송할 수 있다는 잘못된 신념을 심어 줌으로써 몇년씩이나 성공했다는 것이다.

톰볼러 각하(이탈리아 사람)가 열심히 설득하고자 하여 그 나라의 통일은 저 현대의 보통 어뢰(魚雷)와 닮은 점이 있다고 한 것은 절대로 있을 수 없다며, 기세를 올린 애기는, 우리들이 차례로 내놓은 논의에서 반박당하고 말았다.

즉 그것은 주의깊게 설계되었고 유럽 최고의 병기공장(兵器工場)의 기술을 집약하여 건조(建造)되었는데도 불구하고, 건조 후에는 어리석은 사람의 손에 의해 엉뚱한 지역에 보내졌다. 또한 그곳에서는 사람 눈에 띄지 않았고 공포심도 주지 않고 귀에도 들리지 않은 채 폭발되어, 한없는 낭비인 정치혼돈으로 귀결되는 운명을 지니고 있다는 점에서 공통적이라는 결론이 나왔다.

이 이상 자세한 설명을 할 필요는 없겠다. 회화는 시시한 양상을 띠고 있어서, 바위에 묶여 있는 프로메테우스(하늘에서 불을 훔쳐다가 흙인형에게 생명을 주어 인류를 창조한 神. 그 때문에 제우스의 분노를 샀고 코카서스山 바위에 묶여 있다가 독수리에게 肝臟을 먹혔다고 한다)라 하더라도 따분해했을 것이며, 지옥의 호수에 절여진 탄타로스(神들의 비밀을 누설했다가 지옥의 호수로 끌려가 턱까지 물에 잠겨 있었는데 목이 말라서 마시려고 하면 물이 물러가고, 머리 위에 매달려 있는 과실에 손을 뻗으면 그것 역시 물러가서 먹을 수가 없어서 초조한 괴로움을 당했다고 한다)도 머리가 이상해질 것이다.

또 돌아가는 불바퀴에 매어진 익시온(헬라를 사모한 죄로 제우스를 위해 지옥의 無底坑 탈타로스에서 영원히 회전하는 불바퀴에 매어졌다)도 우리들 이야기에 귀를 기울이는 재액(災厄)을 감수할 정도라면 오젠도로프 교수(프로이센 태생의 독일 語學·독일 文學 교수. 1802~1865. 읽기, 쓰기, 듣기를 6개월에 습득하는 언어학습의 새 방법 — 질문에 대답의 내용이 포함되어 있는 대화에 바탕을 두고 있다 — 을 만들어 냈다)의 단순하면서도 교육적인 대화에서 기분전환을 하는 편이 낫다고 할 정도였다.

우리들은 몇시간 동안이나 테이블에 둘러앉은 채로 지루하고 피로하여 누구 한 사람 움직일 기색도 나타내지 않고 있었다.

누군가가 큰 소리로,

"시거 좀 주십시오!"

라고 외쳤다. 우리는 모두 본능적으로 소리친 쪽을 바라보았다. 소리를 지른 주인공 블리스밴은 35세의 사나이로서 원치 않더라도 사람들의 주의를 끌어모으는 천부적 재능을 가지고 있었다. 그는 아주 힘이 센 남자였다.

몸집은 보통 이상이었고 프로포션은 언뜻 보기에는 다를 바 없었다. 키는 6피트를 조금 넘었고 어깨 폭은 알맞게 넓었다. 외관(外觀)은 뚱뚱해 보이지는 않았지만 그렇다고 여위어 보이지 않는 것도 분명하다.

약간 작아 보이는 머리를 튼튼한 근육질의 목이 받치고 있었다. 크고 근골이 튼튼한 손은 호도를 깔 때 보통 솜씨로 깨는 것이 아니라 특별한 재능으로 깨는 것 같았다. 옆에서 보면 바지 가랑이가 유난히 넓고 가슴이 두툼한 것을 알 수가 있다.

그는 일반적으로 기만적(欺瞞的)인 유(類)의 사나이 중 한 사람이었다. 그런가 하면 아주 강건해 보이기도 했지만 실제로는 보기보다 훨씬 강건한 사람이었다.

얼굴 생김새는 더 말할 필요도 없다. 머리는 작고 머리털은 가늘

며 파란색의 눈에 커다란 코, 콧수염을 길렀는데 턱은 사각이 져있
다. 블리스밴을 모르는 사람은 없다. 그래서 그가 시거를 달라고 했
을 때 누구나 모두 그를 바라보았다.

"실로 묘한 일입니다."
라고 블리스밴은 말했다.

그자리에 있던 사람들은 모두 하던 얘기를 중단하고 입을 다물었
다. 블리스밴의 목소리는 크지는 않았지만 어떤 자리에서든 그자리
전체의 회화에 두루 통했고 나이프와 같이 끊고 맺는 일종의 특별
한 재질을 갖추고 있었다. 모두가 귀를 곤두세웠다. 블리스밴은 모
든 사람의 주의를 끌었다고 확인하자 태연자약한 자세로 천천히 시
거에 불을 붙였다.

"실로 묘한 것은 말입니다."

그는 이야기를 계속했다.

"유령에 관한 것입니다. 여러분 모두가 유령을 본 일이 있느냐고
묻는 것 같은데…… 실은 내가 보았습니다."

"바보 같은 소리 하지 마!"

"뭐라고? 자네가…… 자네가 유령을 보았다는 건가?"

"설마, 제정신으로 하는 말은 아니겠지? 이봐, 블리스밴?"

"그러게 말야. 블리스밴 정도의 지성인이……."

일제히 떠들어 대는 소리가, 블리스밴의 놀라운 발언에 대응했다.
모두가 시거를 주문했고 집사(執事)인 스태브스는 어딘지 안쪽에서
쌉쌀한 샴페인 새 병을 한 개 들고 모습을 나타냈다. 상황은 일전된
것이다. 블리스밴은 얘기를 하기 시작했다.

나는 옛날부터 배를 많이 탔었다라고 블리스밴은 말했다. 대서양
을 아주 빈번하게 횡단하지 않으면 안되었었기 때문에 자연히 그가

좋아하는 배가 몇척 있었다. 대개의 사람들은 각기 마음에 드는 것이 있게 마련이다.

어떤 사람은 브로드웨이의 술집에서 자기가 좋아하는 특별한 차가 오기까지 1시간씩이나 끈기있게 기다리는 것을 본 적이 있다. 생각컨대 그 술집의 주인은 그 사람이 그토록 기다리는 바람에 수입의 3분의 1가량을 더 얻었을 것임에 틀림없다.

나는 그 가압지(家鴨池 : 大西洋)를 건너야 할 때, 내가 좋아하는 배를 기다리는 습관이 있다. 그것은 편견일는지도 모르지만, 나는 그렇게 함으로써 즐거운 배 여행을 할 수 없게 된 일은 없었다. 이 세상에 태어난 이후로 한 번의 예외를 빼고는 말이다. 지금도 그때 일을 생생하게 기억하고 있다.

그것은 6월의 어느 따뜻한 날 아침이었다. 검역(檢疫) 정선항(停船港)에서 나오는 증기선(蒸氣船)을 기다리며 어슬렁거리고 있던 세관 관원들이 근심스러운 모습으로 나타났다. 나에게는 이렇다 할 짐은 없었다 ― 이것은 언제나 그러했다. 나는 선객들, 포터, 그리고 놋쇠 단추가 달린 파란 상의를 입은, 참견하기 좋아하는 사람들의 무리에 섞였다.

파란 상의를 입은 사람들은 도움이 필요치 않은 선원에게 쓸데없는 서비스를 강요하기 위해, 육지에 매놓은 배의 갑판에서 머시룸(서양 원산의 식용버섯)마냥 나오는 것처럼 보였다. 나는 이따금 이 사람들의 자연발생 현상에 어떤 흥미를 느끼고, 주의해 본 적이 있었다.

그들은 우리가 도착했을 때는 아직 모습을 드러내지 않고 있었다. 그러다가 도선사(導船士)가 '전진!'이라고 외치고 난 5분 후에는 그들, 혹은 적어도 그들의 놋쇠 단추가 달린 파란 상의는 갑판과 현문(舷門)에서 완전히 사라지고 말았다. 마치 바다의 악령(惡靈)인 데 이비 존스의 격납고(格納庫 : 바다 밑, 또는 바다)와 이구동음(異口同音)으로 전해지고 있는 바다 밑에 장사지낸 것처럼 말이다.

그런데 막상 출항하는 단계가 되면 그들은 면도 자국도 생생하게 파란 상의를 입은 모습으로 다시 나타나 팁을 내라고 떼를 쓰는 것이다.

나는 서둘러 승선했다. 캄차카호는 내 마음에 드는 배 가운데 하나였었다. 내가 '였었다'라고 말한 것은 지금에 와서는 절대로 그렇지 않다는 것이다. 나는 어떤 달콤한 말로 유혹하더라도 그배로는 두번 다시 항해하는 일이 없을 것이다. 아아, 알고 있다. 당신네들이 말하고 싶어하는 것을 ─ .

그배는 선미(船尾) 끝부분이 보통 배와 달리 깨끗했고 선수(船首) 부분도 언제나 건조시킨 상태로 유지할 만큼 충분히 볼록했다. 하단(下段) 침대부(寢台部)의 거의 모두는 더블베드 넓이를 가지는 쾌적한 배였다. 그밖에도 갖가지 이점(利點)을 가지고 있다. 그러나 나는 두번 다시 그배로 항해할 생각이 나지 않는다.

이야기가 딴 데로 새서 미안하다. 나는 승선을 했고 선실 담당 스튜어드를 불렀다. 이 사나이의 붉은 코와 그 이상으로 빨간 구레나룻은 배와 함께 나에게는 친숙한 터였다.

"105호실, 하단 침대."
라고 나는 말했다. 대서양 건너는 것을 마치 술집 델모니코(스위스系 미국인으로 레스토랑 경영자인 로렌소 델모니코 1813~1881. 대륙요리를 미국에 전했다. 상상력이 뛰어난 메뉴, 우아한 장식으로 뉴욕을 위시하여 곳곳에 점포를 열었는데 1923년에 閉店했다)의 상점에서 위스키 칵테일을 마시는 것과 같이 생각하고 있는 사나이에게 특유한 사무적인 어조로 나는 말했던 것이다.

스튜어드는 내 여행 가방과 두툼한 외투, 그리고 무릎덮개를 받아들었다. 그 얼굴의 표정을 나는 결코 잊지 못할 것이다. 그의 얼굴이 새파랗게 질렸다는 뜻이 아니다. 기적까지도 자연의 법칙을 바꿀 수 없다는 말은 가장 고명한 신학자들도 주장하고 있는 바다.

나는 조금도 주저하지 않고, 그 스튜어드의 안색은 변하지 않았노라고 말할 수 있다. 그러나 그 표정에서 나는 그가 당장에라도 눈물을 흘리든가 재채기를 하든가, 내 여행 가방을 떨어뜨리는 것은 아닌가라는 판단을 내렸다.

가방 속에는 내 옛친구인 스닉긴슨 반 피긴슨이 이번의 항해용으로 선물해 준 아주 극상(極上)의 셰리주 두 병이 들어 있었으므로 나는 제정신이 아니었다. 그러나 스튜어드는 별 사고를 내지는 않았다.

"알겠습니다."

그는 낮은 목소리로 중얼거리면서 앞에 섰다.

나는 우리 헤르메스(그리스 신화에 나오는 神들의 使者로서 날개가 달린 구두와 모자와 단장을 몸에 달고 다니는 것으로 묘사되며 상업·학술·웅변·체육 등을 관장하는 외에, 도적·나그네 등의 수호신이기도 하다. 로마 신화에서는 머큐리) — 어쨌든 그는 나를 지하(地下)의 명계(冥界)로 선도(先導)해 가는 것이니까 — 는 다분히 한 잔의 글로그주(酒)라도 마신 것으로 생각하고 아무 말 없이 뒤를 따라갔다. 105호실은 멀리 선미(船尾)의 좌현(左舷)에 있었다.

그 특등 선실에는 이렇다 할 특징이 없었다. 하단 침대는 캄차카 호에 있는 거의 모든 하단 침대와 마찬가지로 더블베드로 되어 있다. 공간은 충분했고, 판에 박은 듯 세면장치가 비치되어 있어서, 북아메리카 인디언의 눈에는 우선 사치스럽다는 느낌을 가지도록 계산되어 있었다.

갈색 목재로 만든, 별로 쓸모가 없을 선반도 갖추어져 있었는데 그곳에는 시판중인 보통 치솔보다는 대형 우산이라도 걸어놓는 편이 도리어 간단하겠다. 멋없는 매트리스 위에는 현대의 뛰어난 유머가(家)가 차디찬 밀가루 빵·케이크 등에 교묘히 비유한, 예(例)의 모포가 반듯하게 개어져 있었다. 타월이 어디에 있는지는 상상에 맡기고 있었고 ─.

주둥이가 가느다란 희미한 다갈색을 띤 투명한 유리병에는 액체가 담겨져 있었다. 그것에서 뿜어나오는 냄새는 더 희미했고 좋은 냄새라고는 할 수 없었는데 그것이 코를 자극했다. 그것은 먼 옛날 배멀미를 했을 때, 기계의 기름 냄새가 코를 자극했던 기억을 되살려 내는 것 같았다.

바랜 색깔의 커튼이 상단 침대를 반쯤 가리고 있었다. 연무(煙霧)가 낀 6월의 햇빛이 희미한 조명을 이 낡고 적막한 광경을 비쳐 주고 있었다.

"우엑!"

지금도 그 특등 선실을 생각하면 소름이 끼친다.

스튜어드는 내 짐을 내려놓자 곧바로 도망치고 싶다는 듯 나를 바라보았다. 어쩌면 다른 승객의 시중을 더 많이 들어주고 팁이라도 받아낼 생각이었는지도 모른다. 처음에 이렇게 시중드는 선원을 사귀어 두는 것은 언제나 상책의 수단이다. 그래서 나는 즉시 몇개의 동전을 꺼내어 그에게 쥐어 주었다.

"손님께서 편히 항해하시도록 최선을 다하겠습니다."

그는 주머니에 동전을 집어넣으며 말했다. 그의 목소리에는 어쩐지 믿음직스럽지 않은 면이 있어서 나는 놀랐다. 어쩌면 그의 팁 수준이 높아졌기 때문에 만족스럽지 못했는지도 모른다. 솔직히 말해서 나는 그 자신이 '한잔 할 수 있겠습니다. 감사합니다'라고 할 줄 알았다. 그러나 내 생각은 잘못이었으며 그 사나이를 오해하고 있었던 것이다.

2

그날 하루 동안은 특별히 애기할 만한 일이 없었다. 우리는 부두를 정각에 출발했다. 그리고 배가 순조롭게 항해하는 것은 아주 고마웠다. 왜냐하면 찌는 듯 무더운 날씨였으므로, 배가 움직임에 따라 기분을 상쾌하게 해주는 미풍이 스쳤기 때문이다. 항해 첫날의 상태가 어떤지는 누구나 다 잘 알고 있다.

사람들은 갑판 위를 왔다갔다하면서 서로가 서로를 관찰한다. 때로는 뜻하지도 않았던 지인(知人)을 만나기도 한다. 식사는 먹을 만하게 나올지 안나올지, 혹은 그저 그 정도로 나올는지, 언제나 불안감이 있으며, 이윽고 처음 두 끼니 정도를 먹어 본 다음에야 이 문제가 해결되어 의혹심이 풀어진다.

또 배가 순조롭게 파이어 아일랜드(뉴욕州 롱아일랜드의 남해안에 있는 길쭉한 섬. 砂州이다)를 통과할 때까지는 기상(氣象) 때문에 언제나 불안하다.

식탁은 처음에는 혼잡하다가 얼마 지나면 썰물이 빠져나가듯 성글어진다. 얼굴이 새파래진 사람들이 자리에서 서둘러 일어난 다음에는 문을 향하여 돌진한다. 배멀미를 하는 사람이 옆자리에서 없어지면 자유롭게 팔을 움직일 수 있는 여지가 생기고, 양념류를 무제한으로 넣을 수 있는 여유가 생기면 베테랑 승객들은 아주 즐겁게 식사를 할 수 있게 된다.

대서양 횡단의 항해는 어느 경우든지 비슷하다. 몇번이고 횡단했던 사람들은 진기한 것을 찾지 않는 법이다. 사실, 고래와 유빙(流氷)은 언제나 흥미 깊은 구경거리인데, 결국은 어느 고래나 마찬가지이며, 유빙 또한 바로 눈앞에서 구경하는 경우는 거의 없다.

132

우리들 대다수에 있어 외항해(外航海) 선상에서의 하루 중 가장 즐거운 순간은, 갑판을 마지막으로 한 바퀴 돌고, 최후의 시거를 피우며, 몸에 다소의 피로를 느끼도록 하는 데 성공하고, 깨끗한 양심으로 편안히 잠자리에 들 수 있다고 생각하는 때이다.

그 항해를 하던 때의 첫째 날 밤, 나는 노곤한 기분이 들어서 평소보다 다소 이른 시각에 105호실 침대에 누웠다. 침대에 들어가자마자 놀란 것은 같은 방 안에 승객이 또 있다는 것을 알았기 때문이다. 내 여행 가방과 똑같은 가방이 그 방 반대쪽 구석에 놓여 있었고, 상단 침대에는 깨끗이 개켜놓은 무릎덮개가 단장과 우산과 함께 놓여 있었다. 나는 혼자 있고 싶었기 때문에 실망했는데, 나와 한방을 쓰게 된 사람은 어떤 사나이인지 한번 봐둬야겠다고 생각했다.

내가 침대에 들어간 지 얼마 안되어 그 사나이가 방안에 들어왔다. 그는 내가 보기에는 키가 아주 크고, 너무 여위었으며 피부색은 창백했고 모래색 머리털과 구레나룻, 움푹한 회색 눈을 가지고 있었다. 그의 행동은 어쩐지 수상쩍은 분위기를 풍기고 있다고 나는 생각했다.

캐패이 앵그레에 빈번히 출입하며 언제나 혼자 있는 것처럼 보이며 샴페인을 같이 마셨는가 생각하면 경마장에서 만나는 일도 있는, 그래서 무슨 일을 하고 있지 않다는 — 그런 유(類)의 사나이이다. 다소 화려한 옷을 걸치고 있으며 어딘지 모르게 이상한 느낌을 주는 사람인데 어느 외양(外洋) 항해선에도 이런 사나이는 반드시 서너 명쯤은 타고 있게 마련이다.

나는 그와 사귀는, 귀찮기 짝이 없는 짓은 안하기로 마음먹었는데 그것을 피하기 위해 그의 생활습관을 조사해야겠다고 마음속으로 중얼거리면서 잠을 청했다. 만약 그가 일찍 일어난다면 나는 늦게 일어나리라. 또 만약 그가 늦게 잔다면 나는 일찍 잘 것이다. 어쨌든 사귀고 싶지가 않았다.

그런 인간은 일단 사귀고 보면 반드시 불쑥 나타나곤 한다. 그러나 아아, 가엾게도 그에 대하여 그런 방어수단을 강구하면서 마음을 쓸 필요는 전혀 없었던 것이다. 왜냐하면 105호실에서 맞은 그 첫째 밤 이후로 그와는 두번 다시 만나지 않았기 때문이다.

내가 깊은 잠에 빠져 있을 때, 돌연 큰 소리가 나서 눈을 떴다. 그 소리로 판단할 때, 나의 룸메이트가 상단 침대에서 일약 뛰어내린 것임에 틀림없었다. 문 잠그개 앞에서 째깍째깍 하는 소리와 거의 동시에 문이 열렸고 그 문을 열어제친 채 복도를 풀스피드로 달려가는 그의 발짝 소리가 들렸다.

배가 다소 흔들리고 있었기 때문에 틀림없이 넘어지거나 자빠지는 소리가 날 것으로 생각하고 귀를 곤두세웠지만 그는 마치 죽을 힘을 다하여 도망치듯 달려 나갔던 것이다.

문은 배가 흔들림에 따라 경첩에서 삐걱 소리를 내며 돌았다. 그 소리에 신경질적이 된 나는 벌떡 일어나서 문을 닫았다. 그리고 어둠 속을 손으로 더듬으며 침대로 돌아오자 다시 잠을 청했다. 그러나 얼마만큼 잤는지는 기억이 나지 않았다.

눈을 떴을 때도 여전히 캄캄했는데 으스스하고 불유쾌한 냉기를 느낀 나는 공기가 습해서 그러려니 생각했다. 바닷물로 젖은 선실의 그 독특한 냄새를 여러분들도 알고 있을 것이다. 나는 가급적 모포를 끌어서 덮었고, 머리속으로는 밝는 날 호소해야 할 고충의 문구를 가장 효과적인 욕설의 말로 선택하면서 다시 꾸벅꾸벅 졸기 시작했다.

이때 룸메이트가 위쪽에서 몸을 뒤척이는 소리가 들렸다. 아마 내가 잠든 사이에 돌아와 있었나 보다. 그가 신음을 하는 소리도 한번인가 들은 듯했다.

　‘배멀미를 하고 있구나.’

라고 나는 생각했다. 아래쪽에서 자는 경우 그것은 굉장히 불쾌한 법이다. 그래도 나는 꾸벅꾸벅 졸기 시작했고 마침내 새벽까지 푹 잤다.

　배는 심하게 흔들리고 있었다. 어젯밤보다 훨씬 더 흔들리는 것 같았다. 현창(舷窓)을 통해서 들어오는 회색 빛은, 배가 선복(船腹)을 기울이어 창문의 유리면을 바다로 향하거나 하늘을 향할 때마다 그 색깔을 바꾸었다. 심한 추위였다. 6월이란 계절로는 도저히 볼 수 없을 정도였다.

　나는 머리를 돌리어 현창을 보았다. 그러자 놀랍게도 현창이 완전히 열려 있고 잠금쇠가 돌려져 있는 것을 확인했다. 나는 무의식중에 남들에게까지 들릴 정도의 큰 목소리로 욕설을 퍼부었던 기억이 난다. 그리고 일어나서 현창을 닫고 돌아온 나는 상단 침대를 힐끗 쳐다보았다. 커튼은 완전히 닫혀 있었다. 다분히 내 룸메이트도 추위를 느끼고 있었으리라.

　나는 그순간 충분한 잠을 잤다고 생각했다. 방안은 여전히 불쾌감을 주었는데 이상하게도 밤중 내내 나를 괴롭혔던 눅눅하고 기분 나쁜 냄새는 없었다. 룸메이트는 여전히 잠을 자고 있었다 —. 그를 피하는 데는 절호의 찬스이다. 그래서 나는 곧 옷을 갈아입고 갑판으로 나갔다.

　그날은 구름이 끼었지만 따뜻한 날이었다. 바다 위에서는 기름 냄새가 나고 있었다. 내가 나온 것은 7시 — 생각보다 훨씬 늦은 시각이었다.

　나는 마침 아침 공기를 마시려고 나와 있던 선의(船醫)와 마주쳤다. 그 사나이는 아일랜드 서부 출신의 청년으로서 머리털은 검고 눈은 파랬으며 엄청나게 큰 사람이었는데, 그 나이에 벌써 배가 불

룩하게 나왔다. 얼굴 모양은 태평스럽고 건강한 듯하여 여간 매력적
이지 않은 그런 사나이였다.

"기분 좋은 아침입니다."

나는 인사 대신 이렇게 말을 걸었다.

"그렇군요."

그는 흥미가 있다는 표정으로 나를 바라보면서 말했다. 그리고 이
렇게 덧붙였다.

"좋은 아침이기도 하고 좋지 않은 아침이기도 합니다. 나는 그다
지 아침다운 생각이 안듭니다만……."

"예? 예, 그렇군요. 그다지 좋은 날씨라고 할 수는 없을 것 같습
니다."

나는 말했다.

"잔뜩 흐려 있어요. 좋은 아침이라고 하기보다는 흐린 아침이라
고 해야 할는지 모르겠습니다."

"어젯밤에는 냉기가 대단했지요?"

나는 이렇게 말했다. 그리고 이런 말을 이어나갔다.

"그런데 방을 돌아보니 현창이 열려 있지 뭡니까. 침대에 누워 있
을 때는 그런 것을 몰랐었는데……. 그리고 특등 선실은 심히 습
하더군요."

"습했다구요? 어느 방이었는데요?"

"105호실요."

놀랍게도 그 선의는 깜짝 놀라는 표정을 지었다. 내가 알아차릴
수 있을 정도로 —.

"왜 그러십니까?"

내가 물었다.

"아, 아닙니다. 아무것도 아닙니다."

그는 대답했고 이런 말을 덧붙였다.

"다만…… 아주 최고의 항해에서 계속 세 차례, 그 특등 선실에 대해서 누구나 다 고충을 토로했었기에……."

"나도 고충을 말하려던 참이었습니다. 그곳은 분명 환기가 전혀 안되고 있습니다. 아주 심해요."

"그건 어떻게 할 수 없을 것으로 생각합니다."

선의는 이렇게 대답했다. 그리고 뭔가 망설이다가 말을 이었다.

"뭔가가…… 아닙니다, 아니예요…… 손님을 위협하는 것은…… 쓸데없는 말 같습니다만……."

"나를 위협하는 것이라니요? 그런 걱정은 마십시오. 나는 아무리 심한 습기라도 참아낼 수 있습니다. 만약 악성 감기라도 걸리면 당신을 찾아가기로 하지요."

나는 말했다. 그리고 선의에게 시거 한 개비를 권했다. 그는 시거를 받아들자 무슨 흠이라도 찾아내려는 듯 살펴보았다.

"이것은 그다지 습기를 띠고 있지 않군요. 어쨌든 당신은 아무 일 없으시지요? 룸메이트는 있습니까?"

"예, 그런데 그자가 아주 말썽입니다. 한밤중에 뛰쳐나가고 문을 열어제쳐 놓는 거예요."

선의는 또 기묘한 눈빛으로 나를 힐끗 바라보았다. 그리고 시거에 불을 붙이더니 진지한 표정을 지었다.

"그 사나이는 돌아왔습니까?"

이윽고 그가 물었다.

"예, 나는 자고 있었는데…… 눈을 떠보니 움직이는 소리가 들리더라구요. 그리고 한기(寒氣)가 들기에 나도 다시 자버렸습니다. 아침에서야 현창이 열려 있는 것을 발견했구요."

"저어, 잘 들으십시오."

선의는 이렇게 말한 다음 목소리를 낮추면서 덧붙였다.

"나는 이 배가 아무래도 좋아지지 않습니다. 이 배에 대한 평판에는 신경을 쓰지 않고 있습니다. 단, 내가 어떻게 했으면 좋을까라는 점만을 말씀드리겠습니다. 나는 이 배 안에서 상당히 넓은 방을 사용하고 있습니다. 그 방을 당신과 함께 썼으면 합니다. 당신하고는 일면식도 없는 사이이긴 하지만요"

나는 그 제안에 깜짝 놀랐다. 그가 왜 이처럼 빨리 내 건강에 관심을 가지는지 상상도 할 수 없었다. 그러나 그가 배에 대해서 얘기할 때의 태도에는 분명 기묘한 점이 있었다.

"선의 선생, 당신은 참으로 친절한 분이시군요. 그러나 실로 나 역시 그 방은 환기를 해야 하고 또 대청소를 해야 한다고 생각하긴 합니다. 그런데 당신은 왜 이 배가 마음에 안든다는 것입니까?"

"우리 의사들은 직업상 미신을 믿지는 않습니다. 그러나 바다는 사람으로 하여금 미신을 믿게 만듭니다. 나는 당신에게 편견을 심어주거나 위협하거나 할 생각은 추호도 없습니다. 그러나 만약 내 충고를 받아들여 준다면 내 방으로 옮기십시오. 나로서는 당신이든 다른 어느 누구든 105호실에서 자야만 할 사람이 있다는 것을 알고 내버려둘 바에는 차라리……."

선의는 여기서 아주 진지한 표정을 지으며 덧붙이는 것이었다.

"당신이 바다에 빠지는 것을 보는 편이 낫습니다."

"아니, 그건 또 무슨 말입니까?"

내가 물었다.

"바로 최근의 세 번째 여행에서…… 그 방에서 자던 사람은 모두 바다에 빠졌답니다."

그는 무거운 어조로 대답했다.

이 정보는 정직하게 말해서, 나를 놀라게 하는 것이었으며 내 기분을 아주 불쾌하게 만드는 것이었다. 나는 선의가 나를 놀리는 것이 아니겠느냐고 생각하면서 그의 얼굴을 뚫어지라고 바라보았는데 그 표정은 실로 진지하기만 했다.

나는 그의 말에 정중히 인사를 했다. 그리고 그가 말했듯이 특등 선실에서 자던 사람이 모두 바다에 빠진 것이 지금까지의 예(例)라 하더라도 나 자신은 예외가 될 것이라고 말했다.

그는 말수가 적어졌는데 변함없는, 엄숙한 표정으로 항해가 끝날 때까지 내가 다시 한번 그의 제안을 받아들이기로 생각을 고치기 바란다고 말했다. 이윽고 우리는 아침식사를 하러 갔다. 그곳에는 몇명 안되는 선객들이 모여 있을 뿐이었다. 나는 우리와 함께 아침 식사를 한 고급 선원 한두 사람이 묘하게 위엄있는 표정을 짓고 있 는 것을 보았다.

아침식사가 끝난 다음 나는 특등 선실로 책을 가지러 갔다. 상단 침대의 커튼은 여전히 굳게 닫혀져 있는 채였고 아무 소리도 들리 지 않았다. 내 룸메이트는 아마 깊은 잠에 빠져 있었나 보다.

방 밖으로 나왔을 때 나는 내 시중을 들어주었던 스튜어드를 만 났다. 그는 낮은 목소리로 선장이 나를 만나고 싶어한다며 속삭이더 니, 아무 질문도 받기 싫다는 듯 서둘러 복도로 도망쳐 갔다. 내가 선장실로 찾아가자 선장은 나를 기다리고 있었다.

"실은 손님에게 특별히 부탁할 일이 있습니다."

나는 도움이 되는 일이라면 무엇이든지 들어주겠노라고 대답했다.

"손님의 룸메이트가 모습을 감추고 말았습니다. 그가 어젯밤 일 찍 잠자리에 든 것은 잘 알고 있습니다. 손님께서는 그의 행동에 서 뭔가 이상한 점을 발견하지 못하셨던가요?"

그는 무거운 어조로 물었다. 이 질문은 조금 전, 선의가 표명했던 불안함을 너무나도 정확하게 확증(確證)하는 것이어서 나는 기겁을 했다.

"설마 사람이 바다에 떨어졌다는 말씀은 아니시겠지요?"

나는 물었다.

"그럴 우려가 있습니다."

선장은 대답했다.

"그렇다면 이것은 실로 이상한 사태인데요."

나는 말하기 시작했다.

"그건 무슨 뜻입니까?"

선장이 물었다.

"그러면 그는 네 번째 사람이 되겠군요?"

나는 외쳤다. 그리고 선장이 뒤이어 던진 질문에 답하여, 나는 선의에게서 들었다는 얘기는 하지 않고, 105호실과 연관된 이야기를 들은 일이 있노라고 설명했다. 그는 내가 그런 사건에 대해서 알고 있다는 말을 듣자, 심히 당혹하는 모습이었다. 나는 어젯밤에 일어났던 일을 그에게 모두 이야기해 주었다.

"손님의 이야기는…… 지금까지 세 사람 중, 두 사람과 함께 잤던 룸메이트들이 나에게 들려준 이야기와 거의 일치됩니다. 그들은 침대에서 일어나자 복도를 맹렬하게 달려갔었다는 것입니다. 그 중 두 사람은 바다에 떨어지는 것을 밤에 순찰돌던 당직자가 목격했습니다. 우리는 배를 세우고 보트를 내리어 수색해 보았지만 찾지 못했습니다.

그러나 어젯밤에 행방불명이 된 사나이의 경우는 ─ 정말로 행방불명이 되었다는 전제하에서 하는 말입니다만 ─ 모습을 본 사람도 목소리를 들은 사람도 없습니다. 스튜어드란 녀석은 아무래도 미신을 단단히 믿고 있는 것 같아서, 뭔가 불길한 일이 일어나는 게 아니겠느냐고 예측했었으므로, 오늘 아침 그 사람을 찾으러 방안에 들어갔었더랍니다. 그런데 그 사나이의 침대는 텅텅 비어 있었고, 옷가지는 벗어던진 채로 뒹굴고 있는 것을 발견했을 뿐이라고 합니다.

스튜어드는 이 배 안에서 그 사나이를 본, 유일한 사람이므로 이곳저곳으로 그를 찾아헤맸습니다. 그러나 그의 모습은 지금까지 어느 곳에서도 발견되지 않고 있습니다. 그래서 말인데요……손님에게 부탁하고 싶은 것은 이 사건에 대하여 선객에게건 누구에게건 간에 말을 하지 말아주셨으면 합니다.

나로서도 이 배에 대하여 나쁜 평판이 도는 것은 싫으며, 자살했다는 이야기만큼 외양(外洋) 항해자들의 귀에서 떠나지 않는 것도 없습니다. 손님에게는 남은 항해 도중, 선장인 나 자신의 방을 위시하여 고급 선원의 방 가운데 택하시는 방을 무조건 제공하겠습니다. 어떻습니까? 손해나는 거래는 아니겠지요?"
선장은 제안했다.
"아무럼요. 그리고 선장의 배려에는 심심한 감사를 드립니다. 하지만 나는 지금 그 특등 선실을 혼자서 전용으로 쓰고 있는 셈이니, 솔직히 말해서 옮기고 싶지 않습니다. 스튜어드가 그 불운한 사나이의 짐만 옮겨 준다면 나는 계속 그 방에 머물고 싶습니다. 이 사건에 대해서는 일체 입을 열지 않겠습니다. 그리고 나는 내 룸메이트의 뒤를 따르는 흉내는 내지 않을 것을 약속할 수 있습니다."
나는 분명하게 말했다.
선장은 어떻게든 나를 설득하여 내 마음을 돌리려고 무척 노력했다. 그러나 나는 그 배에서 어느 고급 선원과 방을 같이 쓰는 것보다 특등 선실을 독점하는 쪽을 선택했다. 내가 취한 행동이 어리석었는지 어쨌는지는 모르겠다.

상단(上段) 침대 141

그러나 만약 내가 선장의 권고를 받아들였더라면 나로서는 이 이상 이야기할 것이 아무것도 없었을 것이다. 간격을 두고 같은 선실에서 잤던 몇명인가의 사나이들이 계속해서 자살했다고 하는 아주 불유쾌한 우연의 일치만 남아있을 뿐, 이야기는 거기서 끝났으리라.

그러나 그후 어찌어찌하여 이 사건은 그런 식으로 끝나지는 아니했다. 나는 완고하게 그 따위 이야기에는 신경을 쓰지 않기로 마음을 굳혔다. 결국에는 선장과 이 문제에 대해서 논쟁까지 벌였다.

그 특등 선실에는 뭔가 잘못된 것이 있다고 나는 말했다. 습기가 아주 심하고 현창은 어젯밤 열려져 있는 채였다고 항의했다. 내 룸메이트는 승선했을 때 아마도 환자였을 것이다. 그래서 침대에 든 이후 섬망상태(譫妄狀態)에 빠졌을는지도 모른다. 어쩌면 지금도 이 배 어디엔가 숨어 있을는지 모르고 나중에 발견될 수도 있을 것이다.

그 방은 우선 환기를 시키고 창문의 잠금쇠가 제대로 걸려 있는지 어떤지를 검사하지 않으면 안된다. 만약 선장이 나에게 허가를 해준다면 내 스스로 필요할 것으로 생각되는 조치를 즉시 취하겠노라고까지 말했다.

"물론, 원하신다면 손님께서는 지금 계신 방에 계속해서 머무를 권리가 있습니다."
라고 선장은 무뚝뚝하게 대답했다. 그리고 이런 말을 덧붙였다.

"그런데 나로서는 손님이 그 방에서 나오시고 그 방을 아주 폐쇄했으면 좋겠습니다."
그러나 내 견해는 달랐다. 그래서 내가 내 룸메이트의 실종사건에 관해서는 침묵을 지키기로 약속한 다음 선장과 헤어졌다. 그 사나이의 지인(知人)은 단 한명도 배에 타지 않았었으며 그가 사라진 것도 낮동안이 아니었다.

저녁때 나는 또 선의와 만났다. 그러자 그는 내가 마음을 바꾸기를 기대했던지라 혹 마음을 바꾸지 않았느냐고 물었다. 나는 바꾸지 않았노라고 대답했다.

"그렇다면 곧 바꾸게 될 것입니다."

그는 진지한 어조로 말했다.

3

우리는 저녁 때 휘스트를 했다. 내가 침대에 든 것은 늦은 시각이었다. 지금이니까 고백을 하는 것이지만, 특등 선실로 돌아갔을 때 나는 어떤 혐오감을 느꼈다. 나는 어젯밤에 본, 그 키큰 사나이에 대해서 생각하지 않을 수 없었다.

그 사나이는 물에 빠져 죽었다. 지금은 이미 2, 3백 마일이나 떨어진 뒤쪽에서 큰 파도에 휩쓸리며 떠올랐다가 가라앉았다 할 것이다. 옷을 갈아입었을 때 그의 얼굴이 내 앞에 분명히 떠오르고 있었다. 나는 그가 이미 살아있지 않다는 것을 자신에게 납득시키려는 듯 일부러 상단 침대의 커튼을 열어제치기도 했다.

선실 문의 빗장도 걸었다. 그때 돌연 나는 현창(舷窓)이 열려져 있고 잠금쇠가 돌려져 있는 것을 보았다. 나는 부아가 벌컥 치밀었다. 서둘러 잠옷을 고쳐 입은 나는, 이번 여행에서 내 시중을 들기로 된 로버트를 찾으러 뛰어나갔다. 그를 찾아낸 나는 노기충천하여 105호실까지 끌고 왔고, 열려진 현창 쪽에 밀어붙였던 일을 지금도 기억한다.

"이 엉터리야! 매일 밤 이 창문을 열어 제쳐놓다니! 대체 어쩌자는 게야! 규칙 위반이란 것을 모르나? 만약 배가 기울어서 바닷물이 쏟아져 들어오면 장정 10여 명이 덤벼들어도 닫을 수 없다는 걸 알고 있나? 선장에게 네 불성실함을 보고할테다! 이 멍청아! 배를 위험 속에 빠뜨릴 셈이냐?"

내 격분은 대단한 것이었다. 그는 벌벌 떨면서 파랗게 질렸다. 그러더니 둥근 유리판을 무거운 놋쇠 부품으로 달기 시작했다.

"이봐! 뭐라고 대답 좀 해봐!"

나는 당장 주먹질이라도 할 듯이 거칠게 말했다.

"실례의 말씀입니다만 나리, 이곳 창문을 밤중에 닫는 사람은 이 배 안에 아무도 없습니다. 뭣하시면 나리께서 손수 시험을 해보십시오. 사실을 말씀드린다면 저는 이 배에서 내쫓는다면 그만둘 생각입니다. 정말입니다. 그런데 나리, 내가 나리라면 어서 이 방에서 나가, 선의님의 방으로 가든 아니면 다른 방으로 옮기겠습니다. 다분히 그럴 것입니다.

그건 그렇고 이걸 좀 보세요, 나리. 내가 잠그는 이 방법은 확실히 안전하다고 할 수 있겠지요? 나리, 어떻습니까? 이것을 1인치라도 움직일 수 있는지 어떤지 한번 시험해 보십시오."

나는 현창을 시험해 보았다. 그리고 안전하게 꽉 닫혀 있는 것을 확인했다.

"되었습니까, 나리?"

로버트는 자랑스럽다는 듯 으스대면서 말을 이었다.

"저는 감정사(鑑定士)라는 평판을 듣고 있습니다. 반 시간도 안 돼서 이놈은 또 열릴 것입니다. 잠금쇠도 돌아가 있을 것이구요. 나리, 그렇게 된다니까요. 잠금쇠까지도 돌려져 있을 것입니다."

나는 커다란 나사못과 그 위에 달려 있는 잠금쇠를 조사해 보았다.

"밤중에 이것이 열린다면…… 로버트, 너에게 1파운드의 금화(金貨)를 주겠다. 그런 일이 일어날 리 만무해. 좋다, 내려가 봐."

"1파운드라고 하셨습니까? 좋습니다, 나리. 고마우신 일입니다. 그럼 쉬십시오. 편히 푹 쉬시면서 즐거운 꿈 많이 꾸시구요."

로버트는 해방된 것을 기뻐하며 쏜살같이 돌아갔다. 물론 나는 그가 자신의 태만했음을 변명하기 위해 나를 위협한 것으로 생각했었기 때문에 그의 말을 신용하지 않았다. 그러나 결과는 그가 1파운드를 얻게 되었으며, 나는 실로 기묘하고 불쾌한 하룻밤을 지내게 되었다.

내가 침대에 들어가서 모포로 몸을 감고 있은 지 5분 후에, 로버트는 인정사정없이, 문 가까이에 있는 불, 즉 우유빛 유리창 밖에 계속 켜져 있던 그 불을 꺼버렸다. 나는 어둠 속에서 어떻게든 잠을 청해 보려고 조용히 누워 있었는데 잠시 후 잠이 영 오지 않는 것을 깨달았다.

스튜어드에게 분풀이를 한 것은 어느 정도 만족감을 가질 수 있었고, 그 기분전환은 익사한 내 룸메이트에 대한 생각을 했을 때, 내가 느꼈던 불쾌감을 완전히 떨쳐 버리게 해주었다. 그런데도 불구하고 나는 이미 잠이 달아나더니 잠시동안 눈을 뜬 채로 누워 있으면서 이따금 현창을 바라보았다.

그 창은 내가 누워 있는 장소에서 바라볼 수가 있었는데 어둠 속에서 마치 암실(暗室)에 매달리어 희미한 불빛을 발산하는 수프 접시처럼 보였다. 나는 한 시간쯤은 그렇게 누워 있었던 것으로 기억한다.

지금 생각을 더듬어 보면, 내가 꾸벅꾸벅 졸고 있을 때인 것 같다. 일진(一陣)의 냉랭한 바람과 간단없이 내 얼굴에 뿌려지는 바닷물의 비말(飛沫)로 나는 눈을 번쩍 뜨고 말았다. 그리고 벌떡 일어난 나는 어둠 속에서 배의 움직임을 감안할 여유도 없었으므로 그즉시 특등 선실 건너편에 나동그라졌고, 현창 밑에 놓여 있던 침실 의자 위에 팽개쳐졌다.

그러나 나는 즉시 정신을 되찾으며 무릎으로 엉금엉금 기어올라갔다. 그리고 살펴보니 현창은 완전히 열려져 있었고 잠금쇠도 돌려져 있는 것이 아닌가.

이상의 상황은 사실이다. 일어났을 때 나는 완전히 잠이 깨어 있었을 것이다. 또 비록 잠이 덜 깼었다 하더라도 나동그라지고 팽개쳐질 때 잠에서 깨어났을 것이다. 그런데다가 심히 아픈 내 팔꿈치와 무릎의 상처는 다음날 아침까지도 남아있어서, 내 자신이 의심을 하더라도 그것들이 사실임을 증명하고 있었다.

현창은 완전히 열려 있었고 잠금쇠는 돌려져 있었다. 도저히 설명할 길이 없어서 그것을 발견했을 때, 공포를 느끼기보다도 기절할 뻔했던 것을 나는 지금도 분명히 기억하고 있다. 나는 얼른 그 판유리를 다시 닫고 고리 모양의 잠금쇠를 있는 힘을 다해서 돌렸다. 특등 침실은 아주 어두웠다.

곰곰이 생각을 해보니 현창은 처음에 로버트가 내 면전에서 달은 후, 한 시간도 되기 전에 열려진 결과였다. 그래서 나는 불침번을 서가면서 그것이 다시 한번 또 열리는지 어떤지를 확인해 보려는 결심을 했다.

그곳에 붙어 있는 놋쇠 부품은 대단히 무거워서 쉽사리 움직여지지 않는다. 나로서는 나사못이 흔들렸기 때문에 잠금쇠가 돌아갔고 그래서 느슨해진 것으로 생각되지는 않았다.

나는 일어선 채 선복(船腹) 밑에서 거품을 일으키고 있는 바닷물의 하얀색과 회색이 서로 어우러지면서 만들어내는 주름 모양을, 두터운 유리 너머로 응시하고 있었다. 그곳에 약 15분 동안 그런 자세로 넋놓고 있었을 것임에 틀림없다.

그때 돌연, 서있는 내 귀에 분명히 배후의 침대 선반에서 무엇인가가 움직이고 있는 소리가 들려왔다. 그리고 한순간이 지난 다음, 내가 본능적으로 돌아보려고 했을 때 — 어둠 속이었는지라 물론 아무것도 보이지는 않았지만 — 아주 희미한 신음 소리가 들려왔다. 나는 특등 선실을 쏜살같이 가로질러갔고 상단 침대의 커튼을 찢어지라고 열어제친 다음 두 손을 디밀어 누군가가 있는지 확인하려고 했다. 그런데 있었던 것이다. 누군가가 — .

기억을 더듬으면 내가 두 손을 디밀었을 때의 그 감촉은 마치 습한 지하실의 공기 속에 두 손을 집어넣은 그런 느낌이었다. 커튼 뒤에서 바람이 한 줄기 불어오더니 썩은 바닷물 냄새가 코를 찔렀다. 내가 잡고 있던 것은 인간의 팔뚝 모양을 하고 있었는데 미끈미끈하게 젖어 있었고 얼음처럼 차가웠다. 그러나 내가 잡아당기는 순간 그 생물(生物)은 돌연 맹렬한 힘으로 나에게 덤벼들었다.

끈적끈적하고 질척질척한 덩어리로 생각되는 그놈은 묵직하고 젖어 있기는 했지만 일종의 초자연적 힘을 가지고 있는 듯했다. 나는 비틀거리며 선실 안을 우왕좌왕했다. 그렇게 한순간이 지난 다음 문이 열리면서 그놈이 맹렬한 기세로 나가 버렸다. 나는 공포에 싸일 틈도 없이 얼른 정신을 차리고 문으로 뛰쳐나가 전속력으로 추격했는데 그래도 때는 이미 늦었었다.

내 앞 10야드쯤에서 보이는 것은 — 분명 보았다고 생각한다 — 희미한 불빛이 점점이 있는 복도를 지나가는 검은 그림자였다. 그것은 어두운 밤에 이륜마차(二輪馬車)를 끄는 쾌속의 말[馬]이 램프불에 비춰지는 그림자와 같은 속도로 움직였다. 그러나 순간적으로 그것은 사라졌다.

정신을 가다듬은 나는 칸막이 벽을 따라, 달려 있는 손잡이에 기댔다. 그 칸막이 벽에서 통로는 갑판 승강구 계단으로 구부러져 있었다. 내 머리털은 곤두섰고 얼굴에서는 식은땀이 뚝뚝 떨어지고 있었다. 나는 지금 이렇게 말하고 있으면서도 부끄럽다는 생각은 조금도 없다. 나는 너무 무서운 나머지 부들부들 떨고 있었다.

그러면서도 나는 자신의 오감(五感)을 의심하면서 정신을 차렸다. 이런 일은 있을 수 없는 일이라고 생각했다. 저녁식사 때 먹은 치즈 토스트가 몸에 안맞았음인지 악몽을 꾼 것이다.

나는 가까스로 특등 침실로 돌아와서 용기를 내어 바닥을 힘껏 밟고 서있었다. 어젯밤 눈을 떴을 때와 마찬가지로 방안에서는 썩은 바닷물 냄새가 나고 있었다. 안으로 들어와 짐을 뒤져서 양초갑을 찾아내는 데는 최대한의 힘을 짜내지 않으면 안되었다.

소등(消燈)한 후에 책을 읽고 싶어질 때를 대비하여 언제나 휴대 하고 다니는 철도용(鐵道用) 칸델라에 불을 켜는 것과 동시에 나는 현창이 또 열려져 있음을 확인했다. 등줄기가 오싹해지는 공포가 나를 엄습하기 시작했다. 그런 공포는 이전에는 경험한 바가 없으며 두번 다시 맛보고 싶지 아니하다. 그러나 나는 칸델라를 들고 가서 상단 침대가 바닷물에 젖지는 않았는지 조사해 보았다.

그러나 나는 기겁을 했다. 침대에는 누군가가 잠을 잤던 흔적이 있었고 바닷물 썩은 냄새는 더욱 강렬한데 침구류는 뼈처럼 습기 하나 없이 말라 있었다. 아무래도 로버트는 어젯밤, 내 룸메이트가 실종된 이후로 침구를 정돈하고 싶은 마음이 안들었었나 보다. ― 모든 일이 지독한 악몽에 지나지 않았던 것이다. 난 가능한 한 커튼 을 열어제치고 다시 한번 샅샅이 점검해 보았다. 그곳은 뽀송뽀송하 게 말라 있었다.

그렇기는 하지만 현창은 또다시 열려져 있는 것이다. 나는 일종의 혐오스런 공포감을 느꼈고, 당황하면서 그것을 닫는 한편 나사못을 비틀고 놋쇠 잠금쇠에 내 무거운 단장을 꿰어 있는 힘껏 돌렸다. 그 압력으로 두꺼운 금속이 휘어지기 시작할 정도였다. 그리고 나는 칸 델라를 침실 의자의 빨간 벨벳 위에 걸어놓고 가능하면 평정을 되 찾기 위해 걸터앉았다.

나는 밤새도록 그곳에 앉은 채 잠을 자는 것도 — 아니 무엇을 생각할 수도 전혀 없었다. 그러면서도 현창은 닫혀져 있었으므로 나는 이번에는 상당한 힘을 구사하지 않는 한 현창이 다시 열리는 일은 없을 것이라고 생각했다.

이러구러 날이 밝았다. 나는 지난밤에 일어났던 일 모두를 머리속으로 정리해 가면서 천천히 옷을 갈아입었다. 아름답도록 맑은 아침이었다. 갑판에 나가서 이른 아침의 신선한 햇빛을 쬐며 특등 선실의 그 지긋지긋한 썩은 냄새와는 전혀 다른 냄새, 푸른 바다에서 불어오는 미풍의 향기를 호흡하는 것은 즐거운 일이었다.

본능적으로 나는 선수(船首) 부위에 있는 선의의 방으로 향했다. 그곳에는 전날과 마찬가지로, 파이프를 물고 아침 공기를 호흡하는 선의가 서있었다.

"안녕하십니까?"

그는 조용히 말하면서 나를 바라보았는데 그 얼굴은 호기심이 있음을 드러내고 있었다.

"선의 선생, 당신이 말했던 대로입니다. 그 방에는 무언가 이상한 점이 있었습니다."

나는 그에게 말했다.

"당신이 생각을 바꿀 줄 알았습니다."

그는 자랑스럽다는 듯 대답했고 이렇게 덧붙였다.

"무서운 밤을 보내셨을 것입니다. 그렇지요? 정신이 번쩍 드는 약이라도 조제할까요? 아주 좋은 처방이 있습니다만."

"아닙니다. 됐습니다. 그 대신 어젯밤에 일어났던 얘기를 들어주십시오."

나는 외치듯이 말했다.

그런 다음 나는 가급적 명료하게 사건의 정확한 시종을 설명하려고 했다. 이 세상에 태어난 이후로 이런 경험은 한 적이 없었을 만큼 무서워서 벌벌 떨었다는 이야기도 빼놓지 않았다. 특히 현창의 상황에 대해서는 자세하게 말했다. 그것은 다른 부분이 꿈이었다 하더라도 그 상황만큼은 확고한 증거를 제시할 수 있는 사실이었기 때문이다.

나는 그것을 밤중에 두 번이나 달았는데 두 번째에는 사실, 단장으로 비틀 때 놋쇠 잠금쇠가 휘어지고 말았다. 나는 이점에 대해서 아주 상세한 설명을 했던 것 같다.

"당신은 내가 당신의 얘기를 의심하는 것으로 생각하시는군요?"

선의는 현창의 상황에 대해서 내가 한 상세한 설명을 듣고는 싱글벙글하며 물었다.

"……"

내가 아무 대답도 못하자 그는 이렇게 말을 이었다.

"나는 조금도 의심하지 않습니다. 당신을 다시 한번 진정으로 초대하고 싶습니다. 그러니 짐을 이곳으로 옮기시고 내 선실의 반(半)을 사용하십시오."

"그럴 것이 아니라 내 방의 반을 선의 선생께서 사용하십시오. 이 사건의 밑바닥에 있는 진상을 구명하는 데 손을 좀 빌려 주십시오."

나는 정중하게 말했다.

"그런 일을 할 바에는 다른 것의 밑바닥을 궁구하겠습니다."

선의는 엉뚱한 대답을 했다.

"무슨 말씀인가요? 무슨 밑바닥을 궁구하시겠다는 것입니까?"

내가 물었다.

"바다 밑바닥입니다. 그리고 나는 곧 이 배에서 내릴 생각입니다. 아무래도 위험하다는 생각이 들어서요."

"그렇다면 당신은 나에게 손을 빌어 줄 수 없다는 말씀이시군요."

"나는 안됩니다. 내 임무는 언제나 평정을 유지해야 할 필요가 있거던요. 유령 따위와 겨룰 여지가 나에게는 없습니다."

"당신은 그것이 유령의 짓이라고 진정 믿으시는 것입니까?"

나는 다소 경멸의 어조로 추궁했다. 그러나 나는 그렇게 말하는 순간, 밤새도록 나를 붙잡고 놓아주지 않았던 그 지긋지긋한 유령의 감각을 떠올렸다. 선의는 날카로운 시선을 나에게 향했다.

"당신은 이 일에 대해서 무언가 합리적인 설명을 할 수 있습니까?"

그는 물었다. 그리고 스스로 결론을 내렸다.

"아닙니다. 할 수 없을 것입니다. 단, 당신이 이제부터 합리적 설명을 하겠다는 것은 자유입니다. 나는 그런 것은 쓸데없는 짓이라고 말씀드려 두겠습니다. 왜냐하면 그런 것에 대한 합리적 설명이란 것은 이 세상에는 있을 수 없겠기 때문입니다."

"그러나 선의 선생, 당신은 한 과학자로서 그런 것은 합리적으로 설명할 수 없다고 말씀하시는 겁니까? 진정 그렇다고 생각하십니까?"

나는 반박했다.

"예, 진정이고말고요. 그리고 만약 설명이 가능하다 하더라도 그런 설명에, 나는 관심이 없습니다."

그는 단호하게 대답했다.

나는 그 특등 선실에서 다시 하룻밤을 혼자서 지내는 것은 아무래도 마음이 내키지 않았다. 그러나 이 소동의 근본을 구명해 내는 일은 절대로 포기할 수 없다는 결의에 차있었다. 그토록 이틀 밤이나 혼이 난 다음에도 다시 그 장소에서 자겠다는 사람은 미치광이가 아닌 이상 흔치 않을 것이다. 그러나 나는 누군가 나와 함께 밤을 새워 줄 사람을 찾는다면 해볼 생각을 굳혔다.

선의가 그런 실험을 할 생각이 없다는 것은 분명했다. 그는 자기가 선의이므로 언제 어느 때 선상(船上)에서 사고가 일어나더라도 즉시 대처할 준비를 하고 있지 않으면 안된다고 말했다. 그로서는 신경을 흐트러놓을 여유가 없었다. 그의 말은 다분히 옳다. 그러나 나로서는 그의 그 주도면밀한 행동은 그의 성격 탓이란 생각이 든다.

다시 물어보니 그는 내 조사에 동참해 줄 만한 사람은 이 배 안에 없을 것이라고 가르쳐 주었다. 그래서 잠시동안 더 이야기를 나누다가 헤어졌다. 그리고 얼마 뒤, 나는 선장을 만났고 어젯밤에 있었던 일의 전말을 들려주었다. 나는 만약 아무도 나와 함께 밤을 새주지 않겠다면 밤중 내내 불을 밝혀도 좋다는 허가를 받아가지고 혼자서 해보겠다고 말했다.

"잠깐 기다려 주십시오."

그는 내 말을 가로막으며 이렇게 말했다.

"내 의견을 들어 보십시오. 내가 당신과 함께 불침번을 서면서 어떤 일이 일어나는지 확인하겠습니다. 내 신념으로는 우리 두 사람이 힘을 합치면 반드시 해명될 것으로 생각합니다. 어쩌면 지금 이 배 안에는 누군가가 몰래 숨어서 밀항하려는 자가 있어서, 다른 선객들을 위협하고 있는 것인지도 모릅니다. 또는 그 침대를 만든 자에게 어떤 의심스런 점이 있는지도 모르겠구요."

그래서 나는 그 침대를 만들었다는 이 배의 목공을 데리고 가서 그 방을 조사하고 싶다는 의견을 제시했다. 나는 선장이 함께 밤을 새주겠다고 한 말을 듣고 용기백배해 있었다. 선장은 목공을 불렀고 그에게 내가 요구하는 것이면 무엇이든지 들어주라고 명령했다. 그래서 우리는 즉시 특등 선실로 내려갔다. 나는 상단 침대에서 침구류를 모두 끄집어 내고 조사에 착수했다.

목공과 나, 두 사람은 우선 느슨해진 바닥 판자는 없는지, 열리거나 어긋난 이음매 판자는 없는지 골고루 살펴보았다. 또 바닥을 두드려 보기도 했고, 하단(下段) 나사를 돌리어 모두 해체했다. ― 요컨대 이 특등 선실에 대해서는 사방 1인치의 공간도 남기지 않고 모두 조사를 했던 것이다.

그런데 모두가 질서정연할 뿐 이상이라고는 찾아볼 수 없었다. 우리는 모든 것을 각각 제자리에 맞추고 끼웠다. 작업이 끝나갈 무렵, 로버트가 문앞에 와서 안을 기웃거렸다.

"아이구 나리, 뭐 발견하신 것이 있습니까?"

그는 유령과 같은 새파란 얼굴로 빙그레 웃으면서 물었다.

"로버트, 현창은 자네가 한 말 그대로였네."

그렇게 말한 나는 그에게 약속했던 1파운드의 금화를 건네주었다. 목공은 내 지시에 따라 묵묵히 작업을 해나갔다. 모든 일을 끝낸 다음에 그는 입을 열었다.

"저는 평범한 사람입니다만, 나리."

그는 잠시 망설이다가 말을 이었다.

"제 생각으로는 나리께서 짐을…… 이 방에서 꺼내시고…… 저로 하여금 이 방문에 4인치짜리 나사못을 7, 8개 박도록 하시는 게 좋을 것 같은데요. 이 선실에서는 정상적인 일이 있어 보지 않았습니다. 그저 그것뿐입니다. 제가 알고 있는 한 이곳에서 네 명의 생명이 사라져 갔다구요. 그것도 네 차례의 항해에서 연속적으로 말입니다. 이 방은 포기하시는 게 좋겠습니다. 나리, 포기하십시오."

"하룻밤만 더 자보려네."

나는 말했다.

"포기하시라니까요, 나리. 그게 좋습니다. 애쓰신 보람도 없으실 것이니까요."

그 목공은 반복해가며 권하더니 도구를 챙기어 자루 속에 담아가지고 선실에서 나갔다.

그러나 내 마음은 선장이 동조하겠다는 말을 했던지라 상당히 고양(高揚)되어 있었다. 그래서 이 기묘한 사건의 결말을 보기까지 어떤 방해도 받지 말아야겠다는 결의를 굳혔다. 나는 그날 밤에는 치즈 토스트와 글로그주(酒)를 먹지 아니했으며 늘 해왔던 휘스트 판에도 끼어들지 아니했다. 나는 신경을 충분히 쉬게 하고 싶었던 것이다. 또 선장의 눈에 내가 아주 착실한 사람으로 비쳐지기를 바랐던 것이다.

4

선장은 난국에 처하더라도 용기와 불굴의 투지와 평상심을 겸비하는 인물로서, 남들이 신뢰하는 높은 지위에 자연스럽게 오른 사람이었다. 또 바다의 사나이가 가지는 특유의 멋스러움과 터프한 기질도 가진 사람으로서 쾌활하기 그지없었다. 그는 장난기있는 엉터리 이야기에 말려드는 사람이 아니었다.

이 조사에 자진해서 나와 손을 잡게 된 것은 그가, 어쩐지 무엇인가 큰 잘못이 있고 그것이 통상적 이론으로는 설명할 수가 없고, 그렇다고 해서 그 흔한 미신이라며 웃어넘길 수도 없는 문제라고 생각한 증거였다. 또 그가 나선 데는 이 배의 평판은 물론이고, 그의 명성(名聲)도 어느 정도는 연관되어 있었던 것이다. 선상(船上)의 승객을 잃게 되는 것은 실로 중대한 일이며 그는 그것을 너무나도 잘 알고 있었다.

그날 밤, 약 10시경. 내가 최후의 시거를 피우기 시작하자 선장은 가까이 다가와서, 후덥지근한 어둠의 갑판을 어슬렁거리던 다른 승객들 틈에서 나를 끌고 갔다.

"블리스밴씨, 이것은 아주 중대한 문제입니다."

그는 입을 열기 시작했다.

"우리는 두 가지 중 한 가지는 각오를 하지 않으면 안됩니다. ─ 실망으로 끝이 날는지, 아니면 굉장한 고통을 당해야 할는지……. 당신은 내가 이 사건으로 인하여 웃을 여유조차 없다는 것을 잘 알고 계시리라 믿습니다. 따라서 지금부터 일어나는 모든 보고서에는 당신도 서명해 줄 것을 부탁드리겠습니다. 만약 오늘 밤에 아무 일도 일어나지 않는다면 우리는 내일과 모레에 다시 시도해 보도록 합시다. 각오는 돼 있으시겠지요?"

이렇게 해서 우리는 아래로 내려갔고 특등 선실로 들어갔다. 우리가 들어갈 때 로버트가 복도 바로 앞에 서있었는데, 그는 무서운 일이 이제부터 일어날 것은 틀림없다는 말을 하고 싶은 듯, 평소와 같이 히죽히죽 웃으면서 우리를 바라보고 있었다. 선장은 손을 뒤로 돌리어 문을 닫은 다음 빗장을 질렀다.

"당신의 여행 가방을 문앞에 놓아두면 어떨까요? 둘 중 한 사람이 그 위에 앉는 겁니다. 그러면 아무도 밖으로 나갈 수 없을 것입니다. 현창(舷窓)의 잠금쇠는 잠겨져 있지요?"

내가 바라보니 잠금쇠는 아침에 잠그어 놓은 채로 그냥 있었다. 실제로 내가 했던 것처럼 지렛대질이라도 하지 않는 한, 아무도 열지 못할 것이다. 나는 상단 침대의 커튼을 그 속이 잘 보이도록 열어제쳤다.

나는 선장의 조언을 받아들이어 독서용 칸델라에 불을 켜고, 그것을 상단의 하얀 시트를 비추도록 놓아두었다. 그는 자기가 여행 가방 위에 앉겠다며 고집을 부렸다. 그것은 자기가 어디까지나 문앞에서 움직이지 않았노라고 단언하고 싶어서라고 했다.

그런 다음 그는 나에게 선실을 철저하게 조사해 줄 것을 요구했다. 그 작업은 빠른 시간 안에 할 수 있는 것이었다. 왜냐하면 하단 침대와 현창 옆에 놓여 있는 침실 의자 밑을 살펴보는 것뿐이었기 때문이다. 그 어느 곳도 텅텅 비어 있었다.

"어떤 인간도 이 방안에 들어올 수 없겠습니다. 그리고 어떤 인간도 저 창문을 연다는 것은 불가능할 것이구요."

나는 말했다.

"아주 좋습니다. 이렇게까지 확인한 이상, 만약에 우리가 무엇인가를 보게 되면 그것은 망상에 의한 것이든가 아니면 초자연적인 것이라고 할 수밖에 없겠습니다."

나는 하단 침대 끝에 가서 앉았다.

"처음으로 이런 사건이 일어났던 것은……"

선장은 다리를 꼬고 등을 문짝에 기대면서 말을 이었다.

"3월의 일이었습니다. 이 상단 침대에서 자고 있던 승객은 그후에서야 광인(狂人)이란 것을 알았지만…… 어쨌든 조금 머리가 어떻게 된 사람임이 판명되었습니다. 그 사람은 가족·친지도 모르게 혼자서 항해에 나섰던 것이지요. 그리고 밤중에 맹렬한 기세로 돌연 뛰어나와서 바다에 몸을 던졌습니다. 밤중에 순찰하던 당직자 선원이 제지하려고 했지만 워낙 순간적인 일이어서 말리지 못했답니다.

우리는 배를 세우고 보트를 내렸습니다. 그날 밤은 날씨가 사나워지기 직전의 고요한 밤이었지요. 즉 폭풍전야였는데 그를 발견할 수는 없었습니다. 물론 그의 투신자살은 정신이상 때문이라고 후에 결정이 났습니다만……"

"아마도 그런 사고는 흔히 일어날 수 있는 일이겠지요."

나는 건성으로 맞장구를 쳤다.

"그렇게 종종 일어나지는 않습니다. 내가 경험한 것은 그것이 처음이었습니다. 다른 배에서 그런 일이 있었다는 얘기는 들었습니다만…… 그런데 아까도 말씀드렸다시피 그것은 3월에 일어난 일이었습니다. 그리고 바로 다음 항해에서…… 아니, 무엇을 보고 계십니까?"

그는 하던 이야기를 갑자기 중단하며 물었다.

나는 틀림없이 아무 대답도 하지 않았던 것으로 기억한다. 내 눈길은 현창에 못박혀 있었다. 놋쇠 잠금쇠가 그것을 고정시켜 놓은 나사못과 함께 아주 서서히 돌아가기 시작한 것 같았다. 그러나 너무나도 천천히 움직였으므로 나로서는 그것이 분명 움직이는 것인지 확신을 가질 수가 없었다.

나는 잠금쇠의 위치방향을 머리속에 기억해 두고, 그것이 바뀌는지 어쩌는지를 확인하려고 마음을 집중하고 있었다. 그러는 내 시선 끝을 따라 선장도 그곳으로 눈길을 주었다.

"움직인다!"

그는 확신이 있는 어조로 외쳤다. 그리고 1분쯤 후에,

"아냐, 움직이지 않는데요."

라고 덧붙였다.

"만약 그것이 고정 나사못의 진동 때문이라면 낮동안에 열렸을 것입니다. 그러나 저녁때는 아침에 있었던 방향으로 꼭 잠겨져 있었던 것을 나는 확인했었습니다."

나는 일어서서 잠금쇠를 더듬어 보았다. 그것은 분명 느슨해져 있었다. 조금만 힘을 주어도 내 손으로 움직일 수 있을 정도였다.

"묘한 일이군요."

선장은 말했다. 그리고 아까 하던 이야기를 계속했다.

"행방불명이 된 두 번째 사나이는 그 창문으로 뛰어내린 것으로 되어 있습니다. 우리는 그때도 아주 난처했습니다. 그 사건도 한

밤중에 일어났으며 날씨는 몹시 사나웠지요. 현창 한 개가 열려졌
고 바닷물이 들어온다는 경보가 울렸습니다. 내가 아래로 내려가
보니 모든 것이 다 물에 잠겨 있더군요.

　바닷물은, 배가 흔들릴 때마다 넘실거리며 쏟아져 들어오는데
현창 모두가 ― 중앙의 현창만이 아니라 ― 천장의 몇몇 고정
나사못에 매달리어 흔들거리고 있었습니다. 그런 와중에서도 우
리는 간신히 그것들을 조이고 손을 보아서 바닷물을 막기는 했습
니다만 큰 피해를 입었지요.

　그후로 그 방은 줄곧 바닷물 냄새가 종종 나곤 했습니다. 우리
는 그 승객도 바다에 몸을 던진 것이다 ― 그가 어떻게 몸을 던
졌는지는 하느님만이 아시는 일이겠습니다만 ― 라고 생각했습
니다. 스튜어드는 이 선실의 창과 문은 어느 하나도 제대로 닫을
수가 없다고 언제나 불평을 하고 있었습니다. 아니, 그런데 무슨
냄새가 나는 것 같은데요, 안그렇습니까?"
그는 수상하다는 듯 코를 벌름거리며 냄새를 맡다가 나에게 물
었다.
"예, …… 분명히 어떤 냄새가……."
나는 그렇게 맞장구를 치면서 예(例)의 썩은 바닷물 냄새가 방안
에서 점점 강렬히 남에 따라 몸서리를 치지 않을 수 없었다.
"그것 보십시오. 이런 냄새가 나는 이상, 이 방이 습하다는 것은
틀림없는 사실이지요?"
나는 계속해서 말했다.
"그런데 오늘 아침나절, 목공과 함께 조사했을 때는 모든 것이
완벽하게 말라 있었습니다. 실로 이상한 일이군요. 아니, 그런데!"
상단 침대에 놓아두었던 내 독서용 칸델라가 돌연 꺼지고 말았다.
그래도 어느 정도의 불빛이 문 가까운 곳의 우유빛 유리 창문을 통

하여 들어오고 있었다. 그 건너편으로는 비상등이 아련하게 보였다.

배는 심히 요동을 하자, 상단 침대의 커튼이 특등 선실 한복판으로 팽창하듯 불룩하게 늘어졌다가 다시 원위치로 돌아갔다. 나는 얼른 침대 가장자리에서 일어났는데 그와 동시에 선장이 벌떡 일어나면서 심히 놀란 듯 큰 소리로 외쳐댔다. 내가 살펴보기 위해 등을 돌리는 순간 그의 절규가 또 들려왔고 이어서 도움을 청하는 소리가 들려왔다.

나는 그가 있는 쪽으로 돌진했다. 그는 현창 앞에서 놋쇠로 된 고리 모양의 잠금쇠와 사력을 다해가며 격투를 벌이고 있었다. 잠금쇠는 그의 필사적인 분투에도 불구하고 그가 돌리려는 방향과 반대 방향으로 돌아가는 것 같았다.

나는 내 단장, 항상 휴대하고 다니는 묵직한 떡갈나무 단장을 얼른 집어들고, 그것을 잠금쇠의 고리 속에 넣자 혼신의 힘으로 버텼다. 그러나 그 튼튼한 단장까지도 여지없이 부러지고 말았다. 그와 동시에 내 몸이 침실 의자에 나동그라졌다.

다시 일어났을 때는 현창이 완전히 열려 있었고 선장은 문을 등에 진 자세로 입술까지도 새파랗게 질려서 멍청히 서있었다.

"저 침대에 무엇인가가 있소!"

그는 흥분된 목소리로 외쳤다. 그의 눈은 거의 튀어나올 정도였다. "이 문을 밀고 있으오! 내가 보고 올테니 ─ 저게 무엇이든 간에 절대로 놓치지 않겠소!"

그러나 나는 그가 있는 곳에 가는 대신 하단의 내 침대로 달려갔고, 상단 침대에서 잠자고 있는 것이 무엇인지 확인하려고 했다.

그것은 유령과 같은 것이어서 소름이 오싹 끼쳤는데, 말로는 표현하기 어려운 정체를 알 수 없는 것이었으며, 꽉 잡은 내 손 안에서 움직이고 있었다. 그것은 지난날 익사한 사나이의 시체와 같았는데 움직일 수가 있었으며 살아있는 장정 10명의 힘을 가지고 있었다. 그래도 나는 있는 힘을 다하여 꽉 잡았다 — 미끈미끈하고 질척질척하여 아주 기분이 나쁜 것을 말이다.

죽은 자의 하얀 눈이 어둠 속에서 나를 노려보고 있는 것처럼 생각되었다. 코를 찌르는 썩은 바닷물 냄새로 구역질이 났다. 그 시체 같은 것의 머리 부분에서 번쩍이는 머리털이 얼굴을 덮고 있는 것 같았는데 그것은 더러워진 곱슬머리 같았다.

나는 그 죽어 있는 것과 격투를 벌였다. 그놈은 나에게 덤벼들었고 있는 힘껏 나를 밀어붙였으며 내 팔을 꺾으려고 했다. 이 죽었지만 살아있는 놈은 자신의 팔을 내 목에 감으면서 압박해 왔다. 마침내 나는 비명을 지르면서 자빠졌고 잡았던 손을 놓았다.

나를 넘어뜨림과 동시에 그놈은 나를 뛰어넘어 선장에서 덤벼드는 것 같았다. 내가 최후로 선장의 모습을 보았을 때 그의 안면은 창백했고 입술은 일그러져 있었다. 그는 그 죽은 놈에게 맹렬한 일격을 가하는 것 같았는데 마침내 그도 공포의 절규를 입속으로 중얼거리며 앞으로 엎어지고 말았다.

그놈은 한순간 우물쭈물하더니 엎어져 있는 선장의 몸 위에서 춤을 추는 것같이 보였다. 나는 너무 무서운 나머지 또 비명을 지르려고 했는데 이제 소리지를 힘이 없었다. 그놈은 홀연히 모습을 감추었다. 나의 혼란된 감각으로는 그놈이 현창을 통해 빠져나간 것으로 보였는데, 그 좁은 틈으로 어떻게 빠져나갔는지는 그 누구도 이해가 되지 않을 것이다.

나는 오랫동안 바닥에 쓰러져 있었고 선장은 나와 나란히 엎어져 있었다. 가까스로 부분적으로나마 의식을 회복한 나는 몸을 움직여 보았는데, 곧 한쪽 팔이 — 왼쪽 팔의 손목 가까운 부분의 작은 뼈가 — 부러져 있는 것을 알아차렸다.

나는 가까스로 일어났고 뼈가 부러지지 않은 손으로 선장을 일으
키려고 했다. 그는 신음을 하면서 몸을 꿈틀거리더니 겨우 제정신이
들었다. 선장은 상처를 입지는 않았지만 완전히 넋을 잃고 있는 듯
했다.

"여러분, 여러분은 더이상 얘기를 듣고 싶습니까? 이제 더 할 이
야기가 없습니다. 이것으로 내 이야기는 끝이 났습니다. 목공은
105호실의 문에 4인치의 나사못을 6개나 박는 계획을 실행에 옮
겼습니다. 만에 하나 여러분이 캄차카호로 항해하게 되거던 그
특등 선실의 침대를 사용하겠노라고 부탁해 보십시오. 그곳은 이
미 예약이 끝났다고 할 것입니다 — 그렇습니다. — 그 죽은
놈이 예약을 했을 테니까요.
　나는 그 항해 여행을 선의(船醫)의 방에서 끝냈습니다. 그는
부러진 내 팔을 치료해 주었고, 또 '유령인지 뭔지, 그런 것들에
는 손을 대지 마십시오'라며 충고를 해주었습니다. 선장은 줄곧
침묵을 지키고 있었는데 그배로 항해하는 일은 두번 다시 없었답
니다. 그배는 지금도 운항을 하고 있는데 말입니다.
　나 역시 그배는 지긋지긋합니다. 왜냐하면 아주 불유쾌한 경험
이었으며 그런 고생과 공포를 맛보는 것은 한 번이면 족하다고
생각되기 때문이지요. 이상이 내가 유령을 보았던 시종의 이야기
입니다. 만약 그것이 진짜 유령이었다면 말입니다. 그놈은 죽어
있었습니다. 어쨌든 — ."

피리를 불면 내가 가지

"이제 모든 학기(學期)가 끝났으니 곧 가시게 되겠군요? 파킨즈 교수."

이 이야기와는 관계가 없는 교수가 본체론(本體論), 즉 사물의 본질을 전문적으로 연구하는 교수에게 말했다. 세인트 제임스 칼리지 홀에서 있은 만찬회 석상에서 두 교수가 나란히 앉으면서 물었다.

파킨즈 교수는 젊고 단정한 차림에 말을 똑부러지게 하는 스타일이었다.

"예, 벌써 오래 전부터 친구가 골프를 치러 오라고 했습니다. 그래서 동해안(東海岸)으로…… 실은 밴스토우란 곳인데 교수님도 잘 아시지요? 1주일이나 열흘쯤 묵으면서 게임 실력을 닦아 보려고요. 내일 출발할 생각입니다."

"그래요? 파킨즈 교수."

건너편에 앉아 있던 교수가 물었다.

"밴스토우에 가거던 템블 기사단(騎士團 : 원래는 12세기에 성지 순례자를 보호할 목적으로 시작된 騎士의 結社) 성당(聖堂)의 유적을 답사하는 게 좋을 거요. 올 여름에 그곳을 발굴하는 게 어떨는지, 그렇지 않아도 파킨즈 교수의 의견을 물을 참이었어."

이렇게 말한 사람은 고고학(考古學) 교수였는데 이 이야기의 모두(冒頭) 부분에서만 잠깐 등장하는 인물이므로 그 성명과 직함 따위를 상세하게 소개할 필요는 없을 것 같다.

"그야 뭐 어렵지 않은 일이지요. 대략적인 유적의 위치를 메모해 주시면 그 지형(地形) 및 기타 사항은 돌아와서 가급적 자세하게 말씀드리겠습니다. 교수님의 행선지를 미리 알려 주신다면 그곳에 편지로 알려드릴 수도 있겠구요."

"아니요, 그렇게까지 해주지 않아도 좋습니다. 실은 저어…… 휴가중에 그쪽 방향으로 가족들과 함께 갈 생각인데 파킨즈 교수가 밴스토우에 가겠다고 해서 문득 떠오르기에 말한 것뿐입니다. 영국의 템블 기사단 건조물의 유적을 제대로 측량한 도면은 거의 없는 실정이므로 어쩌면 방학 동안에 무언가 유익한 일을 할 수 있을 것도 같아서 말입니다."

파킨즈 교수는 템블 기사단의 유적지를 측량한다는 것이 과연 유익한 작업인지 어떤지, 내심으로 의심해 보았다. 옆에 앉은 교수가 이야기를 이어나갔다.

"유적은 그 일부분이라도 지상(地上)으로 노출되어 있는지 어떤지 의심스럽지만 어쨌든 지금은 해안에서 아주 가까운 곳에 있을 것임에 틀림없습니다. 그 일대는 알고 있는 바와 같이 해수(海水)의 침식작용(浸食作用)이 아주 심한 곳이니까요. 지도로 보면 아무래도 글로브인에서부터 북쪽 마을 끝에 있는 여관에 이르기까지의 4분의 3마일 정도가 그 유적지란 짐작이 가기는 합니다. 그런데 숙소는 어디에 정했나요?"

"그 글로브인에요. 실은 그곳 방을 예약해 두었습니다. 다른 곳은 방이 없더라구요. 겨울 동안 민박(民泊)은 거의가 폐쇄상태인 것 같더라구요. 그래서…… 그곳 사람의 이야기로는 지금 비어 있는 방은 그것 하나뿐인데 침대가 두 개 놓여 있다고 했습니다. 사용하지 않는 침대를 둘 만한 곳도 없어서 그 방에 두 개를 들여놓은 것이라나요.

나는 책을 다소 가지고 가서 작업을 좀 할 생각이기 때문에 가급적 큰 방이 필요합니다. 일시적이긴 하지만 내 서재가 될 방에, 빈 침대가 있으니…… 마음에 들지는 않지만 그다지 긴 기간은 아니니까 불편함을 어떻게든 견디어내야지요.”

“방안에 여분의 침대가 있어서 불편하다는 거요? 파킨즈 교수.”

건너편 자리에 앉아 있는 교수가 끼어들었다. 그는 염치가 없다는 인상을 풍기는 사람이다.

“어떻소? 내가 가서 그 침대를 당분간 점령하는 것이……. 그러면 파킨즈 교수에게는 동료가 하나 생긴 것이 될 게 아니겠소?”

파킨즈 교수는 소름이 끼쳤지만 정중하게 웃는 얼굴로 받아넘겼다.

“그렇게 하시지요, 로저스 교수님. 하지만 교수님은 퍽 지루할 것입니다. 골프를 안치시지요?”

“예, 안칩니다. 그런 것은 좀…….”

염치없는 로저스 교수가 말했다.

“그렇다니까요. 나는 글을 안쓸 때면 대부분 골프장에 나갑니다. 그러니 교수님이 지루해하실 것은 당연하지 않겠습니까? 그점이 걱정되는군요.”

“글쎄요. 그곳에는 나도 아는 사람이 있을 것임에 틀림없습니다. 하지만 내가 방해가 되고 귀찮다면 분명히 말해 주십시오, 파킨즈 교수. 나는 남을 괴롭히고 싶은 생각은 추호도 없으니까요. 교수님이 늘 말해 왔듯이 진실은 남을 괴롭히지 않는 법이니까요.”

파킨즈는 실제로 지나칠 만큼 예의가 바르고 엄격할 만큼 진실을 중시하는 사람이었다. 이런 성격을 잘 아는 로저스는 이따금 난제(難題)를 들고나오는 수가 있다. 파킨즈의 마음속에서는 벌써 갈등이 일기 시작하여 대답할 말을 찾지 못했다. 1, 2초 동안 사이를 두고 그는 말했다.

"그래요, 로저스씨. 지금 이야기한 방이 우리 두 사람을 쾌적하게 수용할 수 있는지 어떤지, 그리고 또 한 가지(이것은 실은 말하고 싶지 않았는데) 내가 하는 일에 대하여 로저스씨가 방해를 하지 않을는지, 그 문제를 걱정하고 있었습니다."

로저스는 큰 소리로 웃었다.

"고맙게도 그 말 참 잘해 주었습니다. 알겠어요. 파킨즈 교수가 하는 일에 대하여 나는 방해하지 않겠노라고 약속하겠습니다. 그 점은 안심해도 좋습니다. 사실 방해하기 위해 갈 생각은 추호도 없다구요. 하지만…… 그렇기는 하지만 유령을 쫓아내는 일은 이 손으로 하고 싶습니다."

여기서 로저스는 한쪽 눈을 슬쩍 감으면서 옆에 있는 사람을 팔꿈치로 쿡 찌르는 것 같았다. 파킨즈도 얼굴을 약간 붉힌 것 같았다.

"아이구 실례했습니다, 파킨즈 교수."

로저스는 다시 말을 이었다.

"그만 무심코 실례를 했군요. 파킨즈씨가 이런 화제(話題)로 경솔하게 떠드는 것을 싫어한다는 것을 그만 깜빡 잊었습니다."

"로저스씨가 먼저 얘기를 끄집어냈으니 사양하지 말고 이야기하십시오."

파킨즈 교수는 말했다. 그리고 이렇게 덧붙였다.

"소위 유령이란 것에 대해서 경솔하게 지껄이는 것은 분명 삼가야 할 것으로 생각합니다. 나와 같은 입장에 놓여 있는 사람은……"

그리고 다소 언성을 높이어,

"이런 문제에 대하여 세상 일반사람들이 믿고 있는 것을 시인하는 것처럼 보이는 언동은 극력 삼가야 한다고 생각합니다. 잘 아

시는 바와 같이 로저스씨, 혹은 모르고 있는지도 모르겠습니다만
나는 지금까지 자신의 생각을 숨기거나 하지는 않았습니다."
라고 말했다.
"암, 그렇고말고요. 분명 숨기지는 않았지요."
로저스가 낮은 목소리로 혜살을 놓았다. 그리고 말을 이었다.
"그런 것이 존재할는지도 모른다는 견해를 조금이라도 용인하
는……, 혹은 그와 비슷한 태도를 보이는 것은, 신성시(神聖視)하
는 것 모두를 내가 부정하는 것과 같다고 생각합니다. 그러나 유
감스럽게도 파킨즈씨의 주목(注目)을 묶어 매어놓을 수는 없었습
니다만……. 파킨즈씨가 주목하고 있는 것은 블린버 박사가 실제
로 말했던 말이었습니다(여기서 로저스는 실수를 하고 있다. 블린
버 박사는 지식 偏重으로 인간미가 모자랐던 교육자이다)."
로저스는 정확성을 기하고 있다는 태도로 말하고 이렇게 덧붙였다.
"아이구, 또 실례했습니다, 파킨즈씨. 파킨즈 교수의 이야기를 도
중에서 자른 결과가 되었군요."
"괜찮습니다. 블린버란 사람은 잘 모르겠는데요. 내가 오기 전에
있던 분인가 보죠. 그러나저러나 좋습니다. 내가 하고 싶은 것을
알고 계신 것 같으니까요."
"알겠습니다, 알겠어요."
로저스는 당황하며 맞장구를 쳤다. 그는 말을 이었다.
"파킨즈씨의 설(說)은 충분히 알겠습니다. 나머지는 밴스토우든
가 다른 곳에서 시간을 가지고 충분히 토론하자구요."
이상과 같은 회화(會話)를 재현(再現)함에 있어 나는 내가 받았
던 인상을 전하고자 노력했는데 파킨즈는 어딘가 노부인(老婦人)을
연상케 한다고나 할까, 사소한 일에도 암탉을 연상케 하는 면이 있
었다.

유감스럽게도 유머 센스는 전무(全無)했는데, 그 반면 자기가 확신하는 것에 대해서는 어디까지나 굽힐 줄을 몰랐으며 정직하기 짝이 없어 존경할 가치가 있는 사나이이긴 하다. 독자들에게 거기까지 이해시켜 주었는지 어떤지는 별도로 치고, 이것이 파킨즈가 가지고 있는 성격이다.

다음날, 파킨즈는 자신이 원했던 대로 대학을 떠나 밴스토우에 도착했다. 글로브 여관에서는 따뜻한 환영을 받았다. 그리고 앞에서 소개했던, 침대가 두 개나 놓여 있는 방으로 들어갔다. 그는 휴식을 취하기에 앞서, 방 한구석에 버티고 있는 테이블 위에 가지고 온 자료들, 즉 작업을 하기 위한 자료들을 나란히 정리해 놓았다.

그곳은 바다가 내다보이는 창이 삼면(三面)으로 둘러싸고 있는 최고의 장소였다. 즉 중앙의 창은 정면으로 바다가 보이고, 좌우의 창으로는 각각 북쪽과 남쪽으로 뻗은 해안선을 내다볼 수 있었다. 남쪽으로 밴스토우 마을이 보였다. 북쪽으로는 인가(人家)가 한채도 없었고, 오직 모래밭이고 그 뒤로 낮은 언덕이 이어져 있었다.

바로 눈앞에는 잡초가 무성하게 나있는 — 그다지 넓지는 않았지만 — 공지(空地)로서 낡은 닻이라든가, 그것을 말아올리는 장치 따위가 뒹굴고 있었다. 그 건너편은 넓은 도로이고 그 도로를 건너면 바닷가이다. 글로브 여관과 바다 사이가 옛날에는 어느 정도나 떨어져 있었는지 모르겠으나 지금은 약 60야드도 떨어져 있지 않다.

여관의 숙박객은 물론, 골프를 치러 온 사람들이어서 특별히 여기에 기록할 가치도 없는 사람들이었다. 그중에서 가장 눈에 띄는 인물은 런던의 모(某) 클럽의 비서로 있다는 퇴역군인으로서, 믿어지지 않을 만큼 힘센 목소리와 신교도(新敎徒) 냄새가 물씬 나는 의견의 소유자였다.

교구(敎區) 목사가 행하는 의식에 참석한 이후로 그 의견에는 점점 더 박차가 가해졌다. 실은 이곳의 목사란 사람은 장려(壯麗)한 의식을 아주 좋아하는 사람이었다. 이스트 앵글리아 지방의 전통에 경의를 표하면서도 가급적 그것을 억제하려고 하는 목사로서 모두가 우러러보는 인물이었다.

용맹과감함을 첫 번째 조건으로 치는 파킨즈 교수는 밴스토우에 도착한 다음날, 이 윌슨 대령과 함께, 그 자신이 말한 바 있는 골프 실력을 닦는 일에 전념했다. 그리고 오후가 되어 해가 기울 때까지 — 골프 실력에 현저한 진보가 있었는지 어쨌는지는 알 수가 없지만 — 대령의 안색이 아주 험해졌으므로 골프장에서 같이 걸어 여관으로 간다는 것은 생각을 해봐야겠다고, 파킨즈로서도 조심하기에 이르렀다.

상대방의 삐쳐 올라간 콧수염과 새빨개진 얼굴을 슬금슬금 훔쳐보았다. 교수는 저녁식사 때는 얼굴을 마주할 수밖에 없겠지만 그때까지는 대령을 혼자 있게 하고, 차와 담배에 의한 진정효과에 기대하는 것이 현명하다는 판단을 내렸다.

'나는 해변을 따라서 걸어가면 돼.'

파킨즈는 생각했다.

'아직은 밝으니까……. 디즈니가 이야기했던 유적을 돌아보고 가기로 하자. 어디에 있는지 정확하게 알 수는 없지만 걸어가다 보면 나오겠지 뭐.'

그리고 그는 이렇게 생각했던 것을 시행에 옮긴 것 같다. 골프장에서 모래밭 쪽으로 길을 따라 가던 도중, 덩굴풀과 돌멩이에 발이 걸려서 보기좋게 넘어졌다. 일어나서 주변을 둘러보니 그곳은 온통 울퉁불퉁한 지면(地面)으로서 조그마한 융기(隆起)와 움푹 패인 곳이 여기저기에 있었다.

그 융기된 곳을 자세히 살펴보니 석회로 굳힌 수석(燧石)의 언덕 위에 잔디가 소복하게 나있는 것임을 알아냈다. 이것이야말로 찾고 있던 템블 기사단의 성당 유적임에 틀림없다고 추찰(推察)했다.

그것은 발굴자의 노고에 충분히 보답해 줄 것으로 보였다. 아마도 그다지 깊지 않는 곳에 기초가 그대로 남아있어서 전체 그림을 알아내는 데 광명(光明)을 던져 줄 것이다. 옛날 템블 기사단은 원형(圓形)의 성당을 세우는 습관이 있었다고 어디선가 들은 기억이 있다. 그렇게 생각하면서 보니 눈앞의 소복하게 무덤처럼 쌓여 있는 것들의 배치 상태가 원형 모양을 나타내고 있는 것처럼 보이는 것이었다.

자신의 전문(專門) 밖의 분야를 완전히 문외한의 입장에서 조사해 보고 싶다는 유혹에 저항할 수 있는 사람은 거의 없는 법이다……. 그 길을 진정 선택만 한다면 자기자신이 얼마나 성공하고 있는지를 보여주고 싶다는, 그저 그것만을 위한 것이라고 하더라도 말이다.

파킨즈 교수는 그러나 이 칙살맞은 욕망에 어느 정도는 움직였다 하더라도, 그것 이상으로 디즈니를 기쁘게 해주고 싶은 절절한 원망(願望)에 지고 만 것이다. 그래서 그는 방금 알아차린 원형의 구역을 신중하게 발걸음으로 측량하고 그 대체적인 치수를 수첩에 적어넣었다.

이어서 원의 중심에서 동쪽으로 기울어진 위치에 있는 장방형(長方形)의 소복히 올라온 곳을 조사하기 시작했는데 그의 짐작으로는 아무래도 그곳이 제단(祭壇)이든가 설교단(說敎檀)의 기초처럼 생각되었던 것이다. 그 장방형 북쪽 끝 일부에 잔디가 없어진 곳이 있었다 — . 아이들이나 혹은 야생동물이 벗겨놓은 것이리라. 증거가 될 만한 것이 묻혀 있을지도 모를 일이므로 이곳의 흙을 조금 파봐야겠다고 생각한 그는 나이프를 꺼내서 그 지면을 파헤치기 시작했다.

그러자 또 한 가지 조그마한 발견이 있었다. 나이프로 파헤치는 사이에 지면의 일부가 안쪽으로 가라앉으면서 작은 구멍이 나타난 것이다. 성냥을 몇개나 그어대면서 대체 어떤 성질의 구멍인지를 보려고 했지만 바람이 세차게 불어서 뜻대로 되지가 않았다.

그러나 구멍 주위를 두드려 보고 헤집어 봄으로써 이것은 석공(石工)의 손에 의해 만들어진 구멍임에 틀림없다고 확신하기에 이르렀다. 그 구멍은 장사각(長四角)으로서 측면, 바닥, 상단 모두가 석회를 발라서 굳힌 것은 아니었지만 매끄럽고 곧은 면(面)으로 되어 있었다.

물론 그 속은 텅 비어 있었다. 아니, 그렇지가 않다. 나이프를 집어넣고 휘저어 보니 금속성 소리가 났다. 손을 넣어 보자 구멍 바닥에 무엇인가 통(筒) 모양의 것이 뒹굴고 있는 감촉이었다.

"이게 무엇일까?"

그는 그것을 끄집어 냈고 희미하게나마 밝은 곳으로 가지고 가서 살펴보았다. 이것 또한 분명히 인공적(人工的)인 것으로서 길이가 약 4인치인 금속관(金屬管)이었다. 그리고 상당히 오래된 물건임을 한눈에 알 수 있었다.

이 기묘하게 생긴, 숨겨진 구멍 외에는 아무것도 없음을 파킨즈가 모두 확인했을 무렵은 시각도 꽤 늦어서 어두웠다. 그러므로 그 이상 계속해서 조사하는 것은 단념하지 않을 수 없었다.

그는 이미 기대하지도 않았던 결과를 얻었으므로 내일은 밝은 시간을 좀더 고고학에 바쳐야겠다고 결심했다. 지금 주머니 속에 넣은 발굴물은 다소 값어치가 있는 물건임에 틀림없다고 그는 믿어 의심치 않았다.

그자리를 떠나기 전에 최후로 훑어본 주위의 모습은 너무나 적적

하였다. 서쪽 하늘에 남은 황혼의 희미한 빛 아래로 골프장과, 그 위를 클럽하우스로 가기 위해 걸어가는 몇사람의 모습이 아직도 보였다.

그리고 웅크리고 있는 원형포대(圓形砲臺)와 올지 마을의 불빛, 하얀 띠모양의 모래밭과 그 모래밭 여기저기에 돌출되어 있는 방파책(防波柵), 또 희미하게 반짝이는 바다를 한눈에 볼 수 있었다.

바람은 세찬 북풍이었는데 글로브를 향하여 발걸음을 내디뎠을 때는 그 북풍을 등으로 받을 수 있었다. 종종걸음으로 자갈 따위가 뒹굴고 있는 사이를 빠져나왔고 모래밭으로 나왔다. 모래밭은 몇야 드마다 방파책을 넘어야 했는데 그밖의 지점에서는 걷기 쉬워서 아주 편했다.

템블 기사단 성당의 폐허를 뒤로 하고 걸은 지, 얼마쯤 왔을까? 그는 그것을 확인하기 위해 뒤돌아보았는데 그때 같은 길을 걸어오는 사람, 누군지는 확실치 않은 사람 그림자 하나를 보았다. 열심히 그를 따라오는 것 같았지만 전혀 가까이까지 따라오지를 못했다. 즉 신체를 움직이고 있는 동작 그 자체는 마치 달리는 것과 같을 정도인데 그 사나이와 파킨즈와의 거리는 좀처럼 좁혀지지 않는 것이었다.

적어도 파킨즈에게는 그렇게 생각되었다. 그리고 아무리 보아도 전혀 본 적이 없는 사나이였으므로 상대방이 따라오기까지 기다릴 필요가 없다고 마음을 굳혔다. 그렇긴 하지만 이렇게 적막한 바닷가에서는 길동무가 생길 경우 대환영일텐데 — . 단, 이쪽에서 그 상대를 선택할 수 있다면 말이다 등등을, 그는 생각하기 시작했다.

그의 인생 중, 이른바 암흑시대에, 지금 생각해도 두려울 것 같은, 그리고 이런 장소에서 일어난 갖가지 만남의 이야기를 어떤 책에서도 읽은 적이 없었다.

그런데 지금 여관에 도착하기까지 그런 만남을, 특별히 어린 시절에 다소라도 사람의 공상력(空想力)을 불러일으키게 만드는 그런 이야기를, 그는 걸으면서 생각했던 것이다.

'나는 꿈을 꾸고 있는 것이다. 크리스천이 걸어가면 금방 마귀가 들판 저쪽에서 그를 맞으러 오는 것을.'(《天路歷程》 참조)

'어떡하면 좋을까?'

파킨즈는 계속 상상을 해보았다.

'만약 지금 뒤를 돌아보되 — 황혼이 물든 하늘에 검은 그림자가 떠오르는 것처럼 보이고, 그것에게 뿔과 날개가 돋아나 있는 것을 알게 된다면 — 가만히 있어야 하나, 아니면 그것에게 달려가야 하나 — . 다행하게도 뒤따라오는 신사는 그런 유(類)의 대물(代物)은 아니다.

그리고 처음에 보았을 때와 마찬가지로 변함없이 뒤에서 우물쭈물하고 있는 것 같다. 그러다가는 그 사나이 저녁식사 시간에 맞춰서 갈 수 없을 것 같은 걸. 아니, 벌써…… 이거 안되겠네. 저녁식사 시간까지는 앞으로 15분도 안남았어. 뛰어야겠다.'

사실, 파킨즈는 옷 갈아입을 시간도 거의 없을 정도였다. 저녁식사 자리에서 대령과 얼굴을 마주했을 때는 평화가 퇴역군인의 딱딱한 가슴속에 되돌아와 있었다. 그리고 저녁식사 후에 있은 카드놀이 때도 피하고 싶은 생각은 전혀 없었다. 그 정도로 파킨즈로서는 대단치 않은 상대였다.

그런 까닭에 12시 가까이되어 카드놀이를 끝냈을 때, 그는 정말 즐거운 밤을 보냈다면서 만족하게 생각했다. 2주일이나 3주일쯤 장기간 머물러 있어도 이런 식으로만 지낸다면 이곳 생활도 나쁘지는 않다고 생각하기에 이르렀다.

'그리고 또 골프 솜씨만 는다면…….'

그는 이런 생각도 했다.

복도를 걸어가던 도중, 글로브 여관의 잡무 담당자와 만났는데 그 사나이는 걸음을 멈추고 말하는 것이었다.

"실례입니다만 선생님, 조금 전 선생님의 코트에 브러시질을 해서 걸어놓았는데 주머니 속에서 뭔가 튀어나왔습니다. 그래서 방 안 장롱 위에 올려놓았습니다. 예, …… 그럼 편히 쉬십시오."

그말에 파킨즈는 저녁때 얻은 조그마한 발굴품을 떠올렸다. 호기심이 자꾸 고개를 들어서 그는 얼른 촛불 밑에서 그 물건을 이리저리 뜯어보았다. 지금 보니 그것은 청동(靑銅)으로 만든 것인데 모양은 현재도 흔히 사용되는, 개를 부르는 피리와 아주 비슷했다. 사실 이것은 — 그렇다. 틀림없다 — 아주 틀림이 없는 피리였던 것이다.

시험삼아 입술에 대보았다. 그러나 잘잘한 모래인지 흙인지가 속에 막혀 있어서, 두드리는 것만으로는 그런 것들이 빠질 것 같지 않았으므로 그는 나이프로 파내지 않을 수 없었다.

무슨 일에든 결벽한 편이었던 그였으므로, 파킨즈는 종이를 깔고 그 위에 피리 속에 있는 잡동사니를 파냈고, 그것을 창문 쪽으로 들고 가서 털어 버렸다. 창문을 열었을 때 올려다보니 하늘은 맑아서 대낮처럼 밝았다.

손길을 멈추고 바다 쪽을 바라보니 여관 바로 앞의 바닷가에서 밤 산책을 하는 사람이 홀로 걸음을 멈추고 서있는 것이 보였다. 그는 곧 창문을 닫았다. 밴스토우에서는 이처럼 날이 샐 때까지도 어슬렁거리며 돌아다니는 사람이 있다는 점에 다소 놀라기도 하였다. 그는 예의 피리를 다시 촛불 옆으로 들고 갔다.

"아니, 이것은……"

자세히 살펴보니 뭔가 표시가 되어 있다. 표시뿐만이 아니다. 문자가 쓰여 있다! 조금 긁혔을 뿐 깊게 새겨진 문자가 있고 그것은 또렷이 읽을 수가 있었다.

그러나 정직하게 말해서 그는 잠시 고개를 갸우뚱했는데 그 의미
는 그 옛날 벨사살의 벽에 쓰어 있던 문자와 마찬가지로(바빌론 최
후의 왕이었던 벨사살은 연회석에서 벽에 왕국 멸망의 예언에 적혀
져 .있는 예언을 보았다) 파킨즈 교수로서는 전혀 종잡을 수 없었던
것이다. 피리의 표면과 이면(裏面)에 명문(銘文)이 새겨져 있는데
그중 하나는 이런 것이었다.

<pre>
                  FLA
        FUR   BIS
                  FLE
</pre>

그리고 또 하나는 다음과 같았다.

␄ QUIS EST ISTE QUI UENIT ␄

'이 정도쯤은 아는 게 당연할텐데.'
그는 생각했다.
'하지만 내 라틴어도 아주 이상해졌어. 생각해 보면 피리라고 하
는 단어조차 제대로 알고 있다고 할 수 없어. 긴 쪽은, 그래 간단
해. 의미는 가만있자 ─ . "오는 자는 누구인가?" 그래, 그것을
알아내는 제일 좋은 방법은 실제로 피리를 불어 보는 거야.'
그는 시험삼아 살며시 불어 보다가 깜짝 놀라며 얼른 그쳤는데
자기가 불어 본 피리 소리에는 만족했다. 그 소리에는 무한한 저쪽
을 생각하게 하는 것이 있었고 부드러운 음색이었다. 하지만, 몇마
일 사방에까지 들렸을 것임에 틀림없다는 생각이 들게 하는 것이었
다. 그것은 또 뇌리에 환영(幻影)을 그려내는 마력(魔力 : 여러 가
지 냄새를 지니고 있다)을 비장하고 있는 소리이기도 했다.
그리고 그가 순간적으로 본 것은, 넓게 퍼져 있는 밤중의 망막한
어둠이었으며, 불어대는 상쾌한 바람, 그런가 하면 그 속에 서있는

고독한 사람 그림자 등등의 광경이었다. 그 인물은 무엇을 하고 있 었는가 — . 거기까지는 알 수 없었다.

어쩌면 파킨즈는 더 많은 것을 보았을 것이다. 일진(一陣)의 거센 바람이 창문으로 불어와 그 환영을 부숴버리지 않았으면 말이다. 이 불의의 사건에 기겁을 하며 쳐다보았을 때 어두운 창문 밖을 스치 며 지나가는 해조(海鳥) 날개의 하얀 섬광이 그의 눈에 띄었다.

피리 소리에 완전히 매료되고 말았기 때문에 다시 한번 불어 보지 않고는 견딜 수가 없었다. 이번에는 좀더 과감하게 불었다. 과감하게 불기는 했지만, 그러나 나온 소리의 크기는 아까와 거의 다를 바가 없었다. 그렇다면 반복해서 불었기 때문에 마력을 잃은 것일까 — . 반쯤 기대했던 환영은 나타나지 않았다.

‘그나저나 이게 웬일이지? 아니, 잠깐 사이에 바람이 아주 거세졌 네. 이렇게 무서운 돌풍이 불다니! 창문의 물림쇠도 쓸모없게 됐 어. 그리고 촛불이 두 개나 꺼지고 말았다. 마치 이 방을 마구 부 수려고 하는 것 같은걸.’

제일 먼저 해야 할 일은 창문을 닫는 일이었다. 스물쯤 세는 동안 파킨즈는 작은 창문과 필사적으로 격투를 벌였다. 마치 완강한 강도 를 만나 싸움을 벌이고 있는 것 같은 착각에 빠졌다. 그 정도로 강 한 압력이었다. 그러더니 갑자기 누그러지면서 창문이 쾅 소리를 내 면서 닫혔고 자동적으로 문고리가 잠겨졌다.

다음에는 초에 불을 켜고 피해 정도를 확인하는 일이었다. 아무 이상도 없었다. 무엇 한 가지 흐트러진 것도 없고 창문의 유리창 하 나 깨지지 아니했다. 그러나 아까부터 일어났던 소음으로 숙박객 중, 적어도 한 사람은 잠이 깬 것 같았다. 대령이 윗계단 바닥을 맨발로 걸어 내려오면서 투덜대는 소리가 들려왔다.

순식간에 불어닥친 바람이지만, 그렇게 간단히 멎지는 않았다. 바람은 큰 소리를 내면서 계속 이 집 주변에 불어닥쳤고, 때로는 이 세상 것으로는 생각되지 않는 비통한 절규를 내뿜는 일도 있었다. 그런 때, 파킨즈가 남의 말하듯 말한 것처럼 유령 따위를 잘 믿는 사람은 살아있는 기분이 아니었을 것이고, 상상력이 없는 사람이라 하더라도 — 라고 그는 15분 후에는 생각했다 — 마음이 안정되어 있지 못했을 것이다.

파킨즈가 영 잠을 이루지 못했던 것은 바람이 불어서인지, 아니면 골프 때문이었는지 그것도 아니면 유적 조사의 흥분 때문인지, 그것은 잘 알 수가 없었다. 어쨌든 그는 아무리 시간이 흘러도 눈은 말똥말똥할 뿐 잠이 들지 않았고 끝내는(무엇을 숨기겠는가? 이렇게 쓰고 있는 作者도 같은 상태인 경우 흔히 그렇게 되지만) 자기자신은 불치병을 앓고 있는 게 아닐까 하는 생각에 잠기기까지 했다.

심장의 고동 소리를 세면서 누워 있었다. 그것이 당장에 고동을 멈추는 게 아닌가 하는 생각이 드는가 하면 폐(肺)라든가 뇌(腦), 간장(肝臟)이라든가 기타 여러 내장을 걱정한다든가 — . 이런 불안감은 햇빛이 다시 비치면 일소될 것임을 잘 알고 있으면서도 그 때까지는 도저히 어찌할 수가 없었다.

그런 때 그는 문득, 누군가 다른 사람이 같은 배에 함께 타고 있다는 생각을 하고는 약간의 대상적(代償的)인 위안을 찾아냈다. 바로 옆의 이웃사람은(캄캄하기 때문에 어느 방향이라고 말하기는 어렵지만) 자기 침대에서 역시 전전반측하고 있을 것으로 생각했던 것이다.

다음 단계에서 파킨즈는 눈을 감고 억지로라도 잠을 잘 결심을 하였다. 그러나 이때도 과도한 흥분이 또다른 형태로 자기를 주장했다. 즉 뇌리(腦裏)에 영상(映像)을 만들어 낸 것이다. 익스펠트

클레디(경험자의 말을 믿으라) —— 자고자 노력하는 자의 감은 눈
꺼풀 속에 영상이 차례로 떠올라온다. 그것도 대개는 마음에 걸리
는 것뿐이므로 끝내는 눈을 뜨고 영상들을 쫓아 버릴 수밖에 없는
것이다.

이때 파킨즈가 한 경험은 아주 비참한 것이었다. 그의 뇌리에 자
동적으로 떠오르는 영상은 연속되는 것임을 알아냈다. 눈을 뜨면 물
론 사라져 가는데 눈을 감으면 다시 똑같은 그림이 나타난다. 그것
은 앞서보다 빠르지도 않고 더디지도 않는, 아주 똑같은 전개방법을
보여주는 것이다. 그가 본 것은 어떤 것일까? 그것은 —— .

길게 뻗은 해안선 —— . 자갈투성이인 바닷가가 모래밭으로 에워
싸여 있는데, 짧은 간격을 두고 검은 방파책(防波柵)으로 구획을 지
으면서 파도치는 곳까지 달리고 있다 —— . 그것은 실제로 그가 오
늘 오후에 걸었던 장소와 똑같은 경치로서, 그렇다는 표식이 없는
이상 구별할 수 없을 정도였다.

사방은 어두컴컴하고 한바탕 폭풍이라도 불 것 같은 하늘의 모양,
겨울철 황혼때 내리는 차가운 비, 등등의 인상을 전해주고 있다.

이 적막한 무대에 처음에는 등장인물의 모습은 보이지 않는다. 그
러는 사이에 먼곳에서 깡총깡총 뛰어오는 검은 콩알과 같은 것이
나타난다. 다음 순간, 그것이 달려오는 인간임을 알 수 있다. 깡총깡
총 뛰다가 방파책을 기어올라와서는 넘고 몇초마다 자꾸 뒤를 돌아
보면서 달려온다.

가까워짐에 따라 그 사나이는 걱정거리를 안고 있을 뿐 아니라
심히 겁을 집어먹고 있다는 것까지 확실하게 보여준다. 그런데다
가 거의 기진맥진하기 직전의 상태이다. 아직도 달리고 있기는 하
지만 늘어서 있는 장해물이 그에게 있어서는 점점 더 곤혹스러운
것 같다.

‘그 다음의 방파책을 넘을 수 있을까?’

파킨즈는 심히 걱정스러웠다.

‘다른 방파책보다 조금 더 높은 것 같은데……’

그런데 해냈다! 기어오른 다음 몸을 내던지듯하여 가까스로 넘자 반대쪽으로(즉 바라보고 있는 이쪽으로) 공중제비를 하며 떨어졌다. 떨어진 다음에는 두번 다시 못일어날 것처럼 그 사나이는 방파책 밑에 엎어져서 심한 불안감을 온몸으로 나타내고 있었다.

이렇게까지 달려와야 하는 사나이의 공포는 그 원인이 무엇일까? 도저히 짐작할 수 없는 일이었지만 이제서야 그것을 조금씩 알 수 있을 것 같다. 바닷가 저멀리에서 무엇인가 반짝반짝 밝은 빛을 내는 작은 것이 있다. 그것이 대단히 빠른 속도로, 그리고 불규칙한 동작으로 움직이고 있다.

바라보고 있는 동안에 점점 커져서, 이것 또한 사람의 모습으로 판명되었는데 너울거리는 흰옷을 입고 있어서 전체의 윤곽이 희미하게 보였다. 그 움직임에는 파킨즈가 가까운 곳에서 보는 것은 싫다는 뜻의 무엇인가가 있었다.

그것은 제자리에 멈추어 서고 두 팔을 들어올린 다음 모래밭을 향하여 인사를 했다. 그리고 허리를 굽힌 채, 파도치는 곳까지 달려 왔다가 다시 물러간다. 그런 연후에 몸을 단정하게 세우고 달려간 다 ─ . 그 속도는 놀라움을 지나 두려울 정도였다.

그러는 동안에 마침내 올 것이 왔다. 이 화면의 왼쪽에서 오른쪽으로 묘한 동작을 하면서 온 추격자가 앞에서 달려온 사나이가 숨어 있는 방파책, 바로 몇야드 앞에까지 다가온 것이다. 두 번 세 번 이곳저곳을 찾던 그는 멈추어 섰고 두 팔을 높이 들면서 곧게 서더니 방파책을 향하여 돌진했다.

언제나 이 시점에서 파킨즈는 도저히 눈을 감은 채 있을 수 없게 되는 것이었다. 시력(視力)이 쇠약해지고 두뇌사용이 지나치며 담배를 너무 많이 피우는 등등에 관한 갖가지 불만감에다가, 이런 집요한 파노라마로 고민을 해야 할 바에는 차라리 촛불을 켜고 책이라도 읽으며 밤을 새는 편이 나을 게 아니겠는가.

이렇게 생각한 그는 마침내 잠자는 것을 포기하고 말았다. 이런 망상은 이날 하루 사이에 있었던 일, 산책을 하거나 생각한 것의 병적(病的) 반영(反映)에 지나지 않는 것이라고, 머리속에서는 너무나도 잘 알고 있었지만 — .

성냥을 켜는 소리, 그리고 돌연 불꽃이 야행성 동물 — 쥐 따위 — 을 놀래킨 듯 침대 옆쪽에서 바닥을 통해서 당황하며 도망치는 소리가 들렸다.

"앗차, 실수를 했구나. 성냥불이 꺼져 버렸네. 이 무슨 실수람."

그러나 두 번째는 제대로 켜졌고 초와 책을 무사히 찾아서 손에 잡았다. 그런 다음 파킨즈는 잠이 제대로 오기까지 독서에 빠져 있었는데 그것은 그다지 긴 시간이 아니었을 것이다. 왜냐하면 평소 규칙바르고 신중했던 그가 난생 처음으로 촛불 끄는 것을 잊어버릴 정도였으니까 말이다.

다음날 아침 8시, 남이 깨는 바람에 일어났을 때 촛대에는 아직도 불꽃이 타고 있었다. 머리맡의 테이블에는 녹아 떨어진 촛농이 산처럼 소복하게 쌓여 있었다.

아침식사를 끝낸 그는 방으로 돌아와서 자기 골프 도구를 손질하고 있었다. — 운명은 오늘도 대령을 파트너로 선택해 주었다 — 그때 여관 하녀가 들어왔다.

"저어, 손님, 좋으시다면 침대 모포를 한 장 더 갖다 드릴까요?"

"응, 고맙소. 맞아, 그렇게 하는 것이 좋겠다구. 좀 추운 것 같았어."

파킨즈는 말했다. 그 하녀는 곧 모포를 가지고 왔다.

"어느 쪽 침대에 펴놓을까요? 손님."

"응? 물론 저기 저 침대이지 ― . 어젯밤 잔 쪽에."

라며 그는 손가락으로 가리켰다.

"예, ……그러나 손님께서는 양쪽 침대 모두 쓰신 것 같던데요. 우리는 오늘 아침에 양쪽 침대를 모두 손보지 않으면 안되었으니까요."

"정말? 그것 참 이상하군. 다른 한쪽에는 손도 대지 않았는데…… 잠시 물건을 놓아두기는 했었지만……. 실제로 그것을 사용했던 것 같았나?"

"그럼요. 모든 것이 다 구겨져 있었고 흐트러져 있었습니다. 이런 말씀드리기는 뭣합니다만, 어느 분이 딱하게도 밤새 잠을 자지 못한 것 같더군요."

"그래? 짐을 풀어놓을 때, 생각보다 좀 어질렀었는지도 모르겠군. 그야 어쨌든 쓸데없는 수고를 시켜서 미안하오. 그런데 곧 친구 한 사람이 오기로 되어 있어 ― . 케임브리지에서 오는데 여기서 하룻밤이나 이틀 밤 묵고 가겠다는데 어떻소? 상관없을까?"

"예, 그것은 마음대로 하세요. 그리고 고맙습니다. 쓸데없는 수고라고 하셨는데 그것은 천만의 말씀입니다."

하녀는 이렇게 말한 다음 동료와 시시덕거리기 위해 그 방에서 나갔다.

파킨즈는 오늘 골프 게임에서 솜씨를 보여주겠다며 굳은 결의를 하고 나왔다. 그가 이런 결의를 성공리에 이루었다고 쓸 수 있는 것은, 작자로서도 즐겁기 한량없다. 두 번째도 그와 함께 플레이를 하게 되어, 내심으로는 투덜대던 대령인데 아침시간이 흐름에 따라 점점 입놀림이 가벼워졌다.

그리고 그 대령의 목소리는 드넓은 그린 위에 ── 이것은 우리나라 이류시인(二流詩人)의 말이지만 ── '대가람(大伽藍) 종루(鐘樓)의 저음(低音)처럼' 울려퍼졌다.

"굉장한 바람이었소. 어젯밤의 바람은……."

대령은 말했다. 그리고 이렇게 덧붙였다.

"우리 고향에서는 그런 바람이 불면 누군가가 피리를 불었다고 하지요."

"그렇습니까. 그런 미신이 그 지방에는 지금도 남아있군요."

파킨즈가 말했다.

"미신인지 어쩐지는 잘 모르겠습니다만 덴마크와 노르웨이 등지에서는 온나라에서 모두 그렇게 말하고 있답니다. 요크셔 해안지방에 관한 것이 아니지요. 내 경험에 의하면 그 지방 사람들이 믿고 있고 또 몇세대 동안이나 전해져 내려온 근저(根底)에는 대개 어떤 것이 있는 것 같습디다. 아니, 당신이 드라이브할 차례입니다."

이야기가 재개되었을 때 파킨즈는 다소 망설이면서 말했다.

"아까 하던 얘기인데요, 대령님. 나는 이런 유(類)의 문제에 대하여 아주 완강한 의견을 가지고 있다고 말씀드리고 싶습니다. 실은 이른바 '초자연'적인 것을 일체 안믿는 편입니다."

"뭐라고요? 천리안(千里眼)이라든가 유령 같은 존재를 전혀 믿지 않는다는 말입니까?"

"예, 그런 종류의 것은 모두요."

파킨즈는 단호하게 부정했다.

"호오, 그래요? 그러면 당신은 사두개인(부활과 天使와 영혼의 존재를 믿지 않았던 유태교의 一派)과 다를 바가 없는 것으로 생각됩니다."

대령은 말했다. 파킨즈는 자칫했으면 자기 의견으로는 이 사두개
인이 《구약성경》 속에서 가장 분별력이 있는 사람들이라고 대답할
뻔했다. 그러나 사두개인들에 대한 언급이 성경에서 그렇게 기록을
했는지 어떤지 다소 의문이 갔으므로, 상대방의 비난을 웃음으로 얼
버무리기로 했다.

"그렇게 말하시니 그럴는지도 모르겠습니다. 하지만…… 여봐, 1
번 아이언을 주게! ── 대령님, 잠깐 실례하겠습니다."

파킨즈는 캐디에게서 1번 아이언을 받아가지고 골프공을 친 다음,
끊어진 이야기를 이어나갔다.

"그 피리를 부는 이야기입니다만 그것에 대해서 저에게도 제 의
견을 얘기하게 해주십시오. 바람을 좌우하는 법칙이란 것은 반드
시 완전하게 알고 있다고 말할 수가 없습니다만 ── 더구나 어부
(漁父)라든가 농사꾼들로서는 아무것도 모르는 상태입니다. 아마
도 머리가 좀 이상해진 남자든가 여자가, 혹은 이방인이 때아닌
시각에 표연히 바닷가에 나타나서 피리를 불어댄다 ── . 이런 일
은 흔히 있는 일입니다. 그런 연후에 심하게 바람이 불었다.

하늘의 상태를 정확하게 파악할 수 있다든가 기압계(氣壓計)를
가지고 있는 사람이라면 바람이 불 것을 예측할 수도 있었을 것
입니다. 어촌(漁村)의 단순한 사람들은 기압계는 고사하고 날씨
를 점치는 데도 몇가지의 대략적인 룰밖에 가지고 있지 않습니다.
그래서 지극히 자연스런 결과로서, 아까 얘기한, 머리가 좀 이상
해진 자가 바람을 일으키는 것으로 보았던 것이지요. 혹은 그런
남자건 여자는 그런 짓을 할 수 있다는 평판에, 기다리고 있었다
는 듯이 뛰어들 수도 있구요.

바로 어젯밤의 바람이 그 좋은 예입니다. 우연하게도 내가 피리
를 분, 바로 그 시각이었습니다. 두 번을 불자 마치 내가 호출한

것에 대답하듯 바람이 불어왔습니다. 만약 누군가가 보고 있었더라면……."

듣고 있던 사람은 이 장광설을 다소 주체스러워 했고, 파킨즈는 강의하는 말투로 흘러가고 있었다. 그러나 이 최후의 말을 듣는 순간 대령은 귀를 곤두세웠다.

"피리를 불었다니요? 당신이? 어떤 종류의 피리를 사용했나요? 우선 스트로크를 먼저 하시오!"

잠시 시간이 흘렀다.

"물어보신 피리인데요, 대령님. 그것이 다소 묘한 대물(代物)이었습니다. 지금…… 여기 있습니다…… 아니지. 참, 방에 놓고 왔군요. 사실을 말한다면 어제 발견한 것입니다."

그리고 파킨즈는 피리를 발견하기까지의 과정 모두를 이야기했다. 대령은 입속으로 무엇인가를 중얼거리고 있었다. 자기가 파킨즈의 입장이었더라면 카톨릭 교도가 썼던 것 같은 물건을 사용할 때는 좀더 신중한 태도로 임했을 것이라고 말했다. 대체적으로 그 사람들은 마음속으로 무엇을 기도(企圖)하고 있는지 알 수가 없노라고 자기 의견을 말했다.

이 화제에서 대령은 갑자기 사잇길로 빠져서, 교구(敎區) 목사의 무법성(無法性)을 문제로 삼았다. 목사는 지난 일요일에, 금요일은 사도 성(聖)토마스의 축일(祝日)이므로 11시에 교회에서 예배를 드린다는 광고를 했었다.

그뿐 아니라 이것저것 카톨릭과 비슷한 짓을 하는 점으로 보아 그 목사는 예수즈회에 속한 것이 아닐 뿐 아니라 은밀하게 숨어서 행동하는 카톨릭이 아니겠느냐는 생각을 대령은 점차 하게 되었다는 것이다.

파킨즈는 이런 면에 대한 대령의 의견에 간단히 동조할 수는 없었다. 그렇다고 해서 불찬성을 시사하지도 않았다. 사실, 두 사람의 관계는 오전 내내 잘 이루어져 나갔기 때문에 점심식사 후 따로따로 행동하자는 이야기는 그 누구의 입에서도 나오지 아니했다.

두 사람은 오후에도 오전에 이어서 좋은 플레이를 할 수 있었다. 해가 서산에 걸릴 때까지 그들은 모든 것을 잊고 플레이에 몰두할 수 있었다. 그때쯤 되어 파킨즈는 예(例)의 유적 조사를 좀더 했어야 했다는 생각을 떠올렸다. 하지만 그렇게 중대한 일도 아니라며 생각을 바꾸었다. 오늘이 아니라도 할 수 있지 않은가. 그러니 오늘은 대령과 함께 돌아가기로 하자 — .

두 사람이 여관 앞의 모퉁이를 막 돌려고 할 때다. 대령은 맹렬한 기세로 달려오는 아이와 크게 충돌할 뻔했다. 그 직후 아이는 도망칠 줄 알았는데 오히려 대령에게 달려들면서 몹시 괴로운 듯 헐떡거리고 있었다.

퇴역군인의 제일성은 물론 용서없는 질책 바로 그것이었는데 소년이 공포심에 입도 못여는 것을 재빠르게 간파했다. 이것저것 물어보아도 처음에는 대답조차 하지 못했다.

겨우 숨을 고른 다음에야 소년은 큰 소리로 울어대며 대령의 다리를 붙잡고 있었다. 가까스로 그 손을 떼게 했지만 울음은 어쩔 수가 없었다.

"도대체 뭐가 어떻게 됐단 말이냐? 무슨 짓을 했어? 무얼 봤기에 이렇게 야단법석을 떠는 게야!"
두 사람은 번갈아 물었다.
"저기 저 창에서 저를 향하여 오라고 했어요."
소년은 울먹이며 말했다.
"싫어요! 아이구, 무서워요!"
"어떤 창이야? 정신차려! 이 녀석아!"

대령은 초조한 듯 물었다.

"정면 창문이에요. 저기 저 여관의 정면요."

소년은 여전히 울면서 여관 쪽을 가리켰다.

파킨즈는 이 시점에서 소년을 집에까지 데려다 주자고 제안했지만 대령은 그 제안을 일축했다. 즉시로 진상을 규명하지 않으면 안된다고 대령은 말했다.

"이 아이의 말대로 어린이를 놀라게 했다면 그건 있을 수 없는 일입니다. 만약 어른이 장남삼아 그런 짓을 한 게 분명하다면 그에 상응하는 벌을 받아 마땅하지 않겠습니까?"

그는 여러 가지 질문을 한 끝에 이런 결론을 내렸다.

소년은 글로브 여관 앞의 초지에서 다른 아이들과 놀고 있었다. 그러는 동안에 간식시간이 되어 모두 집에 돌아갔다. 소년도 돌아가다가 문득 여관 정면의 창문을 올려다보니, 그놈이 이쪽을 향하고 오라는 것이었다. 무엇인가 하얀 옷을 걸치고 있는 듯했다. 얼굴은 보이지 않았다.

어쨌든 그놈이 소년에게 오라고 했는데 그런 짓은 보통사람이 하는 행동이 아니다. 머리가 돈 사람 같다는 얘기는 하지 않았지만 ─.

"방에 불이 켜져 있었느냐?"

"아아뇨, 불빛을 본 기억은 없습니다."

"그건 어떤 창문이야? 제일 위쪽이냐? 아니면 두 번째 것이냐?"

"두 번째 창문이었어요."

"양쪽으로 작은 창문이 두 개 있는데?"

"그게 아니라 큰 창문이에요."

"알았다."

대령은 다시 두어 가지 질문을 더 한 다음 이렇게 말했다.

"어서 집에까지 달려 가거라. 누군가 이상한 자가 너를 놀라게 한 짓일 게야. 또 만나거던 용감한 영국 소년답게 돌멩이라도 던지도록 해. 그리고 그것보다 여관의 종업원이든가 주인인 심프슨씨에게 말해 줘라. 그래, 그게 좋겠구나. 내가 그렇게 하라고 일러주더라고 해."

소년의 얼굴에는, 심프슨씨가 아이들의 말에 귀를 기울여 줄는지 어떨지 의문스럽다는 표정이 역력했다. 대령은 그런 것은 아랑곳하지도 않은 채 말을 이어나갔다.

"애야, 여기 이것 받아라. 6펜스…… 아니, 이것은 1실링이다. 이것을 줄테니 얼른 집에 가고 방금 있었던 일은 깨끗이 잊어버려라."

소년은 고맙다는 인사를 하고 껑충껑충 뛰어 집으로 갔다. 대령과 파킨즈는 글로브 여관 정면으로 돌아가서 정찰을 개시했다. 소년에게서 들은 이야기와 합치되는 창문은 단 한 군데였다.

"이상한데요."

파킨즈는 말했다. 그리고 이렇게 덧붙였다.

"그 아이가 말한 창문의 방은 아무래도 내 방인 것 같은데요. 이리 좀 오십시오. 대령님, 누군가가 내 방에서 제멋대로 군 것 같습니다. 철저하게 확인해야겠는데요."

그들은 잠시 후 복도에 서있었다. 파킨즈는 얼른 문을 열려고 했는데 손길을 멈추고 주머니 속을 뒤졌다.

"이상한데요. 생각했던 것보다 심각한 문제입니다."

이것이 파킨즈가 두 번째로 한 말이었다. 그리고 그는 이렇게 덧붙였다.

"지금 생각난 일인데 나는 오늘 아침, 나갈 때 문을 잠그었습니다. 지금도 문은 잠겨 있구요. 그리고 방문 키는 여기 있습니다."

파킨즈는 열쇠를 꺼내 보였다.

"여관 종업원들이 온종일 손님이 비워둔 방안에 마음대로 들락날
락하는 습관이 있다면, 그것은 별도입니다만……. 그래요, 그렇게
밖에 해석할 수 없을 것 같습니다."

그는 서둘러 열쇠로 문을 열려고 했다. 문을 열고 들어간 파킨즈
는 초에 불을 붙였다.

"아무것도 흐트러진 흔적은 없는데요."

"당신 침대 이외에는……."

대령이 옆에서 말했다.

"아닙니다. 그것은 제가 사용한 침대가 아니라구요."

파킨즈는 말을 이었다.

"저 침대는 사용하지 않습니다. 하지만 누군가가 장난을 친 것 같
은데요."

분명 그의 말대로였다. 침대 위에는 이것저것이 마구 흐트러져 있
었다. 파킨즈는 생각에 잠겼다.

"그래, 그럴 것임에 틀림없어."

그리고 그는 가까스로 입을 열었다.

"어젯밤, 짐을 풀 때 침대를 어질러 놓았었는데 그후 정리를 하지
않았습니다. 아마 여관 하녀가 정리하러 왔다가 창문을 열었고 그
때 그 아이를 보았을 것이라구요. 그러다가 하녀는 주인의 부름을
받고 문을 잠근 다음 나간 것입니다. 그래요, 그랬을 것임에 틀림
없다구요."

"그렇다면 그 하녀를 불러다가 물어보면 되겠군요."

대령이 말하자 파킨즈도 동의했다.

담당 하녀가 모습을 나타냈는데, 그들의 긴 이야기를 간단히 요약
한다면, 아침에 손님이 이 방에 계셨을 때 침대를 정리하러 온 후로
는 이 방안에 들어온 일이 없다는 것이었다.

"그리고 다른 열쇠고 무슨 열쇠고 간에 저는 열쇠를 가진 것이
없습니다. 모든 열쇠는 우리 주인님이 모두 보관하고 계신 걸요.
그러니까 누구든 이 방에 들어왔다면 우리 주인님이 다 알고 계
실 것입니다."

하녀는 분명하게 말했다.

실로 수수께끼가 아닐 수 없었다. 조사를 해본 결과 귀중품은 무
엇 한 가지 가져간 것이 없음이 판명되었다. 파킨즈는 테이블 위라
든가 그밖에 여러 가지 자질구레한 집기들의 배치 등을 꼼꼼이 살
펴보았다. 그는 기억을 더듬으면서 살펴보았지만 이상한 흔적이 전
혀 없음을 확인할 수 있었다.

그런데다가 여관 주인 부부는 두 사람 모두 이 방에 들어온 일이
없고 어느 누구에게도 이 방의 열쇠를 건네준 적이 없다고 증언했
다. 파킨즈는 남을 심히 의심하는 그런 인간은 아니었지만 어쨌거나
주인 부부와 이 여관 종업원들에게서는 그 어떤 범죄의 냄새도 맡
을 수가 없었다. 그것보다도 오히려 그 소년에게 대령이 조롱당한
것이 아닌가 하는 쪽으로 생각이 기울었던 것이다.

대령 자신은 저녁식사를 하는 자리에서도 그리고 그후에도 입을
꽉 다문 채 생각에 깊이 빠져 있는 모습이었다. 그는 파킨즈에게 잘
자라는 인사를 할 때 쉰 듯한 낮은 목소리로 중얼거렸다.

"밤중에 도움이 필요하면…… 내가 자는 방을 알고 있지요?"

"예, 고맙습니다 윌슨 대령님. 방은 알고 있습니다. 그러나 수고
를 끼칠 일은 없을 것으로 생각합니다. 그건 그렇고 내가 말씀드
렸던 피리를 보셨던가요? 아직 못보신 것 같은데…… 이게 바로
그것입니다."

대령은 촛불 밑에서 조심조심 그것을 넘겨받았다.

"명문(銘文)이 새겨져 있는데 읽을 수 있으시겠습니까?"

파킨즈는 피리를 넘겨줄 때 물었다.

"아닙니다. 이런 촛불의 밝기로는 읽을 수가 없습니다. 당신은 이 피리를 어떻게 할 생각입니까?"

"글쎄요, 케임브리지로 돌아가면 그곳 고고학자들에게 보여주고 어떻게 생각하는지 그 의견을 듣고 싶습니다. 그 결과 가능할 것 같습니다만 상당한 가치가 있는 것이라면 박물관에 기증할 생각입니다."

"흐음……."

대령은 신음 소리를 냈고 이렇게 덧붙였다.

"당신 생각이 옳을지도 모릅니다. 그러나 만약 그것이 내 것이라면 나는 얼른 바다속에 집어던질 것입니다. 나를 보고 촌뜨기라고 할는지 모르겠지만…… 그러나 이것이 당신에게 살아 있는 교재(教材)가 될지도 모르지요. 그렇게 되기를 희망합니다. 진심으로……. 그럼 편히 쉬시도록 ─."

무슨 말인가 중얼거리고 있는 파킨즈를 계단 아래에 남겨두고 대령은 등을 돌렸다. 그리고 잠시 후, 두 사람은 각각 자기 침실로 들어갔다.

그런데 불운하게도 교수의 침실에는 블라인드도 커튼도 없었다. 어젯밤은 그런 것을 유심히 살펴지도 않았었는데 오늘 밤은 둥근 달이 떠오르자, 베갯머리에 밝은 달빛이 쏟아져 들어와서 잠이 쉽게 들 것 같지 않았다.

'이것 곤란한데.'

그는 고개를 갸우뚱했다. 그 다음 순간 그는 어떤 작업에 착수했다. 한다하는 대학교수였지만 그는 독자들로서는 흉내낼 수조차 없는 재주를 발휘하여, 여행용 무릎덮개, 안전핀, 단장, 박쥐우산 등을 이용하여 스크린을 급조(急造)해 내는 데 성공했다. 무엇이든지 모아가지고 치면 그의 침대에서 달빛을 완전히 차단할 수 있다는 계산이다.

그리고 잠시 후에는 폭신한 침대 속으로 파고들었다. 다소 딱딱한 책을 상당한 시간 동안 읽은 다음, 슬슬 잠을 청해야겠다고 생각했다. 그는 졸음이 쏟아지는 눈으로 방안을 한번 둘러보고 촛불을 끈 다음, 잠을 청했다.

한 시간 정도는 깊은 잠을 잤을 것임에 틀림이 없다. 그때 돌연 쾌당 소리가 나는 바람에 눈을 떴다. 선잠을 깬지라 몸은 찌푸드드했다. 그는 무엇이 자기를 깨웠는지 금방 알아차릴 수 있었다. 공을 들여서 만든 스크린이 떨어져 있고, 눈부실 정도로 차가운 달빛이 자기 얼굴을 뒤덮고 있었다.

'이런, 또 귀찮게 됐는걸. 일어나서 저 스크린을 다시 고쳐 칠까?

아니면 그대로 놓아두고 잠을 청해 볼까?'

몇분 동안 그는 누운 채 이것저것 가능성을 찾아보았다. 그러다가 무엇을 생각했는지 돌아누우면서 눈을 크게 뜨고 숨을 죽이며 귀를 곤두세웠다. 방 반대쪽의 비어 있는 침대에 움직이는 것이 있다. 그것은 분명히 움직이고 있었다.

'날이 밝으면 확인해 봐야지! 쥐가 놀이터로 삼고 있는 걸까?'

이런 생각을 하고 있는데 그곳은 조용해졌다.

'아니, 저게 또 소란을 피네.'

바삭바삭 소리가 들려온다.

'저것은 쥐가 아닌걸. 쥐보다 훨씬 큰 놈이야.'

이때 교수가 맛본 곤혹과 공포를 나 자신은 어느 정도 상상할 수가 있다. 30년 전, 꿈속에서 그것과 똑같은 일이 일어나는 것을 본 적이 있기 때문이다.

그러나 독자들로서는 상상도 할 수 없는 일이리라 ─ . 비어 있는 침대일 것으로만 생각했던 곳에서 돌연 무엇인가가 불쑥 일어나는 것을 본 순간 그가 얼마나 놀랐는지를 —— .

튕겨나가듯, 자기 침대에서 일어선 파킨즈는 창문 쪽으로 돌진했다. 그곳에는 그의 유일한 무기인 스크린을 받치는 데 사용했던 단장이 있었다. 그가 취한 행동은, 그러나 결과적으로는 최악의 선택이었다. 왜냐하면 비어 있는 침대의 인물은 재빠른 동작으로 침대에서 내려오자 양팔을 벌리면서 두 개의 침대 사이에, 그리고 문 바로 앞쪽에 버티고 서있었기 때문이다.

파킨즈는 쇠사슬에 묶여 있는 사람처럼 그자리에 우뚝 선 채 바라보고만 있었다. 웬일인지 그 곁을 빠져나가고 문을 통해 도망치는 일은 생각만 해도 견딜 수 없을 정도였다. 저 괴물의 손이 나에게 닿다니 —— 왜 그런지 알 수는 없었지만 —— 도저히 참을 수 없는 일이었다. 저것이 나를 만진다면 —— 그럴 바에는 차라리 창문으로 뛰어내리는 것이 낫겠다는 생각이었다.

상대는 지금까지 줄곧 어두운 그림자 속에 있었으므로 그 얼굴을 확인할 수가 없었다. 그런데 이제 서서히 등을 굽힌 자세로 움직이기 시작했다. 그것을 보는 순간 파킨즈는 공포와 안도가 섞인 한숨을 내쉬었다. 상대방은 장님임에 틀림없다는 확신이 섰기 때문이다.

방한구(防寒具)와 같은 것을 두른 팔로 여기저기를 더듬는 것 같았기 때문이다. 그것은 파킨즈 바로 앞에서 더듬더듬하더니 그가 조금 전까지 누워 있었던 침대를 찾아낸 것 같았다. 얼른 그쪽으로 다가간 그것은, 뭔가를 뒤집어쓰듯 하면서 베개를 찾아냈는데 그런 모습을 보던 파킨즈는 지금까지 경험한 일이 없는 이상한 전율이 온몸에 흐르는 것을 느꼈다.

상대방은 침대가 비어 있다는 것을 금방 알아차린 것 같았다. 그것은 달빛이 쏟아져 들어오는 밝은 장소로 나왔고 창문 쪽으로 방향을 바꾸었다. 이때서야 비로소 괴물은 그 정체를 나타냈다.

파킨즈는 이 사건에 대하여 질문받는 것을 아주 싫어하고 있는데 언젠가 꼭 한번, 내가 듣는 데서 조금 설명한 적이 있다. 내가 추찰한 바에 의하면 그가 기억을 제일 잘하고 있는 것은 아주 무서운, 온몸에 소름이 끼칠 정도로 무서운, 주름투성이의 시트와 같은 그 얼굴이었던 것 같다.

그것에서 어떤 표정을 읽어냈었는지, 그것은 도저히 설명할 수가 없고, 또 얘기하고 싶지도 않다고 했다. 그것에서 받은 공포심 때문에 파킨즈는 광기(狂氣)에 사로잡힐 뻔했던 것만큼은 분명하다.

그럴 수밖에 없었던 것은 그 괴물을 관찰하고 있을 여유 따위가 그에게는 없었기 때문이다. 믿어지지 않을 정도의 민첩성으로 그 괴물은 방 중앙으로 이동했고 다시 전후좌우로 더듬거리면서 움직이기 시작했다.

그러는 사이에 괴물이 걸치고 있는 옷자락이 파킨즈의 얼굴을 스쳤다. — 파킨즈의 머리털은 곤두섰는데 — 소리를 냈다가는 위험하게 될 것임을 알고 있었지만 — 마침내 혐오의 절규를 참아낼 수가 없었다. 그 조그마한 절규 소리가, 찾고 있던 상대방에게 순간적으로 단서를 제공해 주고 말았다.

그 괴물은 순간적으로 덮쳐왔다. 다음 순간 그는 뒷걸음질로 창가까지 갔고 창문에서 몸을 반쯤 내밀어 뛰어내릴 자세를 취하며 있는 힘껏 목소리를 짜내어 소리쳤다. 그러자 시트와 같은 얼굴이 그의 얼굴 바로 옆에까지 육박해 왔다. 이 최후의 순간에 구원의 손길이 나타났다.

대령이 문을 걷어차고 뛰어들어왔고 창가에서 사투를 벌이고 있는 사람의 그림자를 본 것이다. 대령이 그 옆으로 다가왔을 때, 남은 그림자는 하나뿐이었다. 파킨즈는 기절한 채 방에 쓰러져 있었고 대령의 눈앞 방바닥 위에는 흐트러진 시트와 담요가 수북하게 쌓여 있었다.

윌슨 대령은 아무것도 묻지 않은 채 그저 묵묵히, 다른 사람들을 방안에서 몰아낸 다음, 파킨즈를 침대에 눕혔다. 그리고 대령은 이 것저것 주워 모아다가 뒤집어쓰고 다른 침대에 올라가 밤을 샜다.

다음날 아침, 로저스가 일찍 도착했다. 하루 전이었더라면 상상도 할 수 없는 환영을 그는 받았다. 그리고 세 사람은 교수 방에서 상당히 장시간 동안 머리를 맞대고 상담했다. 그 결과 대령은 호텔 현관으로부터 무엇인가 작은 것을 두 개의 손가락으로 집듯 해가지고 나갔다.

그리고 그 집은 것을 튼튼하고 굵직한 팔로 가급적 멀리 바다속에 집어던졌다. 그런 다음 물건을 태우는 것 같은 연기가 글로브 여관 뒤쪽에서 피어올랐다.

여관 사람들과 투숙객들에게는 어떤 설명을 하고, 그 여관을 떠났는지 그 정확한 얘기를 작자는 유감스럽게도 기억하고 있지 못하다. 파킨즈 교수는 어찌어찌하여 알콜중독 섬망증(譫妄症)이라고 하는 당연히 붙게 될 혐의를 용케도 벗어났고, 또 글로브 여관도 이러저러했던 집이라는 평판이 나돌지 않은 채 넘어갈 수 있었다.

사실 그때 대령이 달려들어오지 않았더라면 파킨즈가 어떻게 되었을지에 대해서는 의문의 여지가 없을 것이다. 창문에서 굴러떨어졌든지 아니면 정신이상이 걸렸든지, 두 가지 중 한 가지이다.

그러나 피리 소리에 따라서 나타난 괴물이 사람을 공포에 떨도록 하는 것 이외에 어떤 짓을 할 수 있었겠느냐에 대해서는 명백한 해답이 없다. 그 몸을 만들고 있었던 시트와 모포 외에, 물질적인 요소는 무엇 한 가지도 갖추고 있지 않은 것 같았다.

대령은 이것과 다소 비슷한 일로서 인도(印度)에서 있었던 사건을 떠올렸다. 그는 파킨즈가 상대와 맞붙어서 싸웠어도, 상대방은 거의 아무 대항도 못했을 것이라는 의견을 내놓았다. 어쨌든 상대방은 사람을 공포 속에 몰아넣는 힘밖에 가지고 있지 않다는 것이다. 이 사건 모두가 로마교회에 대하여 평소 말하고 있는 것의 정당성을 크게 뒷받침해 주고 있는 것이었다.

이 이상 더 얘기할 것은 아무것도 없는데 독자 제현의 상상과 마찬가지로 어떤 종류의 문제에 관한, 파킨즈 교수의 견해는 이전만큼 단순명확한 것은 아니게 되었다. 신경도 상당히 약해졌다. 이제 그는 하얀 법의(法衣)가 문에 걸려 있는 것을 평정한 마음으로 바라볼 수 없게 되었다. 겨울철 오후 늦게 밭에서 허수아비를 보는 날에는 하룻밤, 이틀밤은 잠 못이루는 밤이 될 것을 각오하지 않으면 안되게 되었던 것이다.

망령(亡靈) 난동사건

대영제국(大英帝國) 해군의 스핑크스호(號)에 승무(乘務)하는 로데릭 하우스튼 대위(大尉)는 군에서 받는 봉급 이외에는 이렇다 할 수입원이 없었다. 남아프리카 군항(軍港) 근무에도 진력이 나기 시작할 무렵, 그는 친척이 유산을 남기고 세상을 떠났다는 기쁜 소식을 들었다.

남겨준 재산은 당좌구좌에 용돈으로 충분히 쓸 수 있는 동산과 연간 200파운드의 수입이 예상되는 해머스미스에 있는 토지인데, 그곳에 있는 가옥은 내부시설까지 잘 되어 있다는 것이다. 그래서 하우스튼은 그집을 세주어 그곳에서 나오는 집세로 자신의 수입을 원하는 액수까지 늘여야겠다며 주판을 튀겼다.

그러나 모국에서 다시 온 연락을 자세히 분석해 보니 이런 계산에는 아전인수격인 면이 있다는 것을 알게 되었다. 하우스튼은 결단력이 있는 사람이었다. 그는 곧 2개월간의 휴가를 얻어 자신이 직접 이 문제를 풀어야겠다며 고국으로 돌아갔다.

그런데 런던에서 1주일 동안 지내던 그는 결국 이 문제는 자기 혼자의 힘으로는 해결할 수 없는 난제(難題)란 결론을 내리게 되었다. 그래서 그는 친구인 프랙스먼 로우에게 다음과 같은 편지를 써서 보냈다.

해머스미스 스페인관(館) 1892년 3월 23일

친애하는 로우——

우리가 최후로 만난 지 어언 3년이 흘렀는데 그동안 자네 소식을 접할 수 있는 기회를 가지지 못했었네. 그러다가 얼마 전 우리들의 친구인 새미 스미스(학창시절의 낙하산 모임의 일원)를 만나서 자네의 연구 방향이 새로이 전개되었다는 것과 또 자네가 현재 심령현상(心靈現象)에 많은 흥미를 가지고 있다는 말을 들었네. 그것이 사실이라면 반드시 자네의 연구과제와 관계되는 현상을 보게 될 것으로 생각되기에 이곳으로 꼭 와서 나와 2, 3일간만 함께 지내도록 하게.

나는 현재 최근 내 소유가 된 '스페인관(館)'에 묵고 있는데 이곳은 원래 내 백모(伯母)와 재혼을 한 판 나이셴이란 분이 건축한 곳일세. 아주 훌륭한 저택인데 '무언가 이상한 점이 있다'는 소문이 나있다네. 사람들이 수군대는 것은 이래도 저래도 별 상관이 없네만, 곤란한 것은 세입자(貰入者)가 오래 살지를 않는다는 점일세. 1, 2주일 이상 사는 자가 없네그려.

그들의 말에 의하면 이곳에는 무엇인가 아마도 유령일 것이라고들 말하네 —— 나타난다는 게야. 어쨌든 그런 소문이 나는 것은 불가해한 일들이 차례로 일어나기 때문인데, 소문이 나는 배경에는 일련의 영적 현상이 존재하기 때문이라는 게야. 그런 까닭에 자네가 시간을 할애하여 이곳에 머무르면서 사건을 조사해 주었으면 하는 생각일세. 자네 사정이 허락한다면 언제쯤 와줄 수 있는지 연락 바라네. 불비(不備)

로데릭 하우스튼

하우스튼은 큰 기대를 가지고 회답이 오기를 기다렸다. 로우는 아무리 위급한 때에도 의지할 만한 사나이였다. 새미 스미스가 지난날, 그의 성격을 단적으로 나타내는, 옥스포드 시절에 있었던 로우의 생활에 대한 일화를 들려준 적이 있었다. 대학에서 있은, 로우의 빛나는 학문적 업적에 대해서는 잊는 수가 있을지라도, 그의 이름은 그 사건으로 인하여 앞으로도 줄곧 학우(學友)들의 기억 속에 남게 될 것이다.

퀸스 칼리지의 샌즈가 대학 대항 경기대회 전날, 갑작스럽게 병으로 눕게 되자 로우에게 전보를 쳤다. 전보의 내용은 이러했다.

'샌즈 와병. 우리를 위해 네가 해머를 던지도록'

로우의 답신은 간단했다.

'건강 회복하여 기다려.'

로우는 그날 중으로 쓰던 논문을 다 쓰고 다음날에는 동료 학생들의 환성 속에서 해머를 휘두르는, 야윈 몸이었지만 튼튼했던 그의 모습을 보여주었다. 이 큰 환성에는 이유가 있었다. 로우는 그날 모교에 승리를 안겨 주었을 뿐만 아니라 그때까지의 기록도 갱신했던 것이다.

5일째 되던 날, 로우의 답신이 빈에서 날아왔다. 하우스튼은 편지를 읽으면서 학구파(學究派)에다가 스포츠맨이었던 옛친구의 반듯한 이마와 기다란 목 — 그런 까닭에 아주 날씬해 보였다 — 을 상기하며 떠오르는 미소를 억제할 수 없었다. 프랙스먼 로우야말로 항상 자신감에 넘치는 사나이요, 그래서 믿음직한 사나이였다.

친애하는 하우스튼

모처럼 친구의 서신을 접하니 아주 기쁘고 반갑네. 자네의 친절한 권유로, 유령과 만날 기회를 가지게 된 것과 그보다도 자네와

다시 만나게 되겠으므로 감사하게 생각하네. 내가 그곳에 가는 것
은 그 유령사건을 조사하기 위함일세. 내일 이곳을 떠날 예정이니
까 금요일 저녁때에는 만날 수 있을 것으로 생각하네. 불비(不備)

프랙스먼 로우

　추신(追伸) — 이것은 내 제안인데 내가 그곳에 머무르는 동안
하인들에게 휴가를 주는 게 어떻겠나? 내가 하려는 조사가 자네
에게 유익한 것이라면 우리 두 사람 외에 다른 사람은 관여하지
못하게 하는 편이 좋을 것 같아서 하는 말일세. 그럼 이만 줄이도
록 하겠네.

　'스페인관'은 해머스미스 브리지에서 도보로 20분 거리에 있다.
그리고 고급 주택가 속에 있어서, 주위의 좁은 길들이 자아내는 단
조로움과는 대조를 이루고 있다. 저녁 어둠 속을 프랙스먼 로우가
스페인관을 향하여 흔들거리는 차를 타고 가보니 저택은 어딘가 먼
변경 땅에 있는 것 같은 인상을 주었다 — 어딘가 모르게 구풍(旧
風)스럽고 이국적인 분위기에 싸여 있었다.
　10피트 높이의 벽이 둥글게 저택을 둘러싸고 있었고 벽 윗부분으
로 밖에서 들여다볼 수가 있었다. 로우의 판단으로는 영국식으로 건
축되기는 했지만 웬지 열대지방을 연상케 하는 점이 있었다. 내부시
설도 공간의 배치라든가 그 내부의 공기, 차가운 배색이라든가 두꺼
운 융단을 깐 복도 등으로 인하여 외관(外觀)에서 받는 것과 똑같
은 인상을 풍기고 있다.
　"이곳으로 옮겨온 다음, 자네 눈으로 뭔가 본 것이 있나?"
　저녁식사를 하면서 로우가 물었다. 하우스튼은 호텔에서 식사를
배달해 오도록 사전에 수배했었다.

"계단 위 복도에서 무엇이 뚜벅뚜벅하며 왔다갔다 하는 소리가 들렸었네. 위층에 이집 전체를 관통하는, 즉 칸막이가 아니된 무도장(舞蹈場)이 있지. 그곳은 융단이 깔려 있지 않은 상태일세. 어느 날 밤 나는 그 정체를 밝히기 위해 평소보다 빠른 걸음으로 올라가 보니 무엇인가가, 물고기 부레와 비슷한 것이 침실에서 모습을 감추는 게야. 그런 다음에 문이 쾅 소리를 내며 닫히더라구."

하우스튼의 대답이다. 로우가 독백했다.

"괴담에나 흔히 나오는, 즉 의미가 없는 그런 것이란 말이지?"

로우가 물었다.

"전에 살던 사람들은 유령에 대하여 뭐라고 말했었나?"

"대부분의 사람들이 방금 내가 말한 것과 같은 것을 보거나 듣거나 했다는 게야. 그리고는 꼬리를 말아 올리고 도망을 쳤다고 하더군. 단 한 사람 꽤 오래 산 편인 노인이 있는데 필딩이란 노인 …… 아아, 자네도 그 노인을 알고 있을 것이네. 20년 전에 오스트레일리아 사막을 횡단하려고 했던 노인 말일세. 그 사람만이 8주 동안 이집에 있었거던.

떠날 때 그 노인은 관리인에게 말했다는 거야. '2층에서 발포사건이 있었는데 그때 내부시설에 총상(銃傷) 흔적을 좀 남겼거니와 그렇다고 해서 위약금(違約金) 대상으로 삼으면 곤란하다. 왜냐하면 내 생명을 지키기 위해 쓴 것이니까.'

그 노인은 이런 말을 하고 무엇인가가 침대 위로 뛰어오르더니 자기 목을 조르려고 했는데 그것은 차갑고 누글누글한 놈이었다는 게야. 그는 복도에까지 그것을 쫓아나갔고 그곳에서 총을 한 발 쏘았다고 했다는군. 필딩 노인은 집주인은 이집을 헐어 버리는 게 좋을 거라는 말도 했다는 게야. 하지만 종형(從兄)은 물론 그런 짓을 하지 않았어. 왜냐하면 자네도 보다시피 이집은 고급 저택인데다가 종형은 자기 재산을 파손할 생각이 추호도 없었으니까."

"좋은 저택임에는 틀림없네."

프랙스먼 로우는 주위를 돌아보며 말한 다음 이렇게 물었다.

"판 나이쎈씨는 전에 서인도제도에 있었는데 그후에도 그는 계속해서 넓은 방을 애호해 왔다며?"

"그런 얘기, 어디서 들었나?"

하우스튼은 깜짝 놀라며 물었다.

"자네가 편지로 가르쳐 준 것 외에는 들은 것이 없는데⋯⋯. 하지만 모자반을 병에 꽂은 것이 한 쌍이나 있고, 레이스 초(草)로 만든 장식물을 발견했었네. 전에는 이런 것들을 선물로 많이 가져오곤 했었지."

"자네에게 그 노인의 내력을 이야기하는 게 좋겠군."

라고 하우스튼은 말했지만 확신이 서지는 않는 것 같았다. 그는 이런 말을 덧붙였다.

"그다지 자랑할 만한 이야기는 아니지만 말일세."

프랙스먼 로우는 잠시 생각에 잠겨 있었다.

"처음으로 유령이 목격되었던 것은 언제쯤이었나?"

"세입자가 처음 들어왔을 때였다네. 판 나이쎈이 떠난 후로는 집을 세놓았다는 게야."

"그러면 판 나이쎈씨 당사자에 대한 설명을 듣는 편이 오히려 알기 쉽겠는걸."

"그는 트리니다드에 사탕수수 농장을 가지고 있었네. 본인은 그곳에서 한평생의 태반을 보냈는데, 부인은 주로 영국에 남아있었지⋯⋯. 그곳의 기후가 몸에 맞지 않았기 때문이라고 했어. 그가 영주하기 위해 귀국해서 이집을 지었을 때도 두 사람은 별거하고 있었어.

　백모(伯母)는 무슨 일이 있어도 남편에게는 가지 않겠다고 공언을 했으며 한치도 물러서지 않았거던. 얼마 후 그는 건강상태가 안좋다는 게 분명히 밝혀지자 백모가 와서 함께 살아 줘야 한다고 강경하게 주장했어. 그래서 백모는 1년 가까이 이집에서 살았던 거야. 그리고 어느 날 아침 침대에서 죽은 채로 발견되었네. 자네가 묵을 그 방에서 말야.”

“사인(死因)은 무엇이었나?”

“백모는 수면제를 상용하고 있었는데, 혼수상태에 빠져 있는 상태에서 질식사 당한 것이라고 하더군.”

“납득할 만한 설명은 못되는데…….”

프랙스먼 로우가 지적했다.

“하지만 남편은 그 정도로 납득을 했다는 게야. 어쨌든 부부 사이의 일이어서, 일족(一族) 모두가 옥신각신을 벌이다가 결국에는 입을 다물고 말았지.”

“그후 판 나이센씨는 어떻게 되었나?”

“그걸 알 수 없단 말일세. 그 직후에 실종되고 말았으니까. 그를 찾기 위한 수색은 있었지만 지금까지 그의 최후에 대해서는 아무도 아는 게 없는 형편일세.”

“그것 참 이상한 일이로군. 병세(病勢)가 안좋았던 사람이라고 했잖나?”

로우는 그렇게 말했을 뿐 침묵하며 심사숙고에 들어갔다. 그의 심사숙고는 끝없이 계속되었다. 그래서 하우스튼이 이번 유령소동은 아무래도 이해하기 어려운 사건으로서 귀찮은 일이라며 투덜댔는데 그때서야 로우는 현실로 돌아오는 것 같았다. 그는 호두를 우두둑

깨물고 나서 조용한 목소리로 말했다.

"여보게, 우리는 아무래도 유령의 일반적 행동이 가져다 주는 유해성(有害性)에 대하여 너무 성급하게 대답을 내는 경향이 있는 것 같아. 분명 우리의 눈에는 도저히 이해하기 어려운 일로 비쳐져서 나 역시 때로는 명백한 목적이라든가 지적(知的) 의지의 개재를 모두 잃은 듯이 보이는 현상이 있다는 점에 동의하지 않을 수 없네. 그러나 결코 잊어서 안될 일은, 우리의 눈에는 엉터리처럼 보이더라도 영(靈)의 세계에서는 예지(叡智)를 나타내고 있을 가능성이 있다는 점일세.

왜냐하면 우리의 감각으로는 받아들일 준비가 안되어 있기 때문이지. 만약 그런 관련성을 추급해 갈 수 있다면 의미가 통하는 것이 될 전체상(全體像)의 흐트러진 일부분, 극히 일면(一面)밖에 보고 있지 않기 때문이며, 그점에 대해서 말한다면 실은, 나는 일말의 의심도 가지고 있지 않네."

"사건의 배경에 무엇인가가 있다는 것은 나도 인정하네."

하우스튼이 말했는데, 그는 로우가 하는 이야기에는 그다지 관심을 나타내지 아니했다.

"사람들은 그것은 판 나이센 노인의 유령이라며, 알아냈다는 듯 말할 것이야. 하지만 자네에게 이야기한 그 노인의 내력과 이번의 영현상(靈現像) 사이에 도대체 무슨 관계가 있단 말인가—. 복도를 뚜벅뚜벅 걸어가는 소리와 아이들의 장난감 같은 물고기의 부레뿐이지 않나. 실로 어이없고 바보스런 말일 뿐이야."

하우스튼의 말에 로우는 이런 의견을 제시했다.

"분명 그렇네. 하지만 반드시 모든 것이 엉터리이고 바보스러워야 할 필요는 없네. 그런 것들은 각각 고립된 사실이어서, 우리가 해야 할 일은 각개의 사실 사이에 있는 관련성을 찾아내는 것이란 말일세.

생각해 보게나. 세상에 태어난 후 한번도 말[馬]을 본 적이 없는 인간에게, 안장과 말발굽을 보여주면 그 사람이 제아무리 머리가 좋다 하더라도 그 두 가지를 서로 연결시킬 수 없을 것이야. 영(靈)의 활동이 우리의 눈에 불가해(不可解)하게 비치더라도 그것은 단지 해석할 수 없는 그 이상의 정보가 빠져 있다는 이유에서뿐일 것이야."

"분명 그것은 새로운 견해이긴 하지만……."

하우스튼이 고개를 절레절레 흔들며 이렇게 덧붙였다.

"내 생각으로는 로우, 자네는 이론을 내세워서 시간을 허비하고 있을 뿐이라구."

프랙스먼 로우는 천천히 미소를 띄었다. 그의 엄숙하고 우울한 표정이 밝아졌다.

"나는 말일세, 이런 영계(靈界)의 문제에 대해서는 줄곧 깊이 관여해 왔었네. 다른 과학 분야에서는 이론화(理論化)는 유추(類推)에 의해 이루어지지. 그런데 유감스럽게도 심령학(心靈學)은 미래에 관한 학문이지. 과거를 가지고 있지 않단 말일세. 바꾸어 말한다면 아마도 고대인(古代人)이 가지고 있었던, 그리고 지금은 잊혀진 과학인 것이야.

이런 일의 진위(眞僞)는 어찌되었든 간에 우리는 이제 미지의 세계, 문앞에 서있는 것이고 그 발전은 오로지 개개인의 노력에 달려 있어. 해결하기 어려운 현상을 하나하나 해명해 나가는 것이 다음 문제를 해결하기 위한 실마리가 되는 거야. 예를 들면 이번 이 사건인데 예(例)의 물고기 부레 모양의 물체가 전체의 수수께끼를 푸는 열쇠가 되는지도 모를 일이지."

하우스튼은 하품을 했다.

"무슨 얘기를 들어도 나에게는 넌센스로밖에 들리지 않네. 자네는 자네 나름대로의 방법이 있기에 이 사건에 이론을 제시하는 것이겠지. 그러나 나로서는 무엇인가 촉지(觸知)할 수 있는 것이 존재한다면, 다시 말해서 이 손으로 때릴 수 있는 놈이 있다면…… 이런 일이 있다면 이야기는 좀더 간단하겠는데……."

"그점에 대해서는 나도 같은 의견일세. 그러나 생각해 보게나. 우리가 이 사건을 있는 그대로, 즉 통상적(通常的) 노선(路線)으로 취급한다면 도대체 어떻게 될 것인가? 통상적 노선이란 것은 인간의 손만으로 되어지는 사건을 해결하는 것과 아주 똑같은 방법을 사용하는, 그래서 아무런 변화가 없는 외곬의 이성(理性) 일변도 노선일세."

"그럴 것이네, 로우."

라며 응하고 나서 하우스튼은 심히 지루하다는 듯 의자에서 일어나 이렇게 말했다.

"자네는 자네 뜻대로 하면 돼. 어쨌든 그 유령을 어떻게든 처치해 주게나."

로우가 도착하고 나서 얼마 동안은 별다른 일이 일어나지 않았다. 예(例)의 퉁탕거리는 소리는 여전히 계속해서 일어났고, 로우도 여러 차례, 그 물고기 부레 같은 것이 자기 방으로 모습을 감추며 문이 닫히는 것을 목격하긴 했지만 그때마다 그는 방안에 있지 않아서 그 이상의 사건은 일어나지 않았던 것이다. 그는 그 부레 같은 것을 잡아보려고 황급하게 따라가 보기도 했지만 그밖의 것은 확인할 수가 없었다.

로우는 이 저택 내부를 구석구석까지 조사해 보았다. 그가 조사해 보지 않은 곳은 한군데도 없을 정도였다. 지하실은 한군데도 없었다. 원래 이 저택의 기초는 두꺼운 콘크리트로 되어 있었다.

6일째 밤이 되어서야 비로소 새로운 움직임이 있었다. 사건이 일어난 것은 프랙스먼 로우가 기억하고 있는 바에 의하면, 그가 이 저택의 조사를 모두 끝내갈 무렵이었다. 이 사건이 일어나기 이틀 전날 밤에, 그와 하우스튼은 복도를 퉁탕거리며 돌아다니는, 사람인지 아니면 물체인지 모를 놈의 모습을 확인해 보겠다며 잠복하고 있었다. 그러나 결국에는 아무런 영현상(靈現像)도 보이지 않아서 심히 낙담했었다.

그러다가 사흘째 되던 날 밤에 로우는 평소보다 조금 일찍 자기 방에 들어갔고 곧이어 잠이 들었다.

본인의 말로는, 무언가 무거운 것, 즉 움직이지 않는 물체 같은 것이 다리 위에 올라탄 느낌에 눈이 떠졌다는 것이다. 그리고 잠들기 전에 분명 가스등을 켜놓았었는데 방안은 칠흑처럼 어두웠다고 했다.

이어서 그는 침대 위에서 무엇인가가 천천히 움직이더니 점점 가슴 쪽으로 이동해 오는 것을 느끼게 되었다. 어떻게 이런 것이 침대 위에 나타났는지 전혀 감이 안잡혔다. 바닥에서 뛰어올라온 것일까, 아니면 기어올라온 것일까?

이때 그가 경험한 것은 무언가 아주 중량감이 있고 질척질척한 것이 기어다니는 것도 아니고 미끄러져 다니는 것도 아니라 꿈틀거리며 뻗어오는 느낌이었다.

표현하기 어려울 만큼 무서운 감각이었다. 하지(下肢)를 움직여 보려고 했지만 너무 무거워서 움직일 수가 없었다. 온몸이 마비된 것 같은 감각에 휩싸여서, 전에 빙산(氷山)이 떠있는 바다를 항해했을 때 느꼈던 것과 같은, 마치 피부를 찌르는 한기(寒氣)가 주위를 맴돌고 있었다.

필사적으로 노력하며, 어떻게든지 두 팔을 자유롭게 움직여 보려고 했지만 위로 뻗으면 뻗을수록 더 중압감을 느꼈다. 그때 두 개의 유리 같은 눈이 납색깔로 뒤덮인 눈꺼풀 밑에서 이쪽을 내려다보고 있었다. 사람의 눈인지, 짐승의 눈인지 판별을 할 수가 없는데 그 눈은, 죽은 물고기 눈처럼 흐릿하게 물기를 머금고 있었고 그 속에서 창백한 빛을 내뿜고 있었다.

그것을 보았을 때 로우는 완전히 공황(恐慌)에 사로잡히고 말았다. 하지만 이 방문자에게는 한 가지 이상한 점이 있다는 것을 감지할 수 있는 냉정성은 아직 남아있었다. 그놈의 머리는 자신의 머리에서 불과 몇인치 거리에 있는데 헐떡이고 있다는 느낌이 전혀 없는 것이다.

그놈의 머리가 시계(視界)로 들어오자 점차 이쪽은 숨이 막혀왔다. 몸을 기어올라올 때와 마찬가지로 계속 꿈틀거리며 기어올라오자 로우의 머리를 뒤덮기 시작했기 때문이다. 차갑고 끈적끈적하여 마치 고무풀 덩어리 같기도 하고 달팽이가 기어올라온 느낌 같기도 했다.

무게가 점점 더 가해져서 이제는 견디어내기 어려울 정도였다. 로우는 원래 튼튼한 체력을 가지고 있던 사나이였기 때문에 주먹을 불끈 쥐고 그놈의 머리를 여러 번 올려쳤다. 주먹 밑에서 무엇인가의 물체가 찌그러지는 듯하더니 피부 같은 것이 찢어지는 것 같았다.

가까스로 몸을 비틀면서 침대 위에 일어나 앉자 거북한 자세로, 이번에는 결판을 내겠다며 주먹을 휘둘렀다. 그러나 여러 차례 주먹세례를 퍼부어도 그때마다 미끄러지면서 결정적인 타격을 줄 수는 없었다. 그러다가 운이 좋게도 휘두른 로우의 주먹이 옆에 있던 촛대에 닿았다. 그순간 성냥이 그곳에 있음을 상기했다. 그는 성냥갑을 주워올리자 불을 켰다.

성냥불이 켜지는 순간 그 덩어리는 바닥으로 뛰어내렸다. 그는 침대에서 뛰어내리자 촛불을 켰다. 이때 다리에 차가운 감촉을 느꼈는데 내려다보아도 그곳에는 아무것도 눈에 띄지 않았다. 아까 들어올 때 단단히 잠가놓은 문이 열려져 있다. 그는 복도로 달려나갔다. 주변은 정적에 싸여 있었다. 심장의 고동 소리가 들릴 정도였다.

주위의 조사를 끝내자 그는 방으로 돌아왔다. 침대에는 조금 전에 격투했던 흔적이 역력하게 남아있었다. 손목시계를 보니 시각은 2시나 3시 사이 같았다.

달리 할 일도 없었으므로 그는 드레싱 가운을 걸치고 파이프에 불을 붙인 다음 의자에 앉았다. 그리고 조금 전에 한 경험을 토대로 하여 심령조사협회에 보낼 편지를 쓰기 시작했다 — . 실은 여기까지의 내용은 이 협회의 기관지에서 발췌한 것이다.

그는 대담한 사나이이긴 했지만, 아무리 생각해 봐도, 자신이 무엇인가의 생명이 없는 추악한 것과 필사적인 격투를 벌였었다는 사실에서 눈길을 돌릴 수는 없었다. 습격해도 놈의 정체를 아직도 판별할 수는 없다. 그리고 이제까지의 경험을 증명할 수 있는 것으로는 필딩 노인에게 했었던 습격과 — 이런 결론을 내리는 게 이제는 의문의 여지가 없다 — 판 나이센 부인의 죽음과 관계가 있다고 보아야겠다.

이런 상황들 모두를 주의깊게 검토하고 예(例)의 뚜벅뚜벅 소리 및 모습을 감추는 물고기 부레인지 뭣인지를 연관시켜 보려고 했지만 아무리 머리를 짜내도 그럴 것 같은 관련은 발견되지 않았다. 양자간에 일치되는 점이 전혀 발견되지 않는 것이다. 잠시 후 그는 계단을 내려가자 하우스튼의 방에 임시로 잠자리를 만들었다.

"그래서 그놈은 대체 그 정체가 무어란 말인가?"

로우가 방금 당했던 사건의 전말을 이야기하자 하우스튼이 물었다. 로우는 어깨를 한번 으쓱해 보였다.

"적어도 필딩 노인이 꿈을 꾸었던 것은 아니었음이 증명된 셈일세."

로우는 말했다.

"이 사람아, 농담을 하는 건가? 그런 것이 증명되었다 해도 사태가 좋아진 것은 아무것도 없잖은가? 이렇게 된 이상 이집을 헐어버리는 수밖에, 다른 방법은 없겠어. 당장 오늘이라도 이집에서 철수하기로 하세."

"아냐. 그렇게 서두르지 말라구. 그렇게 되면 모처럼 얻게 된 내 재미가 없어지고 말 게 아닌가. 그리고 우리는 지금 아주 귀중한 대발견의 갈림길에 서있는 것인지도 모르네. 이 일련의 영적 현상은 자네에게 지난번 들려주었던 빈에서의 사건보다 훨씬 더 흥미진진하단 말이야."

"대발견이 있을 것인지 없을 것인지 간에 나는 이제 넌덜머리가 나네."

다음날 아침이 되자 로우는 15분가량 외출을 했었다. 아침식사 전에 웬 사나이가 오더니 정원에 모래 한 자루를 내려놓았다. 로우는 수첩에 무엇을 적다 말고 그 사람에게 손가락으로 가리키며 지시했다.

그로부터 몇분 후, 하우스튼이 2층에서 내려왔다. 그는 잔디밭 위에 쌓여진 모래더미를 보자 두 눈을 동그랗게 떴다.

"아니, 저게 뭔가?"

그는 물었다.

"내가 주문한 거야."

로우가 대답했다.

"그래? 저것으로 뭘 하려고?"

"조사에 사용할 생각일세. 우리를 찾아오는 그 방문자는 손으로 만져볼 수가 있어. 사람인지 물체인지는 알 수 없지만 그놈은 침대 위에 명확한 흔적도 남기고 있네. 따라서 나는 그놈이 모래 위에도 흔적을 남길 것이라는 결론에 도달했네. 이 유령이 어떤 종류의 다리로 걷는지 판명이 되면 이 조사에는 장족의 진보가 되는 것이지. 나는 2층에 이 모래를 몇겹으로 펴놓을 심산이야. 오늘 밤 그 뚜벅뚜벅 소리가 난다면 틀림없이 발자국이 남아있을 것이네."

그날 밤 두 사람은 하우스튼의 방에서 난로에 불을 피워놓고 그 옆에 앉아 파이프 담배를 즐기며 이야기를 나누었다. 그것은 유령으로 하여금(하우스튼의 구실에 의하면) '마음대로 돌아다니게 하기 위함'이었다. 예의 시각이 되자 뚜벅뚜벅 소리가 들려오기 시작했다. 그 발짝 소리는 평소와 마찬가지로 복도 저편 끝까지 가서 멎었으며 문이 닫히는 소리도 들렸다.

로우는 귀를 곤두세우면서 만족스럽다는 한숨을 내쉬었다.

"내 방 문이야. 그 소리는 착각할 리가 없어. 아침이 되면 백일하에 드러나겠지만 그것이 무엇인지는 하느님만이 아실 거라구."

로우는 말했다.

아침해가 떠올라서 발자국을 충분히 식별할 수 있는 밝기가 되자 로우는 서둘러 하우스튼을 일으켰다. 하우스튼은 어린아이처럼 흥분되어 있었다. 그러나 복도 끝까지 간 그는 그만 낙심하고 말았다.

"분명히 발자국이 있기는 있는데……. 그렇지만 이것은 이 집안에 있는 동물이거나 다른 어떤 것이 뛰어다닌 것과 똑같을 뿐, 유령의 단서를 찾아내지는 못하겠네. 자네는 어떻게 생각하나? 이것이 그저께 밤에 자네를 습격했던 그놈의 발자국일 것으로 생각하느냔 말일세."

하우스튼은 불평하듯 투덜거렸다.

"하지만 하우스튼, 그렇다면 자네는 이것을 무엇으로 보나?"

로우는 열심히 복도 바닥을 살피며 물었다.

"무엇보다도 그 동물에게는 다리가 한 개밖에 없다는 것일세. 그리고 그 거대한 다리에는 발톱도 없고 살집이 좋은 발바닥뿐이란 것도 알 수 있겠군. 그놈은 어떤 동물 — 틀림없이 사람을 잡아먹는 귀신 같은 괴물일 것일세."

하우스튼은 대답했다.

"내 의견은 반대일세. 우리는 지금 그것이 인간이라는 결론을 내리기에 족한 증거를 잡았다고 생각하네."

로우가 대답했다.

"인간이라니? 이 사람아! 인간이 어떻게 이런 발자국을 남길 수 있단 말인가?"

"이 옆에 있는 구멍과 선(線)의 흔적을 보게. 예의 뚜벅뚜벅 소리는 이것이 냈던 거야."

"그런 설명이라면 납득할 수가 없네."

하우스튼은 어디까지나 완강했다.

"앞으로 24시간만 더 기다려 보자구. 내일 밤에도 아무 일이 일어나지 않는다면 내가 도달했다고 하는 결론에 대해서 설명하겠네. 잘 생각해 보게. 뚜벅뚜벅 소리, 물고기의 부레, 그리고 판 나이센이 트리니다드에 살았었다는 사실 — . 그것들에 더하여 이 살붙음이 좋아 보이는 발바닥 모양의 흔적 말인데…… 무언가 짚이는 게 없는가?"

하우스튼은 고개를 절레절레 흔들었다.

"전혀 짚이는 게 없는걸. 그런 것들과 필딩 노인의 신상에 일어났던 사건과, 자네 자신에게 일어났던 사건과는 아무 관계도 없는 것 같은데."

"그래? 그렇게 생각한단 말이지?"

프랙스먼 로우는 말했다. 그러더니 안색이 다소 어두워지면서 이렇게 덧붙였다.

"아닐세. 자네 얘기를 듣고서야 생각나는 것이 있네만…… 물론 아까 내가 얘기한 것과 맥이 통하는 것이지만……."

하우스튼은 어깨를 한번 으쓱해 보이면서 웃었다.

"자네가 이런 암시(暗示)와 어려운 사건에 얽혀져 있는 수수께끼를 멋지게 풀어서 유령의 정체를 밝혀내 준다면 나로서는 항복을 하고 경의를 표하겠네. 자네는 그 다리가 없다시피 한 발자국을 어떻게 해석하나?"

그는 이렇게 말했다.

"희망적인 관측에 지나지 않을는지 모르겠으나 단서가 될 가능성은 있네…… 비약하는 것이라고 말할는지 모르지만 단서가 될 것은 분명해."

그날 밤은 날씨가 흐리더니 돌연 태풍이 심하게 불었고 장대 같은 호우가 쏟아졌다.

"오늘 밤은 바깥이 시끄러워서 유령이 돌아다녀도 발짝 소리가 안들릴는지 모르겠네."

하우스튼이 지적했다. 그가 이렇게 말한 것은 저녁식사가 끝난 다음 두 사람이 끽연실로 향하던 때였다. 하우스튼은 거실의 가스등이 어두워진 것을 보고, 그것을 밝게 하기 위해 그자리에 멈춰섰다. 그리고 계단 위의 가스등도 켜져 있는지 어떤지 로우에게 물었다.

프랙스먼 로우는 위쪽을 올려다보는 순간 외마디 소리를 질렀다. 하우스튼이 허둥지둥 그의 옆으로 달려갔다.

2층 손잡이 쪽에서 이쪽을 내려다보고 있는 것이 있었다 ─ . 좁

쌀 같은 것이 노랗게 나있는데 양쪽에는 부풀어 오른 것 같은 귀가 튀어나와 있었다. 전체적으로 보면 기묘하게도 사자를 연상케 한다.

그러나 그것도 한순간일 뿐, 시선이 마주치자마자 도전적인 눈빛이 반짝이더니 그 모습은 어디론가 사라지고 말았다. 그순간 두 사람은 쏜살같이 계단을 달려 올라갔다.

"모양도 그림자도 없네!"

하우스튼이 소리친 것은 계단 위에 있는 방을 이잡듯 조사한 다음이었다.

"뭐가 발견되리라고는 처음부터 기대하지 않았었네."

로우가 응했다.

"이렇게 되니 실타래가 또 엉킨 꼴이 되고 말았네. 그래도 수수께끼가 풀릴 것이라고 호언장담하겠나?"

하우스튼이 비웃듯 중얼거렸다.

"아래로 내려가세. 이제는 내 생각을 자네에게 털어놓아도 될 것 같네."

로우가 간단하게 잘라 말했다.

끽연실로 돌아오자 하우스튼은 이리저리 뛰어다니면서 모든 등에 불을 켰고 창문 잠금쇠들을 확인한 다음 난롯불을 벌겋게 피워놓았다. 프랙스먼 로우는 평소와 마찬가지로 담배를 물고 테이블 한쪽에 앉아 있으면서 낭패와 실망의 표정을 짓고 있는 하우스튼을 재미있다는 듯 바라보고 있었다.

"자네도 그 역겨운 놈의 모습을 보았지? 그놈이 우리가 찾고 있는 바로 그놈일세. 그런데 그놈은 어디로 모습을 감춘 것일까? 틀림없이 아까 그 근처를 어슬렁거리고 있을 것이야."

하우스튼이 의자에 털석 주저앉으며 말했다.

"분명 우리 두 사람은 그놈을 보았네. 이 사건의 조사는 이것으로 충분하다고 생각하네."

"자네는 문제점을 열거하는 데는 명수야, 로우. 그럼 이번에는 내가 만든 리스트를 말할테니 들어 보겠나? 대개 새 발견이 있을 때마다 사태는 점점 해결하기 어려워지지 않나? 이제 도저히 어떻게도 할 수 없는 시점에 와있네. 안그런가?

지팡이와 뚜벅뚜벅 소리는 노인의 존재를 생각나게 하는데 그 물고기 부레 같은 것은 아이들이 장난하는 것 같고, 발자국은 발톱이 없는 호랑이 같으며, 밤중에 자네를 습격한 놈은 차갑고 끈적끈적한 놈이었다고 말했네. 그리고 오늘 마지막으로 한순간 잠깐만 보였지만 그 사자 같은 모습의 놈! 만약 이상 열거한 것에 맥이 통하는 설명을 해준다면 기꺼이 자네의 설명을 귀기울이어 듣겠네."

"설명을 하기에 앞서 자네에게 한 가지 질문할 것이 있네. 자네는 분명 판 나이센씨하고는 아무런 혈연관계도 없다고 말한 것으로 기억하고 있는데 그것은 분명하지?"

"물론 그렇네. 우리 일족(一族)의 입장에서 본다면 그는 외래자(外來者)야."

"그렇다면 내 결론을 들어도 이상할 것 없을 것이야. 자네가 지금 거론한 문제점은, 실은 한 가지의 해석만을 필요로 하고 있어. 이 저택에는 판 나이센씨의 유령이 깃들어 있는데 그는 나병(癩病)이었네."

하우스튼은 벌떡 일어나자 상대방을 노려보았다.

"여보게, 이 무슨 생각인가? 무섭게⋯⋯. 그러나 정직하게 말해서 자네가 그런 결론을 내리게 된 이유는 무엇인가? 나로서는 도저히 상상도 안되는 일이야."

"일련의 증거를 색다른 배열로 생각해 나가는 게야. 인간이 지팡이를 짚고 걸을 경우, 왜 그것을 짚지 않으면 안된다고 생각하나?”
“그거야, 보통의 경우 눈이 안보이기 때문이겠지.”
“장님인 경우 짚어야 하는 것은 한 개의 지팡이면 족해. 그런데
이번 케이스는 두 개의 지팡이를 사용하고 있네.”
“그렇다면 걸을 수 없는 인간인가?”
“맞네. 무엇인가의 이유로 다리가 부분적으로 자유를 잃은 인간
일세.”
“하지만 그 물고기의 부레와 사자 같은 모습은?”
하우스튼이 다시 물었다.
“그 부레, 즉 우리의 눈에 부레 모양으로 보였던 것은, 실은 한
쪽 다리로서 그것이 나병으로 인하여 구부러졌고 아마도 아마포
(亞麻布)로 싸여져 있는 것이겠지. 이 다리는 사용한다기보다 오
히려 질질 끌고 있는 것이야. 그러므로 예를 든다면 문지방 너머
로 넘어올 때에는 뒤에서 다리를 질질 끌고 오기에 안성맞춤이
되네.

　그리고 다음으로 우리가 본 다리 한 개의 발자국인데 나병의
한 가지 증세로서 돌단부(突端部)의 소골(小骨)이 탈락하는 수가
있지. 살붙음이 좋은 것 같은 발바닥의 발자국은 내가 믿고 있는
바로는, 한 개의 다리— 사용할 수 있는 다리의 발가락이 떨어
져나간 발의 발자국일 것이야. 왜냐하면 이 질병은 증세가 진전된
단계에 이르면 위축된 다리, 혹은 손이 유착되어 경질화(硬質化)
되기 때문이지.”
“어서 더 계속하게나. 그런 해석이라면 아주 그럴듯하게 들리는
군. 하기야 나도 사자 같은 모습에 대해서는 설명할 수 있을 것
같네. 전에 중국(中國)에 갔을 때 나병환자들 가운데 그런 모양의
사람을 본 적이 있네.”

"판 나이센씨는 오랫동안 트리니다드에서 살았었어. 아마도 그곳에서 현지인으로부터 감염되었을 것이야."

"맞아, 틀림없이 그럴 거라구. 이곳으로 돌아온 후로는 완전히 교제를 끊고 있었다더군. 류머티즘성 통풍(痛風)으로 심히 고생한다는 말을 했지만, 실은 이 무서운 병 때문에 칩거했다는 것이 진상일 것이야."

하우스튼이 보완해 주었다.

"그렇게 생각하고 보니, 판 나이센 부인이 뭐라해도 남편 곁으로 돌아가지 않겠다고 고집을 부렸던 이유까지 설명이 되는 것 같군 그래."

하우스튼은 언뜻 보기에도 분명 동요하고 있는 것 같았다.

"분명 그것은 맞는 애기일세. 하지만 아직도 판명되지 않는 점이 많이 있네. 계속 설명해 주지 않겠나?"

하우스튼은 동요되는 마음을 억제하며 말했다.

"이 다음 애기부터는 확실한 근거가 있는 것은 아니지만…… 즉 추측되는 것을 말할 수밖에 없네. 그러나 알겠나? 추측하는 것까지 모두 납득해 달라는 것은 아닐세. 내가 믿는 바로는 판 나이센 부인은 살해당한 것일세."

로우는 다소 떨떠름한 표정으로 말했다.

"뭐라고? 그럼 남편 손에 의해서 살해되었다는 건가?"

하우스튼이 외쳤다.

"분명 그런 징후가 있어."

"하지만……."

"그는 아내를 질식사 시킨 다음 자신의 생명도 끊었네. 시체가 발견되지 않은 점이 다소 문제이긴 하지만……. 지금에라도 시체가 발견된다면 내 추론(推論)을 입증할 수 있을 것이야. 어쨌든 유골이 발견되면 나병이었음이 확인될 것이네."

오랜 침묵이 흐른 다음에야 하우스튼이 질문했다.

"잠깐! 로우! 유령이란 것은 보통 실체(實體)를 가지고 있지 않다고들 말하네. 이번의 경우 우리의 괴물에는 완전히 촉지(觸知)할 수 있는 육체가 있네. 이것은 특별 케이스인가? 다른 점들은 자네 설명을 듣고 다소 밝혀졌네만 그 죽은 나병환자가 왜 자네와 필딩 노인을 죽이려고 했는지, 그점에 대해서도 설명을 해줄 수 있나? 그리고 그 괴물이 어떻게 해서 남을 살해할 수 있는 물질적 힘을 지니고 있느냐는 문제도 있네."

로우는 물고 있던 담배를 입에서 떼어 그 끝을 응시했다.

"그점에 대해서 설명을 하려면 순수이론의 이야기로 발전하는데…… 마적(魔的)인 것의 개입을 가정(假定)하지 않으면 설명이 안되는 케이스도 있다고 알려져 있네."

"마적인 것의 개입?…… 얼른 이해가 안되는걸."

"조금만 정리해 볼까. 이 문제에 관해서는 아직도 불분명한 점이 많아서 완전한 단계는 아니지만……. 판 나이센은 유례가 없는, 아주 비정한 살인을 했고, 그런 다음에 자신의 목숨도 끊었네. 그런데 자살한 시체는 비록 부패상태에 있더라도 영혼의 영향을 아주 받기 쉽다고 되어 있지. 이것과 연관시키어 생각할 필요가 있는 것은, 악령의 궁극적 목적은 물질적인 육체에 달라붙는다는 것일세.

이 이론에서 어디까지나 논리적으로 결론을 도출해 낸다면 판 나이센의 육체는 이집 어딘가에 숨겨져 있다는 것이 되네. ─ 즉 이 육체는 무엇인가의 악령에 의하여 간헐적으로 활성화되고, 주기적으로 판 나이센 부부의 무서운 비극을 재현코자 하는 것이야. 만약 살아있는 사람이 누군가 최초로 희생자가 되면 사태는 예측할 수 없을 정도로 악화될 것이야."

하우스튼은 잠시 입을 다문 채 이 색다른 설(說)에 아무 의견도 발설하지 못했다.

"자네는 전에도 이런 유(類)의 사건을 본 적이 있나?"

하우스튼은 이렇게 묻는 것이 고작이었다.

"응, 여러 케이스에서……."

프랙스먼 로우는 생각에 잠기면서 말을 이었다.

"이 가설이 타당한 것으로 생각되는 경우가 많이 있었네. 그중에서도 흥미가 깊은 신들림(악령이 육신에 달라붙는 것)은 1888년 전반(前半)에 버스너의 손에 의해, 정력적으로 조사되고 있는 것인데 나는 운수좋게도 그 일을 도울 수 있게 되었다네. 또 덧붙인다면 최근 빈에서 다른 사건에도 이것과 비슷한 특징이 관찰되었네. 그러나 너무 극단적인 일반화는 아주 신중하지 않으면 안되지. 일반화를 피해야만 비로소 개개(個個)의 사건에 관하여 개별적인 결과를 얻을 수 있기 때문이네."

"그렇다면 자네의 의견은……."

하우스튼은 잠시 망설이다가 이런 질문을 던졌다.

"이집을 헐어서 해체하여 다시 사건의 구명(究明)을 꾀하자는 것인가?"

"그것보다 좋은 방법은 없을 것이야."

로우가 말했다. 하우스튼은 분명한 선언으로 이 논의에 종지부를 찍었다.

"이 저택을 헐어 버리기로 하겠네."

이렇게 해서 이 '스페인관(館)'은 헐려졌다.

이상이 해머스미스의 '스페인관' 사건의 전말이다. 이 사건이 프랙스먼 로우가 다룬 일련의 괴사건의 모두(冒頭)에 놓여진 이유는,

사건 그 자체의 질(質)은 다른 사건의 어떤 면에 비하여, 혹은 그 괴이성에 있어서 뒤지는 점이 있을는지 모르겠으나 프랙스먼 로우가, 사건에 임하는 그 특징적 방법이 무엇보다도 우리에게 좋은 인상을 주는 것으로 생각되기 때문이다.

스페인관의 해체작업은 가능한 한 조기(早期)에 착수되었고 극히 단기간에 완료되었다. 작업의 초기단계에 무도장 모퉁이 바닥 판자 밑에서 한 구의 유골이 발견되었다. 발가락·손가락 뼈 몇개가 상실되어 있다는 점, 그리고 다른 몇가지 점에서 이 유해는 의심할 여지가 없는 나병환자의 유해란 것이 증명되었다.

현재 이 유골은 당시(當市) 시립병원의 박물관에 보관되어 있다. 유골에는 과학적인 해설이 붙어 있으며, 그것이 유일한 증거로서, 프랙스먼 로우가 채택한 조사방법의 정통성을 증명하고, 또 그가 개진한 특수이론이 어쩌면 진실을 천착하고 있음을 뒷받침하는 것이기도 하다.

사형수의 고백

티스데일 의사(醫師)는 처형되기 전의 사형수를 1주에 한두 번씩 진찰해 왔다.

사형수는 살아날 희망을 완전히 체념한 사람 같았다. 이것이 운명이라며 조용히 포기하고 있는 것 같았고, 각일각 다가오는 처형당할 날을 공포심 속에서 기다리는 기색도 없었다. 죽음에 대한 고통은 이미 사라진 것 같았다. 상고가 기각되었다는 것을 알았을 때에 이미 고통은 끝이 났다.

그러나 살 수 있다는 희망이 조금일지언정 남아있을 때는 매일 죽음으로 인한 고민을 되씹고 있었다. 의사는 이토록 격렬히 삶에 집착하는 인간을 본 적이 없었고, 동물처럼 생명욕(生命欲)만으로 이 물질세계에 매달리는 인간도 본 일이 없었다. 그러다가 살아날 희망이 끊겼다는 것을 알게 되자 사형수의 마음은 고민과 미결정(未決定)의 상태에서 오는 격렬한 고민에서 해방되었고, 피하기 어려운 운명을 무관심하게 받아들였다.

그러나 너무나 갑작스런 변화에 의사는 사형수가 감수성을 완전히 잃고 만 것이 아닌가 생각했다. 그런데 표면상의 무관심과는 달리 내심으로는 여전히 물질세계에 집착하고 있었다.

살아날 가망이 없다는 것을 알게 되자 그는 기절했고, 그 치료를 위해 티스데일이 불려왔다. 그러나 발작은 일시적인 것으로서 자신에게 일어난 사태에 대한 모든 것을 이해하는 데는 그다지 시간이 걸리지 않았다.

이 사건은 실로 무서운 살인사건으로서 세상 사람들은 범인에게 추호의 동정심도 보이지 아니했다. 목하 사형선고를 받고 복역중인 찰스 링크워드는 셰필드에서 조그마한 문방구를 경영하고 있었다. 아내와 그의 어머니 등 세 식구가 살았다.

잔혹한 범행의 희생자가 된 것은 그의 어머니이다. 그녀가 소지하고 있던 돈 5백 파운드를 손에 넣는 것이 범행 목적이었다. 재판에서 밝혀진 것인데 링크워드는 당시 1백 파운드의 부채가 있었다. 그는 아내가 친척집에 가고 없음을 기화로 하여 어머니를 목졸라 죽이고 그날 밤 어머니 시체를 좁은 뒤뜰에 묻었다.

아내가 돌아오자 그는 그럴 듯한 이야기를 꾸미어 어머니가 집에 없는 이유를 설명했다. 그도 그럴 것이 1, 2년 동안 이 모자(母子)는 충돌이 그치지 아니했고 언쟁도 반복되어 왔었다. 어머니가 이 집에서 나가고, 생활비로 주던 주(週) 8실링도 끊어 버릴 것이며 자기 돈으로 연금수급권(年金受給權)을 사겠다고 위협 비슷한 말을 한 것도 한두 번이 아니었던 것이다.

그날도 예외없이 아내가 집을 비운 사이에 모자간에는 생활비 문제로 격렬한 싸움을 했다. 그 결과 어머니는 내일 당장 셰필드를 떠나 친구가 사는 런던으로 가서 정착하겠다며 은행에서 돈을 찾아왔다. 그리고 그날 밤 이 사실을 아들에게 이야기하자 아들은 어머니를 살해하고 말았다.

그는 아내가 돌아오기 전에 후속조치로 아주 그럴 듯한 대책을 강구했다. 어머니의 소지품을 정리하고 역(驛)으로 가지고 가서 여객열차 편으로 런던에 탁송하도록 수배했다. 그리고 저녁때에 몇몇 친구를 저녁식사에 초대하고 어머니가 집을 나가게 된 취지에 대하여 설명을 했다.

그는 후회하고 있는 눈치 따위는 전혀 보이지 않으면서(이렇게 해야 이치에 맞고 또 친구들이 소문으로 들어온 것과도 모순되지 않는다) 우리 모자는 그동안 사이가 안좋았으므로 어머니가 떠난 이상 이제 우리집도 평화롭게 살아갈 수 있을 것이라고 말했다.

아내가 돌아오자마자 그는 얼른 똑같은 이야기를 들려주었다. 심히 말다툼을 한 끝에 어머니는 런던으로 떠났으며 정착할 곳을 가르쳐 주지 않았노라고 덧붙이는 것을 잊지 않았다. 이 또한 아주 교묘한 생각이었다.

이렇게 해야만 그의 아내는 시어머니에게 편지를 보내지 않을 것이니 말이다. 아내는 그의 이야기를 액면 그대로 믿고 있는 것 같았다. 실제로 의심스러운 구석은 전혀 없었던 것이다.

그는 얼마동안 범죄자에게 어느 정도는 따르게 마련인 냉정함과 빈틈없는 행동을 잊지 아니했다. 이런 것이 없으면 범행 후에 체포되게 마련이다.

예컨대 그는 빚을 그즉시 갚지 아니했으며, 젊은이를 어머니가 쓰던 방에 하숙시키고, 문방구에서 잔심부름하던 아이를 해고했으며, 가게의 수입지출을 모두 스스로 계산했다. 이렇게 함으로써 아주 성실한 생활을 하고 있다는 인상을 모든 사람들에게 줌과 동시에 장사를 해서 이익을 짭짤하게 본다고 공언했다.

이렇게 하기를 1개월이 채 안되어, 그는 어머니 방안에 있는 서랍(이 서랍은 자물쇠로 단단히 잠가두었었다)을 열고 그 속에 들어 있던 증권을 모두 현금으로 바꿨다. 그런 다음 50파운드권 두 장으로 빚을 청산했던 것이다.

이 시점에서, 그는 애써 냉정하고 빈틈없이 행동해왔던 것이 수포로 돌아가고 말았다. 그는 또 다른 4장의 50파운드권으로 그 지방의 은행에 예금구좌를 개설했다. 이것은 그의 자만에 지나지 않았다. 그렇게 하느니보다 차라리 저축은행에 맡겨둔 채 예금잔고를 1파운드씩 착실하게 늘여나가는 편이 나을 것을 말이다.

어쨌든 그런 다음 그는, 안전을 기하기 위해서는 뒤뜰에 묻어둔 어머니의 시체를 어떻게든 손보아야겠다고 생각했다. 그래서 더욱 안전하게 해야겠다며 짐수레 가득 돌부스러기를 실어오게 하였다. 그리고 가게일이 끝난 후 한여름철 저녁시간에 하숙생의 손까지 빌어가지고 며칠동안 작업을 했다. 그래서 시체를 매장한 땅 위에 돌 정원 비슷한 것을 만들었다.

이 지극히 위험한 행동이 도화선이 되었고 이것에 불을 붙이는 우연한 사건이 일어났다. 런던의 킹스 크로스역(驛) 파견 유실물 취급소(이곳에서 그는 열차로 탁송한 어머니의 소지품을 되돌려 받을 계획이었다)에서 화재가 일어났으며 두 개의 상자 중 한 개의 일부분이 타고 말았다.

배상해야 할 책임은 당연히 철도회사에 있었으며, 짐 속에서 어머니의 이름이 붙어 있는 리넨류(類)와 셰필드의 주소가 쓰여진 편지가 나왔기 때문에 사무통지서가 그에게 날아왔다. 내용인즉 당사(當社)는 보상금의 지불 청구에 응할 준비가 되어 있다는 것이었다. 이 통지는 어머니 링크워드 부인 앞으로 왔는데 링크워드의 아내가 받았고 그 내용을 읽었다.

그 통지는 전혀 무해(無害)한 문서처럼 보였는데 비유컨대 그에게 사형집행영장이 이서(裏書)된 결과가 되었다. 왜냐하면 그 소지품 상자가 킹스 크로스역에 있게 된 까닭을 그는 전혀 설명할 수가 없었고, 어머니의 신상에 어떤 일이 있었던 게 아니겠느냐고 설명하는 수밖에 없었기 때문이다.

어머니의 행동을 추적하되 만에 하나 사망했다면 어머니가 이미 은행에서 찾아온 돈은 자기 것이라고 주장하기 위해서도 이 사건을 경찰에 신고하여야 한다. 이것이 아내와 하숙생이 그에게 주장하는 포인트였다. 철도회사 직원에게서 온 통지서는 두 사람이 있는 곳에서 함께 읽었으므로 그로서도 그들의 주장을 받아들이지 않을 수 없었다.

그리하여 영국이 자랑하는 냉정하고도 조용한 경찰기구가 조사에 착수했다. 경찰은 평화스럽게 보이는 스미스 거리를 두루 돌아다니다가 은행을 방문했고, 한때 번창했다고 하는 문방구의 매상을 낱낱이 조사했다. 또한 이웃집에서 지금은 벌써 양치류(羊齒類)가 무성하게 자라난 뒤뜰을 유심히 바라보았다. 그리고 그는 체포되었다.

짧은 기간의 재판이 끝난 어느 토요일에 판결이 떨어졌다. 커다란 모자를 쓴 멋쟁이 여성들로 법정은 만원을 이루었고 밀고 밀치는 군중들 속에서 누구 한 사람, 이 젊은 스포츠맨과 같은 사형수에게 동정을 보내는 이는 없었다. 대부분의 군중들은 나이가 지긋한 여성들로서 자식을 여럿 둔 어머니였다.

범죄가 어머니를 모욕하는 성질의 것이었으므로 그들은 완벽한 증거를 열거하는 낭독을 듣고는 그 재판을 열렬히 지지했다. 판사가 사형선고 때 뒤집어쓰는 검은색 작은 모자를 쓰고 신(神)이 정한 판결을 언도하자 그녀들은 다소 웅성거리는 정도였다.

링크워드는 잔학한 행위의 보상을 하게 된 것이다. 증거의 낭독을 들은 사람이라면 상고가 기각된 다음, 그가 보여준 대범성으로 미루어, 그런 범행을 능히 했을 것이라고 생각했을 것이리라. 그의 담당자가 된 교도소의 교화사(敎化師)는 전력을 기울이어 고백시키고자 했다. 하지만 그런 노력의 보람도 없이 링크워드는 최후까지 이렇다 할 항의를 하지 않았다. 그러나 자신의 무죄는 끝까지 주장했다.

9월 어느 맑은 날 아침, 사형장치가 갖춰진 사형장을 향하여 몇몇 사람의 행렬이 지나갔다. 그들은 교도소 안뜰을 따스한 아침 햇살을 받으며 걸어갔다. 정의의 판결은 떨어졌다. 죄수는 곧 절명했고 티스데일 의사는 안도의 한숨을 쉬었다.

의사는 처형대 위에 있으면서 바닥 빗장이 풀어지고, 자루를 뒤집어쓴 채 손이 묶여진 죄수가 구멍 속으로 떨어지는 것을 보았다. 로프가 돌연 무게를 받으면서 스치는 소리가 들렸다. 아래쪽을 내려다보니 매달려 있는 시체가 묘하게도 꿈틀꿈틀 움직이고 있었다. 그것은 불과 1, 2초 사이였다. 처형은 지극히 완벽하게 끝이 났다.

한 시간 후에 그는 검시(檢屍)를 했는데 아까와 마찬가지로 완벽했다. 척추골이 목 부분에서 부러졌으므로 즉사했을 것임에 틀림이 없다. 그것을 증명하기 위해 목 부위를 약간 절개해 볼 필요도 없을 정도였지만 형식상 해부해 보았다.

그때 묘하게도 생생하게 시체의 영(靈)이 바로 옆에 있는 기분이 들었다. 마치 훼손된 육체에 아직 그 스스로가 머물러 있는 것 같았다.

그러나 그 육체가 죽었다는 것은 의심할 여지가 없었고 이미 죽은 지 한 시간이나 되었다. 그런데 뒤이어 다소 이상한 일이 일어났다. 분명 묘하기는 했지만 대수롭지 않다는 생각도 들었다.

교도관 한 명이 와서 한 시간 전의 처형에서 사용한 로프는 담당 교도관의 부수입이므로 자기 것인데, 그것이 무엇인가의 착오로 시체와 함께 시체가치장(屍體假置場)으로 보내진 것이 아니겠느냐고 말했다.

그러나 그런 것은 그림자도 없었다. 그런데 없어질 성질의 것도 아닌 로프는 간 곳이 없다는 것이었다. 시체가치장에서도 사형대에서도 발견되지 아니했다. 로프가 분실되었다 하여 중요한 사건이 되는 것은 아니었지만 도저히 설명할 수 없는 일이었다.

티스데일 의사는 독신으로서 굳이 돈벌이를 할 필요조차 없을 정도로 많은 재산을 가지고 있었다. 베드포드에 높직하게 창문을 단 널찍널찍한 방이 있는 집을 가지고 있었다. 교양은 없지만 수완이 좋은 가정부로 하여금 식사 시중을 하게 하면서 그 남편에게 신변 잡사를 떠맡기고 살아간다. 의사로서 의원(醫院)을 개업해야 할 필요성은 없었지만 범죄자의 심리를 연구하기 위해 교도소 안에서 의사 직책을 맡고 있었다.

그의 생각에 의하면 대개의 범죄 — 인류가 자신의 보호를 위해 만들어낸 행동의 규제를 깨는 것 — 는 두뇌 어딘가에 이상(異常)이 있든가, 아니면 기아(飢餓) 때문이었다. 예컨대 절도와 같은 범죄는 결코 그중 어느 한쪽 때문만은 아니라고 그는 생각한다.

과연 현실적으로 볼 때 도둑질을 하는 경우는 많은데 그중에는 원인불명인 뇌(腦)의 이상에 의한 경우가 훨씬 많은 것이다. 이것이 현저하게 되면 도벽(盜癖)이라고 하는데, 육체적인 요구를 직접적 원인으로 하지 않는 범죄 케이스는 이것말고도 많이 있다고 그는 확신하고 있었다. 특히 이번 사건은 그러했다.

이 범죄에는 폭력도 행사되고 있었다. 그리고 사형집행하던 날 밤, 집에 돌아오는 길에 곰곰이 생각한 바로는 그날 아침 최후의 순간을 맞이했던 범죄자는 어쨌든 후자(後者)에 해당한다. 끔찍스런 범죄이며 돈의 필요성도 그다지 절박하지는 않았다. 그러므로 살인의 잔학성과 이상성(異常性)으로 보아 범인은 범죄라고 하기보다 광인(狂人)이라고 해야 하지 않을까라고 그는 생각했다.

세상 사람들의 말에 의하면 범인은 온순하고 선량하며 한 아내의 착실한 남편이고, 이웃사람들과의 대인관계도 원만했었다. 그러던 자가 죄를 범했는데, 더구나 단 한 번의 범죄로 세상에서 완전히 지

탄받게 되었다. 정상적인 사람이 저질렀건, 광인이 저질렀건 간에 이 정도의 비도(非道)한 범죄는 용서받을 리 만무하다.

그런 인간이라면 이 세상에 살아 있을 필요가 없다. 그러나 의사의 생각으로는 고인(故人) 스스로가 죄를 고백했더라면 정의의 재판에서 좀더 분명하게 찬성할 수 있었을 것이다. 도덕적으로 볼 때 유죄는 틀림없었겠지만 고인에게 사형판결이 떨어졌을 때 그 재판을 지지하는 기분이 안들었던 일이 아무래도 유감스럽다고 생각되었다.

그날 밤 의사는 혼자서 저녁식사를 하고 있었다. 식사가 끝난 다음 식당 옆에 있는 서재에 들어가 책을 읽으려고 생각했는데 내키지 않아서 난로 맞은편에 있는 대형 빨간 의자에 앉아서 마음 내키는 대로 상상에 빠져 있었다.

그순간 아침에 느꼈던 그 이상한 감각, 죽은 지 한 시간이나 지났건만 링크워드의 영(靈)이 시체가치장에 있었다는 감각이 떠올랐다. 특히 갑작스럽게 죽음을 당한 경우에는 이런 일이 있었으며, 이와 똑같은 확신을 가졌던 것은 이번이 처음이 아니었다.

오늘 아침처럼 분명하게 느껴본 일은 없었지만 영혼이라는 것은 ── 의사 티스데일은 내세(來世)라는 사고방식, 육체의 죽음에 의해 영혼이 소멸하는 일은 없다는 사고방식을 믿고 있었다 해도 좋을 것이다 ── 이 세상을 금방 떠날 수는 없고, 혹은 떠나고 싶어 하지 않으며, 얼마동안은 현세(現世)에서 머물고 있는 것 같다.

여가가 있으면 티스데일은 심령술(心靈術)을 열심히 연구해 왔다. 왜냐하면 진보된 명의(名醫)의 반열에 끼고자 하는 일 없이 그는 심령술을 분명하게 이해하고 있었기 때문이다.

영혼과 육체와의 경계가 얼마나 가까이까지 접근해 있는 것인지, 무형(無形)인 것이 물질에 미치는 영향이 얼마나 큰 것인지를 그는 분명하게 이해하고 있었던 것이다. 육체를 떠난 영혼이 유한(有限)인 물질에 속박당하고 있는 인간과 직접 대화할 수 있다는 것을 그는 아무런 거부감없이 받아들이고 있었다.

가까스로 분명한 형태로 정리되기 시작한 그의 사고(思考)는 이때 중단되었다. 옆에 있는 책상 위에서 전화벨이 울렸기 때문이다. 그것이 평소와 같이 금속제(金屬製) 소리로 집요하게 울리는 것이 아니라 전류가 약하든가 혹은 기계가 고장이라도 일으켰는지 아주 희미한 소리를 내고 있었다.

그러나 울리고 있는 것은 확실했기 때문에 송화기(送話器)가 감고 있는 수화기를 풀었다.

"여보세요, 누구신가요?"

의사는 말했다. 희미하게 대답이 들려왔지만 뭐라고 하는지 전혀 알 수가 없었다.

"잘 안들리는데요?"

그는 말했다.

또 희미한 목소리가 들려왔는데 아까보다도 더 확실치가 않았다. 그리고는 완전히 안들리게 되었다.

30초쯤 계속 수화기를 들고 있으면서 소리가 다시 들려오기를 기다렸다. 그러나 평소의 '지익 직'하는 소리만 들려올 뿐이었다.

"다른 전화와 혼선이 된 게로군."

그는 중얼거렸다. 그리고 수화기를 제자리에 걸어놓은 다음 전화교환국을 불러, 자기 전화번호를 댄 다음,

"방금 우리집에 전화한 상대방 전화번호 좀 대주시오."

라고 부탁했다. 잠시 후 그 번호를 알 수 있었다. 자기가 근무하고 있는 교도소의 번호였다.

"그곳에 연결해 주시오."

그는 말했다. 잠시 후 전화가 연결되었다.

"방금 전화했었소?"

그는 전화기의 송화구(送話口)에 입을 대고 말했다.

"그렇소. 티스데일 의사요. 왜 건 거요? 아무리 들으려 해도 잘 안들립디다."

이번에는 잘 들리는 목소리가 들려왔다.

"뭔가 착각하시는 게 아니십니까? 선생님, 선생님 댁에 전화 건 일 없는데요."

상대방에서 대꾸했다.

"하지만 교환국에서는 거기서 걸려온 것이라고 하던데요. 3분쯤 전이었소."

"교환국의 착오겠지요, 선생님."

그 소리는 이렇게 말했다.

"교환국 착오라니? 이상하군요! 좋소. 그만 들어가시오. 드레이코트 교도관이지요?"

"예, 그렇습니다. 선생님, 그럼 편히 쉬십시오."

티스데일 의사는 대형 팔걸이 의자에 돌아와 앉았는데 책 읽을 생각은 더욱 없어졌다. 그는 잠시동안 멍하니 어떤 방향도 정하지 않은 채 생각에 잠겼는데 때마침 떠오르는 것은 전화의 그 묘한 사건이었다. 지금까지는 한번도 그런 일 없이 전화가 잘 걸려왔었고 교환국에서는 잘못 건 상대방에게 연결해 준 일도 곧잘 있었다.

그러나 이번의 그 나지막한 전화벨 소리와 상대방의 잘 알아들을 수 없는 속삭임에는 어딘가 이상한 점이 있어서 그는 이것저것 기묘한 것을 계속 생각하고 있었다. 그러다가 정신을 차리고 보니 자기가 방안을 왔다갔다 하면서 엉뚱한 것을 열심히 생각하고 있는 것이었다.

"그러나 도저히 있을 수 없는 일이고 어처구니없는 일이야."

그는 혼잣말로 중얼거렸다.

다음날 아침, 평소와 마찬가지로 교도소에 가보니 또 무언가 눈에 안보이는 것이 있다는 감각에 사로잡혔다. 지금까지도 묘한 심령체험은 몇번인가 한 일이 있어서, 자기자신이 '민감한' 인간이란 것은 잘 알고 있었다.

즉 어떤 상황하에서 보통사람을 초월한 인상을 감수(感受)하고 신변에 있는 눈에 보이지 않는 세계를 엿보는 능력의 소유자였던 것이다.

오늘 아침에 감지(感知)한 것은 어제 아침에 처형당한 사람의 영혼이었다. 이 영혼이 나타나는 범위는 좁은 범위에 한정되어 있는데 교도소의 좁다란 안뜰이라든가, 또는 사형수가 있던 독방 문을 지날 때 제일 강하게 감지되었다.

그곳에서는 너무나 강렬하게 느껴졌으므로 사람의 모습이 현실적으로 눈에 보이더라도 그는 놀라지 않았을 것이다. 그래서 복도 끝에 있는 문을 지날 때 실제로 자기 눈을 통해 확인해야겠다며 돌이켜 볼 정도였다.

그는 또 이러는 사이에도 마음에 심한 공포증을 느끼고 있어서, 이 보이지 않는 존재는 묘하게도 그의 마음을 어지럽히는 것이었다. 가련한 그 영혼은 무엇인가를 하고 싶어하는 것이 아닐까라는 생각을 그는 해보았다. 그러면서도 그는 자신의 생각이 객관적인 것임을 잠시도 의심하지 않았다. 현실적으로 나타난 것은 그가 멋대로 만들어낸 상상상(想像上)의 유령 따위는 아니었다. 그곳에 있었던 것은 링크워드의 영혼인 것이다.

그는 교도소 부속 진료소에 들어갔고 2, 3시간 바쁘게 일을 했다. 그러나 그동안에도 줄곧 예(例)의 똑같은 영혼이 신변 가까이에서 느껴졌다. 그런데 이 진료소 내에서, 그 사나이와 밀접한 관계가 있었던 장소에서보다는 그 영력(靈力)이 훨씬 약했다. 집에 돌아가기 전에 자신의 생각이 바른 것인지 아닌지를 확인해 보려고 처형장을 기웃거렸다.

그러나 그순간 질겁을 하며 문을 닫았고 새파랗게 질린 얼굴로 뛰쳐나왔다. 처형장 계단 위에는 손발이 묶인 채 부대를 뒤집어쓰고 매달려 있는 사람의 모습이 희미한 윤곽을 드러내고 있었던 것이다. 분명 두 눈으로 보았으니 그것은 틀림없는 사실이었다.

담력이 세기로 유명했던 의사인지라 금방 정신을 차리긴 했지만 일시적일지언정 공포상태에 빠져 있었던 것을 부끄럽게 생각했다. 그의 얼굴을 파랗게 질리도록 만든 공포는, 주로 신경이 놀랐기 때문이며 마음이 무서움을 느꼈기 때문은 아니었다.

그렇다 하더라도 비록 심령현상에 깊은 흥미를 가지고 있던 의사이긴 했지만 그 사형장에 다시 들어갈 생각은 없었다. 실은 사형장에 다시 들어가 보려는 생각이 전혀 없었던 것은 아니었지만 근육이 말을 듣지 않았던 것이다.

이 세상의 인연을 끊기 어려워 하는 그 가련한 영혼이 자기에게 무엇인가를 전하고자 하는 것이 있다면 꼭 들어주고 싶었다. 그가 아는 한, 영혼의 출현 범위에는 제한이 있다. 교도소의 안뜰과 그 사형수가 있었던 독방, 그리고 처형장에는 빈번하게 나타나지만, 그가 근무하는 진료소에서는 아주 희미하게 느껴질 뿐이다.

이렇게 생각하던 그는 무엇인가 짚이는 것이 있어서 자기 방으로 돌아왔고, 다른 교도관을 시켜 드레이코트 교도관을 불렀다. 어젯밤 전화로 응대했던 그 교도관이다.

"내가 자네에게 전화하기 직전에…… 아무도 나에게 전화를 건 사람이 없었다고 했는데 그건 분명한가?"

그는 물었다. 교도관의 태도에는 어딘가 망설이는 구석이 있다는 것을 눈치챘다.

"그런 일은 없었습니다."

교도관은 간단히 대답한 다음 이렇게 덧붙였다.

"30분쯤 전부터 저는 전화 바로 옆에 있었습니다. 30분쯤 전부터요. 누군가가 전화를 걸었다면 그 모습이 보였을 것입니다."

"아무도 못보았단 말이지?"

의사는 다소 억양을 높이면서 물었다. 교도관의 태도는 분명 아까보다 더 침착성을 잃고 있었다.

"예, 선생님. 아무도 보지 못했습니다."

그 역시 상대방에 질세라 억양을 높이어 대답했다. 티스데일 의사는 교도관에게서 시선을 돌렸다.

"하지만 누가 있는 것 같은 느낌을 받지는 않았나?"

그는 대수롭지 않은 질문인 양 가장(假裝)하면서 물었다. 드레이코트 교도관은 무엇인가 망설이고 있는 게 분명했으며 아무래도 그 말은 하기가 난처한 것 같았다.

"그렇게 말씀하시니…… 말하겠습니다만 선생님께서는 제가 졸고 있었다든가 아니면 저녁식사 한 것이 체하기라도 해서 컨디션이 안좋았을 것이라든가, 그런 말씀을 하고 싶으신 거죠."

의사는 단호한 어조로 돌아갔다.

"그런 말을 하고 싶은 게 아니야. 자네도 내가 어젯밤 전화벨 소리를 들었을 때 내가 잠에 취해 있었을 것이라고 얘기하고 싶은 것은 아니겠지. 알겠나, 드레이코트! 평소에 울리던 전화벨 소리와는 달랐단 말일세. 나는 그때 전화 바로 옆에 있었는데 벨소리는 아주 희미하게 들렸을 뿐이라구. 수화기에 귀를 댔을 때도 마치 조용하게 속삭이는 소리밖에 안들렸고 ― .

　　그러나 자네와 통화할 적에는 분명하게 들리더란 말일세. 첫번째 전화는 누군가 딴 사람이 걸었던 게 분명해. 자네는 전화 옆에 있었고 아무도 보지 못했다고 하지만 누군가가 있다는 것을 느끼기는 했었지?”
그제서야 교도관은 고개를 끄덕이었다.
“저는 신경질적인 인간도 아니고 엉뚱한 얘기하기를 좋아하는 편도 아닙니다만…… 그러나 분명 누군가가 있었습니다. 전화기 주변을 어슬렁거리고 있었습니다. 그것은 바람 때문이 아니었습니다. 어젯밤에는 따뜻했고 바람 한점 불지 않았으니까요. 더구나 저는 만약을 위해 창문을 꼭 닫고 있었습니다. 그랬건만 한 시간 가량 방안을 어슬렁거리며 돌아다니고 있었습니다. 전화번호부를 한장 한장 넘기기도 하고 저에게 다가와서는 머리를 북북 긁기도 했습니다. 찬바람이 도는 것 같았구요.”
의사는 교도관의 얼굴을 응시했다.
“그때, 어제 아침에 있었던 일을 떠올리지 않았던가?”
라고 의사는 물었다. 교도관은 또 망설였다.
“떠올렸지요, 선생님.”
그는 겨우 입을 열었고 이렇게 덧붙였다.
“사형수 찰스 링크워드 말씀이지요?”
티스데일 의사는 맞다는 듯 고개를 끄덕이었다.
“그래요. 그런데 오늘 밤도 당직이오?”
“예, 당직이 아니었으면 좋겠는데요.”
“자네 기분은 알겠네. 나 역시 그런 마음이 들 때가 있었지. 그야 어쨌든 그 ‘무엇인가’는 아무래도 나하고 얘기를 하고 싶은 것 같아. 참, 어젯밤 감방에서 무슨 소동이 일어나지 않았었나?”
“소동이 있었습니다. 6명 정도의 죄수들이 악몽에 시달렸다고 호소했습니다. 평소에는 조용했던 죄수들인데 절규를 하는 것이었습니다. 처형하는 날 밤에 이따금 있는 일이지요. 전에도 그런 경험이 있습니다만 어젯밤과 같은 소동은 처음이었습니다.”

“생각했던 대로군. 오늘 밤에도 눈에 안보이는 자가 전화를 걸려고 하거던 꼭 걸도록 해주게나. 아마도 어제와 똑같은 시각에 나타날 것이네. 이유는 알 수 없지만 통례(通例)가 그러하거던. 만약 필요치 않거던 전화 있는 장소에 있지 않아도 돼.

9시 반에서 10시 반까지 한 시간 동안만 유념하면 될 것이야. 나는 우리집 전화 앞에서 대기하고 있겠네. 통화가 끝난 다음에는 내가 자네에게 전화를 걸어가지고 자네 쪽에서 전화건 일이 있는지 여부를 확인하겠네. 어젯밤과 마찬가지로.”

“무서운 일은 일어나지 않을까요? 선생님.”

교도관이 물었다. 티스데일 의사는 오늘 아침 처형장에서 당했던 그 무시무시한 사건을 떠올렸지만 마음을 가다듬고 말했다.

“무서운 일 따위는 결단코 일어나지 않을 것이니 안심하게.”

그는 교도관을 안심시키기 위해 이렇게 말했다.

의사는 그날 밤, 저녁식사를 같이하기로 한 약속이 있었지만 그것을 파기하고 9시 반에는 서재에서 혼자 휴식을 취하고 있었다. 육체를 떠난 영혼의 움직임을 지배하고 있는 법칙에 대해서는 아직도 인류는 아무것도 아는 것이 없다.

그러므로 그런 영혼이 왜 인간의 시간체계(時間體系)에 따라 정확하게 일정한 주기(週期)를 두고 나타나는지, 교도관에게 설명할 수는 없었지만 ‘유령’이 출현하는 실례(實例)를 표로 나타내 본 결과 그는 다음과 같은 것을 알 수 있었다.

즉, 영혼이 필사적으로 도움을 청하는 경우에는, 바로 이번 경우가 그에 해당되는데, 낮이건 밤이건 간에 똑같은 시각에 나타난다.

또 대체로 이 세상 인간에게 모습을 보인다든가, 목소리를 듣게 하는 등, 그 존재를 알려주는 영력(靈力)은 사후(死後) 얼마동안은 강하게 이어지는데, 영혼이 이 세상에 집착하지 않게 됨에 따라 차츰 약해지든가 완전히 사라져 버린다.

따라서 오늘 밤에는 그 모습을 분명히 나타낼 것이다. 영혼은 육체를 갓 떠났을 때는 마치 번데기에서 갓 나온 나비처럼 기운이 없다. 마침 그때 전화벨이 울렸다. 어젯밤처럼 희미한 소리는 아니었지만 보통 때 울리는 그 시끄러운 소리는 아니었다.

티스데일 의사는 벌떡 일어났고 수화기를 들어 귀에 댔다. 들려온 것은 비통하게 흐느껴 우는 소리와, 상대방 마음을 찢어지게 하는 아주 심한 경련의 목소리였다.

잠시 후 이야기는 시작되었다. 표현하기 어려운 두려움으로 등골이 서늘해졌지만, 가능한 일이라면 도와주고 싶은 심정이었다.

"여보세요, 여보세요"

그는 겨우 말문을 열었는데 자기가 들어도 그 목소리는 떨리고 있었다.

"의사 티스데일인데요. 내가 도와주어야 할 일이 있습니까? 당신은 누구세요?"

쓸데없는 질문이란 것은 알고 있었지만 그는 이렇게 덧붙였다.

흐느끼는 울음소리가 천천히 멎으면서 그 대신 속삭이는 듯한 소리가 울음소리에 섞여 들려오기 시작했다.

"이야기하고 싶은데요…… 선생님…… 이야기하고 싶어요……. 아니, 이야기하지 않으면 안돼요."

"어서 말해 보십시오. 무슨 이야기인지."

의사는 서둘러 말했다.

"당신하고는 말할 수 없습니다. 다른 사람…… 나에게 자주 오던 그 사람……. 내 부탁을 그 사람에게 전해 주시겠습니까? 그 사람에게는 내 모습을 보일 수도 있고 목소리를 들려줄 수도 있답니다."

"그게 누굽니까?"

의사는 얼른 물었다.

"나는 찰스 링크워드입니다. 기억하시지요. 아주 괴롭습니다. 감옥을 떠날 수가 없습니다. 이곳은 굉장히 춥습니다. 그분을 불러주지 않으시렵니까?"

"교화사(敎化師) 말입니까?"

라고 티스데일은 물었다.

"그렇습니다. 교화사 선생입니다. 어제 안뜰을 지나갈 때 기도문을 읽어준 선생입니다. 이야기를 하고 나면 이처럼 괴롭지는 않을 것으로 생각됩니다."

의사는 한순간 어쩔 줄을 몰라했다. 이것은 기묘한 이야기이지만 어제 처형당한 사나이의 영혼과 전화 통화를 했노라고 교도소 교화사인 도킨스에게 얘기하지 않으면 안된다. 그는 순수하게 그런 생각을 하였다. 이 가련한 영혼은 참담한 상태에 있으며 계속 얘기를 하고 싶어한다고 —. 무엇을 얘기하고 싶은지 그 영혼에게 물어볼 필요는 없었다.

"알겠습니다, 이곳에 오도록 부탁해 보겠습니다."

의사는 겨우 이렇게 말했다.

"고맙습니다, 선생님. 정말 고맙습니다. 그분이 꼭 오게 해주십시오."

목소리가 점점 쉰 목소리로 변해갔다.

"내일 밤에 꼭 만나게 해주십시오. 오늘은 더이상 얘기할 수 없습니다. 만나러 가지 않으면 안됩니다 —. 오오, 하느님, 하느님."

"누구를 만난다는 겁니까? 무얼하려는 건가요? 대체 어떻게 된 겁니까?"

그는 소리쳤다.

"애기할 수 없습니다. 애기하면 안된답니다."

아주 희미한 목소리로 대꾸해 왔다.

"그것은 말할 수 없습……."

그리고 그 목소리는 완전히 사라져 갔다.

티스데일 의사는 조금 더 기다려 보았지만 더이상 아무 소리도 들려오지 않았고 단지 전화기의 '지익 직'하는 소리밖에 들려오지 않았다. 그는 수화기를 제위치에 갖다놓고 나서야 이마에서 공포의 땀이 흐르는 것을 처음으로 알아차렸다. 귀에서는 귀울림이 일었고 심장은 빠르게 고동치고 있었다. 그는 의자에 앉아서 마음을 진정시 켰다.

누군가가 자기에게 아주 심한 장난을 치고 있는 게 아닐까 하는 생각을 몇번 해보았는데 그럴 리가 없었다. 되돌릴 수 없는 무서운 죄 때문에 회한의 한을 품고 괴로워하는 영혼과 대화를 하고 있었 던 것은 사실이었다. 그것은 결코 착각이 아니었다. 런던에서도 화 려하다는 이 베드포드의 쾌적한 방안에서 찰스 링크워드의 영혼과 대화를 했던 것이다.

그러나 그로서는 생각에 잠겨 있을 시간이 없었다(또 그럴 생각 도 없었다. 왜냐하면 마음이 계속 떨렸으며 그게 영 가라앉지 않았 기 때문이다). 그는 제일 먼저 교도소에 전화를 걸었다.

"드레이코트 교도관인가?"

그는 물었다. 사나이의 대답은 다소 떨리는 기미가 있었다.

"그렇습니다. 티스데일 선생님이시로군요."

"그렇네. 그곳에서는 어떤 일이 일어났는가?"

사나이는 두어 번 무슨 말을 하려고 했지만 잘 안되는 것 같았다. 세 번째에서야 겨우 입밖으로 말이 나왔다.

"예, 선생님. 예(例)의 그놈이 이곳에 왔었습니다. 전화가 있는 방에 들어가는 것을 보았습니다."

"아아, 그랬나. 이야기를 걸어 보았는가?"

"아아뇨. 땀투성이가 되어 기도만 하고 있었습니다. 그리고 오늘 밤에도 죄수 6명이 잠을 자던 중 소동을 떨며 소리쳤습니다. 그러나 지금은 조용해졌습니다. 그놈은 처형장으로 들어갔을 것으로 생각합니다."

"그래, 그럼 더이상 소란은 없을 것이야. 그런데 저어, 도킨스씨네 주소 좀 가르쳐 주게."

주소를 안 다음, 의사는 편지를 써서 교화사 도킨스에게 내일 저녁식사를 같이하고 싶다는 뜻을 전하려고 하였다. 그러나 전화가 가까이에 있는 책상, 평소에 흔히 사용하는 책상에서는 어쩐지 쓸 수 없을 것 같았다.

그래서 손님을 맞을 때 이외에는 사용하지 않는 2층 거실로 갔다. 그곳에 들어가자 신경도 안정시킬 수가 있었고 글씨도 또박또박 쓸 수가 있었다. 편지에는 내일 저녁식사를 함께하자는 내용과, 그때 지극히 묘한 이야기에 대하여 상담역이 되어 달라는 내용만 적었다.

'설사 다른 약속이 있더라도 취소하고 꼭 와주십시오. 오늘 밤에는 나도 중요한 약속을 취소했습니다. 그렇게 하지 않으면 몹시 후회할 것입니다.'
라고 편지를 끝냈다.

그렇게 해서 이튿날 밤에 두 사람은 의사네 집 거실의 식탁에 마주 앉았다. 담배를 피우고 커피를 마실 때 의사가 말문을 열었다.

"내 얘기를 듣고 정신이 이상해졌다고 생각하면 곤란합니다, 도킨스씨."

도킨스는 웃었다.

"결코 그런 일은 없을 것입니다."

그는 이렇게 다짐을 했다.

"그래요? 어젯밤과 그저께 밤에…… 오늘 밤보다는 다소 늦은 시각이었는데 이틀 전에 처형당한 그 사나이의 영혼과 전화로 대화를 했습니다. 그 찰스 링크워드하고요."

교화사는 웃지 않았다. 그는 의자를 뒤로 끌어내면서 당황하는 눈치였다.

"티스데일씨!"

그는 잠시 후 말을 이었다.

"실례의 말씀입니다만 나를 오늘 밤 이곳에 부른 것은 이런…… 이런 유령 얘기를 하기 위해서였나요?"

"그렇습니다. 하지만 아직 얘기는 반도 채 안했습니다. 어젯밤, 그 사나이는 당신에게 연락을 해달라고 부탁했습니다. 당신에게 뭔가 할 얘기가 있는 것 같더군요. 무슨 얘기인지는 짐작조차 안 갑니다만은……."

도킨스는 일어섰다.

"더이상 말하지 마십시오. 죽은 사람이 되살아날 까닭이 없잖겠습니까. 죽은 사람이 어떤 상태로 어떤 상황하에서 존재하는지 우리로서는 아직 아는 바가 없습니다. 어쨌든 죽은 사람은 물질계(物質界)하고는 완전히 인연을 끊어 버리고 있는 것만은 사실일 것입니다."

"그렇게 말하십니다만 나는 좀더 얘기하지 않으면 안됩니다."

의사는 단호하게 말한 다음 이렇게 덧붙였다.

"그저께 내가 전화를 받았을 때는 아주 희미하게 속삭이는 듯한 소리밖에 듣지 못했습니다. 무슨 말을 하는지 전혀 알아들을 수가 없었지요. 그 즉시 교환국으로 알아보니 교도소에서 건 전화라고 했습니다. 그래서 교도소로 연락을 해보니 나에게 전화를 건 사람은 아무도 없노라고, 드레이코트 교도관이 말하더군요. 그 역시 뭔가 이상한 것을 느꼈다고는 하고요."

"그 사람은 술꾼이 아닙니까?"

라고 도킨스가 날카로운 어조로 말했다. 의사는 잠시 입을 다물고 있었다.

"아시겠습니까? 도킨스씨. 그런 말을 하시면 안됩니다. 그만큼 믿음직스런 사람도 없습니다. 그리고 그 사람이 술꾼이라면 나도 술꾼이지요."

도킨스는 의자에 조용히 앉았다.

"용서하십시오. 그러나 이 사건에는 말려들고 싶지 않습니다. 이런 일에 개입하는 것은 위험하니까요. 그리고 장난이 아니라는 증거가 있습니까?"

"누가 이런 장난을 치겠습니까? 잘 들으십시오."

의사가 말을 이으려는데 때마침 전화벨이 울렸다. 그 소리가 의사의 귀에는 확실하게 들렸다.

"들리지 않습니까?"

"뭐가 말입니까?"

"전화벨이 울리고 있습니다."

"벨소리 같은 것은 안들리는데요."

다소 화난 소리로 교화사는 말했고 이어서,

"벨소리는 안들린다니까요."

라며 미간을 찡그렸다.

그말에 의사는 대답을 하지 않고 서재에 들어가서 전깃불을 켰다.

그리고 수화기를 떼어 들었다.

"여보세요, 여보세요? 누구신가요. 도킨스씨가 와있는데요. 당신과 대화하도록 하겠습니다."

떨리는 목소리로 말한 의사는 거실로 돌아왔다.

"도킨스씨! 그 괴로워하는 영혼입니다. 그 영혼의 말을 꼭 들어주도록 하십시오. 부탁입니다."

교화사는 망설이었다. 그러다가,

"선생님이 시키는 대로 하겠습니다."

라며 수화기를 들어서 귀에 댔다.

"여보세요, 도킨스입니다만……."

대답을 기다렸다.

"아무 소리도 안들리는데요."

이렇게 말한 도킨스는 이어서,

"분명 무슨 소리가 납니다. 아주 희미한 소리이긴 하지만요."

라며 눈을 깜박이었다.

"잘 들어 보십시오. 잘 들어 보라니까요."

의사가 말하자 교화사는 귀를 곤두세우며 또 눈을 깜박였다. 그러더니 돌연 얼굴을 찡그리며 눈을 치켜 떴다.

"누군가가 말했습니다. '그녀를 죽인 것은 나입니다. 고백합니다. 용서받고 싶습니다'라고요. 티스데일 선생, 이건 장난 전화입니다. 선생이 심령학(心靈學)에 심취해 있다는 것을 알고 있는 자가 으스스한 장난을 하고 있는 게 분명합니다. 도저히 믿어지지 않습니다."

라며 수화기를 놓았고, 티스데일 의사는 그 수화기를 집어들었다.

"의사 티스데일이요. 도킨스씨에게 당신이 링크워드라는 증거를 보여줄 수 없겠소?"

그런 다음 수화기를 놓았다.

"보여줄 수 있답니다. 그러니 기다려 봅시다."

의사가 말했다. 그날 밤은 따뜻했기 때문에 이집 뒤쪽 돌로 포장한 정원의 길 쪽으로 나있는 창문은 열려 있었다. 5분쯤, 두 사람은 묵묵히 기다리고 있었다. 아무 일도 일어나지 않았다. 그러자 교화사가 말했다.

"이것으로 결론은 충분히 났다고 생각합니다만……"

채 말이 끝나기도 전에, 일진(一陣)의 싸늘한 바람이 방안으로 불어오더니 책상 위에 놓인 서류를 마구 흐트러 놓았다. 티스데일 의사는 창가로 걸어갔고 창문을 닫았다.

"느끼셨습니까?"

그는 물었다.

"예, 바람이 살살 불어왔습니다. 싸늘한 바람이요."

창문을 닫았건만 바람은 그대로 불고 있었다.

"이번에도 느꼈습니까?"

의사가 물었다. 교화사는 고개를 끄덕였다. 그는 갑자기 무서워졌다.

"오늘 밤의 위험 속에서 우리를 보호해 주시오소서."

교화사는 절규하듯 기도했다.

"뭔가가 이쪽으로 다가오고 있습니다."

의사가 말했다. 그말이 떨어지기 무섭게 다가오는 것이 있었다. 두 사람으로부터 3m도 떨어지지 않은 방안 중앙에 웬 사나이가 서 있었다.

목을 한쪽 어깨에 늘어뜨리고 있었기 때문에 그 얼굴은 보이지 않았다. 사나이는 두 손으로 목을 받치고, 마치 묵직한 것이라도 들어올리듯 위쪽을 향하게 하여 두 사람의 얼굴을 보고 있는 것

이었다. 눈과 혀는 툭 튀어나왔고 검푸른 흔적이 목 가장자리에
나있었다.

그때 마룻바닥에서 쿵쾅쿵쾅 소리가 요란하게 나더니 그 모습은
바람처럼 사라지고 말았다. 그런데 마룻바닥에 새 로프가 있었다.

두 사람은 한참동안 입을 열 수가 없었다. 의사의 이마에서는 땀
방울이 뚝뚝 떨어졌고, 교화사의 새파란 입술에서는 기도 소리가 가
날프게 흘러나오고 있었다. 의사는 가까스로 정신을 차리고 로프를
가리켰다.

"처형한 후, 없어졌던 것입니다."

그가 말했다.

그때 전화벨이 또 울렸다. 이번에는 교화사에게 받아 보라는 말을
할 필요가 없었다. 교화사가 얼른 전화 있는 곳으로 갔다. 그리고
수화기를 떼서 들었으므로 벨소리는 멎었다. 그는 잠시 잠자코 듣고
만 있었다. 상대방에서는,

"찰스 링크워드입니다."

라고 드디어 말했다. 그리고 뒤이어 이렇게 말했다.

"하느님 앞에서 맹세합니다. 진심으로 죄를 회개합니다."

의사의 귀에는 들리지 않았지만 교화사가 뭐라고 대답을 하는 것
같았다. 그리고 교화사는 눈을 감으며 '사면(赦免)'을 선언하는 말을
했는데 그말은 의사의 귀에도 들려왔다. 의사는 그자리에서 무릎을
꿇었다.

그 다음에는 침묵이 흘렀다.

"이제 아무 소리도 들리지 않습니다."

수화기를 걸면서 교화사는 말했다. 그리고 얼마 후, 이집 하녀 파
커가 술과 사이펀(유리로 만든 커피 끓이는 기구)을 쟁반에 받쳐 들
고 들어왔다. 티스데일 의사는 영혼이 있었던 장소를 바라보지는 않

242

고 손가락으로 가리키며 말했다.

"거기 있는 로프를 갖다가 태워 버려라, 파커!"

다시 한순간 침묵이 흘렀다.

"로프 같은 것은 없는데요, 나리."

파커는 말했다.

※ 20세기 초의 전화기는 벽걸이 전화기로서 관공서에도 한 대 정도가
   있었고 의사 티스데일과 같은 부잣집이 아니면 가정용 전화기를 가
   지지 못했었다.

저주의 붉은 방

"장담하겠는데요."

나는 분명하게 말한 다음,

"사람의 눈에 보이는 유령 따위는 나오지 않는다고 확신합니다."

라며 글라스를 들고 난로 앞에 섰다.

"그것은 자네가 자네 마음대로 정한 것뿐일세."

팔이 여윈 사나이는 나를 곁눈질로 노려보았다.

"28년이나 살았습니다만 유령 따위는 한번도 본 적이 없습니다."

나는 자신있게 말했다.

노파는 생기가 없는 눈을 뜨고 난로를 물끄러미 바라보는 채로 앉아 있었다.

"호오, 그래, 하지만 28년 동안 살았다고 하더라도 이런 집은 본 적이 없었을걸. 겨우 28년을 살았으니 앞으로 얼마든지 볼 수 있을 것이야."

노파는 서서히 고개를 좌우로 흔들면서 말하더니 이렇게 말을 맺었다.

"앞으로 여러 가지를 보게 될 것이고 슬픈 생각을 하게 될 테니 두고보라구."

그 두 노인의 께름칙한 주장은 이집의 요기(妖氣)를 고조시키기

244

위한 연출(演出)이 아니겠느냐고 나는 생각했다. 나는 빈 글라스를 테이블 위에 놓고 방안을 둘러보다가 방 한쪽 구석에 놓여 있는 이상한 거울 속에 내 모습이 비치는 것을 보았다. 그것은 위쪽이 오므라들고 아래쪽은 넓어서 아주 완강한 모습으로 비치고 있었다.

"어쨌든…… 내가 만약 오늘 밤에 무엇인가를 본다면 큰 공부가 되지 않겠습니까. 나는 무엇이든지 알고 싶어서 찾아온 것이니까요."

"그것도 자네가 마음대로 정한 것이야."

팔이 여윈 사나이가 또 말했다.

바깥 길거리의 보도석(步道石)에서 나는 단장(短丈) 소리, 그리고 무거운 발짝 소리가 들렸고 문 손잡이 돌리는 소리와 함께 두 번째 노인이 들어왔다. 첫 번째 노인보다 더 허리가 구부러졌고 주름투성이인 것을 보건대 더 늙은 노인이었다.

노인은 소나무 단장에 몸을 의지하고 있는데 모자 차양이 눈을 덮었다. 너덜너덜하고 노란색 치아 아래론 반쯤 늘어져 있는 아랫입술이 건강하지 못한 복숭아빛을 띠고 있다. 그는 곧바로 테이블 반대쪽 팔걸이 의자에 가서 어색하게 앉더니 기침을 해댔다.

팔이 여윈 사나이는 이 신참자에게 분명 증오의 눈길을 보냈다. 그러나 노파는 그가 온 것을 무시한 채 물끄러미 난로만 바라보고 있었다.

"그러기에 자네가 자네 마음대로 정한 것이라고 한 것이네."

팔이 야윈 사나이가 그렇게 말했을 때 신참자의 기침은 잠시 멎었다.

"그렇다니까요."

나는 대답했다.

모자를 눌러 쓴 사나이가 처음으로 내 존재를 알아차리고 잠시 고개를 뒤로 제치며 옆눈으로 이쪽을 보았다. 나는 그순간 번쩍이고 핏발이 선 그 작은 눈을 직시했다. 노인은 다시 기침을 시작했고 중얼거리며 혼잣말을 하기 시작했다.

"한잔 마실까?"

팔이 여윈 사나이는 노인 쪽으로 맥주를 밀어놓았다. 모자를 눌러 쓴 사나이는 떨리는 손으로 그것을 글라스에 가득 따랐는데 반 잔쯤은 소나무 테이블에 흘렸다. 노인이 맥주를 자작(自酌)하는 저쪽에서는 그의 그림자가 괴물처럼 벽 위에 비쳤고 그의 행동을 비웃고 있는 것 같았다.

실은 이런 기분 나쁜 관리인이 있으리라고, 나는 예상하고 있지 않았다. 내 머리속에는, 노령(老齡)이란 것은 어쩐지 비인간적(非人間的)인 것과 연결되어 있었다. 그것은 점차 몸이 앞으로 구부러지면서 조상을 따라가는 것과 같다. 인간으로서의 자질이 아주 조금씩이긴 하지만 하루하루 노인들에게서 떨어져 나가는 것으로 생각되었다.

그 세 노인의 어쩐지 기분 나쁜 침묵, 만곡(彎曲)된 거동, 나에 대하여, 그리고 그들 상호간에 있는 분명한 적의(敵意)가 나를 불유쾌하게 만들었다.

"만약 악령(惡靈)이 있다는 그 방으로 안내해 준다면 나는 그곳에서 유유하게 있겠습니다."

나는 말했다.

기침을 하던 노인은 돌연 머리를 돌리어 나를 놀라게 했다. 그리고 다시 한번 이쪽을 보며 핏발이 선 눈빛을 번쩍이었다. 그러나 아무도 내 말에 대꾸하지는 않았다. 나는 세 사람을 번갈아 보며 잠시 대답을 기다렸다. 그러다가 언성을 다소 높이어 말했다.

"만약, 악령이 나온다는 그 방으로 나를 안내해 준다면 이 이상 나를 응대(應待)해 주지 않아도 좋습니다.”

그러자 팔이 야윈 사나이가 내 발밑을 보면서 말했다.

“문을 열고 나가면 돌 위에 양초가 있는데…… 오늘 밤, 정말로 붉은 방에 가겠다는 건가?”

“하필이면 오늘 밤에?”

이번에는 노파가 말했다.

“자네 혼자서 가게.”

팔이 여윈 사나이가 그렇게 덧붙였다.

“좋습니다. 그런데 어디로 가면 됩니까?”

나는 쾌히 대답했다.

“저 통로를 조금 가면 문이 있는데 그곳으로 들어가면 나선형 계단이 있네. 그 계단을 반쯤 올라가면 무도장(舞蹈場)이 있는데 이번에는 모직물로 장식된 문이 있지. 그곳을 빠져나가서 기다란 복도로 걸어가면은 복도 끝에 이르지. 왼쪽으로 올라가는 곳이 있고 그리로 올라가면 붉은 방일세.”

“확인을 하겠습니다만…….”

나는 방금 설명한 것을 복창했다. 사나이는 한 군데 잘못 알고 있는 것을 바로잡아 주었다.

“하필이면 오늘 밤에?”

노파는 또 말했다.

“그것 때문에 왔는걸요.”

나는 문 쪽으로 향했다. 그때 모자를 눌러 쓴 노인이 난로와, 그리고 다른 두 사람이 있는 곳으로 다가가기 위해 일어났으며 비틀거리면서 테이블을 돌았다. 문 쪽에서 뒤돌아보니 세 사람이 난로를 배경으로 하여 그림자처럼 바싹 붙어서 어깨 너머로 이쪽을 응시하고 있었다. 그 세 사람의 고대적(古代的)인 얼굴에는 뭔가 심상치 않은 의미가 들어 있었다.

"편히 쉬십시오."

나는 문을 열었다.

"자네가 마음대로 정한 일이야."

팔이 여윈 사나이가 말했다.

나는 문을 연 채로 양초에 불이 완전히 붙기까지 기다렸고, 그런 다음 노인들을 그곳에 유폐(幽閉)하자, 소리가 잘 들리고 썰렁한 통로를 걸어나갔다. 정직하게 말해서 이 성(城) 여주인이 성의 관리를 맡긴 세 명의 연금수혜자(年金受惠者)들의 기태(奇態), 그리고 세 사람이 모여 있던 관리인 방의 낡은 가구(家具)들은, 현실감을 잃지 않겠다고 노력을 했는데도 불구하고 내 신경을 건드려 놓았다.

그 노인들은 다른 시대의 인간들로 보였다. 옛 시대, 우리 시대와는 달라서 형이상학적(形而上學的)인 것이 애매모호했었던 시대, 길흉(吉凶)의 조짐이라든가 마녀(魔女)를 믿고 유령의 존재 등을 부정할 여지조차 없던 시대 ── 그들의 존재 그 자체가 영적(靈的)이었다. 그 의복의 모양새, 지금은 죽어 없어진 것인데도 뇌(腦) 속에서 생겨난 풍속 ── 그 방안의 장식품이라든가 가구들은 모두 저 세상 것으로 보였다.

오늘날의 시대에서 살아 숨쉰다고 하기보다, 발붙이고 있다고나 해야 할, 사라져 간 인간들의 사색(思索)의 흔적들 ──. 그러나 나는 어떻게 해서든 이런 생각들을 물리치려고 했다. 틈새 바람이 불어 들어오는 기다란 지하 통로에는 먼지와 함께 냉기가 몰아쳤다. 촛불이 흔들릴 때마다 여러 개의 그림자가 일제히 무시무시하게 떨리고 있었다.

발짝 소리는 나선형 계단 아래 위쪽에서 울려퍼지는데 그림자 하나가 배후로 다가오는가 생각하면, 눈앞의 다른 그림자가 머리 위

어둠 속으로 도망쳐 갔다. 나는 무도장에 도착하자 그곳에서 걸음을 멈추고 환청(幻聽)일는지도 모를 희미한 소란 소리에 귀를 곤두세웠다. 그러다가 정적을 되찾자 마음을 진정시키고 모직물로 장식된 문을 연 다음 복도로 나왔다.

그곳은 전혀 예기치 못한 광경이 펼쳐 있었다. 계단의 큰 창문으로 쏟아져 들어오는 달빛은 모든 것들을 검은 그림자, 혹은 은빛으로 빛내 주고 있었다. 모든 것들이 있어야 할 장소에 질서정연하게 놓여 있어서, 이곳에서 사람이 떠난 것이 1년 반 전이 아니라 바로 어저께인 것 같았다.

벽에 부착되어 있는 촛대에는 양초가 놓여 있었고, 먼지는 모두 융단과 매끄러운 바닥 위에 모여 있었다. 그것들은 고루 깔려 있는 데다가 달빛이 밝은 까닭에 먼지일 것으로는 생각되지 않을 정도였다.

나는 밖으로 나갈 생각에 우선 그자리에서 발길을 멈추었다. 벽 모퉁이 부분이 가려 있어서 내가 서있는 위치에서는 보이지 않았지만 무도장 쪽에는 청동(靑銅)의 군상(群像)이 서있었다. 그것이 하얀 거울에 비쳤는데, 놀랄 만큼 선명한 그림자가 버티고 서서 기다리는 것처럼 보였기 때문이다.

나는 약 30초 정도, 경직되어 있었을 것이다. 그리고 주머니 속에 있는 권총을 잡은 채로 나와 보니 그곳에는 다만 달빛을 받아 빛나는, 가뉴메데스(《그리스 神話》에 나오는 제우스와 술을 대작하기 위해 독수리를 따라간 트로이의 美少年)와 독수리의 상(像)이 있었다. 그것을 보자 마음이 가라앉아서, 자기제(磁器製) 중국인 상(像)의 머리가, 그 옆을 내가 지나갈 때에 조용히 흔들렸건만 조금도 놀라지 않을 수 있었다.

붉은 방으로 통하는 문, 그리고 그 문까지 올라가는 계단은 특별히 어두운 모퉁이에 있었다. 나는 문을 열기 전에 내가 서있는 움푹 패인 곳이 어떻게 생겼는지 확인하기 위해 촛불을 구석구석에까지 움직여 보았다. 그리고 나는,

"여기로구나."

라며 혼잣말로 중얼거렸다. 나와 똑같은 일을 시도하려던 인간이 발견했었다는 장소 — . 나는 돌연 그 이야기가 생각나서 불안감에 사로잡혔다. 나는 달빛을 받고 있는 가뉴메데스의 어깨 너머로 눈길을 주어 새하얀 빛을 띠고 있는 조용한 장소, 즉 무도장을 곁눈질하며 얼른 붉은 방의 문을 열었다.

그리고 나는 방안으로 들어가서 서둘러 문을 닫고 자물쇠를 돌렸으며, 촛불을 높이 쳐들어, 지금으로부터 불침번을 서야 할 장소, 즉 젊은 공작(公爵)이 죽은 로렌 성(城)의 널찍한 붉은 방을 둘러보았다. 아니 어쩌면 공작의 죽음이 방금 시작된 장소라고 하는 편이 좋을는지도 모르겠다.

왜냐하면 공작은 문이 열리는 순간 내가 지금 올라온 돌계단 위에 엎어져 있었던 것이다. 그것이 공작의 야경증(夜警症)의 종말이었다. 이 장소의 공포의 역사를 정복코자 하는 과감한 시도의 종말이기도 했는데, 뇌졸중(腦卒中)이 이토록 미신을 보강(補强)하게 된 시도는 없을 것이다.

그리고 이 방과 연관되는 이야기로서 더 오래된 이야기가 있는데, 그 진위야 어찌되었든 간에 기원(起源)으로 거슬러 올라가면, 겁쟁이 아내를 남편이 농담 반으로 놀래 주었기 때문에 일어난 비극이다.

그 넓은 어두운 방을 둘러보니 그림자 테두리를 붙인 것 같은 창틀과 벽의 우묵하고 튀어나온 곳이 여기저기 있으며 방구석마다 어둠에 싸여 있어서, 여러 전설이 생기게 된 것도 전혀 이상할 것이

없었다. 거대한 어둠 속에서 빛나는 조그마한 혀와 같은 촛불은 이 방 반대쪽까지 비출 수가 없었다. 따라서 빛의 섬[島] 저쪽에는 수수께끼의 대해(大海)가 으스스하게 펼쳐져 있었다.

나는 곧 그곳을 체계적으로 조사해 봄으로써 정체를 알 수 없는 그 무엇이 내 공상(空想) 속에서 위험할 만큼 피어오르는 것을 방지하려고 했다. 문단속한 것을 확인한 다음 나는 가구(家具)를 하나하나 점검했다.

늘어진 침대 덮개를 들어올려 보았고, 커튼을 활짝 열어보기도 하면서 방안을 돌아다녔다. 창문의 덧문을 닫기 전에 블라인드를 올리고 창문 단속이 제대로 되어 있는지 확인해 보았고 몸을 구부리어 굴뚝 속을 살펴보기도 했다. 또 비밀문은 없는지, 수수한 떡갈나무 널빤지 이음매를 두드려 보았다.

이 방에는 두 개의 대형 거울이 있었으며 각각 양초를 올려놓은 촛대가 두 개 붙어 있었다. 난로 선반 위에 있는 도기제(陶器製) 촛대에는 여러 개의 양초가 꽂혀 있었다. 나는 모든 양초에 불을 붙이며 돌아다녔다. 난로에는 석탄이 들어 있었다 — . 아마도 이것은 그 늙은 관리인의 배려일 것으로 생각하면서 의외라는 느낌이 들었다 — .

나는 나 자신을 떨게 만드는 여러 요인을 없애기 위해 석탄에 불을 붙였다. 그리고 충분히 불이 붙은 다음 난로를 등지고 서서 방안을 둘러보았다.

눈앞에는 사라사로 장식한 팔걸이 의자와 테이블을 움직이어 만든 즉석 바리케이트가 있었으며, 그 위에 언제라도 집을 수 있도록 놓아둔 권총이 있었다. 면밀한 조사를 해냈으니 기분은 상당히 편안해졌는데 방 깊숙한 곳에 가라앉아 있는 어두움, 물을 끼얹은 듯한 정적은 여전히 내 상상력을 자극했다. 바작바작 석탄이 불타는 소리도 아무 위안이 되지 못했다.

들쭉날쭉한 벽 중에서도 특히 제일 안쪽의 벽감(壁龕)의 어둠에는 초자연적인 것이 가지는, 뭐라고 형언할 수 없는 존재감(存在感), 아주 쉽게 덮쳐올 생물(生物)을 암시하는 무엇인가가 있었다.

오로지 안심하고 싶은 일념으로 나는 마침내 촛불을 들고 그곳을 향해 걸어갔는데 결국 지각(知覺)할 수 있는 것은 아무것도 없었다. 나는 벽감 바닥 위에 초를 세운 채 그대로 남겨두었다.

나는 이미 상당한 긴장상태에 빠져 있었는데 냉정하게 생각하면 그럴 이유는 어디에서도 찾아볼 수 없었다. 그래도 머리속은 맑았다. 초자연적인 일 따위는 일어날 수 없다.

나는 무조건 마음속으로 이렇게 결정하였으며 무료함을 달래기 위해 인골즈비(영국의 文人 리처드 하리스 배람〈1788~1845〉이 토머스 인골즈비의 이름으로 출판한 〈인골즈비 說話集〉은 쾌활한 리듬을 사용하여 中世 전설을 코미컬하게 노래한 것으로 유명)풍의 운율(韻律)을 읊었고 이 방에 연관되는 최고(最古)의 전설시(傳說詩)를 만들기 시작했다. 그리고 나직한 소리로 읊어 보았는데 기분을 유쾌하게 할 수는 없었다.

이윽고 똑같은 이유로 나는 유령이라든가 빙의현상(憑依現象) 따위는 있을 수 없다고 나 자신에게 들려주던 것을 그만두었다. 나는 아래층에 있는 세 노인의 일그러진 모습을 떠올렸으며 잠시 동안은 그 일만 생각하기로 했다.

방안을 감싸고 있는 어두운 검은색과 붉은색이 나를 괴롭혔다. 7개의 촛불도 어렴풋한 빛을 내뿜고 있을 뿐이었다. 벽감에 있는 촛불은 틈새 바람에 의해 흔들렸고 그 흔들림에 따라 진짜 그림자와 반(半)그림자가 쉴 새 없이 이동하면서 떨고 있었다.

뭔가 좋은 방책이 없을까 하고 생각하던 중, 문득 통로에서 보았던 양초가 떠올랐다. 그래서 초 한 자루를 손에 들고 과감하게 문을 연 다음 달빛 속으로 걸어가서 곧 10개의 초를 가지고 돌아왔다. 이 초들을 드문드문 놓여 있는 도기제(陶器製) 장식물 위에 세워 불을 켜고, 바닥 위와 창틀의 우묵한 부분 등 그림자가 진한 곳에 몇개씩 세웠다. 그리고 방안의 모든 부분에 적어도 어느 한 개의 불빛이 직접 닿도록 17개의 초들을 배치했다.

유령이 나오면 그 위를 지나가지 말라고 해야겠다는 생각을 문득 했다. 이제 방안은 완전히 밝게 비춰졌다. 이 작은 불꽃의 흐름들에게는 실로 양증(陽症)이고 믿음직한 구석이 있으며, 심지를 잘라내면서 걸어다니니까 마음의 긴장도 다소 풀렸다. 그와 동시에 고맙게도 시간감각이 되살아났다.

그러나 아직도 앞으로 불침번을 서야 할 것을 생각하니 불안감이 무겁게 짓눌러 왔다. 한밤중을 막 지난 시각이었다. 벽감의 양초가 돌연 꺼지면서 검은 그림자가 원래의 장소로 날아들었다.

나는 양초가 꺼지는 것을 보지는 못했다. 단, 돌아보았을 때 마치 낯모르는 사람의 돌연한 출현에 놀라듯, 그곳에 그림자가 생긴 것을 알아낸 것이다.

"아니, 저건 또 뭐야!"

나는 소리질렀다.

"틈새 바람도 심하게 불어드는군!"

나는 테이블에서 성냥을 집어들자 천천히 방을 가로질러 갔고 다시 그것에 불을 붙였다. 첫 번째 성냥개비는 불발이었다. 두 번째 성냥개비에 불이 켜졌을 때 벽에서 무엇인가가 어른거리는 것처럼 보였다. 무심코 돌아보니 난로 옆에 있는 작은 테이블 위에 놓아둔 두 개의 초가 꺼진 상태였다. 나는 얼른 일어섰다.

"이상하네!"

불쑥 말이 튀어나왔다.

'나도 모르는 사이에 내가 꺼버린 것일까?'

나는 돌아와서 그중 한 개의 초에 불을 붙였는데 그때 한쪽 거울 오른쪽에 켜놓았던 촛대의 양초가 하늘거리다가 곧 꺼졌고 이어서 왼쪽 초도 꺼져 버렸다. 이제 착각할 여지는 없다. 분명히 불은 꺼진 것이다. 마치 심지를 손가락으로 갑자기 비벼서, 타오르던 불도 연기도 흔적을 안남긴 채, 새카맣게 되어 버린 것이다.

나는 어안이벙벙하여 멍청하게 서있었다. 그러자 침대머리에 있는 촛불도 꺼지고 어둠은 바로 내 코앞에까지 밀려왔다.

"안돼! 이러면 안되지!"

나는 외쳤다. 그러나 난로 선반 위에 있는 촛불도 한 개, 두 개 꺼져갔다.

"이게 어찌된 거야?"

내가 외치는 소리는 흥분되어 있었다. 그때 다시 장롱 위의 촛불이 꺼졌고 조금 전 다시 켜놓은 벽감의 촛불도 이어서 꺼졌다.

"안돼! 중요한 촛불이야!"

나는 반(半) 히스테릭하게 엉뚱한 소리를 질렀다. 그와 동시에 난로 선반에 있는 초에 불을 붙이기 위해 성냥을 켜려고 했다. 손이 몹시 떨리어 두 번이나 헛손질을 했다. 난로 선반 쪽이 어둠에 휩싸이자 이번에는 멀리 창문 끝 쪽에 있는 두 개의 초가 이상해졌다.

나는 성냥갑을 들고 다니며 대형 거울 앞의 초에, 그리고 문 가까운 바닥에 놓여있던 초에 불을 붙였다. 이제서야 겨우 꺼져가는 속도를 따라잡을 수 있을 정도로 불을 다시 붙였다고 생각했다.

그러나 그때 방안 여러 구석에 있는 4개의 초가 동시에 꺼졌다. 나는 떨리는 손으로 서둘러 성냥을 그어댔지만 어떤 초에 먼저 불을 붙여야 좋을지 갈피를 못잡으며 일어섰다.

254

어찌할 바를 모르고 서있자니 테이블에 놓여 있는 두 개의 촛불을 눈에 안보이는 손이 살며시 끄는 것처럼 보였다. 공포의 절규를 외치면서 나는 벽감, 그리고 방 구석, 창으로 뛰어 돌아다니면서 세 개의 초에 불을 붙였는데 이번에는 난로 옆, 두 개의 촛불이 꺼졌다.

좋은 방법이 떠올라서 나는 방 한 구석에 있던 철제 서류함 위에 성냥을 집어던지고 침실의 촛대를 집어들었다. 이것으로 불을 붙이면 성냥 켜는 수고를 덜 수가 있다.

그런데도 불구하고 불은 착실하게 꺼져갔고 무시무시한 숙적(宿敵)인 어둠이 이곳저곳에서 한발짝 또 한발짝 다가오는 것이었다. 마치 엄청난 먹구름이 별들을 가리듯이 말이다.

순간적으로는 빛이 밝혀졌다가는 금방 꺼지고 만다. 이제 나는 엄습해 오는 어둠의 공포로 반 광란상태가 되어서 완전히 자제심을 잃고 있었다. 그 가차없는 침공에 대하여 나는 헐떡이면서 이쪽저쪽의 촛불을 찾아 돌아다녔다.

그러다가 나는 테이블에 다리가 걸려서 부상을 입었고 그때 의자가 구르면서 테이블 보를 잡아당기는 바람에 그것은 찢어지고 말았다. 들고 있던 양초는 굴러가 버렸고 나는 일어서면서 다른 양초를 얼른 잡았다. 그것을 테이블에서 살그머니 들어올렸을 때 그 갑작스런 동작으로 인하여 생긴 바람 때문에 순간적으로 불이 꺼졌다. 그리고 최후로 남은 두 개의 초도 곧 꺼져 버렸다.

그러나 방안에는 아직도 불이 남아있지 아니한가. 내 앞에서 그림자들의 침략을 가까스로 막아주고 있는 빨간 불 ─ . 그것은 난로였다. 당연한 일 같지만 나는 격자(格子) 사이로 초를 디밀어 불을 붙일 수 있었던 것이다.

나는 불꽃이 새빨간 석탄 사이에서 춤추고 있고, 그 빨간빛을 가구에 비춰 주는 방향으로 돌아가서 난로불을 향해 두 걸음 나아갔다. 그순간 불꽃이 약해지다가 꺼졌고 빨간 기운도 사라져가는 것을 보고는 아연실색하고 말았다.

내가 격자 사이로 초를 집어넣었을 때 어둠은 마치 눈꺼풀을 감듯, 나를 감쌌고 시계(視界)가 닫혀져서 뇌 속에 조금 남았던 이성(理性)까지도 산산이 흐트러져 버렸다.

나는 손에서 초를 떨어뜨리고 말았다. 육박해 오는 어둠을 쫓아버리려고 나는 팔을 마구 흔들면서 소리를 있는 힘껏 크게 질렀다 —. 한 번, 두 번, 세 번 —. 그리고 나는 비틀거리면서 일어났을 것이다. 돌연 달빛이 밝은 복도를 떠올리고는 머리를 숙이면서 두 손으로 얼굴을 감싸고 문 쪽을 향하여 마구 달려갔던 것은 확실하다.

그러나 문의 정확한 위치를 잊고 있었기 때문에 나는 침대 모퉁이에 정면으로 부딪치고 말았다. 나는 비틀거리다가 뒤로 나자빠졌는데 뭔지 다른 대형 가구가 쓰러진 듯 그것이 나에게 덮쳤다.

내가 희미하게나마 기억하고 있는 것은 이런 어둠 속에서 여기저기를 마구 부딪치고 악전고투하면서 사방으로 기어다닌 것이다. 그리고 소리치던 끝에 이마까지 부딪치고는, 시간이 멈춘 것과 같은 무서운 감각과 함께 그래도 어떻게 해서든 다시 일어나려고 필사의 힘을 다했다는 것뿐이다.

눈을 뜨니 햇빛이 있었다. 내 얼굴에는 붕대가 조잡하게 감겨 있었고, 팔이 야윈 사나이가 내 얼굴을 바라보고 있었다. 사방을 두리번거리며 무슨 일이 일어났었는지 기억의 실마리를 더듬어 보았지만 얼마동안은 아무것도 떠올릴 수 없었다.

눈에 들어오는 것은 파란 작은 병에서 글라스에 약을 몇 방울 떨어뜨리고 있는 노파의 모습이었는데 단서가 될 만한 것은 어느 곳에도 없었다.

"여기가 어딥니까?"

나는 물었다.

"전에 만난 분 같기도 합니다만 당신네들이 누군지 전혀 기억이
나지 않습니다."

이렇게 말한 다음 나는 마치 옛날이야기라도 듣는 것처럼 노인들
의 입을 통하여 저주받은 붉은 방의 이야기를 들었다.

"새벽녘에야 자네를 발견했어. 얼굴과 입술에서 피가 흘렀고……."

노인은 말했다.

아주 서서히 하룻밤에 있었던 일들이 기억 속에 되살아났다.

"이제 알겠는가? 그 방은 저주받은 방이란 것을……."

노인의 말투에는 이미 침입자에 대한 적의(敵意)는 없고 실의에
찬 친구에게 동정을 하듯 부드러움이 있었다.

"분명…… 그 방은 저주받은 방입니다."

나는 말했다.

"자네가 본 그대로일세. 우리는 오랫동안 이곳에서 살고 있는데
그런 것을 우리의 눈으로 확인하려고 하진 않았어. 그럴 생각이
들지를 않는 거야. 자네가 좀 가르쳐 주게. 분명 그 노백작(老伯
爵)이……."

"아닙니다. 그게 아니라구요."

"그러기에 말렸잖나."

노파가 글라스를 손에 든 채 말했다. 그리고 이렇게 이었다.

"그것은 그 젊은 백작부인이…… 가련하게도……."

"아니었습니다. 그곳에는 백작의 유령도, 젊은 부인의 유령도 없
었습니다. 유령 따위는 어느 곳에도 없는 것입니다. 그러나 더욱
나쁜, 훨씬 더 나쁜……."

"그렇다면?"

노인들은 한숨을 길게 내쉬었다.

"이 딱한 사나이에게 달라붙었던 최악의 것은……."

나는 말을 덧붙였다.

"그것은 다른 것이 아니라 공포라는 것이었습니다! 소리도 빛도 없는 공포, 이성(理性)도 가지고 있지 않는 공포, 귀를 막고 눈을 감게 하는, 무시무시한 힘으로 달려드는 공포 말입니다. 그것이 복도에서부터 뒤를 따라오더니 방안에 들어와서 엄습해 왔던 것입니다!"

나는 돌연 입을 다물었다. 잠시 침묵이 흘렀다. 나는 손으로 붕대를 만져보았다.

모자를 눌러 쓴 사나이가 한숨을 내쉬더니 입을 열었다.

"그래 맞아!"

그리고 말을 이었다.

"나는 알고 있었지. 어둠의 힘이야. 여자에게 그런 저주를 걸 힘이 있겠는가. 그 어둠의 공포가 그곳에 줄곧 있었던 게야. 대낮에도 느낄 수가 있어. 아니 여름철에도……. 벽지·커튼·어디에도 언제나 그 뒤에 있는 게야. 황혼 때에는 복도를 따라 살살 따라오는데 도저히 뿌리칠 수가 없지.

그 부인의 방에는 공포라고 하는 요괴가 있어서 사람에게 달라붙는 거라고. 새카만 공포, 그리고 그 공포는 앞으로도 ─. 이 죄의 저택이 있는 한 그곳에 있을 것이야."

유언의 저주

　역마차(驛馬車)를 타고 다니던 시절, 옛날의 요크런던 가도(街道)를 많이 다녔던 수많은 사람들은 수도(首都) 런던으로 향하는 여행 도중에, 애플베리 거리 남쪽 약 3마일, 그리고 그 엔젤관(館)에 도착하기 1마일 반쯤에서, 특히 가을날 오후 등에는 비바람에 바래어 황폐될 대로 황폐된 저택 앞을 지났던 기억이 있을 것이다.

　그 저택 뒤로는 울창한 느릅나무가 빽빽하게 들어선 숲이 있는데 그 나무들 위로 우뚝 솟은 이 저택은 석양을 받으면 모든 유리창들이 다이아몬드처럼 반짝인다. 그런 창문이 커다랗게 나있는 고풍(古風)스런 저택의 벽은 흑백으로 칠해져 있는데 어쨌든 장엄한 건물이었다.

　넓은 길가에는, 잔디와 잡초가 무성하게 자라난 교회묘지(敎會墓地)와 같이, 그 일면에 잡초가 자라나 있고, 길 양쪽에는 두 줄의 울창한 느릅나무 가로수가 연이어 서있다. 대낮에도 어두컴컴할 정도의 이 가로수 곳곳에는 터지고 찢긴 자국이 있는가 하면 여기저기 길 위에 쓰러진 가로수도 보인다. 그 가로수길이 이 저택 대문까지 이어져 있다.

　나도 여러 번 그러했듯이, 런던행 역마차 2층석에서 이 어둡고 인기척이 없는 가로수길을 바라보면 누구나 그 방치된 황폐상(荒廢

像)에 마음 아파하게 될 것이다. 돌계단이라든가 창문틀의 벌어진 곳에 수북하게 나있는 풀들, 연기 토해내는 것을 잊은 굴뚝 위를 까마귀 떼가 선회한다.

사람이 살고 있는 흔적이라고는 전혀 찾아볼 수 없기 때문에, 사람들은 이 저택에는 사람이 살고 있지 않으며 폐허로 방치되어 있다고 단정짓곤 한다.

이 낡은 건물의 이름은 글린덴 저택이라고 한다. 높직한 생울타리와 수목들이 금방 통행인들의 눈길에서 이 저택을 숨겨 버리며, 다시 4분의 1마일쯤 앞으로 나아가면 음울한 나무들에 둘러싸인 예배당이 나타난다.

이 조그마한 예배당 역시 황폐될 대로 황폐된 건물이다. 이 예배당은 먼 옛날로부터 매스튼가(家) 사람들의 묘지이자 그 일가(一家)의 주거(住居)와 함께 방치되어 황폐의 길을 걸어온 터이다.

숲속 둥지로 돌아가는 까마귀와, 동료들에게서 떨어진 사슴이 나뭇가지 사이로 얼굴을 내민다. 이런 마법(魔法)의 숲 같은 적막함과 사람이 살고 있는 글린덴 마을에서 한참 떨어진 골짜기의 음울한 분위기는 글린덴 저택의 황폐된 모습을 한층 더 음침하게 해준다.

근래에는 수리를 게을리하여 지붕도 여기저기 낡아서 무너졌다. 수로(水路)를 넘쳐흐르는 분류(奔流)처럼, 골짜기에서 불어닥치는 강풍에 노출되어 있는 저택의 측면에는 쓸만한 창문 유리 하나 없고 덧문짝이 겨우 비를 막아 주고 있는 형편이다. 천장에도 벽에도 곰팡이가 나서 녹색으로 얼룩진 얼룩이 여기저기 눈에 띈다. 천장에서 빗방울이 새어 떨어지는 마룻바닥 곳곳은 썩어가고 있다.

관리인도 말했듯이 폭풍이 부는 밤에는 이 저택의 문이 삐거덕 소리를 내는데 그 소리가 멀리 글리스톤교(橋) 근방에까지 들리며, 아무도 없는 회랑(回廊)에 불어닥치는 바람의 포효와 흐느껴 우는 소리도 들린다는 것이다.

소유하던 사냥개, 친구에 대한 환대(歡待), 그리고 나쁜 버릇 등등으로 이름이 알려진 향사(鄕士) 토비 매스튼이 세상을 떠난 것은 이럭저럭 70년 전의 일이다. 선행(善行)도 했지만 결투(決鬪)도 했다. 돈을 낭비하기도 했고 사람을 채찍으로 때리는 못된 짓도 했다. 다소는 남들로부터 축복받을 일도 했지만 숱한 사람들로부터 원한을 샀다. 저택을 저당잡혔기 때문에 그가 죽은 후, 다액의 부채를 남겼다.

그래서 두 아들은 대경실색했다. 그러나 두 아들에게는 사업이라든가 돈을 모으는 취미도 없고 재산에 대한 감각도 없었다. 오직 흥청거리기 좋아하는 아버지가 죽는 날까지 이 집안이 파산 직전에 있으리라고는 꿈에도 생각하지 못했던 두 아들이었다.

형제는 글린덴 저택에서 얼굴을 마주했다. 그들은 유서를 앞에 놓고 변호사의 설명을 들었으며, 고인(故人)이 그들에게 지워준 채무에 관하여 상세한 정보도 들었다. 유서는 형제를 무시무시한 불화(不和)로 몰고 갈 수밖에 없도록 작성되어 있었다.

이 형제는 전혀 닮지 않은 구석도 있었지만 단 한 가지 중요한 점에서 서로, 그리고 세상을 떠난 아버지하고도 빼다 박은 것처럼 닮은 점이 있었다. 그들은 한번 싸웠다 하면 그칠 줄을 모른다는 점이 그것이었다.

동생 이상으로 떠들썩한 형 스클루프 매스튼은 세상을 떠난 아버지로부터 사랑을 받은 일이라고는 없었다. 그는 야외 스포츠에도, 전원생활의 즐거움에도 관심이 없었다. 스포츠맨도 아니었고 핸섬하지도 않았다. 아버지는 아들의 그런 점을 불쾌하게 생각했고, 아들은 또 아들대로 아버지를 존경하지 않았는데 자라면서 아버지의 폭력을 두려워하게 되었으며 반발했다.

그런 까닭에 성질 나쁜 아버지의 혐오는 어느 사이에 심한 증오로 발전되어 있었다. 아버지는 이 풋내기 꼽추인 악당 스클루프가 착실한 동생 찰리를 훼방하는 일이 없도록 항상 단속하고 있었다. 그래서 술을 마신 후에는 함께 사냥도 나가고 술도 같이 마셨지만 누가 들어도 불쾌할 말을 함부로 뱉어내곤 하였다.

스클루프 매스튼은 신체가 다소 불구(不具)로서, 얼굴은 야위었고 윤기라고는 없었으며 거무튀튀한 눈에는 가시가 돋혀 있었다. 게다가 유난히 흑발(黑髮)인데 그런 점들이 때로는 불구자와 딱 어울리는 느낌이었다.

"나는 저 꼽추의 아버지가 아니야. 내 자식이 아니라니까. 빌어먹을! 그런 걸 자식이라고 할 바에는 차라리 홍학을 자식이라고 하는 편이 낫지!"

아버지는 아들의 껑충한 다리를 그런 식으로 말하며 비아냥대는 것이었다.

"찰리는 성실한 녀석이지. 그런데 형 녀석은 악당이야. 성격도 나쁜데다가 솔직한 면도 없고 사내다운 면도 없어. 매스튼가(家)의 기품이라고는 한구석도 없다니까!"

그리고 술에 만취했을 때는,

"그 자식은 가장(家長)의 자리에 앉아서는 안돼. 그 야위고 하관이 빠른 얼굴로 사람을 노려보니까 변변치 않은 것들까지도 글린덴의 매스튼 가문을 우습게 보지."

라며 독설을 퍼부었다.

"핸섬한 찰리야말로 내 재산을 상속받을 자식이지. 말을 몰거나 돌보기도 잘하고 술마시는 방법도 뛰어나. 처녀들도 모두 그 아이에게 홀딱 반하곤 하지. 그 녀석은 6피트 2인치의 정수리서부터 발톱 끝까지 매스튼의 자식이라구."

그러나 핸섬한 찰리와 아버지 사이라고 해서 옥신각신이 없었던 것은 아니다. 한두 차례 싸움이 있었던 것이다. 아버지는 입도 험하지만 채찍을 휘두를 때는 인정사정 두지 않았는데 그것이 효과가 없을 때는 철권(鐵拳)을 마구 휘두르는 것으로 유명했다.

그러나 찰리는 그런 체벌도 결국에는 끝날 때가 올 것으로 생각했었다. 어느 날 밤, 와인잔이 돌아왔을 때, 어찌어찌하다가 아버지 마음에 영 들지 않는 방앗간 집 딸 매리언 헤이워드에 대한 이야기가 나왔다.

술이 거나하게 취하여, 길들이기 위해서는 방임(放任)보다 철권을 휘둘러야 한다고 생각하던 아버지는 마침 그자리에 있던 사람들 모두가 깜짝 놀랄 정도로 찰리에게 덤벼들었다. 아들은 재빨리 몸을 돌리어 피했으므로 유리 접시가 바닥에 떨어졌을 뿐이었다.

그러나 아버지는 부르르 화를 내며 의자를 걷어차고 벌떡 일어섰다. 폭력은 참을 수가 없다며 찰리도 일어섰다. 술에 취한 아버지는 바닥에 벌렁 나자빠졌는데 그만 유리 파편으로 귀를 벴다. 아버지는 더욱 화를 내며 일어섰다. 찰리는 자기를 향하여 번쩍 치켜든 아버지의 주먹을 맨손으로 막는 한편 아버지의 어깨를 잡고 그 등을 벽에 밀어붙이면서 흔들었다.

아버지가 이때처럼 붉으락푸르락하며 화를 내는 것을, 그리고 그처럼 두 눈알이 튀어나오는 것도 본 적이 없노라고 한자리에 있던 사람들은 입을 모았다. 찰리는 아버지의 양팔을 벽에 밀어붙였다. 아버지는 쉰 목소리로 지껄였다.

"알겠냐? 그런 머저리 같은 소리는 두번 다시 하는 게 아니다. 또 그 따위 소리를 안하겠다면 나도 네 놈을 때리거나 하지 않을 것이야!"

그리고 이렇게 말을 이었다.

"네 형도 요즘에는 반항을 하지 않아. 자아, 찰리야. 기분을 전환
하고 다시 술이나 마시자꾸나."

이렇게 해서 옥신각신은 끝이 났다. 아버지가 찰리에게 손을 든
것은 아마 이것이 처음이었고 또 마지막이었을 것이다.

그러나 그것도 지금에 와서는 옛날 이야기가 되고 말았다. 토비
매스튼도, 숱한 매스튼 일족이 흙으로 돌아갔고 잊혀져 간, 그 색슨
폐옥(廢屋)의 물푸레나무 가지에서 떨어지는 빗방울 아래서 지금은
차디차고 말 못하는 몸이 되어 있는 것이다.

비바람에 바랜 승마화(乘馬靴)도, 무두질한 가죽의 승마바지도,
당시의 신사들이면 누구나 쓰고 싶어했던 삼각모(三角帽)도, 그리
고 그 무시무시한 향사(鄕士) 토비의 불독 가면(假面)도, 허리 아래
에까지 내려올 것 같은 진홍색 조끼도 지금은 모두 옛날 이야깃거
리가 되고 말았다.

그리고 그가 화해할 여지가 없는 싸움의 씨앗을 뿌려 주고 간, 형
제가 지금 비단 광택이 나는 새로 만든 상복(喪服)을 입고, 넓은 떡
갈나무 테이블에 마주 앉아 격론을 벌이고 있는 것이다. 이방은 손
님을 초대하기 좋아했던 주인의 초청을 받고 온 이웃사람들의 농담
과 외설스런 노래와 맹세하는 말과 웃음소리를 수도 없이 들었을
것이다.

글린덴 저택에서 자라난 두 명의 청년은 말을 하는 데도 억제력
이 없었고 필요하다면 주먹을 휘두르는 것도 주저하지 않았다. 두
형제 모두 아버지의 장례식에는 참석하지 않았다. 죽음은 돌연히 찾
아왔다. 마신 와인과 펀치 때문이었는데 시끄럽게 주정을 하며 떠들
던 상태에서 침대 속으로 들어갔다가 아침이 되었을 때는 차디찬
시체로 변해 있었다고 한다. 침대 가장자리에 머리가 늘어져 있었고
얼굴은 시커멓게 부어 있었다.

그런데 아버지의 유서는 먼 옛날부터 뒤를 잇는 장남에게 상속되어온 글린덴 저택을, 장남인 스클루프에게서 뺏도록 되어 있었다. 스클루프 매스튼은 격노했다. 그의 굵고 날카로운 목소리가 이제는 고인이 된 아버지와 살아있는 동생을 통렬히 매도했고, 폭풍과 같은 비난을 해대며 테이블을 마구 두드려대는 소리가 넓은 방안에 울려 퍼졌다.

뒤이어 찰리의 맹렬한 소리가 끼어들었고 빠른 속도의 짤막한 말이 응수하더니 이윽고 두 사람의 목소리가 뒤범벅이 되어가며 톤이 높아졌다. 그리고 싸움을 중재하는 듯, 부드럽고 겁에 질린 것 같은 변호사의 설론(說論)이 이어졌는데 결국에는 돌연 협의는 깨진 듯했다.

길고 검은 머리와는 대조적으로 창백한 얼굴에 분노를 가득 띠고, 날카로우면서도 검은 눈은 불타오르는 것 같은 스클루프가 방에서 뛰쳐나왔다. 그는 두 팔을 모아 팔짱을 끼고 있었는데 이런 분노의 발작 속에서 보이는 추악한 표정은 그냥 보아 줄 수 없을 정도였다.

두 사람 사이에는 아주 격렬한 말싸움이 있었던 것임에 틀림이 없다. 왜냐하면 찰리는 승자(勝者)이긴 했지만 스클루프와 막상막하로 화를 내고 있었기 때문이다. 형은 가대(家垈)의 소유를 주장하면서 동생을 내쫓기 위한 법적 절차를 밟았는데 그의 변호사들은 그것에 확실히 반대의사를 밝혔다. 그래서 증오에 불타는 마음으로 그는 런던으로 갔고 아버지 사업을 지금까지 착실하게 도맡아 관리해 온 회사를 찾아냈다.

그들은 유서의 내용을 검토했고, 글린덴의 저택이 계약상 예외로 되어 있다는 것을 알아냈다. 묘한 이야기지만 사실이 그러했으며 특히 저택만이 제외되어 있었던 것이다. 그런 이유로 유서에 의해 향사(鄕士)인 아버지가 저택을 처분하는 권한에 의심을 가질 여지는 없었다.

이러한 모든 사정에도 불구하고 복수와 공격에 불타 있던 형은 동생의 숨통을 끊을 수만 있다면 자기 몸은 어떻게 돼도 상관치 않겠다며, 유언사건의 재판소에서도, 코몬로의 법정에서도 동생을 공격의 대상으로 삼았고, 유언 그 자체를 격렬하게 논란했다.

이렇게 해서 형제의 확집(確執)은 돌이킬 수 없는 것이 되었으며 세월이 흐름에 따라 그들의 분노는 더해갈 뿐이었다. 형은 패하기는 했지만 그 패배가 그의 마음을 누그러뜨려 주지는 못했다.

동생도 형이 격하게 비난하는 말을 했기 때문인지는 모르겠지만, 그 자신도 형제가 원수가 되어 여러 번의 법적 투쟁까지 벌이는 갖가지 특별한 동기(動機) 따위에 의한 장기간의 싸움 속에서 패배감으로 고민하고 있었다. 그리고 법적 수속에 필요한 비용의 손실도, 이렇다 할 수입이 없는 그로서는 큰 부담이 되었다.

세월은 흘러갔지만 그들의 상처는 치유되지 않았다. 어디 그뿐인가. 마음속 깊이 자리잡은 증오는 시간이 흐를수록 더욱 심해질 뿐이었다. 두 사람 모두 결혼은 하지 않았다. 그러나 실로 뜻밖의 사고가 동생 찰리에게 일어났고 그것이 그의 일상생활의 즐거움을 여실히 멸살(滅殺)시키게 되었다.

사냥 말에서 낙마(落馬)한 것이다. 몇군데의 뼈가 부러지고 뇌진탕을 일으켰다. 당분간은 회복이 안될 것으로 생각했는데 그는 그런 불길한 예측을 뒤집어놓았다. 분명 회복되기는 했지만 두 가지 중요한 점에서 그는 이상했다. 허리가 아파서 두번 다시 말 안장에 앉을 수 없는 몸이 되었던 것이다.

이렇게 해서 그에게 활력을 주어 왔던, 양증의 성격이 없어졌고, 야성적인 기질 또한 영원히 잃고 만 것이다. 5일 동안은 완전히 인사불성인 채 혼수상태가 계속되었었는데 의식을 회복하고 나서도 말할 수 없는 불안감에 사로잡히게 되었다.

글린덴 저택이 화려했던 시절, 아버지 토비 밑에서 집사(執事)로 있었던 톰 쿠버는 지난날의 영광된 그림자조차 찾아볼 수 없고, 저택에서 할 일도 거의 없게 된 이즈음에도 옛날과 변함없이 출근하여 여전히 그 임무를 수행하고 있었다. 선대(先代)의 주인인 토비가 세상을 떠난 지도 20년이나 지났건만 말이다.

그는 어느 사이에 바싹 여위어 있었고 허리도 구부러졌으며 나이 탓인지 얼굴에는 기미가 늘어서 거무튀튀해졌다. 주름도 늘어 쭈글쭈글해졌는데 주인과 상대하는 경우를 제외하고는 아주 까다로운 사람으로 변해 있었다.

주인 찰리는 탕치(湯治)를 하기 위해 이곳저곳 가보기도 했지만 여전히 다리를 절었다. 그는 단장을 짚고 우울한 표정으로 걸어다니는 처지였다. 말까지 팔아치우니 글린덴가(家)에 옛날부터 이어오던 최후의 전통도 사라지고 말았다.

젊은 향사(鄕士)라고 당시에 불려지던 찰리는 불행한 사건 때문에 사냥도 할 수가 없었고, 고독한 생활을 해야 하는 신세가 되었다. 저택 근방을 천천히 걸어다니는데 사람과 만나는 일도 거의 없었고 그의 신변에는 말할 수 없는 음침함이 깃들어 있었다.

쿠버는 때로 주인과 속을 털어놓고 이야기하는 일도 있었다. 어느 날 현관에서 주인의 모자와 단장을 건네주며 이렇게 말했다.

"나리, 힘을 좀 내보세요."

"나는 이제 그것도 무리인 것 같소."

"실은 요즘 이런 것을 생각하고 있었습니다……. 나리께서는 마음에 걸리시는 일이 있는데, 그것을 아무에게도 말하지 않으려고 하신다는……. 걱정 근심되는 일을 마음속에 파묻고만 있는 것은 안좋습니다. 누군가에게 말하지 아니하면 좋지 않다는 것입니다.

누구에겐가 말을 하면 훨씬 마음이 가벼워집지요. 대체 그 파묻어 두고 계시는 걱정 근심거리가 무엇입니까?"

찰리는 둥그런 회색 눈으로 쿠버를 뚫어지라고 바라보았다. 일종의 수수께끼가 풀리는 듯한 느낌이 들었다. 그 수수께끼란, 이야기를 하지 않다가는 자기 입이 굳어 버릴 망령(亡靈)의 장난과 같은 것이었다. 몇초 동안 쿠버를 응시하고 있던 주인은 한숨을 길게 내뿜었다.

"그대가 하는 충고가 이번이 처음은 아니지만 그말 잘 꺼냈소. 나는 낙마를 한 후로 줄곧 마음에 걸리는 일이 분명 있었소이다. 자아, 그럼 안으로 들어가고, 문을 잠그시오."

주인은 떡갈나무로 꾸민 거실 문을 열고 다소 안심이 된다는 표정으로 벽에 걸려 있는 그림을 바라보았다. 이방에 들어오는 것도 오래간만이었다. 그는 테이블 앞에 앉아서 다시 한번 쿠버의 얼굴을 바라보다가 이야기를 하기 시작했다.

"대단한 것은 아니지만 그것이 마음에 걸리는데 목사(牧師)에게도 의사에게도 말할 수가 없소이다. 그들이 뭐라고 할는지는 모르지만 어차피 좋은 말을 들려주지는 않을 것이니까……. 그러나 그대는 언제나 우리에게 충실히 대해왔으니, 그대에게만은 얘기해도 좋을 것 같소."

"나리, 궤짝에 담고 자물쇠를 채워서 우물 속에 넣는 것과 마찬가지로 저에게 하시는 말씀은 비밀이 지켜질 것이니 걱정하지 마십시오."

선(線)과 원(圓)을 그리고 있는 단장 끝을 바라보면서 찰리는 말했다.

"실은 말이지…… 낙마한 다음 그대도 알다시피 나는 죽은 사람처럼 잠자고 있었는데 그러는 동안 나는 아버지와 같이 있었다오."

그렇게 말하면서 다시 쿠버의 얼굴을 바라보았다. 그러다가 무서운 저주를 입에 올리듯 반복해서,

"아버지와 같이 있었단 말이외다."

라고 덧붙였다. 황송하다는 표정으로 주인을 바라보던 쿠버가 대답했다.

"선친께서는 그분 나름대로 좋은 분이셨습니다. 저에게는 좋으신 주인님이셨고 나리께도 좋은 아버님이셨지요. 틀림없이 천당에 가 계실 것입니다. 명복을 다시 빕니다."

"아니오. 내 얘기는 그런 것이 아니외다. 혼수상태로 있는 동안 나는 아버지와 함께 있었소. 어쩌면 아버지가 내 곁에 있었던 거요. 내가 아버지에게 가서 그 곁에 있었는지 아버지가 와서 내 곁에 있었는지 그것은 확실치가 않지만……. 즉 우리는 함께 있었고 나는 두번 다시 아버지 슬하에서 떠나지 않으려고 했었소이다.

그런데 아버지는 시종 뭐라고 하면서 나를 협박하시는 거였소. 쿠버, 그것이 내 생명을 구해주기 위한 것이었다면……. 그런데 의식이 돌아오는 순간, 아버지가 나를 협박했던 이유가 무엇인지 전혀 생각이 나지 않는 거였소. 그것만 알 수 있다면 이 손을 잘라가도 좋을 정도요. 뭔가 그대에게 짚이는 것이 있거던 두려워 말고 분명히 말해 주오. 상대는 틀림없는 아버지였으며 그 아버지가 아주 격하게 나를 힐난했으니 말이외다."

여기서 잠시 침묵이 흘렀다.

"나리, 나리 자신에게 짚이는 것은 없으십니까?"

"그런 것이 하나도 없소이다그려. 아무리 생각해 봐도 전혀……. 저 꼽추 악당인 스클루프가…… 내가, 아니 나와 아버지가 증여재산(贈與財産)에 관한 증서를 파기(破棄)했다고, 깅검 변호사 면

전에서 악태(惡態) 부린 것을, 어쩌면 아버지가 어떻게 알아낸 것
이 아닌가도 생각해 보았었소.

　그리고 나 역시도 지옥에 가기는 싫으니까, 그런 엉뚱한 짓을
했을 리는 만무하지 않겠소. 일언일구(一言一句), 나는 아버지가
정한대로 했고, 형에게는 응분의 것 이상으로 해주었소이다. 그
깅검 변호사는 우리집의 경제가 픱색(逼塞)해진 이후로 아무런
상담도 해온 일이 없고……. 그 사람에게는 상당한 빚도 있으니
지금 와서 새삼스럽게 변호사를 바꿀 수도 없잖겠소.

　그러나 형은 분명히 말했었지. 내 목을 매게 하고 말겠노라
고……. 그는 또 이런 말도 했다오. 내 목을 매달기 전에는 안심
이 안된다고……. 역시 이것과 관계가 있을 것으로 생각되오. 아
버지도 그점을 걱정했었고……. 하지만 어른이 되어, 이렇게 미친
사람처럼 되다니……. 생각이 안나는구려. 아버지가 한 말이 한마
디도 생각나지 않소. 나를 심히 협박하고……. 아아, 하느님! 그때
아버지의 안색은 아주 나빴었지.”
“선친께서 그러실 리 없습니다. 꼭 천당에 들어가시기를!”
“물론 그럴 것이오. 하지만 아무에게도 이런 말을 해서는 안되오.
알겠소? 살아 있는 사람에게는 그 누구에게도 말해서는 안된단
말이오. 아버지 안색이 아주 나빴다는 말도.”
“그런 것은 걱정하지 마십시오.”
쿠버는 고개를 가로저으며 말했다. 그리고 이렇게 이었다.
“하지만 실은 선친의 유체(遺體)가 누워 계신 곳에는 묘석(墓石)
하나 세워져 있지 않습니다. 즉 성명조차 새겨져 있지 않은 채 오
래도록 그대로 방치되어 있습니다. 그것과 관계가 있는 것은 아닐
까요!”
“그래? 그런 것은 생각해 보지도 않았네. 쿠버, 모자를 쓰고 같이

가봅시다. 조사를 해봐야겠소.”

회전 나무문을 나서면 정원으로 통하는 우회로(迂回路)가 있고, 그 정원 끝에 아름다운 묘지가 있다. 묘지는 즐비한 노목(老木)으로 덮여 있으며 길에서 깊숙한 곳에 있다.

아름다운 가을 황혼이 물들 때의 일이다. 자기자신도 언젠가는 매장되게 될 그 장소에 찰리와 노집사(老執事)가 가까이 가자, 음울한 햇빛과 기다란 그림자가 그 근방 일대의 광경에 일종의 독특한 분위기를 자아내고 있었다. 두 사람이 그 묘지를 향하여 걸어갔을 때 찰리가 물었다.

“어젯밤, 한밤중에 짖어댄 개는 누구네 개였소?”

“나리, 어디서 왔는지 모르는 개가 저택 앞까지 왔었습니다. 우리 집 개들은 모두 개장 안에 있었구요. 하얀 개인데 머리 부분에 검은털이 나있었습니다. 선친께서…… 오오…… 무릎을 다치셨을 때 만들어 놓으셨던 승마석(乘馬石) 주변을 돌면서 냄새를 킁킁 맡고 돌아다니더군요. 그 들개가 승마석 상단(上段)에 올라가 저택 창문을 향하여 짖어댔는데, 아무것이라도 집어던지고 싶은 심정이었습니다.”

“그럼 저 개란 말이오?”

주인은 그렇게 말하면서 발길을 멈추었다. 그리고 단장을 들어, 커다란 검은 머리에 꾀죄죄한 흰 개를 가리켰다. 그 개는 대부분의 개가 그러하듯, 불안에 떨며 애원하는 것처럼 반쯤 웅크린 자세로 두 사람 주위를 크게 원을 그리면서 돌고 있었다. 주인은 휘파람을 불어 그 개를 불러 보았다. 굶어서 당장이라도 죽을 것 같은 덩치 큰 불독이었다.

“이놈은 멀리서 온 놈이오……. 채찍질 형(刑)을 가할 때 사용하는 기둥처럼 여위었고 온몸이 꾀죄죄하구려. 발톱도 모두 닳은 것 같소.”

주인은 뭔가 깊이 생각하는 표정으로 말했다.

“혈통이 나쁜 개는 아닌 것 같소, 쿠버. 아버지는 혈통이 좋은 불독을 좋아하셨지. 개를 보는 데는 일가견이 있으셨잖소?”

들개는 어쩐지 기분 나쁜 표정으로 찰리의 얼굴을 올려다보았다. 그는 외람되게도 채찍을 들고 사냥터 관리인을 나무랄 때의 일그러진 아버지 얼굴 그대로구나 하는 생각을 해보았다.

“실은 때려죽이고 싶었소. 가축에게 겁을 주고 우리 개를 물어뜯을지도 모를 일이니 말이오. 어떻겠소? 쿠버, 우리 관리인에게 잘 보살펴 주라고 합시다. 이렇게 풀어놓았다가는 우리 양(羊)을 물어 죽이고 저 허기진 배를 채울지도 모를 일이니 말이외다.”

그러나 개는 겁을 집어먹고 도망치거나 하지는 않았다. 가련한 표정으로 찰리의 뒷모습을 바라보더니 두 사람이 어느 정도 앞서 간 다음, 그들의 뒤를 어슬렁거리며 따라가는 것이었다.

그 들개를 쫓아 버릴 수는 없었다. 《파우스트》에 나오는 지옥의 들개처럼 그놈은 크게 원을 그리듯하며 두 사람의 주위를 빙글빙글 돌면서 따라왔다. 들개의 이러한 책략은 일종의 애원조였으며, 묘한 호감을 가지게 된 찰리의 마음을 파고드는 계기가 되었다. 그래서 그는 들개를 다시 한번 휘파람으로 불렀고 쓰다듬어 주었으며, 그 자리에서 이 들개를 기르기로 결심했던 것이다.

태어날 때부터 줄곧 찰리의 손에 의해 길려온 개처럼 그 개는 충실하게 두 사람을 따라왔다. 쿠버가 철문(鐵門)의 자물쇠를 열었다. 개도 두 사람의 뒤를 따라, 지붕이 없는 예배당 안으로 들어갔다.

매스튼가(家) 선조들이 이 작은 건물 바닥 위에 여러 줄로 누워 있다. 지하 납골소(納骨所)는 없다. 그들 모두가 석공(石工)이 새겨놓은 장식선(線) 안에 각자의 묘소(墓所)를 가지고 있었다. 각각 그

272

위에는 석관(石棺)이 놓여져 있고 판석(板石) 상부에 각자의 묘비명(墓碑銘)이 새겨져 있다. 가엾은 고(故) 토비 매스튼의 것은 제외하고 말이다.

그에게도 유족들이 생각만 있으면 언제라도 만들 수 있도록 그 유체(遺體)가 들어 있는 관(棺) 위에 석공은 줄을 그어 놓았다. 지금은 무성한 잡초만이 뒤덮고 있지만 — .

"분명 허술하기 짝이 없소이다그려. 이것도 마땅히 형이 해야 할 일이오. 그러나 형이 그 일을 하기 싫다면 내가 해도 좋소. 그리고 형이 손을 쓰지 않아서 동생이 돌을 얹고 모든 작업을 했노라고 확실하게 새겨 두어야겠소이다."

그들은 이 작은 매장지 안을 두루 돌아다녔다. 해는 이미 떨어졌고 지평선 저멀리서 아직 태양빛을 받고 있는 구름만이 빨간 금속성 빛을, 불타오르는 것처럼 비추고 있었다.

찰리가 작은 예배당 안을 다시 기웃기웃했을 때였다. 그는 그 추한 개가 어느 사이에 갑절이나 커진 몸집으로 아버지 묘 위에 자빠져서 그의 눈길을 끌려는 듯 이상한 몸짓을 하고 있는 것을 목격했다. 양지 쪽에 앉은 고양이가 마치 오래도록 애무라도 하듯이 뺨을 발로 비벼대다가 도취하여 무아지경으로 누워 있는 모습을 본 사람이면, 찰리가 이때 순간적으로 본 광경을 이해할 것임에 틀림없다.

그 개의 머리 부위는 이상하게 크고 동체(胴體)는 묘하게 길고 여위어 있으며 관절의 모양은 이상하게 어긋나 있는 것처럼 보였다. 찰리는 쿠버와 함께 토기(吐氣)를 느낄 것 같은 혐오감과 놀라는 기분으로 그 광경을 바라보고 있었는데, 찰리는 얼른 들고 있던 단장으로 두 번이나 그 개를 때렸다.

개는 도취에서 깨어났고 관(棺) 상부 쪽으로 뛰어가더니 그제서야 지금까지 그러했듯 헌신적인 몸짓으로, 그리고 두렵다는 듯 두

눈을 껌벅이다가 개 특유의 분노인 녹색 눈을 번득이는 표정으로
자기 발 앞에 서있는 사주(飼主)를 응시하는 것이었다. 다음 순간
그놈은 주인의 발밑에 비열하게 웅크리고 앉았다.

"참으로 묘한 개로군요."

쿠버는 개를 노려보면서 말했다.

"나는 마음에 드는걸."

"저는 싫습니다."

"그러나 다시는 이곳에 데려오지 않도록 합시다."

"어쩌면 이놈은 마녀(魔女)인지도 모릅니다."

쿠버가 이렇게 말한 것은 지금도 이 근방에 전해 오는 갖가지 마
녀 전설을 문득 생각해 냈기 때문이다.

"아주 좋은 개인 것 같소이다만……"

주인은 꿈을 꾸는 듯한 어조로 말했다.

"옛날 같았으면 상당한 돈을 주어도 살 수 없었을지 모르오. 그러
나 이제 두번 다시 그런 멍청한 짓도 할 수 없는 처지가 되었구
려. 자아, 슬슬 갑시다."

쿠버는 이 개의 어느 한구석도 마음에 들지 아니했다. 주인은 이
개의 어디가 그렇게 마음에 든다는 것인지 상상도 할 수 없었다. 주
인은 이 개를 한밤 내내 총기실(銃器室) 속에 넣어 두었다. 그리고
개는 절뚝발이 주인이 산책할 때, 저택 안을 따라다니게 되었다.

'대체 그 개의 어느 면이 좋다고 하시는 걸까? 아마도 나리는 눈
이 머신 것 같애. 그리고 그 캡틴 말인데(캡틴은 늙은 붉은앵무새
이름인데 떡갈나무로 장식한 방의 횃대에 붙들어 매어져 있으면
서 혼잣말을 중얼대며 온종일 발톱이나 횃대 나무를 긁아대고 있
다)…… 그 새는 우리 한두 사람과 나리를 제외하고는 이 저택에
서 선친 때의 일을 기억하고 있는 유일한 생물이다. 그 새가 저

개를 보는 순간 마치 미친 것처럼 금속성(金屬聲)을 지르며 날개
짓을 하고 가엾게도 발작을 일으키어 횃대 나무에서 떨어져 매달
리고 말았지.'

그러나 이상할 정도로 찰리는, 남이 반대하면 할수록 그 자신은
집요하게 밀어붙이는 타입의 고집스런 인간이었다. 한편 그의 건강
은 절뚝거리는 다리 때문에 악화되어갈 뿐이었다. 규칙바르고 활발
한 하루하루를 보내야 했건만, 부자유스런 몸 때문에, 부득이 오늘
날과 같은 생활이 되어 버린 변화가 건강을 손상시켰다. 그런 증세
가 있는 줄도 몰랐던 일련의 소화불량 증세가 실로 서서히 그를 괴
롭히고 있었다.

그런 증세 속에서 지금은 새삼스러운 일도 아니지만, 잠잘 때 여
러 가지 악몽에 시달리게 되었다. 이런 악몽 속에서는 그가 마음에
들어하는 그 개가 반드시 한 가지 역할을 하는데 대개는 중심적인
역할을, 때로는 유일한 등장자로서의 역할을 하는 것이었다.

꿈속에서 그 개는 찰리의 침대 옆에 쭈그리고 앉아서 자는 것 같
은데 실물보다도 더 커진 느낌이다. 그리고 세상을 떠난 아버지 토
비의 얼굴을 그대로 닮은 표정을 띠고는 고개를 흔들어 대거나 턱
을 치켜올려 보이는 것이다.

또 개는 그에게 스클루프에 대해서 이야기를 하며,

"만사가 공명정대한 것은 아니잖나."

라든가,

"스클루프와 사이좋게 지내라."

든가,

"조상들도 심한 다툼을 했었지."

라든가

"마침내 그때가 왔다."

"서로 공정하게 하라."

등등의 이야기를 하여 찰리도 새삼스럽게 형 스클루프가 신경에 걸리곤 하는 것이었다. 그리고 꿈속에서 이 반인반수(半人半獸)의 짐승은 서로 겹치듯, 제 얼굴을 주인의 얼굴에 가까이 대고, 납처럼 무거운 그 육체로 덮치기도 하고 걸터앉기도 하면서, 아버지 토비의 묘 위에서 보였던 그 불길한 애무라든가 길게 누워 있었던 모습을 다시 보여주는 것이었다.

그런 때면 그는 숨이 막혔고 신음 소리와 함께 눈을 뜨곤 했다. 식은땀에 흠뻑 젖은 몸으로 침대에서 일어나면 발 아래 침대 가장자리를 뭔가 하얀 것이 스치며 달아나는 듯한 느낌이 들었다.

때로는 그것이 하얀 안감이 달린 커튼이 바람에 나부끼며 움직이는 것 같기도 했고, 때로는 그의 불안한 마음에 의해 뒤척이다가 덮고 있는 이불을 걷어차서 흔들리는 것 같기도 했다. 그런 때면 반드시 뭔가 하얀 것이 침대에서 갑자기 멀어져 가는 느낌이었다.

그런 꿈을 꾸고 나면 반드시 그 다음날 아침, 그 개는 평소에 반기는 것 이상으로 반겨주곤 하였다. 그것은 밤중에 있었던 공포심을 깨끗이 씻어 주기라도 하듯 평소보다 더 아양을 떨었고 비굴할 정도로 헌신적인 몸동작을 했다.

"그런 꿈에는 아무런 의미도 없습니다. 지금 앓고 있는 소화불량 증상이 여러 가지 모습을 빌어 꿈으로 나타나는 것이지요."

의사는 그렇게 말하면서 위로해 주었다. 얼마동안은 그 설(說)을 증명이라도 하듯이 개는 꿈속에 전혀 나타나는 일이 없었다. 그러나 얼마 후 지금까지 꾸었던 것 이상으로 불쾌한 모습으로 그 개는 꿈속에 다시 나타났다.

악몽 속에서 실내는 캄캄한 것 같았다. 입구의 문으로 들어와 침대 곁을 지난 개는 언제나 그랬듯이 서서히 침대 위로 올라오려는 듯, 찰리는 꿈속에서 그런 개 발짝 소리를 들었다. 방 한쪽은 카펫이 깔려 있지 않아서 발톱을 세우고 걸어오는 소리도 들린다. 그래서 이 특유의 발짝 소리를 분명히 들었노라고 그는 말했다.

발톱을 곤두세우고 살금살금 걸어오는 소리였지만 한발짝 떼놓을 때마다 온 방안이 심하게 흔들렸다. 누군가가 침대 옆에 나타난 것 같더니 한 쌍의 녹색 눈이 암흑 속에서 그를 응시하고 있는데 또 그 눈길에서 눈을 뗄 수가 없었다. 그리고 아니나 다를까, 세상을 떠난 아버지 토비의 목소리가 들려왔다.

"최후의 시기가 지나려고 하는데 너는 아직 아무것도 안하고 있어. 너와 나는 스클루프에게 못할 짓을 했단 말이다."

그리고 다시 여러 말을 하더니 마침내는,

"시간이 다 되었다. 머지않아 그 시기가 올 것이야."

라고 했다.

그리고는 한참동안 신음 소리를 내면서 그놈은 그의 발 위로 기어오르기 시작했다. 다시 신음 소리가 이어지면서 서서히 몸을 뻗어 그놈이 그의 얼굴에 접근했을 때 치켜 뜬 그 녹색 눈이 침구(寢具)에 비춰지는 것을 보았다. 큰 비명을 지르면서 그는 눈을 떴다. 최근에는 침실에도 불을 켜놓았었는데 오늘따라 우연하게도 불이 꺼져 있었다. 얼마동안은 일어날 수도 없었고 심지어는 실내를 둘러볼 수가 없었다.

어떤 구석, 어둠 속에서 그 녹색 눈이 자기를 노려보고 있을 것으로 확신했기 때문이다. 악몽이 남겨준 격통(激痛)에서 처음으로 정신을 차리어 평정을 찾는 순간, 시계가 12시를 알리고 있었다. 그리고 '최후의 시기가 지나려고 한다. 시간이 다 되었다. 머지않아 그 시기가 온다'라고 한 대사(臺詞)가 떠올랐고, 그 소리가 다시 들려올 것만 같은 공포심에 사로잡히는 것이었다.

다음날 아침, 찰리는 파랗게 질린 얼굴로 자리에서 일어났다. 그리고 쿠버를 불러놓고 물었다.

“쿠버, 그 헤롯왕의 방이라고 부르는 방을 알고 있소?”

“예, 제가 어렸을 때 그 방의 벽에는 헤롯왕의 이야기가 붙어 있었습지요.”

“그 방에 반침이 있소?”

“그건 잘 모르겠습니다. 그러나 나리께서 들여다보실 방은 못됩니다. 소품 장식과 벽지가 모두 썩었고, 벽도 나리께서 태어나시기 전에 모두 헐어서 떨어졌었습니다요. 그곳에는 지금 잡동사니 가구 외에는 아무것도 없습니다. 불쌍한 토윈크스가 그것들을 그 방으로 옮기는 것을 제 눈으로 보았으니까요.

그 사람은 눈이 부자유했는데 나중에는 노복(奴僕)들을 지휘했었습지요. 그 사람에 대한 것을 기억하고 계십니까? 그후 큰 눈이 내렸을 때 저택 안에서 숨을 거두었습니다. 매장할 때 눈으로 인하여 어려움이 많았습지요.”

“쿠버, 열쇠를 가져오시오. 그 방을 둘러봐야겠으니.”

“아니, 무슨 까닭에 그 방을 들여다보시려는 겁니까, 나리?”

집사는 옛날과 같은 충성심으로 찰리에게 물었다.

“그렇다면 묻겠는데 쿠버, 무슨 까닭에 그대는 반대를 하는 거요? 상관없으니 얘기해 보겠소. 예(例)의 개를 총기실에 넣어 두고 싶지 않아서 어디든 다른 곳으로 옮기려는 것이오. 그래서 그 방이 어떨까 하여……”

“불독을 침실에 두시겠다는 말씀인가요? 나리, 나리께서 어떻게 되신 게 아니냐고 마을 사람들이 수군거릴 것입니다.”

“수군대려면 대라지. 열쇠를 어서 가져다가 그 방을 열도록 하오.”

“나리, 실은 그 개는 사살할 개입니다. 그놈은 어젯밤 내내 총기실에서 짖어대는데 서커스단의 호랑이처럼 울부짖어대며 방안을 돌아다니는 바람에 시끄러워서 혼이 났습니다. 이렇게 말씀드리면 어떻게 생각하실지 모르겠습니다만 이 저택에서 기를 개는 아닙니다. 개다운 구석이라고는 찾아볼 수 없는 지독한 개라니까요."
"개에 대해서는 내가 잘 알고 있고, 그리고 그 개는 좋은 개요."
찰리는 퉁명스럽게 말했다.
"개에 대해서 잘 아신다니 드리는 말씀인데 그 개는 죽이는 편이 낫지 않겠습니까?"
"죽이지는 않겠소. 이제 그런 얘기는 그만둡시다. 어서 열쇠나 가져오시오. 열쇠를 가지러 가면서 군소리는 하지 마오. 내 머리가 돌 것 같으니……."
그런데 헤롯왕의 방을 둘러보겠다는 그의 발상은, 실은 그가 말한 것과는 전혀 다른 목적이 있었다. 그가 악몽 속에서 들은 그 목소리는 어떤 특정한 방향을 말하고 있었는데 그것이 그의 마음에 걸려서, 조사해 봐야겠다는 생각이 들었던 것이다.
지금으로서는 그 개에게 애착이 있기는커녕, 무섭다는 생각까지 들기 시작했다. 그리고 쿠버가 함부로 지껄여 대면서 그의 완고한 기질을 뒤흔들어 놓지 않았더라면 아마 밤이 되기 전에 그 개를 이 저택에서 쫓아냈을 것이다.
오랫동안 사용하지 않았던 4층으로 두 사람은 올라갔다. 먼지투성이 회랑(回廊) 끝에 그 방이 있다. 이 널찍한 방에 그런 명칭이 붙여지게 된 것은 낡은 누더기 천과 그리고 고풍스런 벽지로 도배되어 있었기 때문인데, 그런 것들은 이미 옛날에 변색되었고, 그곳에 희끄무레한 곰팡이가 피어 있으며, 이곳저곳의 벽이 헐어서 벗겨져 있었다.
먼지가 바닥에 수북히 쌓여 있었다. 망가진 여러 개의 의자와 테이블이 먼지를 뒤집어쓰고, 다른 잡동사니와 함께 방 한쪽 구석에 쌓여져 있었다.

두 사람은 텅텅 비어 있는 작은 방 안으로 들어갔다. 찰리는 실내를 둘러보았는데 안도의 한숨을 내쉬는 것인지 아니면 깜짝 놀란 것인지 그 표정은 명확하지 아니했다.

"가구가 아무것도 없군."

그는 이렇게 말했고 먼지투성이인 창문으로 밖을 내다보았다.

"최근 그대는 나에게 뭔가 ─ 오늘 아침의 일이 아니라 ─ 저쪽 방인지 아니면 이 작은 방에 대한 얘기를 한 일이 없었소? 나는 기억이 잘 나지 않는데……."

"아아뇨, 천만의 말씀이십니다. 이 40년 동안 저는 이 방에 대해서 생각해 본 일도 없습니다."

"뷰페라는 가구(家具)에 대해서인데…… 기억하고 있소?"

"뷰페 말이십니까? 예, 분명 이 작은 방 안에는 뷰페란 것이 있었습니다. 나리께서 물으시니 방금 생각난 것입니다만……. 그러나 지금은 벽지 속에 있을 것입니다."

"그게 어떤 것이오?"

"벽에 만든 조그마한 찬장입지요."

"그래? 그렇겠군. 그래서 이 벽지 속에 그것이 가려져 있단 말이지? 어느 부분에?"

"글쎄요, 아마 이 근처일 것으로 생각합니다만."

이렇게 대답하면서 노인은 창문의 반대쪽 벽을 주먹으로 두드렸다.

"아아, 이곳입니다."

노크에 따라 목제 문의 둔탁한 소리가 들려왔을 때 그는 그렇게 덧붙였다. 주인이 벽에서 벗겨져 너덜너덜하는 벽지를 잡아뜯자 벽에 붙여져 있는 사방 약 2피트의 조그마한 찬장 문이 나타났다.

"내 버클과 권총, 그밖의 여러 가지 장난감을 두던 곳이었군. 자아, 갑시다. 개는 지금까지 있었던 곳에 그냥 두기로 하고……. 그런데 이 작은 찬장의 열쇠는 있소?"

노인은 열쇠를 가지고 있지 않았다. 세상을 떠난 주인이 찬장 속을 비우고 잠근 다음 벽지를 발라서 막아 두기를 원했기 때문이다. 이것이 그 이유였다. 찰리는 계단을 내려갔고 총 케이스에서 튼튼한 나사 돌리개를 꺼냈고 살그머니 헤롯방으로 돌아왔다. 그리고 힘들이지 않고 작은 방 벽에 붙여져 있는 작은 찬장의 문을 열었다.

그 속에는 몇통의 편지와 취소된 계약서 외에 양피지(羊皮紙) 증서가 있었는데 그는 그것을 창가로 가지고 가서 아주 흥분된 표정으로 읽었다. 그것은 다른 몇통인가의 증서를 토대로 하여, 2주일 정도의 시간을 두고, 작성한 보충증서로서 그의 아버지가 결혼하기에 앞서, 글린덴의 저택은 이른바 '한사상속재산(限嗣相續財産)'으로서 장남에게 준다는 것이었다.

찰리는 형 스클루프와의 소송 싸움으로 법률 지식도 다소는 있었다. 이 증서의 취지에 의하면 가옥과 토지가 형의 소유가 될 뿐 아니라 자신의 몸까지도 그 노기충천한 형의 소유가 될 수 있다는 것, 그리고 형은 동생에게, 아버지가 세상을 떠난 바로 그날로부터 땅값과 기타 동생이 얻어온, 모든 수입을 내놓으라고 요구할 수 있다는 것을 잘 알 수 있었다.

음산하게 구름이 낀 날이어서 어디선가 요기(妖氣)가 장난질 칠 것 같았다. 게다가 창문을 뒤덮을 것 같은, 큰 나무의 가지들 때문에 그가 서있는 주변은 어두컴컴했다. 마음의 동요가 심했던 그는 자기 마음을 돌려보려고 했다. 증서를 주머니 속에 집어넣기는 했지만 자칫했으면 그것을 당장 파기(破棄)하겠다는 결의를 굳힐 뻔했다. 전 같으면 이런 상황하에서 일순간이라도 우물쭈물하지는 않았을 것이다.

그러나 지금은 건강이 안좋아서 기력도 완전히 쇠진해 있었고 또 기묘하게도 이런 증서를 발견했기 때문에 그는 초자연적인 경이(驚異)에 사로잡혀 있는 형편이었다.

이처럼 강력한 동요상태(動搖狀態)에 있었을 때였다. 그는 작은 방 출입구 쪽에서 무엇인가가 킁킁 콧소리를 내면서, 초조한 듯 길고 낮은 신음 소리를 내며 문짝을 긁어대는 소리를 들었다. 그는 용기를 내어 그게 무엇인지도 모른 채 문을 열어제쳤다.

그 개가 평소 꿈속에 나타났던 개와는 전혀 다른 모습으로, 심히 기쁘다는 듯 꼬리를 흔들며 몸을 숙이고 아양 떨고 있었다. 개는 이 작은 방 구석구석을 돌아다니다가 어느 한구석을 향하여 심하게 짖어댔는데 달랠 엄두도 못낼 만큼 열을 올리고 있었다.

그런 다음 그 개는 주인의 발치에 돌아와서 꼬리를 흔들다가 그의 발 앞에 쭈그리고 앉았다. 시간이 다소 흐르자, 이 가련한 개, 친구 하나 없는 생물이 쏟는 애정에, 도리어 반감을 가지고 대해 왔던 자기자신을 힐난하고 싶은 심정이 되고 말았다.

개는 주인의 뒤를 따라 계단을 내려왔다. 그토록 강한 반감을 가져왔던 찰리였지만 기묘하게도 지금은 그런 마음이 사라졌다. 그의 눈에는 아주 온순하고 선량한 개로 보였고 어느 구석을 보더라도 보통 개로 보일 뿐이었다.

저녁때가 되었을 때는 이미 찰리는 중용(中庸)의 도(道)를 택하고자 결심하고 있었다. 형에게 증서를 발견했다는 사실을 알릴 까닭도 없고 증서를 굳이 파기할 까닭도 없다. 결혼도 하지 않겠다. 이미 결혼할 나이도 아니니까 — .

편지로, 누구든 한 사람 남아있는 수탁자(受託者)에게 증서가 나왔다는 것을 설명하고 — 형은 그런 것을 일체 잊어버리고 있을는지도 모를 일이지만 ── 형 자신의 보유권(保有權)을 확인한다면 자신이 죽은 후에 모두 정산(精算)하도록 조치하도록 하자. 그것이 공정(公正)할 게 아니겠는가?

어쨌든 이런 결정들이 그가 말하는 양심을 만족시켜 주었고, 형에 대한, 최선의 정당한 타협이라고 생각했던 것이다. 그렇게 마음을 굳힌 그는 평소와 마찬가지로 일몰(日沒) 때에 산책을 나갔다.

어둠이 깔릴 때에 돌아와 보니 언제나 그러했듯이 함께 따라 나갔던 개가 갑자기 기세좋게 뛰어다녔다. 최근에는 거의 전속력으로 그의 주위를 크게 원을 그리며 늘 그러했듯이 빙글빙글 돌고 있었다. 그 커다란 머리를 양 앞다리 사이에 끼듯 하면서 점차 힘차게 달리는데, 도는 원이 차츰 작아졌다. 그리고 계속 짖어대는 소리가 점점 높아졌다.

찰리가 발걸음을 멈추고 단장 잡은 손에 힘을 준 것은 그 개가 불꽃이 튀어나올 것 같은 눈을 부라리며 이빨을 드러내어 금방이라도 자기에게 덤벼들 기미를 보였을 때다. 자기를 가운데 두고 빙글빙글 도는 움직임에 맞추어 그 자신도 회전을 하면서 단장으로 때리고자 했는데 그것은 허사였다. 결국에는 지쳐서 개를 후려치려는 것을 포기하고 말았다.

그런데 그때 그 개가 멈춰서면서 몸을 웅크리고 기어오를 듯한 자세를 취하더니 순종하겠다는 듯 그의 발 앞에 쭈그리고 앉았다.

이토록 보기에 딱한 일도 없었다. 주인이 단장으로 두 차례 호되게 후려치자 개는 가련한 목소리로 짖어만 댈 뿐, 몸부림을 치면서 그의 발을 핥는 것이었다. 그가 쓰러진 나무에 가서 앉자 말을 못하는 상대는 평소의 기운을 되찾았는지 나무 뿌리에 코를 비벼대며 냄새를 맡는 것이었다.

그는 주머니 속에 들어 있을 증서를 더듬어 보았는데 그것은 무사했다. 그리고 또, 이런 적막한 장소에서 자기가 죽은 다음 형에게 재산이 돌아갈 수 있도록 증서를 보존해 둘 것인지, 아니며 즉시 파기할 것인지 고민했다. 마음을 파기하는 쪽으로 기울였을 때 개는 길고 낮은 목소리로 짖었고, 그 소리에 그는 제정신으로 돌아왔다.

서쪽으로 다소 기울어진 노목(老木)들이 빽빽하게 들어선 숲속에서 그는 앉아 있었다. 해가 졌건만 아직도 구름을 통해 하늘에서 아래쪽으로 반사되는 희미하고 빨간 빛이 이제 깔리기 시작하는 어둠에 비추어 요기(妖氣)를 뿜고 있었다. 넓고 조용한 웅덩이에 있는 이 숲은 한쪽 방향을 제외하고는 그 주위를 포위하고 있는 지평선 때문에 일종의 특유한 풍정(風情)이었다.

그는 일어서서 서로 엎치고 덮치며 쓰러져 있는 나무의 줄기가 우연하게 만들어 낸 선반 같은 곳을 바라보았다. 그 개는 몸을 잔뜩 긴장시키고 쭉 뻗고 있었는데 그로 인하여 그 추한 머리가 갑절쯤 더 커진 것처럼 보였다. 악몽이 다시 엄습해 왔다.

지금, 개는 그 괴상한 머리를 선반처럼 생긴 나무 틈에 틀어박고, 기다란 목도 디밀며 거대한 동체(胴體)를 도마뱀처럼 구부리고 있었다. 그리고 필사적으로 힘을 주어 나무 틈을 빠져나왔을 때, 그 개는 주인을 당장 물어뜯을 듯이 눈을 부라리며 짖어대는 것이었다.

찰리는 절뚝거리는 다리로 전속력을 내어 이 적막한 숲에서 집으로 가는 길로 뛰쳐나갔다. 그렇게 달리는 도중, 그가 어떤 생각을 했는지는 당사자인 찰리조차도 모를 지경이었다. 그런데 주인을 따라온 개는 기분이 가라앉았는지 그가 종종 꿈속에서 보았던 그런 개가 아니었다.

그날 밤 10시쯤 되었을 무렵, 찰리는 심히 동요된 표정으로 관리인을 불러놓고, 그 개는 틀림없이 미친 개이니 사살해 버리라고 명령했다. 그놈이 지금 있는 총기실에서 쏘아 죽여도 상관없다. 한 발이나 두 발쯤, 벽 널빤지를 뚫고 나가도 상관없다, 그렇게 하면 그 놈도 도망칠 겨를이 없을 것이라고 했다.

주인은 사냥터 관리인에게 큰 총알을 장전한 이연발(二連發) 총을 주었는데 관리인과 함께 현관까지 나갔다. 그는 관리인의 팔을 살짝 잡았는데 관리인의 말에 의하면 주인의 손이 떨리고 있었고 안색도 굳어진 우유빛처럼 창백했었다고 한다.

"쉿!"

주인은 낮은 목소리로 관리인의 걸음을 멈추게 했다. 두 사람은 실내에 있는 개가 소란을 떨며 창가에 있는 의자 위를 오르내리는 한편 방안을 마구 뛰어다니며 짖어대는 소리를 들었다.

"방심은 금물이야. 알겠나? 놓치면 큰일이구. 기회를 보아 옆쪽에서 두 발을 쏘는 거야!"

"미친개를 쏘아 죽이는 것은 이번이 처음이 아닙니다."

노리쇠를 잠그면서 관리인은 진지한 표정으로 말했다. 관리인이 문을 열었을 때 개는 불기가 없는 난로 위에 올라가 있었다.

"이 따위 보기에도 기분 나쁜 개는 본 적이 없다니까요."

개는 연통을 기어오르기라도 하려는 듯 몸을 웅크리고 있었다.

"그 따위 짓을 하면 당장에 물고를 내 버리고 말테다!"

개는 울부짖었는데 그것은 이미 개가 짖는 소리는 아니었다. 마치 제분소의 크랭크에 낀 사람이 지르는 절규와 같았으며 관리인에게 덤벼들기 직전에 한방 얻어맞았다. 그래도 관리인에게 덤벼들려고 했지만 머리 부위에 두 발째의 총알을 맞고는 그자리에서 나뒹굴었고, 관리인 발 아래에 거꾸러져서 희미한 단말마를 질렀다.

"이 따위 개는 본 일도 없다니까요. 또 그런 비명을 들은 적도 없구요."

관리인은 움찔하면서 말했다.

"이쪽 대가리가 이상한 것 같습니다."

"죽었나?"

"꿈쩍도 하지 않습니다."

관리인은 이렇게 대답하면서 개의 목줄기를 잡고 끌어냈다.

"어서 현관 밖으로 끌어내! 그리고 오늘 밤에는 문밖에 팽개쳐 두도록! 쿠버는 이놈이 마녀라면서 글린덴 저택에 두어서는 안된 다고 했지."

찰리는 그렇게 말하면서 창백한 얼굴에 가벼운 미소를 띠었다.

이 일로 가슴을 쓸어내리게 된 것은 물론 찰리였다. 그러나 그후 1주일 정도, 그는 안면(安眠)할 수가 없었다.

사람은 누구나 이렇게 해야겠다고 결심하면 신속히 행동에 옮길 일이다. 악(惡)에 감연히 몸을 맡기는 일도 있을 수 있겠지만 그렇 다고 해서 되어가는 대로 방치하고 있으면 당초의 의도는 유야무야 가 된다. 미신적인 공포의 생각에 사로잡혔던 순간에, 찰리는 다대 한 희생을 지불할 것을 결의하고, 불가사의하게도 손에 들어온 예 (例)의 증서에 관하여, 형에게 성실성을 보이겠노라고 결의했었다.

그러나, 그 결의가 금방 사기(詐欺)와의 타협에 밀려나고, 자기자 신에게 유리하게도, 하루하루 생활의 즐거움을 향수할 수 있는 날이 이어진다면, 그런 날이 끝날 때까지 형에 대한 재산의 반환을 연기 하기로 했던 것이다.

이윽고 형에게서 편지가 왔다. 그후로도 그런 편지는 계속해서 날 아왔다. 그 내용은 대략 이런 것이었다.

'찰리, 네가 은닉했든가 아니면 파기한 것이 틀림이 없는 증서가 있었음을 밝혀내기 위해, 나는 모든 수단을 다 동원할 것이다. 그 것은 너를 목매달기까지는 안심할 수가 없기 때문이다.'

이것은 물론 멍청한 자가 주장하는 것이라고 찰리는 간주했다. 처

음에는 그런 편지를 받고 그저 화를 내는 것으로 그쳤지만, 요즈음
에는 꺼림칙하기도 했다. 더구나 증서를 숨기고 있는 입장이어서 영
기분이 안좋았다. 증서가 존재하는 것, 그 자체가 그에게는 위험했
기 때문에 서서히 그것을 파기해 버리려는 생각으로 기울어가는 것
이었다.

그런 죄까지 범하려는 심경이 되기까지는 여러 우여곡절이 있었
다. 마침내 그는 결단을 내리고, 당장에라도 자기 신상에 먹칠을 하
고 파멸에 이르게 할 원인이 될지도 모르는 일건(一件)을 처리하고
말았다. 그렇게 함으로써 일단은 가슴을 쓸어내렸는데 그와 동시에
새로 생겨난 무서운 현실적 죄악감으로 고민하게 되었던 것이다.

초자연적이라고도 할 수 있는 불안감에서는 어느 정도 해방되기는
했지만 지금 그를 괴롭히고 있는 것은 또 다른 종류의 고민이었다.

그날 밤 그는 침대가 몹시 흔들리어 눈을 떴다고 생각했다. 어둠
침침한 불빛 속에서 두 개의 그림자가 침대 옆에 있으면서 서로 침
대의 지주(支柱)를 붙잡고 있는 것을 보았다.

그중 한쪽은 형 스클루프인 것 같은 느낌이었는데 다른 한쪽은
분명 아버지였다. 이 두 사람이 잠자고 있는 자기를 흔들어 깬 것으
로 생각되었다. 그가 눈을 떴을 때 아버지 토비가 지껄여댄 말은 이
런 내용이었다.

"우리들의 저택에서 나가도록 해라! 언제까지 이런 상태가 계속
되어야 한단 말이냐! 우리가 사이좋게 이 저택에 들어와서 사는
거야. 사전에 경고를 했건만 너는 일부러 그런 짓을 저지르고 말
았어. 그러므로 스클루프가 너를 목매달고 말 것이다. 우리 둘이
서 너를 죽일 것이야. 나를 똑똑히 보라. 이 악마의 앞잡이야!"

이렇게 말하면서 아버지는, 즉 이 저택의 선대(先代) 주인은, 총
알이 관통되어 피투성이가 된 얼굴을 흔들면서 다가왔다. 그 아버지

의 얼굴이 각일각 개의 형상으로 바뀌어 갔다. 그리고 몸을 뻗으면서 침대 위로 올라오기 시작했다. 그때 찰리는 시커먼 또 한 명의 사람 그림자가 침대의 다른 쪽으로 올라오려고 하는 것을 보았다.

그리고 이어서 곧이어 시끄러운 노호(怒號)와 혼란이 실내에서 일어났고 의미를 알 수 없는 빠른 말과 조소하는 소리도 들렸는데 그 말뜻을 알아들을 수는 없었다. 그래서 그는 그때에 자기 비명 소리로 인하여 눈을 떴던 것인데 정신을 차리고 보니 자기는 방바닥 위에 서 있었다.

망령(亡靈)의 모습과 떠드는 소리는 이미 사라진 후였지만 무엇인가의 파편이 충격을 받아 부서져 흐트러지는 소리와 그 여운이 귀에 남아있었다. 글린덴 저택의 매스튼 일족(一族)이 대대로 세례(洗禮)를 받을 때 사용해 온 대형 도기(陶器) 대접이 맨틀피스에서 떨어지면서 노석(爐石)에 맞아 산산조각이 나있었다.

"어젯밤에는 밤새 형 꿈만 꾸었소. 쿠버, 어쩌면 형이 죽은 게 아닐까?"

다음날 아침, 계단을 내려온 찰리가 물었다.

"무슨 말씀을 하십니까? 형님 꿈을 꾸셨다고요? 참으로 이상합니다. 나리, 저도 그분의 꿈을 꾸었습니다. 그분은 구멍 속에 빠져 있었는데 코트 자락에 불이 붙어 있더라구요. 그리고 큰나리께서 — 오오, 하느님 — 분명히 말씀하셨습니다. 분명 큰나리이심에 틀림없었습니다요. '일어나, 쿠버! 그놈을 죽여야겠으니 손 좀 빌려 줘. 그놈은 미친놈이고 내가 기르는 개가 아니야!'

그리고 제 머리속을 혼란하게 만든 그 모습은 아무리 보아도 어젯밤에 사살한 그 개처럼 생각되었습니다. 큰나리께 한대 얻어맞은 것 같아서 의식이 몽롱한 채로 '알겠습니다'라고 대답했습지요. 얼마동안은 그 일이 머리속에서 떠나지 않았습니다. 그런데 나리께서도 그 방안에 계셨습니다.”

　그날 편지가 몇통 도착했는데 그로 인하여 찰리가 알게 된 것은 형 스클루프는 죽기는커녕 더욱 활동적이란 것이었다. 찰리가 선임한 변호사에게서 온 편지에 의하면 형은 글린덴 저택을 자기 것으로 만들 수 있는, 제2의 증거를 이미 확보해 놓았고, 재산 양도를 위한 보충증서에 관한 소송을 곧 제기할 것이란 말을 들었다고 하는 심각한 경고조의 것이었다.

　그런 협박을 찰리는 일소에 붙이고 변호사를 격려하는 편지를 써 보냈는데, 그와 동시에 은밀한 단서로 인하여 생길지도 모를 사건을 각오하고 기다리는 심경이기도 했다.

　이제 스클루프는 공공연하게 협박해 오게 되었으며 예에 따라 그 집요한 악태(惡態)로 드디어 사기사(詐欺師)를 목매달게 해주겠다는 옛 약속을 몇번이고 반복하는 것이었다.

　그런데 이런 협박과 그 준비를 한창 진행해 나가던 중 돌연 평온이 찾아오게 되었다. 동생에 대한 보복의 준비를 끝내기도 전에 형이 죽은 것이다. 탄환을 맞고 비명횡사하는 사람처럼 죽음이 갑작스럽게 찾아오는 심장병의 일종이었다.

　찰리는 분명 기뻐했다. 안도의 한숨을 길게 내쉬고 가슴을 쓸어내릴 정도였다. 물론 그것이 꼭 악의에 의한 것만은 아니었지만 말이다. 어쨌든 은밀한 공포에서 벗어난 결과, 상큼한 기분이 든 찰리였다. 그리고 이상한 행운도 있었다.

　스클루프는 죽기 전날, 자신의 전재산을 어떤 모르는 사람에게 넘겨준다는 취지의 유서를 작성했는데, 찰리를 상대로 하는 소송을 일으킨다는 특별조건을 단 또다른 유서를 그 다음날 중으로 그 사람에게 보낼 계획이었으므로 원래 지니고 있었던 유서는 파기해 버리고 말았던 것이다.

그 결과 형의 전재산은 무조건 상속인인 찰리 것이 되었다. 그가 잔인하게도 형의 죽음을 뛸듯이 기뻐한 것도 무리가 아니었다. 그러나 반평생동안 서로 집요한 확집(確執)과 뿌리 깊은 증오를 했던 사이이다. 그런데다가 핸섬한 찰리는 마음속 깊이 유한(遺恨)도 있었거니와 복수를 즐겨하는 사나이였다.

그는 형이 원하고 있던 글린덴 예배당에 형을 매장하는 것조차도 능히 저지할 수 있었겠지만 변호사들은 그런 짓은 하지 말라고 말렸다. 그래서 찰리는, 매스튼가(家)의 선조들에게 경의를 표하기 위해 장례에 참석할 것으로 짐작되는 이 마을 사람들의 참석을 저지한다는 조건으로 승낙을 했었다. 하지만 그것은 비난이 심할 것 같아서 저지하지 않기로 했다.

그 반면 그는 자기 저택의 고용인들에게는 누구 한 사람, 형의 장례식에 나오지 못하도록 했다. 만약 장례식장에 나오는 자가 있으면 두번 다시 이 저택에서 일할 자리를 주지 않겠노라고 협박하는 찰리였다.

사람이 많이 모여서 사는 마을에서 떨어져 있는 이 저택 고용인들의 강한 호기심에 찬물을 끼얹었던 것이다. 노집사 쿠버는 예외로 하더라도 고용인들은 이 주인의 강압적인 처사에 입을 열지 못하였다. 선대(先代) 주인의 장남이, 일족들이 잠들어 있는 예배당에 매장되는 자리에 글린덴 저택의 고용인 중 아무도 참석하지 못하는 것을 쿠버는 심히 아쉬워했다.

일족에게 경의를 표하기 위해 그 지방 신사들이 저택으로 몰려올는지도 모른다며 떡갈나무로 장식한 방에 와인과 과자라도 준비하는 것이 어떻겠느냐고 권유했던바, 찰리는 독기를 뿜으면서 쓸데없는 걱정은 하지 말라며, 그런 손님들이 오거던 주인이 집에 없어서 아무 준비도 못했다고 말하면 된다며 말문을 막아 버리고 말았다.

쿠버가 열심히 간(諫)해 보았지만 주인은 화만 낼 뿐이었다. 그리고 엔젤관(館) 쪽에서 골짜기를 내려오는 장례행렬이 보일 무렵 찰리는 모자와 단장을 집어들고 산책길에 나가고 말았다.

안타까운 심정으로 쿠버는 문앞에서 오락가락하다가 셀 수 있는 한 마차의 수를 세어 보았다. 장례식이 끝나고 참석자들이 흩어지기 시작하자, 늘 열려진 채로 있어도 인기척이 없었던 현관에 돌아와 보니 장례식용 마차 한 대가 오고 있었다.

그리고 그 안에서 검은색 망토를 입고 모자를 푹 눌러 쓰고 모자에 크레이프 상장(喪章)을 단, 두 명의 신사가 나왔다. 그들은 안내를 청하는 일도 없이 돌계단을 올라서 저택 안으로 들어갔다. 그는 천천히 두 사람 뒤를 따라갔다. 마차는 틀림없이 안뜰 쪽으로 돌아서 들어간 것으로 생각했다. 왜냐하면 문에 도착해 보니 마차의 그림자도 없었기 때문이다.

그래서 두 명의 장례 참석자들을 뒤따라 저택 안으로 들어갔다. 그리고 현관에서 고용인과 만났는데 그 사람은,

"두 신사가 검정 망토 차림으로 이 현관에 들어오더니 모자도 벗지 않고 누구의 허락도 청하는 일 없이 계단을 올라가는 것을 보았습니다."

라고 말하는 것이었다. 쿠버는,

'그것 참 묘한 일이군. 그리고 그런 결례(缺禮)가 어디 있어.'

이렇게 생각했다. 그래서 그 두 사람의 정체를 확인해 보려고 2층에 올라갔다. 그러나 앞에서도 뒤에서도 두 사람은 발견할 수가 없었다. 그리고 그때부터 이 저택 안에서는 큰 소동이 일어났던 것이다.

이윽고 누가 먼저라고 할 것 없이 고용인들 사이에는 갖가지 이야기가 오고갔다. 복도에서 발짝 소리와 목소리가 뒤따라왔다든가

협박조의 조소(嘲笑)와 같은 속삭임이 회랑(回廊) 모퉁이와 어둠 속에서 들려와, 고용인들은 겁을 먹게 되었다는 이야기들이었다.

그들이 공포에 떨며 돌아오면 바싹 야윈 미세스 베게트에게 꾸중을 듣게 마련인데 그도 그럴 것이 그녀는 그런 유(類)의 이야기는 말할 가치도 없다고 생각했기 때문이다. 그러나 그녀 자신도 그후 얼마 안되어 생각을 완전히 바꾸게 되었던 것이다.

그녀 자신도 그런 소리를 들었기 때문이다. 그것도 그녀가 이 세상에 태어난 이후, 지금까지 거른 일이 없는 기도를 드리는 중에 틀림없이 들려와서, 그 기도를 방해하여 귀찮기 짝이 없을 정도였다. 그럴 때 그 목소리는 여러 가지 이야기를 하여 그녀를 겁먹게 하는데, 그녀의 말에 의하면 그 목소리가 차츰 협박과 모독적으로 변해 간다고 했다.

수수께끼 같은 이 목소리는 실내에서만 일어나는 것이 아니었다. 그녀의 귀에는 이 낡은 저택의 두툼한 벽 속에서, 근처에 있는 공동주택 쪽에서, 때로는 여러 방향에서 자기를 부르는 것 같은 소리가 들렸다.

멀리 떨어진 로비에서 들려오는 수도 있는가 하면 기다란 복도 저쪽에서 마치 협박하는 듯한 어조로 들려오는 수도 있었다. 목소리는 가까워짐에 따라 광포(狂暴)해져서 마치 여러 사람이 동시에 떠들어 대는 것 같았다.

앞에서 말한 것처럼 이 성실한 부인이 기도를 드릴 때마다 그 무서운 소리가 틀림없이 들려왔고, 겁에 질린 그녀가 무릎꿇고 앉아 있는 바닥에서 일어서면 언제 그랬느냐는 듯 갑자기 조용해졌다. 그리고 압박해오는 가슴의 동계(動悸)와 등줄기를 얼릴 것만 같은 신경의 흔들림만이 남는 것이었다.

그 목소리가 무엇을 말하고 있었는지 목소리가 멎는 순간, 미세스 베게트로서는 도저히 기억해낼 수 없었다. 어떤 언어가 다른 언어를 밀어냈고, 각각 무시무시할 정도의 확실한 조소와 협박, 불경한 탄핵(彈劾)의 말이 들려왔는가 하면 그 즉시 사라져 버리곤 했다. 그것이 머리털까지 쭈뼛하게 하는 조롱과 독설임은 분명한데 아무래도 그 정확한 내용을 마음속에 간직할 수는 없었다. 그 공포만이 뇌리에 선명히 새겨져 있을 뿐이었다.

오랫동안 이런 고뇌와 무관했던 사람은 이 저택 안에서 오직 찰리 한 사람뿐인 것 같았다. 그 한 주간(週間) 동안 미세스 베게트는 두 차례나 휴가를 얻을 결심을 했을 정도였다. 그러나 한군데에서 20년 이상이나 안정된 생활을 해온, 분별있는 여성이라면 그 정도의 일이 있다 하여 경솔하게 휴가를 얻거나 하지는 않을 것이다.

토비가 살아 있던 시절, 그래서 이 저택의 생활도 순풍에 돛을 달았던 시절을 기억하고 있는 사람도, 지금은 그녀와 쿠버뿐이었으니 말이다. 그 외에는 고용인도 거의 없었고 그들 역시 상근(常勤) 고용인이라고 할 수는 없었다.

하녀인 메그 도브스는 이 저택에서 자지 않고 매일 밤 동생이 데리러 오며 문지기 방에 사는 아버지에게로 가서 잠을 잔다. 갈 때까지는 무섭지만 그것을 무릅쓰고 말이다.

낙담한 이 글린덴 저택의 임시 고용인들에게 있어서 큰 힘이 되어 주었던 미세스 베게트도 그만 기가 죽어서 미세스 카임과 부엌에서 잡일을 하는 하녀 베드를 자신의 넓고 퇴색된 방으로 불러들이어 마음을 주고받으며, 그녀들과 함께 밤마다 공포를 나누고 있었다.

이런 일에 화를 내면서 그들을 꾸짖는 사람은 쿠버뿐이었다. 자기 눈으로 분명히 본 일이니 그것은 틀림없는 사실이었다. 이 저택에 두 명의 망토 차림 사나이들이 들어가는 것을 보았던 그다. 그 역시 초조하고 불안했었다.

그러나 그는 여자들의 이야기를 듣고는 그 말을 신용하지 않는 체하면서 두 명의 장례식 참석자들이 출영(出迎)하는 사람이 없는 채 이 저택에서 나갔다고 생각하는 척했다.

밤이 되어 쿠버가 떡갈나무 방으로 불려와 보니 주인은 담배를 피우고 있었다. 주인은 화를 내며 새파랗게 질린 얼굴로 말했다.

"저어, 쿠버! 그대는 무슨 생각으로 묘한 얘기를 퍼뜨리어 어리석 은 여자들을 겁주는 게요? 이집에 유령이 나온다면 그대도 이 집 에 있어야 할 까닭이 없을 것이니 짐을 싸가지고 나가는 게 어떻 겠소? 그대가 없어도 이집 살림을 꾸려 나가는 데는 아무 지장도 없을 것이오.

베게트가 요리사와 풋내기 하녀를 데리고 와서 함께 먹고자면 서 악마를 설복(說伏)시켜 줄 사제(司祭)를 고용해 달라고 부탁 을 하는 거요. 그 여자들에게 묘한 얘기를 해준 사람은 틀림없이 그대이지? 메그는 이 저택에서 자는 것이 무서워 매일 밤 문지기 집에 가서 잔다는 거요. 그대가 미신 같은 헛소리를 했기 때문이 야! 이 늙은 얼간이야!"

"나리, 그것은 저 때문이 아닙니다. 제가 꾸며낸 이야기가 아닙니 다. 저는 오히려 그 사람들에게 그건 모두 바보스런 이야기라고 말해준 걸요. 미세스 베게트에게 물어보십시오. 제 말을 듣지 않 고 그들 모두가 헛소리를 하고 다녔던 것이라니까요."

주인은 눈을 부릅뜨고 버럭 화를 내면서 뭐라고 혼잣말을 중얼거 렸다. 난로 속에 받쳐진 작은 선반 같은 데다가 파이프 재를 턴 주 인은 다시 쿠버 쪽을 향했다. 창백한 얼굴은 그대로였는데 지금까지 격노했던 어조를 바꾸어 다소 상냥하게 말했다.

"쿠버, 그대는 정신만 똑똑히 차린다면 결코 어리석은 짓은 하지 않는 사람이오. 이집에서 유령이 출몰한다면 그것이 이야기를 걸

상대는 어리석은 여자들일 것이란 것쯤은 잘 알고 있을 것이오.
내가 상상도 하지 않는 것을 그대가 이것저것 상상해서 대체 어
떻게 하자는 게요?

옛날에는 그대도 머리가 좋았던 사람이었소. 아버지가 입버릇
처럼 말한 것을 흉내내겠다는 것은 아니지만 그 좋은 머리에 괴
상한 모자를 뒤집어 쓰면 안되오. 있지도 않은 연극을 꾸며내어
모든 사람을 공포 속에 빠뜨리고, 마을 사람들로 하여금 글린덴
일가(一家)의 험담을 하게 만드는 그 따위 얼간이 짓을 하면 안
되오. 그것이 그대의 본심은 아니겠지? 그렇지?

여자들이 부엌에서 나갔을 것이니 불을 피우고 그대의 담배 파
이프를 준비하구려. 나도 이 담배를 다 피운 다음에는 그대에게로
가겠소. 함께 담배나 피우면서 브랜디 칵테일이라도 마십시다.”

이 혼란스럽고 적막한 저택 안에서 주인이 제시하는 이런 타협조
차도 대수롭지 않다고 생각한 노집사는 계단을 내려갔다. 섬길 주인
을 선택하는 처지가 아닌 자기가 주인에게 함부로 대들 수는 없는
일이 아니겠느냐고 생각하면서 그는 아래층으로 내려갔다.

주인이 지시한 대로 이것저것 준비를 한 다음 그는 널찍하고 낡
은 부엌에 앉아서 난로 격자(格子)에 두 다리를 올려놓았다. 그의
옆에 있는 카드 테이블에 놓여진 대형 놋촛대의 양초가 빨갛게 빛
을 내고 있었고, 그 옆에는 브랜디 병과 글라스, 그리고 그 자신의
파이프도 준비되어 있었다.

그리고 이런 준비가 모두 끝나자 여러 대(代) 전의 사람들이라든
가 좋은 시절의 일들을 아직도 잊지 못하고 있던 노집사는 그 옛날
의 추억을 더듬다가 서서히 잠이 들었던 것이다.

쿠버는 누군가가 자기 머리 바로 옆에서 낮은 목소리로 말하는
소리를 듣고 실눈을 떴다. 그는 그때 이 저택의 그 옛날 꿈을 꾸고

있었는데 누군지는 모르겠지만 젊은 주인이 자기를 올무로 묶으려고 하는 것 같아서 뭐라고 잠꼬대를 한 것 같았다.

　"너는 장례식에도 나오지 않았어. 죽여 버릴 거야. 귀를 잘라 버리고!"

라는 굵고 날카로운 소리에 눈을 떴던 것이다. 그와 동시에 관자놀이를 호되게 얻어맞았으며 그는 무의식중에 벌떡 일어났다. 불은 꺼져 있었으며 한기가 돌았다.

　촛불을 꽂아 놓았던 등이 꺼지려 하고 있어서 바닥으로부터 천장에 이르기까지 하얀 벽에서는 기다란 그림자가 춤을 추고 있었다. 어쩐지 그 검은 윤곽이 망토를 걸친 그 두 사나이와 비슷하다는 생각이 들어 등골이 오싹했다.

　그는 서둘러 촛불을 손에 들고 복도로 나왔다. 그 복도의 벽에도 마찬가지로 검은 그림자가 있었다. 그는 촛불이 꺼지지 않도록 손바닥으로 가렸는데 어서 자기 방으로 가고 싶어졌다. 그때 자기 머리 위에서 돌연 주인 방의 벨소리가 들려왔다. 그는 기겁을 했다.

　"아니, 벨이 울리네. 역시 그랬었구나."

　쿠버는 중얼거렸다. 그리고 점점 더 요란하게 울려대는 벨소리를 들으면서 서둘러 갔는데 자기 목소리를 듣고서야 겨우 안정을 되찾았다.

　"나리도 나처럼 주무셨던 게야. 나는 틀림없이 잠이 들었었다고. 그러다가 눈을 떠보니 불이 꺼져 있었구……. 나리가 믿지 않겠다면 50파운드를 걸고 내기를 해도 좋아."

　"누구야!"

　집사가 떡갈나무 방의 문 손잡이를 돌렸을 때, 주인은 강도라도 만난 사람의 어조로 거칠게 외쳤다.

　"접니다. 쿠버입니다, 나리. 부엌에 오신다더니 안오셨더라고요."

"컨디션이 아주 안좋아요. 의식을 잃을 것만 같아. 무엇인가에게
얻어맞은 것 같기도 하고."

"예?"

두 사람은 얼굴을 마주 보았다.

"들어와요. 그리고 여기 있어 줘요, 쿠버. 나 혼자 있게 하지 말
고……. 방안을 살펴본 다음 이상없다고 말해 주오. 쿠버, 손 좀
줘요. 뭔가 잡지 않고 있으면 불안해서 못견디겠소."

주인의 손은 차갑고 습했으며 심히 떨리고 있었다. 동이 트려면
얼마 남지 않았다. 잠시 후, 그는 이야기하기 시작했다.

"해서는 안될 짓을 여러 가지나 했소. 나는 천당에 들어가지 못할
것이오. 그러나 하느님의 은총이 내리기를 원하고 있소. 천당에
못들어갈까? 나는 심한 절름발이요 ─. 살아 있어도 아무런 도
움이 안되는 몸이외다. 앞으로는 술도 끊고, 늦기는 했지만 결혼
도 할 것이오.

상대는 신분이 높은 여성이 아니라 가정적인 보통 여성이라도
좋소. 농부인 클램프네 막내딸, 그 처녀는 착하고 분별력이 있는
아가씨요. 그 처녀를 아내로 맞아들여도 이상하지 않겠지? 그 처
녀라면 내 수발도 잘 들어줄 것이오.

머리속에는 묘한 꿈을 가득 담고 있으면서, 어느 나라에서 짠
것인지 알 수조차 없는 멋진 직물(織物)을 집에 들여오기도 할
것이고 ─. 사제(司祭)와 의논을 하여 누구에게나 잘 대해줄 것
이야. 그리고 나는 말야, 내가 숱하게 저지른 죄들을 후회하고 있
소."

싸늘하고 황량했던 밤은 이미 밝아가고 있었다. 쿠버의 애기에 의
하면 좀 쉬라고 권했건만, 모자와 단장을 들고 서둘러 산책길에 나
선 찰리의 안색은 심히 안좋았다고 한다. 그가 심히 상기되고 갈팡

질팡했던 점으로 보아 그는 저택에서 탈출하려는 것이 목적이었음이
분명했다.

찰리가 부엌에서 모습을 나타낸 것은 12시, 이곳에 오면 고용인
중 누군가를 만날 수 있을 것으로 생각했기 때문인 듯했다.

그런데 그때 그의 용태(容態)는 그 전날로부터 10년이나 세월이
흐른 후의 용태와 같았다. 그는 불 옆으로 의자를 끌어다 놓고 한마
디 말도 없이 앉아 있었다. 쿠버가 애플벨리에서 의사를 불렀고, 그
의사가 막 도착했건만 찰리는 진찰을 받으려 하지 않았다. 쿠버가
병원에 가자고 조를 때마다,

"진찰하고 싶으면 의사를 오라고 하오."
라며 고집을 부렸기 때문에 의사를 일부러 왕진까지 시켰던 것인데
찰리의 상태는 의사가 예상했던 것보다 훨씬 나빴다.

주인은 침상에 누으라는 의사의 지시를 거부했는데 생사(生死)에
관계된다는 의사의 말에 기가 꺾인 것 같았다.

"그럼 선생이 하라는 대로 하겠소이다. 단, 쿠버와 딕 키버도 한
방에 있게 해주시오. 혼자 있게 하지 말아 달라는 뜻이오. 그리고
그 두 사람에게 불침번을 서게 해주시오. 의사선생도 우리집에서
당분간 침식을 해주시오.

원기가 다소 회복되면 도시에 나가서 살 작정이오. 옛날과 달라
서 지금은 아무것도 할 수가 없으며, 이런 생활은 아무 쓸모도 없
을 것이므로 앞으로는 좀더 값어치있는 생활을 하고 싶소이다. 내
가 하는 말을 잘 들으시오. 누가 비웃더라도 사제와 상담도 할 생
각이오. 모든 사람이 비웃는다해도 괘념치 않으리다. 그것이 내가
값있게 살려는 증거가 될 것이니까."
환자가 자기 지시에 제대로 따라주리라고 생각도 하지 않았기 때
문에 의사는 주립병원(州立病院)에서 두 명의 간호사를 불렀다. 의

사는 그 자신이 글린덴에 온 후 저녁때가 되어서야 그 두 간호사와 만났다.

쿠버는 침실 바로 옆의 화장실(이 화장실은 변소란 뜻이 아니라 진짜 화장을 하기 위한 방이다)에서 불침번을 서라는 지시를 받았다. 그런 지시를 해놓고서야 찰리는 다소 안심을 했는데 의사의 말로는 집주인 찰리가 발열(發熱) 때문에 기묘한 흥분상태에 있는 것이며, 그 기분이 좀 가라앉았기 때문에 겁을 내고 있는 것이라고 했다.

나이가 지긋하고 온순하며 학식이 있는 것 같은 목사(牧師)가 와서 그날 늦게까지 찰리와 이야기를 나누었고 두 사람이 기도를 드렸다. 목사가 돌아가자 주인은 두 명의 간호사를 머리맡으로 부르더니 이런 말을 했다.

"이따금 웬 남자가 혼자 찾아오는데 신경을 쓰지 마오. 그자는 문에서 얼굴을 내밀고 손짓을 하지. 상복(喪服)을 입고 검은 장갑을 끼었는데 바싹 마른 꼽추요. 벽에 댄 널빤지처럼 안색이 검고 야윈 남자이기 때문에 금방 분간할 수 있소. 그자는 웃기도 하는데 신경을 쓰지 마시오.

그자가 있는 쪽으로 다가가도 안되고 불러들여도 아니되오. 그는 아무 말도 하지를 않소. 혹 화를 내면서 노려보더라도 무서워하면 안되고 — . 그자는 아무 짓도 안하고 그저 가만히 있다가 제풀에 지치고 마오. 그러니 절대로 방안에 불러들이거나 그 뒤를 쫓아가지 않도록 해주오."

이야기가 끝나자 간호사들은 이마를 맞대고 무언가 속삭이었다. 그런 다음 쿠버를 만나서 이것저것 상담했다.

"천만의 말씀! 그렇지 않습니다. 이 저택에는 미치광이 따위는 한 사람도 없다구요. 간호사님들이 본 사람 외에는 아무도 없습니다.

우리 주인나리께서는 지금 두통이 심하시고 열이 좀 있을 뿐입니
다. 그것뿐이라니까요.”

밤이 깊어짐에 따라 주인의 용태(容態)는 점점 악화되어갔다. 생
기가 없어지고 헛소리를 해대는데, 술·개·변호사 등 알 수 없는
여러 말을 지껄여댔다. 그러더니 형 스클루프에 관해서 지껄이기도
했다.

그가 헛소리를 하고 있을 때 홀로 그 옆을 지키던 간호사인 미세
스 올리버는 누군가의 손이 문 손잡이를 살며시 돌리는 소리를 들
은 것 같았다.

“아니! 대체 누구예요?”

라고 그녀는 절규했다. 누군가 문 쪽에서 얼굴을 내밀며 싱긋 웃고
손짓을 한다는 검은 옷의 꼽추 이야기를 떠올리며 간을 졸였다.

“쿠버씨! 어서 와줘요! 어서요. 부탁이에요! 쿠버씨.”

난로 곁에서 꾸벅꾸벅 졸고 있던 쿠버가 비틀거리며 화장실에서
오자 그녀는 그에게 매달렸다.

“꼽추 사나이가 문을 열려고 왔습니다. 거짓말이 아니라니까요.”

주인은 열이 높았다. 그래서 그녀가 그런 말을 하는 것도 모르는
채 신음을 하면서 헛소리를 하고 있었다.

“진정하세요, 올리버씨. 그런 일은 있을 수 없습니다. 우리 저택
에는 그런 사람은 살고 있지 않으니까요. 나리께서는 뭐라고 하시
던가요?”

“무슨 말을 하시는지 알아들을 수 없었습니다만 계속 스클루프,
스클루프라고 하시더군요 ─. 쉿, 저것 보세요. 또 손잡이를 ─.”

라면서 그녀는 금속성으로 째지는 소리를 지르더니 다음과 같이 덧
붙였다.

“저것 보시라니까요. 문으로 머리와 목을 내밀고 있지 않습니까.”

그녀는 몸을 벌벌 떨면서 쿠버에게 매달렸다. 쿠버는 숨을 제대로 쉴 수 없을 정도였다.

촛불이 다소 흔들리면서 문 쪽에 무언가 움직이는 그림자가 보였다. 이어서 긴 목에 높고 콧날이 선 코를 가진 사나이의 머리가 실내를 기웃거리며 쳐들어올 기세를 보이고 있었다.

"그런 엉터리 같은 말을 하면 안됩니다."

쿠버는 소리쳤으나 그 자신도 새파랗게 질리어 그녀를 꽉 끌어안았다.

"알겠습니까? 촛불 때문이에요. 움직이고 있는 것은 이 촛불뿐입니다. 보세요, 그렇지요?"

그는 촛불을 치켜들면서 말했다.

"분명 저 문에는 아무도 없습니다. 나를 좀 놔주세요. 조사해 보겠으니……."

미세스 올리버는 어찌나 무서웠던지 쿠버가 문을 열고 확인하고자 했을 때, 소파에서 자고 있는 동료 간호사를 흔들어 깼다. 문 가까이에는 아무도 없었다. 그러나 회랑(回廊) 옆에는 쿠버가 실내에서 본 것과 비슷한 그림자가 있었다.

촛불을 더 높이 치켜들자 그 그림자는 머리를 움츠리며 기다란 손으로 이리 오라는 듯 손짓을 하고 있는 것 같았다. 미세스 올리버가 저처럼 두려워하는데 자기까지도 떨면 안되겠다며 쿠버는 외쳤다.

"촛불을 높이 들었기 때문에 생긴 그림자일 뿐이라니까요."

그리고 촛불을 든 채 회랑 구석까지 걸어갔다. 아무것도 없었다. 그 위치에서 기다란 회랑 끝을 바라보지 않을 수 없었다. 그가 들고 있는 촛불을 움직이자 바로 앞에서 아까 그것과 똑같은 그림자가 떠올랐다. 가까이로 다가가자 그림자는 후퇴하면서 따라오라고 손짓을 하는 것이었다.

"그렇다니까! 촛불 때문이야!"

이 추악한 그림자가 ― 문자 그대로 그것은 그저 그림자에 지나지 않는다고 그는 확신하고 있었지만 ― 모습을 나타내는 집요함에 화를 내고 겁을 집어먹으면서도 그는 전진해 나갔다.

방금 그 그림자가 출현했던 곳으로 생각되는 지점에 도착하자 그림자는 이동을 했는데 쿠버가 다가간 낡은 찬장 널빤지 중앙으로 사라져 버린 것 같았다. 이 널빤지 중앙부에는 이리 대가리의 양각(陽刻) 장식이 붙어 있었다.

그 장식에 촛불이 닿았다. 그러자 잡을래야 잡히지 않는 그림자가 마구 흐트러지더니 묘하게도 다시 재생(再生)되어가는 것 같았다. 장식품인 이리의 눈이 한 점(点)의 반사광(反射光)을 받으면서 반짝였다. 그 빛은 비웃음을 띤 입도 비췄는데 그것이 스클루프 매스튼의 높고 콧날이 선 코를 연상케 하며, 그 날카로운 눈이 부동의 의미를 지니면서 자기를 응시하고 있는 것 같았다.

몸조차 움직일 수 없는 쿠버는 그 광경을 노려보고 있었다. 이윽고 얼굴과 그것에 이어지는 동체(胴體)의 전체 모습이 차츰 목제(木製) 부분에서 나타나는 것을 보았다는 느낌이 들었다. 그순간, 옆쪽 회랑에서 시끄럽게 들려오는 사람의 목소리를 들었는데 큰 소리로,

"이젠 마지막이다!"

라고 외쳤다. 발길을 돌려 일진(一陣)의 강풍(強風)처럼 이 낡은 저택을 뒤흔드는 것 같은 소리에 당황하면서 급거 주인의 방으로 돌아갔다.

공포에 휩싸이면서도 쿠버는 주인의 방으로 뛰어들어 얼른 문을 닫고 재빨리 잠그었는데 그때 그의 얼굴은 살인마에게 쫓기는 표정

바로 그것이었다. 화장실 문 가까이에 가서 그는 낮은 목소리로 말했다.

"지금 그 소리 들었습니까?"

모두 귀를 기울였지만 한밤중의 정적을 깨는 외부의 소리는 전혀 들려오지 않았다.

"에잇! 이상해진 것은 오히려 이 늙은이의 머리인가?"

그들의 얘기 소리에 겁을 집어먹다니 —. 멍청이가 된 것은 그 자신이었다. 창문이 덜그럭 소리를 내도, 핀이 바닥에 떨어져도 자기는 지금 쭈뼛쭈뼛하고 있으니 말이다. 그는 입을 다물고 말을 하지도 말아야겠다고 생각했다. 그래서 그날 밤은 브랜디를 마시고 주인의 침대 옆에서 주인의 용태를 지켜보기로 하였다.

찰리는 뇌염(腦炎)에서 서서히 회복되었는데 완치되지는 않았다. 지극히 사소한 일이라도 그를 동요시키는 것이라고 의사는 말했다. 완전한 회복을 위해 필요한 전지요양(轉地療養)을 할만큼 기운이 회복되지도 않은 상태였다.

화장실에서 자는 쿠버가 이제는 주인의 유일한 불침번이었다. 환자의 증세는 아주 묘했다. 찰리는 한밤중에도 침대에서 몸을 반쯤 일으키고 기다란 도제(陶製) 파이프로 담배를 서서히 피우는 것을 좋아했다.

그는 쿠버가 난롯가에 앉아 있으면 그에게도 담배를 같이 피자고 한다. 주인과 그 조신한 집사가 끽연의 즐거움을 탐닉하듯 하는 끽연이란 실로 과묵한 기쁨이라고 찬양한다.

주인이 이야기를 시작한 것은 담배를 세 모금 깊이 빨아마신 다음 쿠버에게 파이프를 넘겨주었을 때였다. 그가 이야기를 시작했을 때, 쿠버로서는 듣기에 아주 황당스러운 것이었다.

"저어, 쿠버, 내 얼굴을 좀 자세히 살펴본 다음 분명하게 말해

주오."

찰리는 이렇게 말하면서 아주 침착하게 교활한 웃음을 띠고 쿠버를 바라보는 것이었다.

"지금까지 줄곧 우리집에 누군가가 있었다는 것은, 나와 마찬가지로 그대도 잘 알고 있었을 것이오. 부정할 필요는 없어요. 그……그것은 스클루프와 아버지, 맞지요?"

무표정한 주인의 얼굴을 바라보면서 쿠버는 잠시 주저하다가 엄숙한 어조로 말했다.

"그런 얘기는 하지 말아 주십시오, 나리."

"거짓말을 한들 무슨 소용이 있겠소? 쿠버, 스클루프가 그대의 오른쪽 귀를 먹게 했지요. 내 말이 맞지? 그자는 화난 얼굴로 나타나곤 하는데 나까지 이 뇌염으로 죽이려고 하는 게요. 그러나 아직 결정적으로 나를 해코지하지는 못했소이다. 어쨌거나 형은 사악한 얼굴로 나를 괴롭히는데…… 그런 형을 그대도 보았을 텐데……."

쿠버는 겁을 집어먹었다. 주인의 입 가장자리에 떠오른 이상야릇한 미소를 보고는 더욱 겁을 먹었다. 손에 들고 있던 파이프를 놓친 그는 망연자실하여 주인을 바라보았는데 마치 꿈속에 있는 것과 같은 기분이었다.

"그렇게 생각하실지라도 그런 식으로 웃지는 마십시오."

그는 음침한 말투로 지껄였다.

"쿠버, 나는 이제 몹시 지쳤소. 그래서인지 웃는다는 것은 무엇보다도 좋을 것 같구려. 그래서 웃음이 나올 때면 그냥 웃고 있는 것뿐이오. 그 두 사람이 나를 어떻게 할 것인지 그대도 짐작하고 있지? 내가 하고 싶은 말은 그것뿐이오. 자아, 파이프를 집으시오. 나는 잠을 자겠소."

그리고 주인은 몸을 돌리면서 베개에 머리를 얹고 누웠다. 쿠버는 주인의 자는 모습을 보다가 문 쪽에 힐끗 시선을 돌렸다. 그런 다음 글라스에 브랜디를 반쯤 따라서 마시니 마음이 다소 가라앉았다. 그도 화장실에 가서 누웠다.

한밤중에 찰리는 돌연 쿠버를 깨웠다. 쿠버는 실내용 슬리퍼를 끌고 와서 주인의 머리맡에 섰다.

"그대에게 선물을 좀 줘야겠소. 헤이젤덴에서 땅값이 어제 들어왔소. 이것을 주겠소. 50이요. 나머지는 내일 네리 카웰에게 주리다. 이제 잠을 잘 잘 수 있겠군. 아까 형을 만났는데, 그다지 나쁜 사람은 아니었소. 크레이프 상장(喪章)을 걸고 있습디다. 왜냐하면 내가 도무지 익숙한 얼굴이 아니라고 했기 때문이오. 앞으로는 형에게도 여러 가지 것을 해줄 생각이오. 우유부단만은 금물이오. 그럼 편히 쉬시오, 쿠버."

그리고 주인은 떨리는 손으로 노인의 어깨를 정답게 두드린 다음 자기 방으로 돌아가게 했다.

"아무래도 나리의 표정이 이상해. 의사선생은 자주 오지 않는다고 했는데……. 그리고 그 기분 나쁜 웃음에……. 손은 죽은 사람의 손처럼 차디찼어……. 머리가 이상해지신 것 같던데 그렇게 되지 않기를 기도할 수밖에……."

이런 생각을 입으로 중얼거리다가 아까 받은 선물, 그 기쁜 선물 생각을 떠올린 그는 마침내 잠이 들었다.

이튿날 아침, 주인의 방을 기웃거리니 침대는 뱀이 허물을 벗은 것처럼 비어 있었다.

'곧 돌아오시겠지 뭐.'

쿠버는 이렇게 생각하면서 평상시와 마찬가지로 방정리를 하기 시작했다. 그러나 주인은 돌아오지 않았다. 이윽고 불안해진 그는 저택 안을 샅샅이 찾아보았지만 역시 주인은 없었다. 그는 심히 낭패했다.

 '대체 어떻게 된 걸까?'

 잠옷과 슬리퍼말고는 없어진 옷이 한가지도 없었다. 그처럼 병이 든 몸으로, 그리고 그런 차림으로 집을 나갔단 말인가? 그렇다면 결코 정상이라고 할 수 없는 일이다. 그런데다가 어젯밤은 안개가 끼고 추웠으니 한데서 견디기 어려웠을 것이다. 아직 살아 있다고 장담하기조차 어려운 일이 아닌가?

 그때 이 저택으로 달려온 톰 에드워드의 이야기에 의하면 오늘 새벽 4시경 — 달은 아직 떠오르지 않았다고 했다 — 그가 어두운 밤길을 시장으로 향하여 짐마차를 몰고 가는 농민(農民) 노크스와 길동무가 되어 1마일 반쯤 걸어갔을 때, 그곳에서 세 사람의 사나이가 마차 앞을 불과 20야드가량 앞에서 걸어가고 있었다고 한다.

 글린덴 저택의 문지기 오두막으로부터 멀리 떨어져 있는 길을 타박타박 걸어서 말이다. 그리고 묘지의 문이 안쪽에서 열렸고 세 명의 사나이는 그 속으로 사라졌으며 문이 닫혔다. 그는 이런 광경을 보았노라고 이야기했다.

 톰 에드워드는 그 세 사람이 틀림없이 매스튼가(家)의 누군가가 죽어서 그 장례 준비를 하기 위해 묘지 안으로 들어갔을 것으로 생각했던 것이다. 그 집안에 그런 불행한 일이 일어나지 않았음을 잘 알고 있던 쿠버는 그 이야기를 듣자 무섭고 불길한 느낌이 들었다.

 그런 연후에 쿠버는 세밀한 수색을 개시했는데 이윽고 4층의 그 적막한 방, 헤롯왕의 방을 떠올렸다. 그 방은 아무런 변화도 없었는데 작은 방 쪽 문이 약간 열려 있었다. 아직 날이 완전히 밝지 않아서 어두컴컴했지만 문 윗부분에 커다랗고 하얀 매듭 같은 것이 늘어져 있었으며 그것이 그의 눈길을 끌었다.

무엇인가 무거운 것이 문을 위에서 짓누르고 있는 것 같았다. 그는 가까스로 힘주어 밀자 문이 다소 움직였는데 그와 동시에 방안을 온통 뒤흔들어놓는 것 같은 소리가 났다. 정적을 되찾았을 때 그 소리는 복도 구석구석까지 반향(反響)을 일으키면서 멀어져 갔는데 누군가의 웃음소리로 들려왔다. 쿠버는 그 소리에 기절할 뻔했다.

문을 밀쳐서 열자 주인은 바닥에 쓰러져 있었다. 마구(馬具)로 쓰던 밧줄이 찰리의 목에 감겨져 있었는데 그것으로 목을 매고 죽어간 것이다. 몸은 이미 차디차게 식어 있었다. 숨을 거둔 지 상당한 시간이 흐른 것이다.

이윽고 검시관(檢屍官)이 검시를 했고 배심원은 찰리 매스튼이 일시적인 광기(狂氣)상태에 있었고 자신의 손으로 죽음을 택한 것이라고 판정했다. 그러나 이 사건에 대하여 쿠버는 한마디도 발언을 하지 않았다. 그는 주인의 죽음에 대하여 상당한 의견을 가지고 있기는 했지만 말이다. 그후에도 그 일을 입밖에 내는 일이 없었다.

그는 여생을 요크에 이사해서 살았는데 말수가 적고 무뚝뚝한 노인이란 평을 들었다. 단 교회에는 열심히 나갔고 술도 다소 마시면서 용돈은 부족하지 않게 썼었다. 이러한 그의 만년(晩年)에 대해서 지금까지도 기억하고 있는 사람들이 있다.

공포 속의 빈 집

어떤 종류의 집은 어떤 부류의 인간과 마찬가지로 악(惡)에 물이 든 성격을 금방 나타내지 아니하는 것 같다. 인간인 경우에는 이렇다 할 특징이 얼굴에 나타나지 않는 법이다. 꺼림칙하지 않은 표정, 천진난만한 미소를 자랑하려는 마음만 먹으면 그렇게 할 수도 있는 무리일는지도 모른다.

그런데 얼마동안이라도 사귀어 보면 그들의 존재, 그 자체에 무엇인가 결정적인 차이가 있다. 즉 그들은 악(惡)이라고 하는 것, 하지 않으려고 해도 어쩔 수 없는 불신감을 심게 되니 말이다. 모르는 사이에 그들은 악이라고 하는 사상(思想)의 분위기를 표출시키는 것 같은데, 그로 인하여 인근 사람들은 이 병적(病的)인 것을 피하고자 그런 무리들에게 멀어져 가는 법이다.

그리고 이것과 똑같은 원리가 가옥에 있어서도 작용하는 것이리라. 어느 집 지붕 밑에서 일어난 악행(惡行)의 냄새가 그 당시는 이미 이 세상을 떠난 후에까지도 소름을 끼치게 만드는 법이다. 악에 빠졌던 인간이 행한 그 당시의 표정이라든가, 희생자가 치러야 했던 공포의 찌꺼기가, 그런 사실을 전혀 알 길이 없는 구경꾼들 마음속에 침입한다.

그러면 그 구경꾼은 신경이 곤두서고 소름이 쫙 끼치며 얼굴에

핏기가 가셔지는 것을 느끼게 된다. 그 사람 자신에게 있어서는 까닭 모를 공포에 사로잡히는 것이다.

그 문제의 집도 외견으로 보는 한, 그 집안에서 지금도 숨쉬고 있을 공포의 이야기를 눈치채게 하는 것은 아무것도 없었다. 그집은 외따로 들 한복판에 있는 것도 아니려니와 보기에 황폐하여 귀신이 나올 것 같은 집도 아니다. 그집은 여러 건물들이 즐비하게 들어서 있는 광장의 한쪽에 자리잡고 있으며, 그집 양쪽에 서있는 건물도 그집과 똑같은 모양이었다.

똑같은 수(數)의 창이 있고, 똑같은 발코니가 정원을 내려다보고 있으며, 똑같이 하얀 계단이 묵직하고 검은색인 현관과 통해 있다. 뒤꼍에는 마찬가지로 길고 갸름한 녹지(綠地)가 예쁘장한 회나무와 함께 벽 가장자리까지 이어지며 벽 너머 이웃집 뒤뜰과 접하고 있다. 심지어는 지붕 위로 삐져나온 굴뚝 통풍관의 수까지 같은가 하면 차양의 폭과 각도, 그리고 지하실로 내려가는 손잡이의 높이까지 모두 똑같다.

그런데 광장 옆의 이 집은 50채가량의 볼골사나운 이웃집들과 아주 똑같게 보이지만, 실제로는 아주 다른 — 무서울 만큼 다른 집인 것이다.

그 두드러진 상위점, 그러나 눈에 보이지 않는 그 상위점이 무엇에 기인(起因)하는지 입으로는 도저히 말할 수가 없다. 그렇다고 해서 그런 것 모두가 상상력 때문이라고 할 수도 없다. 왜냐하면 실제의 사정을 아무것도 모르는 채 이집에서 잠시 시간을 보낸 사람들 모두가 예외없이 이렇게 단언을 했기 때문이다.

두어 개의 방은 영 기분이 나빠서 두번 다시 그곳에 들어가기보다는 차라리 죽는 편이 나을 정도라 했다. 거기에다가 집 전체의 분위기가 마음속에 한없는 공포의 조짐을 불러일으키게 했노라고 그들은 입을 모았던 것이다. 그리고 아무것도 모르는 세입자들이 차례로 들어왔다가는 며칠 살지도 않은 채 일찌감치 떠나버리니 온 동네에 소문이 나지 않을래야 나지 않을 수가 없었다.

쇼트하우스가 이 마을 반대쪽 끝의 바닷가에 면한 작은집에 고모인 줄리아를 주말에 방문했을 때, 그는 고모가 수수께끼와 흥분으로 터질 것처럼 되어 있다는 것을 직감했다. 그는 그날 아침에 전보를 받고는 지루함을 달래려고 달려온 것이다.

고모의 손을 잡으며 주름잡힌 숙모의 볼에 키스를 하는 순간 그녀가 이상할 만큼 흥분해 있는 최초의 전파(電波)를 느꼈던 것이다. 자기말고는 와있는 손님이 없었고, 자기만이 특별한 용건으로 인해 불려 왔다는 것을 알게 되자 그의 인상은 더욱 심각해졌다.

무엇인가가 공기 속에 있는데, 그 '무엇인가'는 이른 밤, 형태를 드러내고자 하고 있었다. 왜냐하면 이 올드미스인 고모는 심령연구(心靈硏究)의 매니어로서 두뇌회전이 빠를 뿐 아니라 의지력도 지니고 있어서 이일 저일 대개는 목적을 달성하고야 마는 여성이기 때문이다. 그녀가 이야기를 털어놓은 것은 차를 마신 다음 황혼의 해변을 단둘이서 걸으며 문득 그에게 몸을 돌렸을 때의 일이다.

"나, 열쇠를 가지고 있다."

하고 고모는 즐겁다는 말투로 지껄였는데 그 목소리는 자못 엄숙했다.

"월요일까지 맡아 가지고 있기로 했거던."

"해변 탈의실(脫衣室) 열쇠 말입니까? 아니면……?"

쇼트하우스는 눈길을 바다 쪽에서 마을 쪽으로 돌리며 태연스럽게 물었다. 요점을 빨리 끌어내고 싶을 때는 우둔함을 드러내는 것만큼 효과적인 것은 없기 때문이다.

"아냐."

라고 그녀는 말하면서 목소리를 낮추었다.

"저기 저 광장의 유령집 열쇠를 맡아 가지고 있단 말야. 오늘 밤
그곳에 갈 생각이다."

쇼트하우스는 살짝 느낄 정도의 떨림이 등줄기를 타고 내려오는
것을 의식했다. 그래서 야유하는 말투는 쓰지 않기로 했다. 그녀의
목소리와 표정에 무언가 으스스하게 만드는 것이 섞여 있었던 것이
다. 고모는 아주 진지했다.

"하지만 설마 혼자 가시는 것은 아니겠죠?"

그는 서서히 입을 열었다.

"그래서 너에게 전보를 쳤던 거야."

라고 그녀는 분명히 잘라 말했다.

그는 고모 쪽으로 몸을 돌렸다. 주름투성이의 아리송한 얼굴이 흥
분으로 생생해져 있었다. 가식이 없는 열성의 빛남이 후광(後光)처
럼 그것을 포장하고 있었다. 눈이 반짝반짝 빛났다. 그는 상대방이
흥분하고 있는 전파를 다시 한번 느낄 수 있었다. 그리고 두 번째의
떨림, 아까보다는 좀더 확실한 떨림이 동시에 등줄기에서 일어났다.

"그건 참으로…… 줄리아 고모님."

그는 정중하게 대답의 말을 맺었다.

"감사합니다."

"나 혼자서는 도저히 갈 생각이 안들더라."

그녀는 목소리를 높이면서 말을 이었다.

"하지만 너와 같이 간다면 충분히 즐길 수 있을 것으로 생각한다.
왜냐하면 너는 무서움을 모르니까."

"영광입니다."

그는 다시 한번 사례의 말을 했다.

"그런데…… 어떤 일이 일어날 것 같습니까?"

"갖가지 일이 현실적으로 일어나고 있단다."

라면서 그녀는 목소리를 낮추었다.

"아주 교묘하게 휘지비지해지기는 했지만…… 두어 달 동안 세 번씩이나 세입자가 들고나고 있는데, 지금은 그집이 완전히 비어 있다더라."

자기도 모르는 사이에 쇼트하우스는 흥미를 느끼기 시작했다. 그의 고모는 그만큼 진지했다.

"그집은 물론 아주 오래된 고가(古家)이지."

라며 그녀는 말을 이었다.

"그럼 이야기를 들려주겠다 ── 아주 기분 나쁜 이야기이긴 하지만 ── . 먼 옛날로 거슬러 올라가는데 그집 하녀와 깊은 관계인, 질투심이 유난히 많았던 마부가 범한 살인과 관계가 있어. 그날 밤 마부는 지하실에 감쪽같이 몸을 숨기고 있다가 집안 식구들 모두가 잠들었을 때 다락방의 하녀 방에 숨어들었지. 그녀를 계단 도중까지 따라오다가 아무도 손쓸 수 없는 사이에 그녀를 난간으로 밀어 아래쪽 홀로 떨어지게 했단다."

"그래서요? 그 마부는요?"

"붙잡히어 틀림없이 교수형에 처해졌을 것으로 생각한다. 하지만 무려 1세기 전의 사건이니 그 이상 자세한 것은 알 수가 없지."

쇼트하우스는 완전히 호기심에 사로잡히고 말았다. 그러나 자기로서는 이렇다 할 신경질을 일으키지는 않았지만 고모를 걱정하는 나머지 주저했다.

"한 가지 조건이 있습니다."

라고 그는 안나오는 말을 가까스로 했다.

"무슨 말을 하더라도 제가 가는 것을 막지는 마십시오."

라며 단호하게 말했다.

"그래? 그럼 네가 말하는 조건이란 것을 좀 들어 보자."

"그것은요…… 만약 진짜로 무서운 일이 일어나더라도 자제심을 결코 잃지 않는 것입니다. 즉, 완전히 겁에 질리는 일은 없을 것이라고 보증해 주실 수 있습니까?"

"하지만, 짐."

고모는 경멸하듯이 쇼트하우스의 애칭을 불렀다.

"나는 젊은 몸이 아니고 신경도 그렇게 예민한 편은 아닐 것이다. 네가 하는 말의 뜻은 알겠다. 그러나 너와 함께라면 이 세상에서 무서운 것이라고는 없다고 했잖니."

이것으로서 사실상 이야기는 결정이 났다. 쇼트하우스는 지극히 보통 청년이라는 것 외에는 자랑할 만한 것이 있다고 생각하지는 않았지만 허영심을 자극받게 되면 저항할 수가 없었다. 결국에는 같이 갈 것을 승낙하고 말았다.

본능적으로 일종의 잠재의식적 준비에 의해, 그는 하룻밤 걸려서 자기자신과 자신의 힘을 완전히 제어했다. 모든 정념(情念)을 서서히 짜내고 한곳에 집중시키는, 그 형용하기 어려운 내적(內的) 과정에 의해 자제력의 비축을 만들어낸 것이다. 그 과정은 말로는 뭐라 표현할 수 없었지만 놀랄만큼 효과가 있는 것이다. 속으로 정신의 엄격한 시련을 경험한 일이 있는 사람이라면 누구나 모두 이해할 수 있는 것이다. 나중에 그것은 크게 도움이 되었다.

그러나 10시 반이 되어 두 사람은 홀에 서있었는데 그때는 친숙한 램프 불빛 밑에서 아직 차분하고 인간적인 환경이었다. 하지만 막상 출발하려고 했을 때, 그는 그 집중시킨 힘의 비축에 의존하지 않을 수 없었다.

왜냐하면 일단 현관의 문이 닫히고 눈앞에 인기척이 없어서 아주 조용한 길이 달빛을 받아 하얗게 뻗어 있는 것을 보는 순간, 이 밤의 진짜 시험은 하나가 아니라 두 개의 공포를 상대하는 데 있다는 것을 분명히 깨달았기 때문이다. 자신의 공포와 고모의 공포, 이 두 사람분의 공포를 지고 걷지 않으면 안되는 것이다.

그리고 그녀의 스핑크스와 같은 표정을 힐끗 보았다. 고모가 진짜로 공포심에 빠지게 되면 그 얼굴이 어떤 형상을 나타낼는지 등을 생각하면서, 이 모험 전체 속에서도 단 한 가지에만은 만족을 하고 있었다. 즉 어떤 일이 있더라도 그 쇼크에 맞설만한 자신의 의지와 힘에 대한 자신감이 그에게는 있다는 것이었다.

그들은 서서히 인기척이 없는 마을의 길을 걸어갔다. 가을철의 밝은 달이 지붕을 은색으로 바꾸어 놓았고 기다란 그림자를 던지고 있다. 한 줄기의 바람도 불지 않았다. 해안가의 단정한 정원수들은 두 사람이 지나가는 것을 묵묵히 배웅해 주고 있었다.

고모가 이따금 말을 걸어와도 쇼트하우스는 함부로 대답하지 않았다. 그녀는 단지 정신적인 완충장치로서 자신을 둘러싸고 있는 것 — 이상한 것을 자기로 하여금 생각하지 않도록 하기 위하여 흔히 있는 일을 말하고 있음을 잘 알고 있기 때문이다.

불빛이 새어나오는 창은 거의 없고, 연기나 불꽃을 토해내는 굴뚝은 하나도 없었다. 쇼트하우스는 이미 모든 것들에게 눈길을 쏟기 시작했으므로 무엇 한가지 아무리 사소한 것이더라도 놓치지 않았다.

마침내 그들은 길모퉁이에서 걸음을 멈추어 서서, 달빛을 가득 받고 있는 집의 문패를 올려다보았다. 그리고 두 사람은 약속이나 한 듯 한마디 말도 하지 않은 채 광장 쪽으로 돌아서서 그림자 속에 즐비하게 서있는 집들 쪽으로 다가갔다.

"그집은 13번지이다."

라는 목소리가 귓가에서 들려왔다. 두 사람 모두 확실한 방향을 손가락으로 가리키지는 않았지만 달빛 쏟아지는 광장을 가로질러 조용히 보도를 걸어 나갔다.

　다시 광장을 따라 중간쯤까지 왔을 때, 쇼트하우스는 그녀의 팔이 자기 쪽으로 뻗쳐지면서 무언가를 신호하고 있음을 느꼈고, 그래서 그들의 모험이 진정한 의미에서 시작되었다는 것, 그리고 그들은 이미 악의(惡意)를 가진 영향력에 압도당하고 있음을 알았다. 그녀는 지원을 필요로 하고 있는 것이다.

　몇분 후, 그들은 높직한 건물 앞에서 발걸음을 멈추었다. 그집은 다소 낡은 추한 모습의 하얀 자태로 밤하늘에 치솟듯 서있었다. 덧문도 없고 블라인드도 없는 창문이 그들을 노려보듯 내려다보고 있고 여기저기서 달빛을 반사하고 있었다. 벽은 비바람이 할퀴고 간 흔적이 두드러지고 도료(塗料)는 이곳저곳 금이 가있으며 발코니는 2층에서 다소 부자연스럽게 내밀고 있다.

　그러나 사람이 살고 있지 않아서 전체적으로 적막한 분위기인 점을 제외한다면, 이 특정한 주거를 그것이 가지고 있을 것임에 틀림없는 사악한 성격을 한눈으로 분간할 수 있는 것은 무엇 한 가지도 없다.

　어깨 너머로 뒤돌아보고, 아무도 따르는 사람이 없음을 확인한 다음, 그들은 과감하게 계단을 올라갔고, 커다란 흑색 문과 마주 섰다. 그러나 신경질적인 긴장의 첫 파도에 휩싸여 있던 쇼트하우스는 한참동안 열쇠를 주물럭거린 다음에야 겨우 열쇠구멍에 꽂을 수가 있었다. 그순간의 심정을 솔직히 털어놓는다면 두 사람 모두 그 문이 안열리기를 바랐었다. 그들은 지금 초자연적인 모험세계의 입구에 서있으면서 갖가지 불쾌한 감정의 미끼가 되어 있는 것이다.

　쇼트하우스는 열쇠를 돌리면서 팔뚝에 부하되는 중량감에 방해를 받았고, 이 순간의 엄숙함을 통감했다. 그것은 마치 온 세계가 ——

모든 경험이 그 자신의 의식 속에서 한 개의 점(点)으로 집중되어 있는 것처럼 생각되었기 때문이다 — 그 열쇠 돌리는 소리에 귀를 곤두세우고 있는 것 같았다.

인기척이라고는 전혀 없는 길을 휩쓸면서 불어온 일진(一陣)의 바람이 그들의 뒤에 있던 나무들 사이를 지나면서 소리를 냈는데 그 이외로 들려오는 것은 열쇠를 돌리는 소리뿐이었다. 그리고 마침내 자물쇠는 열렸고 묵직한 문도 서서히 열렸다. 그 앞에 입을 벌리고 있는 어둠의 깊이가 엿보였다.

달빛을 받고 있는 광장 쪽으로 눈길을 한번 돌린 그들은 곧 그 어둠 속으로 들어갔다. 등 뒤에서 큰 소리를 내며 문이 닫혔는데 그 소리는 텅텅 비어 있는 홀과 복도에 불길한 반향(反響)을 남겼다. 그러나 그 반향과 동시에 다른 소리가 들려왔다. 줄리아 고모가 움찔하며 몸을 비틀거렸으므로 그는 무의식중에 한걸음 물러서면서 그녀를 부축해 주어야 했다.

그때 그의 바로 옆에서 누군가가 기침을 했다 — . 너무 가까운 곳이어서 어둠 속이었지만 바로 코앞에 누군가가 있는 것 같았다.

어쩌면 못된 장난질을 치는 놈일지도 모르겠기에 쇼트하우스는 손에 들고 있던 튼튼한 단장을 얼른 들어, 소리나는 방향으로 휘둘러 댔다. 그러나 공기말고는 아무것도 닿는 것이 없었다. 바로 옆에서 고모가 작은 목소리로 중얼대고 있었다.

"누가 있는 것 같다."

그녀는 계속해서 속삭였다.

"소리가 났어."

"조용!"

그는 말렸다.

"현관문이 소리를 낸 것뿐이에요."

"불을 켜! 어서!"

고모가 재촉했다. 쇼트하우스는 성냥갑을 꺼내어 그것을 열었다. 그러나 성냥개비가 그만 모두 빠지면서 돌바닥에 쏟아지고 말았다.

그런데 그 수상한 소리는 더이상 나지 않았다. 그리고 멀어져가는 발짝 소리도 확인할 수가 없었다. 1분쯤 후에는 담배케이스의 뚜껑을 촛대로 삼아 양초에 불을 켰다. 하늘거리던 촛불이 제대로 타오르기 시작했을 때 그는 그자리에서 만든 램프를 높이 쳐들고 주변을 관찰했다.

그것은 실로 황량한 정경이었다. 왜냐하면 가구(家具)라고는 한 가지도 없이 모두 들어냈으며 어두컴컴하고 조용하기만 했다. 그런 중에서도 극적인 과거의 사건만이 배어 있는 집 — 이처럼 초라하고 적적한 곳은 또 없겠기 때문이다.

그들은 널찍한 현관 홀에 서있었다. 왼쪽에는 넓은 식당의 문이 열려져 있고 정면에서 안쪽을 향하여 홀은 점차 좁게 되어 있었다. 그리고 길고 어두운 통로로 바뀌는데 그것은 아무래도 주방으로 내려가는 뒷계단으로 통하고 있는 것 같았다. 눈앞에 폭이 넓게 튀어나온 앞계단이 곡선 모양으로 나있다.

모든 곳이 어둠에 싸여 있는데 단 한 군데, 계단 중간쯤에 창을 통하여 달빛이 들어와서 계단에 밝은 초점을 떨구고 있다. 이 빛의 다발이 계단 아래 위에까지 희미한 빛을 던지면서 그 범위 안에 있는 물체들에게 어슴푸레한 윤곽을 부여했다. 완전한 암흑보다도 한 층 더 암시적으로 기분 나쁜 분위기를 자아내고 있다. 먼지를 뒤집어쓴 유리 필터를 통해 들어오는 달빛은, 언제 어디서든 어슴푸레한 주위에 음침한 얼굴을 드러내는 법이다.

쇼트하우스가 어두운 우물 속을 기웃거리듯, 이 고가(古家) 2층에 수없이 있는 빈 방들과 통로에 대해서 생각했을 때, 달빛을 띠고 있던 안전한 광장, 혹은 한 시간쯤 전에 고모와 둘이서 나온, 밝은 거실의 안락함을 생각하고 있는 자기자신을 발견했다. 그런 다음 이런 생각은 위험하다며 생각을 고치기로 하고 잡념들을 다시 떨어버렸다. 그는 현실에 집중하기 위해 있는 힘을 모두 집중시켰다.

"줄리아 고모님."

그는 엄숙한 말투로 입을 열었다.

"저어, 이집을 위에서부터 아래에까지 모두 돌아다니면서 철두철미하게 조사해 보지 않으시렵니까?"

그가 말한 목소리의 반향(反響)이 건물 안에 서서히 퍼졌다. 그리고 깊은 정적(靜寂) 속에서 고모 쪽을 돌아보았다. 촛불에 비친 그녀의 얼굴은 이미 죽은 사람처럼 창백해져 있었다. 그러나 잡고 있던 팔을 그순간 놓으면서 그에게 얼굴을 대듯하며 그녀가 속삭였다.

"그러자꾸나. 누구도 숨어 있지 않다는 것을 확인해 보자구. 그것이 선결문제이니까."

고모는 필사적인 노력을 보여주었다. 쇼트하우스는 감탄했다는 듯 그녀 쪽을 바라보았다.

"괜찮으시겠습니까? 지금이라도 늦지 않았습니다."

"괜찮아."

그녀는 나지막한 목소리로 대답했는데 그 눈에는 침착성이 없는 것 같았다.

"정말로 괜찮으시겠어요? 괜찮으시더라도 꼭 한 가지……."

"그게 뭔데? 잠시동안이라도 나 혼자 있게 하지는 마라."

"한 가지 이해해 주셔야 할 것은요, 무슨 소리가 난다든가 이상한 일이 있으면 즉석에서 구명(究明)하지 않으면 안된다는 점입니다. 주저하는 것은 공포를 인정하는 것이 되니까요. 그것이야말로 치명적입니다."

“알겠어.”

그녀는 잠시 망설이다가 다소 떨리는 음성으로 말을 이었다.

“노력할게.”

팔을 꽉 잡은 쇼트하우스는 촛농이 떨어지는 촛불과 단장을 들고, 고모는 오버코트를 어깨에 걸치고 걷기 시작했다. 남의 눈에는 틀림없는 희극배우로 보였을 것이다. 어쨌든 두 사람은 체계적인 조사를 개시했다.

발짝 소리를 죽이기 위해 까치발 걸음을 걸으면서 촛불을 가리어 덧문이 없는 창문으로 그림자가 새어나가지 않도록 신경을 썼다. 그들은 제일 먼저 넓고 큰 식당으로 들어갔다. 가구는 한점도 없었다. 노출된 벽, 곱게 다듬어지지 않은 맨틀피스, 텅빈 난로 ― 그런 것들이 그들을 노려보고 있었다.

모든 것들이 그들의 침입을 원망하면서, 이른바 감은 눈으로 바라보고 있다는 느낌이 들었다. 속삭이는 소리가 그들의 뒤를 따라붙고 있으며 그림자가 소리도 내지 않고 그들의 좌우에서 교차된다. 누군가가 계속 등 뒤에 있으면서 감시할 뿐 아니라 위해(危害)를 가할 기회를 노리고 있는 것처럼 생각되었다.

방안에 아무도 없을 때 하던 작업이 지금 들어온 두 사람이 이곳에서 나갈 때까지 일시적으로 중단되어 있다 ― 그런 느낌이 들어서 견딜 수가 없었다. 이 낡은 건물의 어두운 내부 전부가 악의(惡意)를 가진 하나의 존재로 화(化)하고 그것이 당장 일어서서, ‘생각을 돌리라. 쓸데없는 참견을 하지 마라’고 경고하는 것 같았다. 각일각으로 신경에 걸리는 긴장이 늘어만 갔다.

음침한 식당에서 커다란 문을 빠져나와 도서실인지 끽연실처럼 생긴 방으로 들어갔다. 그곳에서 다시 홀로 나오니 그곳은 뒷계단 내려가는 곳과 가까운 곳이었다.

계단 밑으로 통하는, 아주 캄캄한 터널이 입을 헤벌리고 있는데 — 정직하게 말한다면 — 그곳에서 오금을 펼 수가 없었다. 그러나 그것도 한순간에 지나지 않았다. 그날 밤 최악의 사태는 아직 찾아오지 않았으므로 무엇이든 피하여 지나가는 것이 가장 중요했던 것이다. 줄리아 고모는 또다시 촛불빛에 얼굴을 드러냈는데 계단의 첫 번째 단(段)에서 중심을 못잡았고, 쇼트하우스조차도 결의했던 것 중 절반 이상을 포기하고 싶은 심정이었다.

"자아, 가시지요."

그는 명령조로 말했다. 그 목소리는 굴러가서 계단 아래의 공허한 어둠 속으로 가라앉았다.

"지금 가는 중이야."

고모는 허둥대는 목소리로 대답을 했고 그의 팔을 꼭 잡았다.

위태위태한 발걸음으로 계단을 내려왔다. 차갑고 습한 공기가 얼굴에 와닿았고 숨막힐 것 같은 악취가 코를 찔렀다. 좁은 통로를 따라 계단을 내려가니 꽤 넓은 주방이 있는데 천장은 아주 높았다. 몇 개의 문이 보인다. — 어떤 것은 빈 병이 지금도 선반에 진열되어 있는 저장실의 문이고, 또 어떤 것은 무시무시할 만큼 기분 나쁜 뒤쪽 골방으로 통하는 문이다. 어느 것이나 하나같이 싸늘한 기운이 감돌아서 사람이 가까이 가기 싫은 느낌을 준다.

시커먼 벌레가 바닥을 기어갔다. 또 그들이 한쪽 귀퉁이에 있는 두꺼운 판의 테이블에 부딪는 순간 무엇인가 고양이 크기쯤 되는 것이 펄쩍 뛰어내리더니 돌바닥을 가로질러 어둠 속으로 사라졌다. 어느 곳이나 최근까지 사람이 살고 있었던 기운이 느껴지는 듯, 어쩐지 비참하고 어두운 인상이었다.

주방을 나와 이번에는 욕실로 향했다. 문은 반쯤 열려 있었다. 그 문을 밀어서 활짝 여는 순간 줄리아 고모가 날카로운 비명을 질렀다. 그즉시 자기 손으로 입을 감싸며 소리가 안나도록 하기는 했지만 —. 그런데 그순간 쇼트하우스는 마치 철사줄로 묶인 듯, 숨을 쉬기도 어려웠다. 등뼈가 돌연 온통 비어 있는 듯했고 거기에 누군가가 얼음덩어리를 채워 넣는 것만 같았다.

그들을 향하여 마치 앞길을 막듯 하는 한 여성의 모습이 있었다. 머리를 풀어 산발하고 눈을 찢어지라고 부릅떴는데 얼굴은 공포에 질려 죽은 사람처럼 새하얗다. 그 여성은 몸 하나 까딱하지 않은 채, 시간으로 잰다면 꼭 1초 동안 그곳에 서있었다. 그리고 다음 순간 촛불빛이 비칠 때, 그 모습은 없어졌다 — 그림자도 형체도 없었다 —. 이어서 문틈 안에는 공허한 어둠만이 있을 뿐이었다.

"사람을 놀라게 하는 촛불이로군요."

그는 빠른 말로 중얼거렸는데 그 목소리는 남의 음성처럼 울려퍼질 뿐, 아무리 생각해도 자기 목소리 같지가 않았다.

"앞으로 더 나가 보시지요, 고모님. 아무것도 없습니다."

고모는 발을 질질 끌듯 하면서 앞으로 나아갔다. 발짝 소리를 내면서 대담무쌍하게 돌진했지만 실제로는 온몸의 피부가 모두 개미떼에게 물린 것처럼 따끔따끔했다. 그리고 그는 팔에 걸려오는 무게로 인하여 두 사람분의 운동량을 소비하지 않으면 안된다는 사실을 알게 되었다.

욕실은 텅텅 비어 있었으며 찬바람이 스며들었다. 커다란 감옥처럼 느껴졌다. 한바퀴 돌면서 뒷문과 창문들을 확인했지만 모두 단단히 잠겨져 있었다. 고모는 꿈을 꾸고 있는 사람처럼 그저 쇼트하우스를 따라다닐 뿐이었다. 그녀의 눈은 꼭 감겨져 있었고 다만 조카의 팔이 끄는 힘에 따라 움직일 뿐이었다.

그러나 그 용기에는 감탄할 만한 점이 있었다. 그와 동시에 어떤 기묘한 변화가 그녀의 얼굴에서 일어나고 있다는 것을 깨달았는데 그것이 무엇인지 밝혀내고자 해도 밝혀낼 수가 없었다.

"여기에는 아무것도 없습니다, 고모님."

그는 아까처럼 빠른 말로 지껄였다.

"계단 위로 올라가서 다른 곳을 살펴보도록 하지요. 그리고 우리
가 잠시 쉴 방도 정해야겠습니다."

고모는 조카의 팔에 기대어 조용히 따라갈 뿐이었다. 주방의 문을
닫고 밖으로 나왔다. 다시 1층으로 올라갔을 때 그들은 안도의 한숨
을 내쉬었다. 홀은 아까보다 밝아졌다. 달빛이 계단 조금 아래쪽에
까지 이동해 있었기 때문이다. 그들은 조심하면서 머리 위쪽의 아치
모양 어둠 속으로 올라갔다. 계단의 널빤지가 그들의 체중 때문에
삐걱거렸다.

2층에는 두 칸이 연이어 있는 널찍한 거실이 있었다. 우선 일차적
으로 조사를 해보았으나 눈에 띄는 것은 아무것도 없었다. 가구의
흔적도, 최근 사람이 살았던 흔적도 없었고, 있는 것은 단지 먼지와
황폐와 그림자뿐이었다. 앞쪽 거실과 안쪽 거실과의 경계에 있는 커
다란 미닫이식 문을 열고, 그곳에서 다시 무도장으로 나와 계단을
올라갔다.

계단을 열두어 개쯤 올라갔을 때, 두 사람은 동시에 멈춰서서 귀
를 기울였다. 그들은 새로운 불안감에 싸여 흔들리는 촛불을 사이에
두고 얼굴을 마주했다. 불과 10초쯤 전에 나온 방에서 문이 조용히
닫히는 소리가 들려왔던 것이다. 의문의 여지가 없었다. 묵직한 문
을 닫을 때 삐걱 소리를 내는 바로 그 소리, 그리고 이어서 잠금개
를 거는 날카로운 소리가 들려온 것이다.

"돌아가서 확인해 봐야겠습니다."

쇼트하우스는 짧고 낮은 목소리로 말한 다음 방향을 바꾸어 올라
가기 시작했다. 고모는 가까스로 끌려가다시피 그를 따라갔다. 드레

스 자락에 발이 걸리기도 했거니와 그녀의 얼굴은 흙빛으로 변해 있었다.

그들이 앞쪽 거실로 들어가자 분명 미닫이문은 닫혀 있었다. ── 불과 30초쯤 전과 마찬가지로. 주저하지 않고 쇼트하우스는 그 문을 열었다. 누군가가 안쪽 방에 있으면서 얼굴을 내밀 것을 반쯤 기대하면서 ── .

그러나 기다리고 있던 것은 다만 어둠과 냉랭한 공기뿐이었다. 양쪽 방을 모두 조사해 보았건만 아무런 이상도 발견할 수가 없었다. 문이 저절로 닫힐 수 있는지 여러 가지로 시험을 해보았지만 그것은 모두 헛수고였다. 강력한 힘을 가하지 않고서는 문을 닫을 수는 없음을 확인했다.

혹 바람이? 그러나 그때는 촛불이 그대로 곧게 타오를 뿐, 바람 한점 불지 않았다. 사방은 고요하여 마치 무덤 속과 같았다. 누가 보더라도 방안은 텅텅 비어 있었고 집안은 정적(靜寂), 바로 그것이었다.

"드디어 시작인가봐."

그의 팔꿈치 쪽에서, 아무리 생각해도 고모의 음성으로는 들리지 않는 목소리가 들려왔다.

그는 알았다는 듯 고개를 끄덕이다가 시각을 확인하기 위해 회중시계를 꺼냈다. 0시 15분 전이었다. 그는 일어났던 일들을 하나도 빼놓지 않고 수첩에 기록해 나갔는데 지금도 그렇게 하기 위해, 촛불을 담배케이스와 함께 바닥 위에 놓았다. 그리고 그것을 가까스로 벽에 기대어 놓는 데 1초인가 2초를 필요로 했다.

줄리아 고모는 이순간, 실은 조카 쪽을 바라보지 않고, 안쪽 방 방향으로 머리를 돌리고 있었는데 그곳에서 무언가가 움직이고 있는 소리를 들은 것 같다고 나중에 거듭 말했다. 그러나 그것이야 어찌뙤었든 두 사람 모두 분명하게 증언하고 있는 것은, 달리는 발짝 소리가, 묵직하면서도 아주 빠른 발짝 소리가 났었다는 것 ─. 그리고 이어서 다음 순간에 촛불이 꺼졌다는 것이다.

그런데 쇼트하우스에게 있어서는 그것뿐만이 아니었다. 그리고 그런 일이 쇼트하우스 한 사람에게만 일어났고 고모는 모른 채 지나간 것을 운명이라며, 나중에도 거듭 감사했다. 왜냐하면 그가 양초를 내려놓고 구부정한 자세로 일어섰을 때, 그 촛불이 꺼지기 바로 직전인데, 한 얼굴이 눈앞에 슬그머니 나타났고, 조금만 더 가까이 왔으면 그의 혀에 닿을 정도까지 다가왔었기 때문이다. 그것은 정열에 불타고 있는 얼굴이었다.

거무튀튀한 사나이의 얼굴로서 두툼하게 살이 붙은 콧방울, 잔뜩 노하여 매섭게 뜬 눈을 부라리고 있었다. 서민 계급의 인간으로서 상당한 악인(惡人)의 상(相)을 지니고 있었고 격렬한 공격적 정동(情動)에 불타는, 그래서 악의에 가득 찬, 무시무시한 형상이었다.

공기의 움직임은 전혀 없었다. 다만 달려가는 발짝 소리 ─ 양말인지 무엇인지를 신고 있는 것 같은, 둔탁한 발짝 소리가 나더니 그 얼굴이 출현했고, 그와 거의 동시에 촛불이 꺼졌던 것이다.

쇼트하우스는 무의식중에 무슨 소리인가를 나지막하게 외쳤다. 그때 옆에 있던 고모는 고모대로 공포심에 휩싸여 온몸의 체중으로 그에게 기대어 왔다. 그바람에 두 사람 모두 균형을 잃고 쓰러질 뻔했다. 그녀는 아무 말도 하지 못한 채 몸을 던져올 뿐이었다.

그러나 다행스러웠던 것은 그녀가 아무것도 보지 못했다는 것이다. 다만 그 발짝 소리만을 들었던 것이므로 그녀는 곧 자제력을 회복할 수가 있었다. 그래서 그는 고모의 손을 슬며시 떼내고 성냥을 켤 수가 있었다.

그 불 앞에서 어둠은 사방으로 흩어져 갔다. 고모는 웅크리고 앉아서 귀중한 양초를 세워놓은 담배케이스를 찾아 들었다. 그리고 판명한 것은 아까 그 촛불은 바람에 불려서 꺼진 것이 아니라 비벼져서 꺼졌다는 사실이었다. 심지가 양초 속에 찌부러져 있었고 무엇인가 매끄러운 도구로 민 것처럼 심지 끝이 평평하게 되어 있었다.

그들이 어떻게 그처럼 빨리 공포를 극복할 수 있었는지, 쇼트하우스로서는 끝내 알 수 없었다. 그러나 그녀의 자제력에 대해 칭송해주고 싶은 마음은 열 갑절이나 더해갔다. 그와 동시에 그 자신의 쇠퇴해졌던 기력(氣力)의 불꽃을 활활 타오르게 해주기도 하였다. ── 그는 그점에 대해서 깊이 감사했다. 한편 그에게 있어 도저히 불가해(不可解)한 것은 방금 목격한 것의 물리적인 힘의 역연(歷然)한 증거였다.

멀리 있는 물체를 뜻대로 움직인다고 하는 '물리적 영매(靈媒)'와 그 위험한 현상에 대하여 지금까지 들어봤던 여러 가지 이야기를 서둘러 기억의 한구석에서 끄집어 냈다.

만약 들었던 이야기가 사실이라면, 그리고 고모이든 누구이든가가 모르는 사이에 물리적 영매에게 당하고 있는 것이라면, 그것은 곧 이미 터질 것만 같은, 저주받은 집의 힘에 초점을 맞추고 있는 작용을, 그들이 하고 있는 결과가 된다. 그렇다면 그것은 불꽃이 노출되어 있는 램프를 들고 인화(引火)되기 쉬운 화약고 사이를 걸어가고 있는 것과 같다.

그래서 가급적 이것저것을 생각하지 않기로 하고 다시 촛불을 붙였다. 그리고 다음 계단으로 올라갔다. 그의 팔을 잡고 있는 고모의 팔이 분명 떨리고 있었고 그 자신의 걸음걸이도 불안정하기는 했지만 단호하게 앞으로 나아갔다. 그 층(層)을 수색하고 나서, 아무런 수확도 없는 채 제일 위층으로 올라가는 최후의 계단을 올라갔다.

그곳은 고용인들이 쓰던 작은 방으로서 망가진 가구와 등나무 의자, 장롱, 금이 간 거울, 일그러진 침대 따위가 나뒹굴고 있었다. 방은 경사진 천장이 낮게 덮여 있었다. 벌써 여기저기에 거미줄이 쳐져 있으며, 창은 작고 벽의 도장(塗裝)도 저질이었다. 고용인들이 일각이라도 빨리 빠져나가고 싶어했을 정도로 으스스한 곳이었다.

한밤중이 되었을 때 그들은 4층 계단을 올라가는 계단 쪽에 붙어 있는 작은 방으로 들어갔다. 앞으로 해야 할 모험에 대비하여 일단 잠시 쉴 장소를 장만했던 것이다. 휑뎅그렁하게 빈 방으로서 이야기에 의하면 — 당시는 의상실(衣裳室)로 사용했었다고 하는데 — 그 격노에 물불을 가리지 않았던 마부가 희생자를 뒤쫓다가 마침내 그녀를 붙잡았던 바로 그방이라고 한다. 밖으로 나와서 좁은 무도장을 지나가면 그곳으로부터 계단이 위쪽으로 나있는데, 방금 전 그들이 조사했던 고용인 방으로 연결되어 있다.

한밤중의 냉기가 스며드는데도 불구하고 이 방안의 공기 속에는 창문을 열고 소리지르고 싶어지는 무엇인가가 있었다. 그리고 그것뿐만이 아니었다. 쇼트하우스는 이집의 다른 어느 곳보다도 여기서는 자기자신에게 자신감을 가질 수 없었노라고 말하는 표현방법 이외로 표현할 길이 없었지만, 금방 신경에 걸리어 결의(決意)를 둔화시키고 의지를 약화시키는 무엇인가가 있었다.

방에 들어온 지 5분도 채 안되어서 그런 결과를 의식했다. 그리고 그곳에 있었던 짧은 시간에 생명력의 급격한 소모에 고통을 느꼈는데, 그로서는 이날 밤의 모든 경험 중에서 공포감을 가장 많이 맛보았던 것이다.

찬장 밑바닥에 촛불을 놓고 그 문을 몇인치 정도 열어놓았다. 그러므로 불빛이 눈을 피로케 하는 일도 없었고 그림자가 벽이나 천장에서 움직여대는 일도 없었다. 그런 다음 바닥에 코트를 깔고 앉아서 벽에 기댄 자세로 대기했다.

쇼트하우스는 무도장으로 나가는 문에서 2피트 내외의 거리에 앉아 있었다. 그의 위치에서는 어둠 속에서 내려오는 바깥 계단을 내다볼 수가 있었고, 또 위쪽 고용인의 계단으로 통하는 뒤쪽 계단 올라가는 곳도 볼 수가 있었다. 그리고 한쪽 옆, 손이 닿을 곳에 무거운 단장을 놓아 두었다.

달은 이제 이집의 바로 위쪽에 있었다. 열려진 창문으로, 마음을 위로해 주는 하늘의 별들이 상냥한 사람의 눈빛처럼 반짝이는 것을 볼 수 있었다. 마을 안에 있는 시계들이 각각 자정을 알리고 있었다. 그리고 그 소리가 그쳤을 때 바람 한점 없는 깊은 밤의 정적이 삼라만상 위에 진좌(鎭座)했다. 단지 저멀리 슬프게 울리는 바다의 소음만이 공허하게 메아리지어 공중에 가득 차있었다.

집안의 정적은 무서워졌다. 어째서 무서운가 하면 언제 그 정적이 공포를 예고하는 소리에 의해 깨질는지 모르겠기 때문이다. 기다림의 긴장이 점점 더 심하게 신경을 건드렸다. 이따금 대화를 나눌 때도 속삭이는 소리로 이야기했다. 그만큼 자기네들의 목소리가 기묘하고 부자연스럽게 들렸던 것이다. 냉기(冷氣)가, 반드시 밤 공기 때문만은 아닌 냉기가 방안으로 스며들어서 그들을 떨게 만들었다.

적대(敵對)하는 영향력이 그 실체야 무엇이든 간에 서서히 그들 자신과 결단력을 빼앗아가는 것이었다. 그들의 힘이 쇠약해지면서 진짜 공포의 가능성이 지금까지와는 다른 의미를 가지고 육박해 왔다. 쇼트하우스는 옆에 있는 연로(年老)한 고모의 몸을 고려하되, 그녀의 뛰어난 담력에도 한계가 있을 것이란 생각을 하니 떨림이 멎지 아니했다.

그는 혈관 속의 피가 시끄럽게 노래부르는 것을 느꼈다. 때로는 그 소동이 시끄럽게 의식될 정도였다. 그 때문에 집안 깊숙한 곳에서 아주 가냘프게 들리기 시작한, 다른 어떤 소리를 즉석에서 알아듣는 것을 방해받는다고 느낄 정도였다. 그 소리에 신경을 집중시킬 때마다 그것은 딱 멈추곤 하였다.

소리는 결코 이쪽으로 가까이 다가오는 것은 아니었다. 하지만 이 집 아래쪽 어딘가에서 움직이고 있다는 인상을 떨쳐 버릴 수는 없었다. 문이 아주 불가사의한 방법으로 닫혀진 그 거실이 있는 층(層)보다는 먼곳에서 들려오는 것 같았다. 분명 소리는 그곳보다 먼 곳에서 나는 것이었다.

시커먼 벌레가 돌아다니던, 널찍한 주방에서 나는 것이 아닐까, 그리고 그 감옥과 같은 욕실에서 나는 것이 아닐까도 생각해 보았다. 그러나 아무래도 소리는 그런 곳에서 나는 것 같지가 않았다. 물론 이집 바깥에서 나는 소리도 아니다!

그때 돌연 진실이 마음속에서 번득이었다. 그리고 꼭 1분간, 그는 마치 몸속의 피가 멎어서 얼어붙는 것 같은 기분이 들었다.

소리가 나는 것은 계단 아래쪽이 아니었다. 계단 위쪽이었다. 계단 위의 — 망가진 가구류가 나뒹굴고 낮은 천장에 열리지 않는 창문이 있는, 그 음침하고 숨이 막히는 고용인의 방 어디에선가 — 희생당한 자가 처음으로 잠에서 깨어나고 마수(魔手)에 쫓기던 계단의 어디선가 들려오는 것이었다.

그리고 그 소리의 출처가 판명된 순간 그 소리는 더욱 분명하게 들려왔다. 그것은 발짝 소리로서 바로 머리 위에 있는 방과 방 사이를 오가고 있었고 가구 사이를 스쳐 지나가는 발짝 소리였다.

옆에 앉아 있는 채 몸 한번 까딱하지 아니하는 고모에게 힐끗 눈길을 주어, 그녀도 같은 결론에 도달했는지 어떤지를 엿보았다. 찬 장문 틈으로 흘러나오는 희미한 촛불빛이 그녀의 주름살 깊은 얼굴을 하얀 벽에 놀랄 정도로 선명하게 비춰주고 있었다. 그러나 그가 무의식중에 한숨을 내쉬며 다시 바라본 것은 그 때문만은 아니었다.

어떤 이상한 것이 그녀의 얼굴에 떠올랐으며 점차 안면(顔面)을 마스크처럼 덮어가기 시작했던 것이다. 그것은 깊은 주름살을 매끈하게 해주며 피부 이곳저곳에서 조금씩 잡아끌어 주름의 흔적까지 없애주고 있었다. 그것은 그녀의 얼굴을 — 단 한 군데 그 서글서글한 눈은 빼고 — 젊디젊은 소녀의 용모로 일변시키고 만 것이다.

그는 어안이벙벙하여 그녀를 응시했다. 공포와 종이 한 장 사이인 경탄(驚嘆)으로 인하여 입을 열 수조차 없었다. 분명 고모의 얼굴이긴 했지만 40년 전의 그녀의 얼굴, 순진하고 수줍어하는 처녀의 얼굴이었던 것이다. 공포가 가지는 불가사의한 효력에 대하여 여러 이야기를 들은 적은 있다. 공포가 인간의 얼굴에서, 다른 감정을 깨끗이 씻어내어, 그때까지의 모든 표정을 말소시키는 일이 있다고 한다.

그러나 지금까지 그는 그런 일이 문자 그대로 들어맞는 진실일 것으로는 생각하지 않았었고 또 지금 보는 것처럼 이렇게 처참한 것이리라고는 도저히 생각하지 못했었다. 모든 것을 압도하는 공포의 무시무시한 각인(刻印)이 자기 옆에 있는 소녀티의 얼굴에 나타난 얼빠진 것 같은 표정에 분명히 새겨져 있다.

그리고 그가 빨아들일 듯 응시하고 있는 것을 느낀 그녀가, 얼굴을 돌렸을 때 쇼트하우스는 본능적으로 눈을 감고 시야(視野)에서 모든 것을 몰아내기에 안간힘을 썼다.

그러다가 기분을 돌리어 1분 후에 다시 눈을 떴을 때, 그곳에 있는 다른 표정을 보고 안도의 한숨을 내쉬었다. 고모는 미소짓고 있었다. 그 얼굴은 죽은 사람처럼 새하얗지만, 그러나 무시무시한 베일은 벗겨지고 평상시의 보통얼굴로 돌아와 있었다.

"이상(異常)은 없으십니까?"

그는 제일 궁금한 것을 묻는 게 고작이었다. 그런데 뜻밖으로 대답은 분명했다.

"추워. 그리고 조금 무섭고……."

그녀는 낮은 목소리로 말했다.

창문을 닫기 위해 일어서는 그를 붙잡으며 잠시라도 자기 곁을 떠나지 말아 달라고 그녀는 간청했다. 그리고,

"계단 위에서였지? 나도 알고 있어."

라며 기묘한 미소를 머금고 그녀는 계속해서 속삭였다.

"하지만 나는 아무래도 갈 것 같지 않아."

그러나 쇼트하우스는 그렇게 생각하지 않았다. 자제력을 가지기 위해서는 행동으로 옮기는 것만이 최선책이란 것을 그는 잘 알고 있었으니 말이다.

브랜디가 들어 있는 프라스코를 꺼내어 글라스에 가득 따랐다. 한 잔 하면 누구라도 두려움을 모르게 될 것 같은 독주이다. 그녀는 작은 몸을 오들오들 떨면서 그것을 마셨다. 지금 쇼트하우스의 머리속을 차지하고 있는 생각은 그녀가 완전히 기절하기 이전에 이집에서 빠져나가는 것이었다. 그러나 꼬리를 내리고 적(敵)에게서 도망을 친다고 하여 그것으로 끝날 수는 없는 일이었다. 행동을 하지 않는다는 것은 이미 불가능한 상황인 것이다.

그는 1분이 지날 때마다 자신감을 조금씩 잃어가고 있음을 깨달았다. 필사적 공격방책을 지금 곧 강구하지 않으면 안된다. 그리고 그 행동은 적을 향해서 취해야 하는 것이지 적으로부터 도망치는 것이어서는 안된다. 클라이맥스가 만약 불가피한 것이라면 그것을 향해 대담하게 나아가야 할 것이다. 지금이라면 그것이 가능하다. 그러나 10분이 지나면 두 사람을 위해서는 고사하고 자기 한 사람을 위해 행동할 힘마저 남아있을는지 심히 의심스럽다.

계단 위에서 나는 소리는 그 사이에도 점점 크게 들렸고 또 가까워졌으며 때로는 복도의 널빤지가 삐걱거리기도 했다. 누군가가 몰래 돌아다니고 있는 것이 분명하며 때로는 실수를 하여 가구에 부딪치기도 하는 것 같았다.

듬뿍 마신 알콜이 효과를 나타내기까지 2~3분 기다렸다. 그리고 이런 상황하에서는 그 효과가 오래 지속되지 않음을 알고 있었기에 쇼트하우스는 조용히 일어서서 결의에 찬 목소리로 말했다.

“자아, 줄리아 고모님. 계단 위로 올라가서 그 소리의 정체를 확인하기로 하시지요. 고모님도 가셔야 합니다. 그건 우리 둘이서 정해놓은 일이니까요.”

단장을 들고, 찬장 바닥에서 촛불을 들어올렸다. 옆에서는 고모가 무거운 몸을 떠는 한편 거친 숨을 몰아쉬면서 따라 일어섰다. 그리고 숨이 넘어갈 듯한 목소리로,

“준비는 다 됐어.”

라며 중얼거렸다. 그 용기에는 쇼트하우스도 혀를 내둘렀다. 이 연약한 여성의 용감성은 그 자신보다 훨씬 뛰어난 것이었다. 촛농이 떨어지는 촛불을 높이 들어올리면서 그가 전진했을 때 옆에서 창백한 얼굴로 몸을 떨며 따라오는 노부인(老婦人)에게서 무엇인가 미묘한 힘이 발산되었고, 그것이 실은 그의 영감(靈感)의 원천이 되었던 것이다. 그 힘에는 그를 부끄럽게 만들고 또한 고무해 주는 것 같은 위대한 힘이 느껴졌는데 그런 것 없이는 이 난국을 도저히 뛰어넘을 수 없었으리라.

그들은 층계 손잡이 난간 저쪽의 캄캄한 공간에서 눈길을 돌리면서 어두운 무도장을 가로질렀다. 그리고 좁다란 뒷계단을 올라가기 시작했는데 가는 방향 쪽에서 나는 소리는 각일각 점점 더 커졌고 가까워졌다. 계단을 반쯤 올라간 곳에서 줄리아 고모는 발이 걸려

넘어질 뻔했는데 쇼트하우스가 팔을 잡아 가까스로 일으켰다.

마침 그때 머리 위 복도 근처에서 무언가가 심히 맞부딪치는 소리가 났다. 그리고 바로 이어서 공포에 질린 절규와 도와 달라고 외치는 소리를 합친 것 같은 비명 소리가 들려왔다.

옆으로 움직일 수도 없고 계단을 하나 내려갈 사이도 없이, 누군가가 머리 위쪽 복도를 당황한 걸음걸이로 달려오더니 그들이 서있는 그 계단을 미친 사람과 같은 맹렬한 기세로 껑충껑충 두 계단씩 건너뛰며 내려왔다. 그 발짝 소리는 가볍고 간격이 고르지 않은 소리였는데, 바로 그 뒤에 다른 사람의 묵직한 발짝 소리가 들려오면서 계단이 흔들리는 것 같았다.

쇼트하우스와 고모가 겨우 정신을 가다듬으며 벽에 몸을 기대는 것과 거의 동시에 혼잡스런 그 발짝 소리들이 그들의 바로 위쪽에까지 육박했고 이어서 두 사람이 간발의 차이로 날아가듯 달려 내려왔다. 그 소리는 이 빈 집의, 한밤중의 정적을 깨는 질풍노도와 같은 소리였다.

쫓기는 자와 쫓는 자 등 두 인물은 그곳에 서있는 그들, 즉 쇼트하우스 등을 돌아보는 일도 없이 지나쳤다. 그리고 쾅 소리와 함께 아래층 바닥에 첫번째 주자(走者)가 떨어졌고 뒤이어 제2 주자도 떨어졌다. 그런데 그들의 무엇 한 가지도 — 손도 팔도 얼굴도 나부끼는 옷자락조차도 — 보이지 아니했다.

한순간이 지나갔다. 그때 첫번째 주자, 즉 발짝 소리가 가볍고, 분명 쫓기고 있는 쪽이, 일정치 않은 발걸음으로, 쇼트하우스와 고모가 조금 전에 나왔던 작은 방안으로 달려 들어갔다. 묵직한 발짝 소리를 내는 자가 그 뒤를 따랐다.

그런 다음 밀치락달치락하는 소리, 헐떡이는 소리, 짓눌린 채 지르는 비명 소리가 나더니 무도장 쪽으로 나오는 발짝 소리가 들렸다 — 이번에는 혼자서 묵직하게 디디는 발짝 소리가 — .

죽음의 정적이 30초가량 이어진 다음 이번에는 공중을 빠져나가는 소리가 들려왔다. 뒤이어 둔탁한 충격음이 집 깊숙한 안쪽 바닥에서 메아리져 왔다 — . 홀의 돌바닥에 반향(反響)되어서 말이다.

그런 후로는 완전한 정적이 지배했다. 무엇 한가지 움직이는 것이 없었다. 촛불조차 미동도 하지 않았다. 불꽃은 아까부터 줄곧 같은 상태인 채 공기와 함께 전혀 움직이는 일이 없었다. 너무나 무서워서 어떻게 할 바를 몰라하는 줄리아 고모는 조카를 기다리지도 않고 비틀거리며 계단을 내려가기 시작했다. 그녀는 훌쩍훌쩍 울고 있었다.

쇼트하우스가 그녀를 끌어안다시피하여 함께 계단을 내려가기 시작했을 때, 팔 안에서 나뭇잎처럼 떨고 있음을 느꼈다. 그는 작은방 안으로 들어가서 바닥에서 코트를 집어들었다. 그리고 그 코트를 팔에 걸고 팔짱을 낀 채 서서히 아주 서서히 걸어 나왔다. 말 한마디 하지 않고 한차례도 뒤돌아보는 일 없이, 세 번 계단을 꺾어 돌아서 홀로 내려왔다.

홀에는 아무것도 변한 것이 없었다. 그러나 계단을 내려오는 동안 줄곧 누군가가 뒤따라온다는 것을 의식했다. 한계단 한계단, 발짝 소리를 내면서 뒤따라왔다. 그들이 걸음을 서두르면 뒤따르는 자는 다소 멀리 떨어지고 그들이 속도를 늦추면 그는 바로 따라왔다. 그러나 단 한차례도 그들은 뒤돌아보려고 하지 않았다.

어디 그뿐인가. 계단을 꺾어 돌아야 하는 모퉁이에 올 때마다 눈을 감고 뒤따라오는 공포의 정체를 의식적으로 보지 않도록 노력했던 것이다.

떨리는 손으로 쇼트하우스는 현관문을 열었다. 그리고 그들은 밝은 달빛 속으로 나왔고 바다에서 불어오는 시원한 밤공기를 가슴 가득 들여마셨다.

● 원작품명과 작가

이 책에 실은 원작품명과 작가를 참고로 소개한다

판사(判事)의 집
  〈The Judge's House〉 Bram Storker
해리와 크리스
  〈Harry〉 Rosemary Timperley
누구의 도움일까?
  〈Special Delivery〉 Algernon Blackwood
오솔길 따라서 간 여인
  〈Ahoy, Sailor Boy!〉 A. E. Coppard
지상(地上)에서 못이룬 사랑
  〈The Tale of Henry & Rewana〉 M. P. Shiel
떠나 버린 에드워드
  〈The Passing of Edward〉 Richard Middleton
상단(上段) 침대
  〈The Upper Berth〉 F. Marion Crawford
피리를 불면 내가 가지
  〈Oh, Whistle, and I'll Come to you, My Lad〉 M. R. James

망령(亡靈) 난동사건
 〈The Story of the Spaniards, Hammersmith〉 E & H. Heron
사형수의 고백
 〈The Confession of Charles Linkworth〉 E. F. Benson
저주의 붉은 방
 〈The Empty Room〉 H. G. Wells
유언의 저주
 〈Squire Toby's Will〉 J. S. Le Fanu
공포 속의 빈 집
 〈The Empty House〉 Algernon Blackwood

영국의 괴담

初版 印刷 ●2000年 4月 20日		
初版 發行 ●2000年 4月 25日		

編譯者 ●安 吉 煥

發行者 ●金 東 求

發行處 ●明 文 堂

서울특별시 종로구 안국동 17~8
대체　010041-31-0516013
전화　(영) 733-3039, 734-4798
　　　(편) 733-4748
FAX 734-9209
등록　1977. 11. 19. 제1~148호

● 낙장 및 파본은 교환해 드립니다.
● 불허복제 · 판권 본사 소유.

값 7,000원
ISBN 89-7270-613-2 03840